KB156877

조선 선비의 산수기행

조선 선비의 산수기행

유몽인, 최익현 외 지음
전송열, 허경진 엮고 옮김

2016년 7월 25일 초판 1쇄 발행

펴낸이 한철희 | 펴낸곳 돌베개 | 등록 1979년 8월 25일 제406-2003-000018호
주소 (10881) 경기도 파주시 회동길 77-20 (문발동)
전화 (031) 955-5020 | 팩스 (031) 955-5050
홈페이지 www.dolbegae.co.kr | 전자우편 book@dolbegae.co.kr
블로그 imdol79.blog.me | 트위터 @Dolbegae79

주간 김수한
편집 이경아
표지디자인 김동신 | 본문디자인 이은정·이연경·김동신
마케팅 심찬식·고운성·조원형 | 제작·관리 윤국중·이수민
인쇄·제본 한영문화사

ISBN 978-89-7199-730-7 (03810)

이 도서의 국립중앙도서관 출판예정도서목록(CIP)은 서지정보유통지원시스템 홈페이지(http://seoji.
nl.go.kr)와 국가자료공동목록시스템(http://www.nl.go.kr/kolisnet)에서 이용하실 수 있습니다.
(CIP제어번호: CIP2016017294)

책값은 뒤표지에 있습니다.

유몽인, 최익현 외 지음
전송열, 허경진 엮고 옮김

조선 선비의 산수기행

돌베
개

이 책의 제목을 『조선 선비의 산수기행』이라고 한 까닭은 우리나라의 아름다운 산수를 유람하면서 기록을 남긴 작가들이 대부분 조선 선비였기 때문이다.

산수를 유람하면서 기록을 남긴 작가층이 왜 선비였는가? 여성이 집 밖에 나다니기 힘든 조선 시대에 산수유람을 즐길 수 있는 이는 자연스럽게 경제적인 여유가 있는 남성, 특히 시간적 여유가 있으며 한자로 기록할 수 있는 선비였다. 조선 중기 이후 문학 담당층이 확산되면서 이따금 여성의 산수유람기가 보이고 한글로 쓴 유람기도 보이지만 아주 드물다. 중국에서도 당唐나라의 문인 유종원柳宗元(773~819)이 「영주 팔기」永州八記를 비롯한 여러 편의 산수유기山水遊記를 창작하면서 이후 사대부 사이에서 계속 산수유기가 지어졌다.

『조선 선비의 산수기행』을 지금 번역하여 출판하는 까닭은 조선 선비들이 현대인들의 등산과는 다른 목적으로 산과 물을 찾았고, 다른 기록을 남겼기 때문이며, 이러한 글들이 바쁘게 살아가는 현대인에게 색다른 읽을거리와 인생의 지침서가 될 수 있기 때문이다.

조선 선비들이 산수를 즐겨 찾은 이유는 무엇보다 성현 공자孔子의 가르침을 따르기 위해서였다. 공자가 "지혜로운 자는 물을 좋아하고, 어진 자는 산을 좋아한다"(知者樂水, 仁者樂山)고 말한 이래로 '요산요수' 樂山樂水라는 고사성어는 요즘의 중고등학생들까지 다 아는 유명한 말이 되었으며, "태산에 올라보니 천하가 작게 보인다"(登泰山而小天下)라는 말은 맹자의 호연지기浩然之氣와 더불어 군자의 덕목으로 강조되었다. 그러한 산수 체험 기록의 1차 독자는 물론 자기 자신이지만, 2차적으로는 자신과 같은 생각을 지니면서도 여러 가지 이유로 산수를 찾아가지 못하는 선비들을 상정할 수 있으며, 적극적으로는 자신과 생각이 같지 않은 독자에게 산수유람을 권하기 위해 기록한 것이기도 했다.

조선 선비들이 산수를 즐긴 태도는 크게 두 가지로 나뉘며, 이미 선학들이 그 특성을 자세히 설명했다.

조윤제 선생은 『국문학개설』에서 "옛 시조에 '靑山도 절로절로 綠水도 절로절로 山 절로 水 절로 山水間에 나도 절로 그 中에 절로 자란 몸이니 늙기도 절로 하리라'라 한 바와 같이 절로 된 영원한 자연 그대로를 즐기면서 자연 간에서 절로 자라난 몸을 그 자연 가운데 던져 자연과 더불어 절로 늙어 가리라 하는 것이 우리 민족의 자연관이요, 동시에 자연을 이해하는 방식이 되었다"고 하였다.

정병욱 선생은 「한국문학에 나타난 자연관」에서 "한국인들은 그들의 문학 활동에 있어서 자연을 자연 그대로 두고 관찰하여 그 아름다움을 노래한 것이 아니라, 자연을 인간 속으로 끌어들여 관념화된 자연, 관조 속에서 이루어진 자연, 따라서 철학적인 자연을 읊었다고 하겠다"고 하였다.

이 두 가지 견해는 결국 같은 의미이다. 인간이 자연에 들어가고 자연이 인간에 들어와서 하나가 되었다는 뜻이다. 글쓴이가 문인인가 학자인가에 따라서 앞과 뒤의 방식이 달라지긴 하지만 물아일체物我一體가 되는 것은 마찬가지였는데, 조윤제 선생은 선비가 자연과 자연스럽게 하나가 된다 하였고, 정병욱 선생은 선비가 자연에게 배워서 하나가 된다고 하였을 뿐이다.

　조선 중기 이후 산수유람의 기회와 기록이 많아지면서 수많은 산수유기들이 지어졌는데, 김종직金宗直(1431~1492)의 『유두류록』遊頭流錄, 고경명高敬命(1533~1592)의 『유서석록』遊瑞石錄, 홍백창洪百昌(1702~1742)의 『동유기실』東遊記實은 하나의 산을 유람한 기록이 단행본으로 편집되어 널리 읽혔고, 홍인우洪仁祐(1515~1554)의 『관동일록』關東日錄과 성해응成海應(1760~1839)의 『동국명산기』東國名山記 등은 여러 산의 유래와 명승에 관한 인문 지리서 성격까지 지니게 되었다. 장서각이나 규장각에 소장된 『와유록』臥遊錄, 정원림鄭元霖(1731~1800)의 『동국산수기』東國山水記처럼 여러 문인들의 유산기를 모아 편집한 선집까지 나오게 되었으니, 글자 그대로 사랑채에 누워서 팔도강산의 이름난 산수를 유람했던 것이다.

　나는 하버드대학 옌칭도서관에서 재미있는 자료들을 찾아 『출판저널』에 1년 반 동안 17종을 연재하다가 2003년에 『하버드대학 옌칭도서관의 한국고서들』이라는 책으로 출판했는데, 이때에 아껴 두었던 자료가 바로 정원림의 『동국산수기』이다. 3권 3책에 53편의 산수유기를 편집했는데, 실학자 서유구徐有榘(1764~1845)가 『소화총서』小華叢書라는 대규모의 총서를 편찬하기 위해 판심에 '자연경실장' 自然經室藏이라 새긴 자신의 전용 원고지를 사용하여 필사한 것만 보아도 그 가치를 알 수 있었다. 이 책의 편집자인 정원림은 조부와 부친의 대를 이어 지도 제작에 일가를 이룬 지리학 전문가이며, 이 책은 단순한 산수유기 총서가 아니라 『신증동국여지승람』新增東國與地勝覽을 증보하고자 하는 목적에서 수집한 자료 모음집일 가능성이 높다. 나는 전송열 선생과 이 책을 번역하기로 했는데, 단순한 『동국산수기』의 번역본이 아니라 새로운 산수유기 선집을 내자고 뜻이 모아져 새로운 자료를 넣고 빼다 보니 28종이나 되었다. 이 책을 출간하는 과정에서 28종의 산수유기 중 다시 수작 20종을 선정했고, 이 작품들을 사계절의 변화와 함께 산의 변화하는 모습을 볼 수 있도록 집필 시점을 기준으로 계절순으로 재배치했다.

이 책의 편집을 맡은 돌베개 출판사 이경아 팀장은 나와는 2002년에 출간한 『허균 평전』으로, 전송열 선생과는 2011년에 출간한 『옛편지 낱말사전』으로 인연을 맺었다. 두 책 모두 지금도 꾸준히 독자의 사랑을 받고 있다.

퇴계는 백운동 서원을 창설한 주세붕의 유산록을 읽어 보고 소백산에 끌려 찾아갔는데, 봉우리 하나 바위 하나를 보면서도 주세붕이 느꼈던 마음을 생각했다. 자신도 「유소백산록」遊小白山錄을 쓰면서 "내가 본 것을 차례대로 엮고 또 기록하는 것은 훗날에 이 산을 유람하는 자들이 나의 글을 읽고 느끼는 점이 있게 하기 위해서이니, 이 또한 내가 주세붕 선생의 글을 읽고 느낀 것과도 같은 것이 아니겠는가!" 하였다. 와유록臥遊錄처럼 산을 찾을 시간이 없는 독자들은 방 안에 누워서 읽어 보시겠지만, 이 책 덕분에 산을 찾아가는 분들이 있다면 더욱 다행이겠다.

조선 시대 작가들은 산수유기山水遊記라는 이름으로 이 글들을 썼는데, 글을 고르다보니 수水는 빠지고 산山만 남게 되었다. 요산요수樂山樂水에도 산을 앞세웠거니와, 지자知者보다는 인자仁者를 높이 여긴 조선 시대 선비들의 덕목 때문이다. 기회가 되면 물을 즐겼던 선비들의 기록도 다시 한 권의 책으로 내어서 글자 그대로 산수유기 선집을 독자들에게 보여 드리고 싶다.

　　　　　　　　　　　　　　　　　　　　　　　　허경진

두류산

4천 리를 뻗어 온 아름답고 웅혼한 기상

유몽인, '유두류산록'

관직 생활에 지쳐 아침저녁으로 쇠약해진 지가 어언 23년이나 되었다. 스스로 헤아려 보니 외람되게도 높은 벼슬자리에 앉는 은혜를 입어 대 궐을 지척에 두고 출입한 지도 벌써 오래되었다. 못난 나로서는 분수 에 이미 지나친 셈이다. 이제는 늙고 게으른 데다가 질병과 근심도 함 께 맞물린 마당이라 마땅히 물러나서 유유자적하게 보내고 싶었다. 나 는 평생토록 산과 바다를 즐겨 유람했지만 귤과 유자와 매화와 대나무 가 있는 시골을 그리워했다. 그래서 1611년 봄, 관직을 사양하고서 식 구들을 데리고 고흥에 있는 옛집으로 향했다. 그런데 조정에서 이전부 터 알고 지내던 이들이 내가 아직 상늙은이도 되지 않았는데 미리 물 러나는 것을 안타까이 여겨 용성(지금의 전북 남원)의 빈자리에다 나를 추 천하여 그 고을 수령으로 제수받는 은혜를 입게 하였다. 나는 용성이 고흥과 100리도 채 되지 않는 거리여서 돌아가는 길에 잠시 행장을 풀어 놓고 쉬는 것도 무방하리라고 생각했다.

2월 초에 임지에 부임했다. 하지만 용성은 큰 고을이라 업무 처리에 정신없이 바쁘기만 했다. 나같이 게으르고 느긋한 사람이 감당해낼 수 있는 것이 아니었고, 마음이 어수선한 것이 영 편치가 않았다.

때는 한식이 가까울 무렵이었다. 승주(지금의 전남 순천) 고을의 수령인 유순지柳詢之 공이 용성의 목동에 성묘를 하러 왔다. 순지는 나보다는 선배이다. 나라는 이 못난 사람이 이 고을의 수령이라 하고서 그에게 예의를 갖추느라 꽤 신경을 썼다.

목동에는 수춘암水春巖이 있는데, 그 수석이 매우 아름답다. 진사 김화金澕가 그곳에 살면서 집을 재간당在澗堂이라 불렀다. 그 집은 두류산頭流山(지리산) 서쪽에 있어서 서너 겹으로 둘러싼 산에 안개 낀 모습을 누대 난간에서 바로 마주 볼 수가 있다. 두류산은 일명 방장산이라고도 한다. 중국 당나라 시인 두보의 시에도 "방장산은 저 바다 건너 삼한에 있네"라고 한 구절이 있다. 또 그 시의 주석에는 이르기를, "대방국의 남쪽에 있다"라고 했다. 지금 살펴보니 용성의 옛 이름이 대방이다. 그렇다면 두류산은 삼신산三神山(봉래산·방장산·영주산) 중의 하나가 되는 셈이다. 그 옛날 중국 진시황과 한무제는 배를 띄워 이 삼신산을 찾게 하느라 쓸데없이 공력을 허비했는데, 우리는 이렇게 앉아서 그냥 얻고 있으니······.

술이 좀 거나해질 때, 내가 술잔을 들고 좌중의 사람들에게 말했다.

"나는 봄에 두류산을 마음껏 유람하여 오랫동안 묵은 빚을 좀 갚고 싶었소. 누가 나와 함께 유람하실 분이 계시오?"

그러자 순지가 말했다.

"내가 영남 지방의 감사로 있을 때에 두류산을 대충 유람한 적이 있었소. 하지만 따랐던 자들이 하도 많아서 한 구석도 제대로 구경하지 못했지요. 그러다 이곳 승주로 부임해 왔는데, 우연찮게도 이 산과 이웃하게 되었소. 아침에 출발하여 저녁이면 돌아와 쉴 수 있는 거리라지만 어찌 외롭게 혼자 갈 수야 있겠소이까. 그대와 함께 즐거움을 누린다면 외롭지는 않으리다."

마침내 함께 가기로 굳게 약속하고는 자리를 파했다. 그 후로도 여러 차례 편지를 교환한 끝에 재간당에서 만날 것을 기약했다.

3월 27일

순지가 약속한 날에 왔다.

3월 28일

처음 약속한 장소에서 다시 모였다. 기생들이 노래하고 악기를 연주하는 가운데 모두들 실컷 취해 버렸다. 그러기를 한밤중까지 계속하다 그대로 시냇가 재간당에서 잤다.

3월 29일

수레를 준비토록 하여 서둘러 떠났다. 순지는 술이 덜 깨서 부축하여 수레에 태웠다. 재간당의 주인 김화와 순창에 사는 우리 집안의 조카 신상연申尙淵, 인천의 서얼 조카 신제申濟도 나를 따라서 동쪽으로 갔다. 요천을 따라 내려가다가 반암을 지났다. 때는 멋들어진 풍경 속에 꽃들이 활짝 피었고, 밤 사이에 내린 비도 아침이 되자 맑게 개어 꽃을

찾는 흥취가 손에 잡힐 것만 같다. 낮에는 운봉과 황산의 비전碑殿(이성
계가 황산 전투에서 왜구를 섬멸시킨 것을 기념한 황산대첩비)에서 쉬었다. 1578년
에 조정에서는 운봉 수령 박광옥朴光玉의 건의에 따라 비로소 이 비석
을 세우기로 논의했다. 그래서 대제학 김귀영金貴榮에게 기문記文을, 중
종의 부마인 여성위 송인宋寅에게는 글씨를, 판서 남응운南應雲에게는
전액篆額을 쓰도록 명한 것이다.

옛날 고려 말에 왜장 아지발도가 많은 병사들을 이끌고 영남 지방
을 침략했는데, 그가 향하는 곳은 다 무너지고 말았다. 그 나라 예언서
에는 "황산荒山에 가면 패하여 죽는다"는 말이 있었다. 그런데 산음 땅
에 황산黃山이라는 곳이 있었기에 아지발도는 이 길을 피해 샛길로 해
서 운봉으로 진격했다. 이때 우리 태조이신 강헌 대왕康獻大王은 황산荒
山의 좁은 길목에서 이들을 맞아 대패시켰다. 지금까지도 노인들은 바
위 구멍을 가리키면서, '그 옛날에 깃발을 꽂았던 흔적'이라고 한다. 태
조께서는 얼마 되지 않는 군사를 이끌고서도 감당하기 어려운 적들을
상대하여 우리 후손들에게 이토록 끝없는 터전을 열어 주셨다. 이것이
어찌 천명과 인간의 계략, 이 둘만을 얻는다고 되는 일이겠는가!

이 땅의 형세를 살펴보면, 바로 호남과 영남의 목을 잡는 형국이다.
저 좁은 길목을 잡아야 유리하다는 것, 이것이 병법에서 말하는 '적은
수로 많은 수를 대적하는 방법'이다. 그런데 지난 번 정유재란(1597) 때
명나라 장수 양원楊元 등은 이런 길을 끊어 버릴 줄은 모르고 남원성만
을 지키려다가 왜군에게 크게 패하고 말았다. 이야말로 지형의 이점을
놓쳐 그렇게 된 것이 아니겠는가! 비석 곁에는 피바위가 있었다. 고을
백성들은 임진왜란이 일어나기 전에 이 바위에서 피가 흘러서 마치 샘

물처럼 끊이지 않았다고 했다. 아! 이 땅이 태조의 발자취가 시작한 곳이기에 큰 난리가 일어나려고 할 때에는 신이 미리 알려 준다는 말인가!

운봉 수령 백소伯蘇 이복생李復生이 내가 온다는 말을 듣고는 먼저 역참에 나와서 기다리고 있었다. 술을 몇 순배 돌린 뒤 곧바로 일어나 같이 길을 갔다. 시내를 따라 10여 리쯤을 가니 모두 함께 앉아서 놀 만한 곳이 있기에 수레에서 내려 쉬었다. 북쪽으로 가면서 산은 점점 높아지고 길은 점점 힘들어졌다. 수레에서 남여藍輿로 바꾸어 타고 백장사百丈寺로 들어갔다. 순지는 숙취가 아직도 풀리지 않아 먼저 불전에 들어가 드러누워 버렸는데, 코 고는 소리가 무슨 우렛소리와도 같았다. 어린 승려가 꽃 두 송이를 꺾어 왔다. 하나는 불등화佛燈花라고 하는데, 연꽃만큼 크고 모란만큼 붉으며 그 나무의 높이가 두어 길은 되어 보였다. 또 하나는 춘백화春栢花라고 하는데, 꽃이 동백꽃과도 같고 손바닥 크기만 했다. 병풍과 족자에서 본 모양과 닮았다. 절 위쪽에는 작은 암자가 있었다. 이 암자는 곧장 천왕봉과 마주 보고 있어서 가히 그 진면목을 볼 수 있었다.

4월 1일

동행한 사람들은 각각 죽장을 짚고 짚신을 신은 채 거기다 들메끈을 묶고 남쪽으로 가서 하산했다. 물가 밭두둑을 따라 굽이굽이 가다 보니 큰 냇물이 가로질러 흘렀다. 곧 황계黃溪의 하류였다. 마을이 넓게 펼쳐져 있고, 세찬 물이 바위를 타고 흘러내려 갔으며, 북쪽은 폭포요, 그 아래는 못이었다. 못 위의 폭포는 어지럽도록 무너져 내리면서 노하여 부르짖는 것이 마치 벼락이 번갈아 가며 소리치는 듯한 형상이었다. 이 얼마나 장대한 광경인지! 길을 가다 보니 푸른 솔이 그늘을 드리우고, 철쭉이 타는 듯했다. 가마에서 내려 지팡이를 짚고 서서 쉬었다. 골짜기에는 인가가 두셋 있는데, 영대촌嬴代村이라 불렀다. 닭이 울고 개가 짖어댔다. 깊은 골짜기와 수많은 봉우리 사이에 들어가 있어서 참으로 무릉도원과 같았다. 마을 이름이 그렇게 지어진 것도 이유가 있음이로다!*

한 곳에 이르니 높은 산등성이에 가파른 골짜기가 나왔다. 양쪽으로 낭떠러지가 벌어졌고, 그 가운데가 깊었다. 또 그 골짜기 안은 몽땅 돌이었고, 시냇가에도 큰 돌들이 많이 널려 있었다. 이곳이 흑담黑潭이라는 곳이다. 내가 웃으면서 말했다.

"세상에서는 집을 단청으로 곱게 꾸미는 것을 좋아하지요. 그래서 사람들이 갖은 기교를 다 부리는데, 나는 그것을 사치스럽다고 여겼소. 그런데 지금 이곳을 보니 돌이 하얗다면 이끼는 어찌나 푸른지, 그리고 물이 푸르다면 꽃은 어찌나 붉은지, 하늘의 재주 또한 너무 사치스럽소이다. 그러니 이 사치를 누리는 자는 산의 신령인가 보오."

이에 악공을 불러 녹복에게는 비파를 타게 하고 생이에게는 젓대를, 종수와 청구에게는 태평소로 「산유화」 곡을 불게 하였다. 그 소리에 산이 울리고 골짜기가 응답하며, 시냇물 소리와도 어우러져 가히 즐겁기가 그지없었다. 동자에게 통을 열고 먹과 붓을 꺼내게 하고는 바위에 올라가 시를 지었다.

황계 폭포를 지나 환희령을 넘어서 이어지는 30리 길이 모두 푸른

---

* 중국 진시황 때에 사람들이 난리를 피해 살았던 곳이 무릉도원인데, 진시황의 성姓이 '영'嬴이었으므로 이렇게 생각한 것임.

노송나무와 단풍나무였다. 비단 같은 날개를 가진 새들이 사람을 아랑
곳하지 않고 날아다녔다. 내원內院에 이르렀다. 두 줄기 시냇물이 합쳐
지고 꽃과 나무가 산을 이룬 곳에 절 한 채가 세워져 있는데, 마치 수
를 놓은 비단 속으로 들어가는 것만 같았다.

소나무로 만든 계단은 숫돌처럼 고르고, 금칠한 푸른 빛깔의 단청
은 숲속 골짝에 어른거렸다. 또 천 번이나 두들겨서 만들었다는 천첩
지千砧紙에 누런 기름을 먹여 겹겹이 바른 장판은 마치 누런 유리를 깔
아 놓은 것 같아 한 점의 티끌도 보이지 않았다. 서리처럼 흰머리를 한
노선사가 승복을 단정하게 입고 앉아서 불경을 펴 놓고 있었다. 그의
생애가 맑고 깨끗했을 것임이 상상이 되었다. 이에 당나라 한유처럼
옷을 남기는 대신 시를 지어 놓고는 떠났다.**

동쪽 시내를 따라서 올라가니 산은 깊고 물은 내리달렸다. 한 걸음
한 걸음씩 밟아 올라가 정룡암頂龍菴에 이르렀다. 앞에는 큰 시내가 흘
렀다. 시냇물이 불어나 건널 수가 없어서 건장한 승려를 뽑아 그의 등
에 업혀 바위를 건너뛰면서 넘어갔다. 깎아지른 듯한 계곡에 바위 하
나가 있어서 자연스럽게 대臺를 이루고 있는데, 대암臺巖이라고 불렀
다. 그 아래의 못은 검푸른 빛을 띠고 있어 가슴이 서늘해지는 것만 같
아 굽어볼 수가 없었다. 그 못에는 가사어라는 고기가 살았다. 그 비늘
의 무늬가 논과 같고 또 승려가 입는 가사 조각을 기워서 만든 것과 같
다. 이 가사어는 천하에 다시 없는 것으로 오직 이 못에만 알을 낳아

** 당나라 문장가 한유는 태전太顚이라는 승려와 친하게 지냈는데, 그는 태전과 헤어지면서 의복
을 남겨 이별의 정표로 삼으면서, 이는 인정에서 나온 것이지 불교를 믿고 복덕을 구하려는 것은 아
니라고 했다.

새끼를 키운다고 한다. 이에 어부에게 명해서 그물을 던져 잡아 보게 했으나 물이 깊어서 끝내 새끼 한 마리도 잡지 못했다.

이날 저녁 이복생이 하직하고 돌아가다가 내원에서 묵었다. 나는 내원이 맑고 그윽한 것을 사랑하여 처음에는 그곳으로 돌아가서 자려고 했다. 하지만 정룡암에 이르자 지쳐서 그렇게 할 수가 없었다. 심하도다, 나의 쇠약함이여!

정룡암 북쪽에는 집 한 채가 있었다. 거처하던 승려는 그 집이 판서를 지낸 노진盧禛의 서재였다고 했다. 옛날 옥계玉溪 노진 선생이 그 자손들을 위해서 지은 것이다. 선생 또한 봄날의 꽃과 가을의 단풍을 구경하기 위해 흥이 나서 이곳을 왕래한 것이 여러 번이었다. 아! 산은 깊고 아주 외져 한 마리 새소리조차 들리지 않는 곳이건만 그 자제들을 위해 집을 짓고 살게 하셨으니, 선생의 맑은 운치는 가히 후학들을 진작시킬 만한 것이리라.

4월 2일

새벽밥을 먹고 월락동月落洞을 거쳐 황혼동黃昏洞을 지나갔다. 고목들이 하늘을 뒤덮고 있어서 올려다봐도 해와 달이 보이지 않을 정도였다. 비록 환한 대낮이라 할지라도 오히려 어두컴컴하여 그 때문에 월락동, 황혼동이라고 이름 한 것이다. 방향을 바꾸어 와곡臥谷으로 들어가자 수목들이 울창하고 돌길은 험하여 더욱 힘이 들었다. 천 년이나됨 직한 고목들이 절로 자라고 절로 죽어 가지가 꺾이고 뿌리는 뽑혀 돌길을 가로막고 있었다.

이곳을 지나며 그 가지들을 베어 내고 엎드려서 그 아래를 빠져나

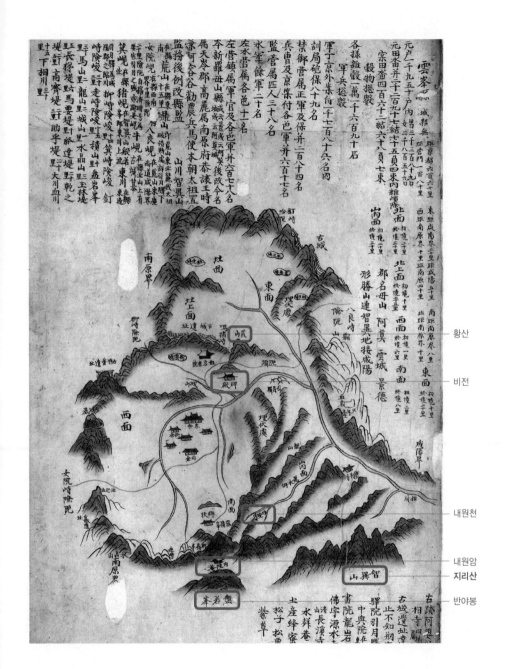

지리산(운봉현)

오기도 하고 걸터앉듯이 넘어가기도 하고 밟아 오르기도 하는 것이 꼭 문지방을 넘어가듯 사다리를 타는 듯하였다. 그 밖에도 고목 중에는 허공에 선 채로 말라 버린 것, 반쯤은 꺾여 버린 것과 썩어 버린 것, 가느다란 줄기를 뽑아 올린 채 위로 천 자나 솟아올라 무수한 다른 나무들에 기대고서 넘어가지 않고 있는 것, 덕이 높은 늙은이 같은 푸른 등나무가 가지를 드리우고 잎을 늘어뜨리고서 마치 장막을 펼쳐 놓은 것과 같은 것도 있었다. 수십 리에 걸쳐 끝도 없이 펼쳐져 있는 시내는 높은 언덕이 없어서 맑은 바람이 가득하고 서늘한 기운이 흩어지지 않았다. 함께 간 자들이 봄옷을 입은 지도 한 달이나 지났지만 이곳에 이르러서는 모두 두툼한 솜옷을 껴입었다.

해가 뜰 때부터 오르기 시작하여 정오가 될 무렵에야 갈월령葛越嶺을 넘었다. 갈월령은 곧 반야봉般若峯의 세 번째 기슭이다. 푸른 대나무가 밭을 이루고 몇 리에 걸쳐 널려 있었다. 하지만 그 사이에 다른 나무가 섞여 있지 않아서 마치 사람이 개간하여 심어 놓은 것만 같았다. 다시 지친 걸음을 옮겨 영원암靈源菴에 이르렀다. 영원암은 아주 청정한 곳이다. 그 터가 높고 시원하게 탁 트여 무수한 나무숲을 내려다볼 수 있었다. 왕대나무를 잘라서 떨어져 내리는 샘물을 끌어왔는데, 옥구슬이 울리는 듯한 소리를 내며 나무통 속으로 쏟아져 내렸다. 물이 맑고 깨끗하여 갈증을 풀기에 좋았다.

암자는 작아서 기둥이 서너 개도 채 되지 않았지만 맑고 외져 사랑할 만했다. 이곳은 남쪽으로는 마이봉을 마주하고, 동쪽으로는 천왕봉을 바라보며, 북쪽으로는 상무주암을 등지고 있었다. 이 영원암에는 이름난 승려 선수善修가 거처하고 있다. 그는 제자들을 이끌고 불경을 풀어내는 일을 해 사방의 많은 승려들이 그에게로 모여들었다. 순지와는 서로 꽤 잘 아는 사이여서 우리에게 송편과 인삼떡과 팔미다탕八味茶湯을 대접했다. 이 산에는 대나무 열매와 감과 밤이 많다. 그래서 가을이 되면 이를 거두어들여 빻아서 식량으로 삼는다고 한다.

해 질 무렵이 되자 바람 기운이 선듯해지더니 앞 봉우리에 구름이 빠르게 피어났다. 비가 올 조짐임을 알았다. 서둘러서 사자항獅子項을 돌아 장정동長亭洞으로 내려갔다. 긴 넝쿨을 잡아당기며 곧바로 가파른 돌길을 내려갔다. 실덕리實德里를 지나서야 비로소 들판의 논이 보였다. 막 터진 듯한 도랑에는 물이 콸콸 흘러내렸다. 저녁에 군자사君子寺에서 잤다. 군자사는 들판에 있는 사찰이어서 흙먼지가 마루에 가득했다. 그래도 선방 앞에 있는 모란꽃만은 한창 탐스럽게 피어 있어서 볼 만했다.

이 절은 옛날에 절 앞에 '신비한 우물'이 있어 영정사靈井寺라고 불렸다. 지금은 군자사라고 바꿔 부르는데, 어떤 의미로 그렇게 했는지는 모르겠다. 며칠 동안이지만 세속을 벗어나 고고하게 노닐다 보니 신선의 세계에라도 오른 듯하였다. 그런데 갑자기 이 하루 저녁에 다시 속세로 떨어지고 보니 사람의 정신을 꽉 막히게 하여 자다가 마귀에게 시달리는 꿈을 꾸기도 하였다. 공자께서 "군자가 사는 곳이라면 거기에 무슨 어려움이 있겠는가!"라고 하신 말씀을 늘 가슴속에 새긴다는 것이 어려운 것 같다.

4월 3일
아침에 출발하여 의탄촌義呑村을 지나가면서 옛적 일들에 대한 감회가 많이 일어났다. 옛날 점필재佔畢齋 김종직金宗直 선생은 이 길을 따라서 천왕봉으로 향했다. 하지만 그분은 그분이요 나는 나일 뿐이니 내가 꼭 그분이 간 길을 따라갈 필요는 없으리라. 지름길로 3~4리를 가서 원정동圓正洞에 이르렀다. 산천으로 둘러싸인 골짜기가 넓게 열려, 가면 갈수록 더욱 경치가 좋았다.

용유담龍游潭에 이르렀다. 봉우리가 겹겹이 쌓여 있는데, 모두 돌이 많고 흙은 적었다. 푸른 삼나무와 붉은 소나무가 울창한 곳에 다시 칡넝쿨과 담쟁이 넝쿨이 얽히고설켜 있었다. 길게 일자로 주욱 뻗은 커다란 바위가 두 벼랑을 갈라 거대한 협곡을 이루고 있고, 그 가운데로 동강東江이 흐르다가 쏟아지니 허연 포말들이 서로 찧고 부딪쳤다. 바위는 사나운 물결에 스치고 갈리어 움푹 패이기도 하고, 혹은 불쑥 튀어나오기도 하며, 혹은 떡 벌어져 틈이 나 있기도 하고, 혹은 평평한 마당을 이루기도 하였다. 높고 낮고 일어나고 엎드린 것이 수백 보에 걸쳐 있으면서 수없이 다른 형상을 하는지라 어떻게 다 나타낼 수가 없을 정도였다.

승려들은 황당한 말들을 잘 믿는다. 그래서 바위가 빠져나간 것을 가리켜 용이 할퀸 곳이라 하고, 바위가 둥글게 패인 것은 용이 엎드려 있던 곳이라 하며, 바위 가운데가 터져서 뻥 뚫려 있는 것은 용이 뚫고 나간 곳이라고 한다. 무지한 백성들은 다 이 말을 믿어서 이곳에 이르면 아무 생각 없이 머리를 땅에 대고 절을 한다. 선비라는 자들도 '용은 보이지 않지만 바위는 용이 변화를 부리던 곳이다'라고 한다. 나 또한 놀랍고도 경악할 정도의 이런 광경을 주목하고서는 용과 같은 신물神物이 이곳에 살았을지도 모른다고 생각해 보았다. 이것이 어찌 신神 과 아수아娥와 거령巨靈이 도끼로 찍어서 이루어 낼 수 있는 것이란 말인가? 시험 삼아 시를 써서 증명해 보기로 했다. 이에 절구 한 수를 써서 연못에 던지고 희롱해 보았다. 잠시 후에 절벽의 굴속에서 안개 같기도 하고 아닌 것 같기도 한 기운이 슬금슬금 올라왔다.

수많은 푸른 봉우리 사이로 우렛소리와 번쩍거리는 빛이 잠깐 동안 일어나고서는 그쳤다. 동행하는 사람들은 옷자락을 거머잡고 곧장 외나무다리를 건너서 허물어진 사당 안으로 뛰어들었다. 잠시 기다리니 은실 같은 빗방울이 떨어지더니 크기가 새알만큼이나 되는 우박이 일시에 쏟아져 내렸다. 좌중의 젊은이들은 기색이 꺾인 듯 흠칫 놀라는 표정이었다. 한참 뒤에 하늘에 구름이 뒤섞이더니 햇살이 구름 사이로 새어 나왔다.

벼랑길을 따라가다가 끝내는 길을 잃고 말아 관목이 우거진 가운데로 들어갔다. 풀 이슬이 옷을 적시고 등나무 가지가 얼굴을 찔렀다. 밀고 당기면서 가시덤불을 헤치고 산허리를 비스듬하게 돌면서 올라갔다. 허리를 구부린 채 가고 또 가면서 죽순을 꺾고 고사리를 뜯느라 발걸음이 더뎠다. 동쪽 편에 있는 마적암馬跡庵을 찾았다. 가지와 넝쿨을 부여잡고서 가니 옛터가 그대로 남아 있다. 산비탈을 기어오르면서 열 번에 아홉 번은 넘어졌다. 이렇게 힘들게 오르락내리락하다 보니 얼굴엔 땀이 줄줄 흘러내리고 다리는 시큰거리면서 발은 부르텄다. 이것이 만일 사람에게 부림을 당해서 억지로 하는 일이라면 원망하고 성나는 마음을 아무리 꾸짖고 금한다 하더라도 그만두지는 못할 것이다. 그렇지만 여럿이 길을 가며 함께 쉴 때는 웃음소리가 길에 가득하니, 이것이 어찌 아름다운 경치를 구경하는 기쁨이 아니겠는가!

마침내 두류암頭流菴으로 들어갔다. 암자의 북쪽에 대臺가 있었다. 그곳에 올라 곧장 남쪽을 바라다보니 바위 사이로 폭포가 쏟아지는데, 마치 옥으로 만든 주렴을 수십 길이나 매달아 놓은 것만 같았다. 비록 저녁이 될 때까지 내내 앉아서 구경한다 해도 피로한지 모를 것 같다. 마침 비가 그친 뒤인지라 날도 활짝 개었고, 골짝에서는 서늘한 바람도 불어와 매우 상쾌했다. 하지만 너무 오래 앉아 있을 수가 없어서 선방으로 들어가 편히 쉬었다.

4월 4일

새벽에 길을 떠나서 옹암甕巖을 지나 청이당清夷堂으로 들어갔다. 숲을 헤치고 돌무더기를 가로질러 영랑대永郎臺에 이르렀다. 음침한 골짜기를 내려다보니 어두컴컴했다. 정신이 나갈 듯 현기증이 나서 나무를 붙잡고 기대섰다. 놀란 마음에 눈이 휘둥그레져서 거기에 머물러 있을 수조차 없었다. 영랑은 화랑의 우두머리로 신라 때의 사람이다. 그는 3천 명의 무리를 이끌고 산과 바다를 마음껏 유람하였기에 우리나라의 이름난 산수 중에는 그의 이름이 붙지 않은 곳이 없을 정도이다.

산등성을 따라 천왕봉을 가리키며 동쪽으로 나아갔다. 산에는 바람이 아주 거세어서 나무들이 다 구부정하였다. 나뭇가지들은 산 쪽을 향하여 휘어져 있고 이끼 낀 나무들은 엉클어져 있어서 마치 사람이 머리를 풀어 헤치고 서 있는 것만 같았다. 껍질만 남은 소나무와 잎만 달린 잣나무는 그 속이 텅 비었고 가지는 사방으로 뻗어 있었으며, 가지 끝은 아래로 드리워져 땅을 찌르고 있었다.

산이 높을수록 나무는 더욱 작달막했다. 산 아래에는 짙은 그늘이 푸른빛과 어우러져 있었는데, 이곳에 오니 꽃나무 가지에는 잎도 나지 않은 채 쥐의 귀 같은 싹만 뾰족이 내밀고 있을 뿐이다. 바위틈에는 쌓인 눈이 한 자도 넘었다. 한 움큼 집어 먹었더니 갈증 난 목을 적실 수 있었다. 풀 중에는 겨우 싹을 내밀고 있는 것도 있었다. 푸른 줄기는 청옥靑玉이라 하고, 붉은 줄기는 자옥紫玉이라 하였다. 승려가 말하기를, "이 풀은 맛이 달고 부드러워 먹을 수 있답니다"라고 하고서는 한 움큼 가득 뜯어서 갖고 왔다. 나는 "그대가 청옥이니 자옥이니 한 것은 바로 신선들이 먹는다는 진기한 풀이라네"라고 말하고는 지팡이를 꽂아 두고 직접 풀을 뜯어 주머니에다 거의 가득 채워 넣었다.

앞에 있는 소년대少年臺에 올랐다. 천왕봉을 우러러 바라보니 구름 속에 높이 솟아 있었다. 잡초나 잡목은 없고 푸른 잣나무만 연이어 서 있지만 눈서리와 비바람에 시달림을 받은 나머지 말라 죽어 뼈만 남은 것이 열 그루 중 두세 그루나 되었다. 이를 멀리서 바라다보면 마치 반쯤은 흰 머리카락으로 변한 노인의 머리와도 같아서 족집게로도 다 뽑아낼 수 없을 것만 같다. 대의 이름을 '소년'이라고 한 것은 혹 영랑의 무리를 두고 일컬은 것인지도 모른다. 하지만 내 생각으로는 천왕봉은 어른이고, 이 봉우리는 이 어른을 받들고 있는 소년과도 같기에 그렇게 이름이 붙은 것 같다. 아래로 내려다보니 뭇 산들과 수많은 골짜기들이 수없는 주름살을 지으며 활짝 펼쳐져 있다. 이곳에서 보아도 이러할진대 하물며 최고봉인 천왕봉에서 내려다보는 것이야 어떻겠는가!

마침내 지팡이를 짚으며 천왕봉에 올랐다. 봉우리 위에는 판잣집이 있었으니, 곧 성모사聖母祠이다. 사당 안에는 흰옷을 입은 여인의 석상 하나가 안치되어 있었다. 이 성모는 누구인지 알 수 없다. 어떤 사람은 고려 태조의 어머니가 어진 왕을 낳아 길러서 삼한을 통일할 수 있었기 때문에 그 어머니를 높여서 제사를 지내게 되었고, 그 의식이 지금까지 이르렀다고 말한다. 영남과 호남에 사는 사람 중에는 복을 구하는 자들이 이곳으로 몰려와서 이를 떠받들고는 제사를 지내서는 안 될 신에게 제사하는 사당으로 삼았다. 이것은 옛날 중국의 초나라와 월나라에서 귀신을 숭상하던 풍속을 그대로 따른 것이다.

사방의 무당들은 이 성모에 의지해 먹고산다. 이들은 산꼭대기에 올라가 유생이나 관원이 오는지를 굽어 살펴보다가 그들이 오면 곧바로 꿩이나 토끼처럼 흩어져서는 숲 속으로 숨어 버린다. 그리고 이 유람하던 자들을 몰래 엿보고 있다가 이들이 하산하면 다시 모여든다. 봉우리 허리 둘레에는 판잣집들이 마치 벌집처럼 줄지어 있는데, 이는 기도하러 오는 자들을 맞이하여 묵게 하려는 것이다. 짐승을 죽이는 것을 불가에서 금한다고 하여 기도하러 온 자들이 소나 가축을 산 아래의 사당에다 매어 놓고 가면 무당들은 그것을 취해서 생계의 밑천으로 삼는다. 이 때문에 성모사와 백모당白母堂과 용유담은 무당들의 3대 소굴이 되고 말았으니, 참으로 분개할 만한 일이다.

이날은 비가 그치고 날이 활짝 개었다. 흐릿하게 떠돌던 구름 기운이 사방에서 걷히니 광활하고 망망한 세상을 눈 닿는 곳이면 어디든 바라보는 데 거침이 없었다. 마치 하늘이 명주 장막을 만들어 이 봉우리를 위해 둘러친 듯하였다. 시야를 가로막는 한 덩어리의 언덕조차 없었다. 단지 이리저리 얽히어 푸른 것은 산이요, 굽이굽이 감도는 흰 것은 물임을 알 수 있을 뿐 어느 곳, 어느 강, 어느 산인지는 분간할 수가 없었다. 그래도 시험 삼아 이 산의 승려가 가리키는 지점을 따라 이름을 대 보았다. 동쪽을 바라보니, 대구의 팔공산, 현풍의 비슬산, 의령의 도굴산, 밀양의 운문산, 산음의 황산, 덕산의 양당수, 안동의 낙동강이다. 서쪽을 바라보니, 무등산은 광주에 있고, 월출산은 영암에 있고, 내장산은 정읍에 있고, 운주산은 태인에 있고, 미륵산은 익산에 있고, 추월산은 담양에 있고, 변산은 부안에 있고, 금성산과 용구산은 나주에 있다. 그리고 남쪽으로 소요산을 바라보니 곤양임을 알겠고, 백운산을 바라보니 광양임을 알겠고, 조계산과 돌산산를 바라보니 순천임을 알겠고, 사천의 와룡산을 바라보니 정유재란 때 명나라의 동董 장군이 패한 것이 생각나고, 남해의 노량을 바라보니 이순신이 나라 위해 죽은 것이 슬프다. 북쪽으로 안음의 덕유산, 전주의 모악산이 단지 하나의 작은 개미집처럼 보였다. 그 가운데서도 큰 아이처럼 조금 더 솟아나 있는 것이 성주의 가야산이다. 삼면이 큰 바다로 둘러싸인 곳에서는 점점이 박힌 섬들이 큰 파도 사이로 보이다가는 사라지곤 했다. 그중 대마도의 여러 섬들은 너무도 아득하여 하나의 탄환처럼 보였다.

아! 덧없는 인생이 가련하구나! 항아리 속에서 태어났다 죽는 서수많은 초파리 떼는 다 긁어모아 본들 한 움큼도 채 되지 않거늘 그럼에도 저들은 시시콜콜 자기를 내세우며 옳으니 그르니 기쁘니 슬프니 하면서 살아간다. 이것이 어찌 크게 웃을 만한 일이 아니겠는가! 내가 오늘 본 것으로 생각해 보자면 이 천지 또한 한 개의 손가락일 뿐이다.* 하물며 이 봉우리야 하늘 아래 하나의 작은 물건에 불과할 뿐이거늘

---

* 『장자』 「제물론」齊物論 곽상郭象의 주注에 "지인知人은 천지天地가 한 개의 손가락이고 만물萬物이 한 필의 말[馬]임을 안다"라고 함. 즉 온 우주 만물이 일체여서 아무런 차이가 없다는 말이다.

이곳에 올라서 높다고 여기는 것이 어찌 거듭 슬퍼할 만한 일이 아니 겠는가? 저 안기생安期生과 악전偓佺의 신선 무리가 난새와 학을 타고 서 9만 리를 날아가며 아래를 내려다본다면 이 산을 어찌 미세한 새털 정도로만 보지 않겠는가!

사당 아래에는 작은 움막이 있었고 잣나무 잎을 엮어서 비바람을 가릴 수 있도록 해 놓았다. 승려가 말하였다.

"이곳은 매를 잡는 사람들이 사는 움막입니다."

매년 8월과 9월이 되면 매를 잡는 자들이 봉우리 꼭대기에다 그물 을 쳐 놓고는 매가 걸려들기를 기다린다. 대체로 매 중에서도 아주 잘 나는 놈은 천왕봉도 넘을 수 있다. 그 때문에 이 봉우리에서 그런 날랜 매를 잡을 수 있는 자는 재주가 뛰어난 것이다. 원근의 각 관청에서 쓰 는 매는 이 봉우리에서 잡아 온 것들이 많다. 매 사냥꾼들은 눈보라를 무릅쓰고 추위와 굶주림을 견디면서 이곳의 매를 잡는 일에 사활을 건 다. 이것이 어찌 단지 관청의 위세가 두려워서 그런 것이겠는가? 아니 면 그들의 대부분이 이익만을 노려 자신의 생명조차 가벼이 여겨서 그 런 것이겠는가? 아! 소반 위의 이 진귀한 음식은 한 입 거리도 채 되지 않지만 백성들의 말로 다 할 수 없는 고통이 이 정도일 줄이야 그 누가 알기나 하겠는가?

해가 기울어 향적암香積菴으로 내려갔다. 향적암은 봉우리 아래 몇 리쯤 되는 곳에 있었다. 신선이 먹는다는 풀을 삶아서는 향긋한 술 한 잔씩을 마셨다. 남대南臺에서 바라보니 여기저기에 바위들이 우뚝우뚝 솟아 있고 작은 암자를 끌어안은 듯 붉고 푸른 단청이 빛나고 있었다. 이 곳은 북쪽으로는 천왕봉을 우러러보고, 동남쪽으로는 큰 바다를 바라보고 있으며, 산세가 호걸스러워 다른 산과는 다소 다른 자태를 지닌다.

4월 5일

일찌감치 향적암을 떠났다. 높이 솟은 고목 아래로 나와서 얼음과 눈을 밟고 허공에 매어 달린 사다리를 타고서 곧장 남쪽으로 내려갔다. 사다리를 타고 내려갈 때엔 앞서가는 자는 아래에 있고, 뒤에 가는 자는 위에 있게 마련이다. 그런데 벼슬아치와 선비는 아래에 있고 종은 높은 곳에 있어서 공경을 받아야만 할 자인데도 내 신발이 그의 상투를 밟고 있는 꼴이 되었고, 업신여길 만한 자인데도 내 머리가 그의 발을 떠받들고 있는 꼴이 되었으니, 인간사도 이와 같을 것이다.

길가에 높은 지붕처럼 생긴 바위를 보고서 일제히 달려 올라갔다. 바로 사자봉이었다. 지난번에 아래에서 바라볼 때는 우뚝 솟아 마치 구름에 꽂힌 것처럼 보이던 것이 아니었던가! 아래를 내려다보니 평지는 없고 온통 산비탈뿐이었다. 참으로 천왕봉에 버금갈 만한 장대한 경관이었다. 이 사자봉을 넘어서 내려가니 무릎 정도의 높이에도 못 미치는 면죽綿竹(솜대)이 언덕에 가득 널려 있었다. 이를 깔고 앉아서 쉬니, 털방석이라도 대신할 만했다.

이어서 만 길이나 되는 절벽을 내려가 영신암靈神菴에 도달했다. 여러 봉우리들이 안쪽을 향해 빙 둘러서 있는 것이 마치 서로 마주 보고 인사라도 하는 듯했다. 비로봉毗盧峰은 동쪽에 있고, 좌고대坐高臺는 북쪽에 우뚝 솟아 있으며, 아리왕탑阿里王塔은 서쪽에 서 있고, 가섭대迦葉臺는 그 뒤쪽을 누르듯 자리하고 있었다. 마침내 지팡이를 내던지고 기어가다시피 하여 비로봉으로 올라갔다. 하지만 추워서 오래 머물러 있을 수가 없었다. 암자에는 차 끓이는 솥과 향로 등이 있었지만 살고 있는 승려는 보이지 않았다. 저 흰 구름 속으로 나무하러 간 것인가, 아니면 속세의 인간들이 싫어서 저 수많은 봉우리 속에 자취를 감추어 버린 것인가? 맑고 따뜻한 계절이라 비로소 진달래꽃이 반쯤 핀 것이 보였다. 산속의 기후가 천왕봉보다는 좀 더 따뜻함을 알 수 있겠다.

영신암에서 40리쯤 내려갔다. 산의 가파름이 그 험준하다는 중국의 검각劍閣보다도 더 심한 듯하다. 108번을 굽이치는 형세가 아니라 아예 험한 비탈길로 곧장 떨어져 내릴 것만 같다. 이 길을 따라 내려간다는 것은 마치 푸른 하늘에서 황천으로 떨어져 내리는 듯했다. 넝쿨을 붙잡고 끈을 당기면서 간 것이 아침부터 저녁 무렵까지나 계속되었다. 우거진 푸른 숲 틈새로 내려다보니 어두컴컴하여 아래가 보이지도 않았다. 이맛살이 찌푸려지고 한숨이 나왔다. 손가락을 깨물다시피 하며 정신을 차린 뒤에야 겨우 내려와서 깊은 골짜기로 들어갔다. 키 큰 대숲을 헤치고 가서 의신사義神寺를 찾아가 묵었다.

밤에 두견새 우는 소리가 시끄럽게 들리고, 개울물 소리가 베갯머리에 감돌았다. 그제야 우리의 유람이 인간 세상에 가까이 왔음을 느끼게 되었다. 이 절에는 의신사의 주지 옥정玉井 스님과 태승암太乘菴에서 온 각성覺性 스님이 있었는데, 다 같이 시로 이름이 나 있다. 그들의 시는 다 격률에 맞아서 읊조릴 만했다. 각성은 그 필법이 왕희지체를 본받아서 매우 맑고 속기俗氣가 빠졌으며 법도가 높았다. 내가 두 승려에게 말했다.

"그대들은 모두 속세를 떠났으면서도 깊은 산속으로는 들어가기를 싫어하니, 내가 지나온 것과 비교한다면 그대들은 속세를 떠나 본 적이 없는 셈이오. 그대들이 사는 곳이 외진 곳이라면 외진 곳이라고 할 수 있겠지만 푸른 솔을 벗하고 흰 사슴과 함께하는 것에 지나지 않소. 생각해 보건대, 내가 지나온 길은 푸른 솔과 흰 사슴이 사는 저 세상 밖으로 나갔다가 온 것이니, 내가 그대들보다야 낫소."

이에 두 승려가 손뼉을 치며 웃었다. 서로 시를 주고받다가 밤이 깊 어서야 끝이 났다.

4월 6일

드디어 홍류동紅流洞으로 내려가 시내를 따라갔다. 시냇가에는 불쑥 튀 어나온 높은 언덕이 보였다. 절의 승려가 그것을 '사정'獅頂이라고 하였 다. 푸른 소나무 그늘이 드리워진 맑은 시냇가로 가서 초록 이끼를 깔 고 앉았다. 이에 비파로 「영산회상」靈山會上과 「보허사」步虛詞를 연주하 고, 범패梵唄로 그 연주에 맞추면서 징과 북소리로 어우러지게 했다. 깊은 산속의 승려들은 평생 이러한 관현악을 들어보지도 못했기에 모 두 모여들어 발돋움을 하며 듣고 신기해했다. 기담妓潭 가로 옮겨 앉 았다. 고인 물은 쪽빛처럼 새파랗고 옥빛 무지개가 비스듬히 드리워져 있었다. 거문고와 비파 같은 소리가 숲 저 너머로 울려 퍼졌다. 홍류동 의 '홍류'紅流라는 이름은 중국 동진의 시인 사령운謝靈運의 시 중 "돌층 계에서 붉은 샘물이 쏟아지네"(石磴射紅泉)라는 시구에서 취한 것이다. 이 시구를 해석하는 사람들은 붉은 샘이 단사丹砂*가 나오는 구멍이며, '홍류'라는 이름은 신선이 되는 비법을 기록한 책에서 나온 것이라고

---

* 붉은 선약仙藥을 말함. 옛날 도사들은 이 단사를 원료로 하여 불로장생의 비약秘藥을 구워 냈다 고 함.

한다. 그런데 지금 이곳을 기생의 연못이라는 뜻의 기담이라고 한 것은 무엇을 말하는 것이겠는가? 절경이 잘못 이해되고 있음이 심하다.

두 승려가 작별을 고했다. 나와 순지는 이별을 애석해했다. 그들을 데리고 함께 유람하고 싶었지만 두 승려는 이렇게 말했다.

"대감을 모시고 저 아래 연못에서 노닐고 싶습니다만 속세와 점점 가까워지는 것이 꺼려집니다."

그러고는 마침내 소매 속에다 시를 넣고 가 버렸다. 돌아보니 그 두 승려의 지팡이가 나는 듯하더니 금세 시야에서 사라져 버리고 말았다.

이곳을 떠나서 앞으로 가다가 한 줄기 시냇물, 한 맑은 연못, 한 무더기의 봉우리를 만났다. 문득 바위에 걸터앉아서 시를 읊조렸다.

신흥사神興寺에 이르렀다. 함께 유람한 자들 중 앞서갔던 이들은 드러누워 쉬고 있은 지가 이미 오래였다. 우리는 함께 시냇가 바위에 올랐다. 시냇물이 대일봉과 방장봉 사이에서 흘러나왔다. 우거진 숲은 하늘을 덮을 듯하고, 맑은 시냇물은 돌을 타고 흘러내렸다. 평평한 바위는 60~70명 정도가 앉을 만했다. 바위에는 "洗耳巖"(세이암)이라는 세 글자가 크게 새겨져 있는데, 누구의 필적인지는 알 수가 없다.

이곳 동네는 '삼신동'三神洞이라고 불린다. 그것은 이 동네 안에 영신사靈神寺, 의신사義神寺, 신흥사神興寺 세 사찰이 있기 때문이라고 한다. 세속에서 귀신을 숭상한다는 것은 이런 것을 보아서도 알 수 있다. 도가의 비법을 기록한 책에서는 또 말하기를, "요 근년에 어떤 사람은 고운孤雲 최치원崔致遠이 푸른 나귀를 타고서 날듯이 독목교獨木橋를 넘어가는 것을 보았는데, 강씨 집안의 한 젊은이가 그 고삐를 잡고 만류하였지만 채찍을 휘두르면서 뒤도 돌아보지 않고는 가 버렸다"라고 했다. 또 말하기를, "고운은 죽지 않고 지금도 청학동青鶴洞에서 노닐고 있다. 청학동의 승려는 하루에 세 번이나 고운을 보았다"라고 했다. 이런 말을 믿을 수는 없다. 하지만 세상에 진짜 신선이 있다면 어찌 고운이 신선이 되지 않았다고 할 수 있겠는가? 그리고 고운이 과연 신선이 되었다면 그가 이곳을 버려두고 또 어디 가서 놀겠는가!

이날 순지는 먼저 칠불암七佛菴으로 갔다. 내가 이 절의 승려에게 자세하게 물었다.

"칠불암에 기이한 봉우리가 있는가?"

"없습니다."

"폭포가 있는가?"

"없습니다."

"맑고 깊은 못이 있는가?"

"없습니다."

"그러면 무엇이 있는가?"

"칠암정사七菴精舍만 있을 뿐입니다."

나는 단청으로 칠한 절은 실컷 보았고, 또 때는 녹음이 우거진 계절이라 눈여겨볼 만한 기이한 경치도 없을 것이요, 게다가 산비탈을 오르내리는 일은 이미 흥이 다 사라져 버렸으니, 시냇가 길을 따라가면서 수석을 구경하는 것이 더 나을 것이라고 생각했다. 길을 떠나 홍류교紅流橋를 건너 만월암滿月巖을 지나서 여공대呂公臺에 이르러 앉았다. 깊고 깊은 못을 보기도 하고, 찰찰 흐르는 개울 물소리를 듣기도 하며, 갓끈을 풀어 씻기도 하고, 물을 한 움큼 떠서 입을 헹구기도 하였다.

쌍계석문雙溪石門에 이르렀다. 고운 최치원의 필적이 바위에 새겨져

있는데, 글자의 획이 마모됨이 없었다. 그 글씨를 보니 바짝 마르면서
도 굳세어 세상의 살찌고 부드러운 서체와는 전혀 다른 참으로 기이한
필체였다. 탁영濯纓 김일손金馹孫은 이 글씨를 두고 어린아이가 글자를
배우는 정도의 것이라고 평한 바 있다. 탁영이 비록 글은 잘 지었지만
글씨에 대해서는 배우지 못한 것이다. 이끼 낀 바위 위에 모여 앉아 맑
고 깊은 못과 폭포를 바라다보았다. 동자가 말했다.

"해가 이미 서쪽으로 기울었습니다."

그리하여 쌍계사雙溪寺로 들어갔다. 절에는 오래된 비석에 용머리
를 한 거북 모양의 비석 받침돌이 있었다. 비석에는 전서체篆書體로 "쌍
계사 고 진감선사비"雙溪寺故眞鑑禪師碑라고 쓰여 있었다. 하지만 그 전
서체가 기이하고도 괴이하여 쉽게 알아볼 수 있는 것은 아니었다. 그
밑에는 "전 서국도순무관승무랑시어사내공봉사자금어대 신 최치원
이 교서를 받들어 짓다"(前西國都巡撫官承務郞侍御史內供奉賜紫金魚帒臣崔
致遠奉教撰)라고 쓰여 있었으니, 곧 중국 당나라 희종僖宗 광계光啓 연
간(885~887)이다. 손가락을 꼽아 헤아려 보니 지금으로부터 700년 전
에 세운 것이었다. 나라의 흥망이 수없이 바뀌어 갔지만 옛것은 그대
로 남았고 사람만 보이지 않을 뿐이다. 그러니 비석을 보고서 눈물만
떨구기보다야 차라리 신선술을 배워 더 오래도록 이 세상을 보는 것이
낫지 않겠는가? 내가 이 비석을 보면서 뒤늦게나마 깨달은 점이다.

나는 젊은 시절부터 고운의 필적을 좋아하여 그 탁본을 구해서 감
상하곤 했다. 하지만 임진왜란을 겪고 나자 집과 글씨가 다 없어져 버
려 늘 한스럽게 여겼다. 내가 금오金吾의 문사랑問事郞이 되었을 때에
문건을 해서楷書로 쓰고 있는데, 금오장군 윤기빙尹起聘이 곁에 있다가

한참 동안을 자세히 보더니 말하였다.

"자네는 고운의 서법을 배운 적이 있는가? 환골탈태도 그 정도면 대단하이."

지금 고운의 진본을 보니 옛사람을 위문하며 감회가 일어날 뿐만 아니라 아울러 옛적 일을 슬퍼하는 마음도 함께 생겨났다. 이에 종이와 먹을 가져오게 하여 고운의 글씨를 탁본하였다. 절에는 대장전大藏殿과 영주각瀛洲閣과 방장전方丈殿이 있었다. 예전에는 학사당學士堂이 있었는데, 지금은 이미 무너져 버렸다. 날이 저물었다. 순지가 칠불암에서 돌아왔다.

4월 7일

순지가 작별을 고하면서 말했다.

"나는 몇 년 전에 이미 청학동을 유람한 적이 있소. 지금 다시 꼭 가볼 필요는 없을 터이니, 곧바로 돌아가겠소."

김화도 말했다.

"저도 전에 청학동을 실컷 구경한 적이 있습니다. 농사철이 되어 일이 있어서 먼저 돌아갈까 합니다."

나는 두 사람을 돌려보내고 나서 혼자 신상연의 무리와 함께 동쪽 고개를 넘어 깊은 골짜기로 들어갔다. 골짜기는 황혼동과 월락동처럼 어두컴컴했으며, 긴 대나무가 길을 끼고 있었다. 송아지 뿔처럼 생긴 새로 나온 죽순은 묵은 잎을 뚫고서 삐져나와 있었다. 대나무는 가끔씩 승려들의 발에 부딪혀서 꺾이기도 했다. 북쪽에서 온 나로서는 그런 모양을 본다는 것이 좀 안타까웠다. 절벽에 이르자 승려들이 나무를 찍어서 다리를 놓아둔 것이 여러 군데였다. 아래를 내려다보니 컴컴하여 바닥조차 보이지 않았다.

마침내 불일암佛日菴에 도착했다. 암자 앞에는 평평한 대臺가 있고, 벼랑에는 완폭대玩瀑臺라고 새겨져 있었다. 폭포수가 푸른 봉우리와 비취빛 절벽 사이로 쏟아져 내리는데, 그 길이가 수백 척은 될 만했다. 중국 여산廬山의 폭포 높이가 얼마나 되는지는 모르겠지만, 우리나라에서 긴 폭포로는 박연폭포만 한 것이 없을 것이다. 하지만 이 폭포는 박연폭포와 비교해 보아도 몇 길이나 더 긴 듯하고, 그 물이 떨어지는 길이도 더 긴 듯하다. 다만 아무런 막힘 없이 곧바로 떨어져 내리는 것으로만 본다면 박연폭포보다는 좀 못한 것 같다. 하늘의 띠가 아래로 드리운 듯한 폭포가 쏟아지자 온 골짜기는 우레가 치는 듯 요란했고, 붉은빛을 띤 안개와 함께 흰 눈 같은 하얀 물보라가 골짜기 안에 이리저리 불어제쳤다. 사람의 귀와 눈을 놀라게 할 정도의 서늘한 느낌에 정신을 잃을 것만 같았다. 이날의 이 기이한 구경은 평생에 다시 보기 어려운 광경이었다.

남쪽에는 향로봉香爐峰이 있고, 동쪽에는 혜일봉慧日峯이 있으며, 서쪽에는 청학봉靑鶴峯이 있었다. 승려가 절벽의 구멍을 가리키면서 말하였다.

"저것이 학의 둥지입니다. 옛날에는 붉은 머리에 푸른 날개를 지닌 학이 살았습니다만 지금은 몇 년이나 지났어도 오지 않고 있습니다."

나는 비결서秘訣書에 쓰인 '지리산의 푸른 학이 무등산으로 옮겨갔다'는 말을 들었는데, 이 말과 서로 들어맞는 것이 아니겠는가? 홀연 노새 같은 산양이 향로봉 꼭대기에 아주 한가롭게 누워 있는 것이 보였다. 산양은 비파와 피리 소리에 귀를 기울이고 두리번대면서 사람을 보아도 피하려고 하지 않았다. 아! 이놈은 금화산金華山의 신선이 기르던 것으로 지금까지 몇 년씩이나 한가롭게 잠이나 자다가 감히 이곳에서 당돌하게 내게 양 타는 법을 배우게 하려고 한단 말인가? 채찍을 들고 꾸짖자 그 소리를 듣고는 일어나 가 버렸다.

유람이 막 끝날 때쯤 관아의 말이 이미 골짜기에서 울며 기다리고 있었다. 골짜기를 빠져나올 때는 말을 아주 천천히 몰아 마치 아름다운 임을 막 이별하듯 했다. 며칠간이지만 내 발자취가 닿았던 곳들을 머리 돌려 바라보았다. 천 길 높이의 아름드리나무들이 마치 바늘처럼 가늘게 보였다. 이 골짜기의 이름을 물어보니, 화개동花開洞이라고 했다. 이곳은 땅이 따뜻하기 때문에 꽃이 먼저 핀다고 한다.

옛날에 일두—蠹 정여창鄭汝昌은 이곳에다 집을 짓고 학업을 갈고닦았다. 일두가 일찍이 이 산을 유람하다가 힘이 다하자 새끼줄 한 가닥을 자신의 허리에 묶고는 한 승려에게 끌고 가게 하였다. 그러자 탁영 김일손이 말하기를, "스님은 어디서 이런 죄인을 묶어서 오는 것이오?"라고 하고는 또 말하기를, "좋은 나무인데도 훌륭한 목공을 만나지 못해 대들보로 쓰이지도 못하고 빈산에서 말라 죽는다는 것은 조물주도 애석하게 여길 것이오. 하지만 하늘이 정해 준 햇수는 마치겠지요"라고 하였다.

아! 말이란 곧 마음의 소리이다. 마음은 본래 텅 비고 밝으니, 말이란 입 밖으로 나오면 그대로 되는 법이다. 그 후에 일두는 옥에 갇혔다가 죽었고, 탁영도 요절하고 말았다. 그들에게 정해진 하늘의 햇수는 조물주도 애석하게 여길 일이었으니, 이것이 어찌 사람이 말한 대로 이루어진다는 것이 아니겠는가! 무릇 하늘과 사람의 일은 은연중에 합치되고, 통하고 막히는 것은 그 시대의 운수와 서로 부합한다.

중국에서 형산衡山에 구름이 걷히자 당나라 한유韓愈는 스스로 자신의 정직을 과시하였고, 동해에 신기루가 나타나자 송나라의 소식蘇軾 또한 스스로 자신을 한유에다 비유한 바가 있었다. 이들은 자신의 천운天運은 알지 못했지만 이런 징조 후에 머지않아 다시 임금의 부름을 받았으니, 길조가 그들을 위해 먼저 나타난 것이다. 점필재 김종직과 탁영의 지리산 유람록을 읽어 보니, 그들이 천왕봉에 올라 유람하던 날 모두 비바람과 구름과 안개에 막혀 낭패를 당한 것이 많았다. 이 두 사람이 정직하다는 것은 세상이 밝히 아는 일이다. 하지만 그 불길한 징조가 일이 터지기 전에 먼저 보였으니, 산신령이 이들을 희롱한 것이라 하겠다.

이번에 내가 순지와 함께 이 산에 들어온 이후로는 날씨가 맑고 온화했다. 오랫동안 가물었다가 비도 왔고, 떠돌던 흐릿한 기운도 높이 날아가 버려 강산을 저 만 리 밖에서도 구경할 수 있도록 시야에 막히는 것이 전혀 없었다. 비록 신령한 용을 건드려 잠시 노여움도 사기는 하였지만 그래도 때마침 그다음 날 날씨가 맑게 개는 도움을 넉넉하게 받았으니, 무얼 그리 마음 상해할 것이 있으랴!

정오 무렵에 섬진강을 끼고 서쪽으로 나아가 와룡정臥龍亭에서 쉬었다. 이 와룡정은 곧 생원 최온崔蘊의 별장이다. 큰 언덕이 강 중심까지 들어가 있어서 마치 흐르는 물결을 끊어 놓은 듯하다. 말을 타고 너럭바위 위로 나가니, 마치 솜을 타 놓은 듯한 백사장이 수백 보에 걸쳐 있다. 그리고 그 위쪽에는 서너 간짜리 초당이 있고 비취빛 대나무와 푸른 소나무가 주위에 심겨 있다. 이런 그림 같은 풍광이 에워싼 모습에는 초연히 속세를 벗어난 기상이 있었다. 이날은 남원부의 남창南倉에서 묵었다.

4월 8일

숙성령嘯星嶺을 넘어 잠시 용담龍潭 가에서 쉬었다가 관아로 돌아왔다. 서찰이 앞에 가득하고 공문서가 책상에 쌓여 있다. 행전行纏*을 풀고 죽장도 던지고서 다시 관리 노릇을 하려고 하니 부끄러울 뿐이다.

아! 나는 성격이 어디에 매이기를 싫어하여 약관의 나이 때부터 사방의 산수를 유람하였다. 벼슬길에 오르기 전에는 삼각산을 내 집처럼 여겨 아침저녁으로 백운대를 오르내렸고, 청계산·보개산·천마산·성거산에서 책을 읽었다. 또 임금님의 명을 받들어 외직을 맡아 팔도를 두루 돌아다닐 때는 청평산을 둘러보고, 사탄동으로 들어가서 한계산과 설악산을 유람하였다. 봄가을로는 풍악산의 구룡연과 비로봉을 구경하고서 동해에 배를 띄우고 내려와서는 영동 아홉 고을의 산수를 두루 돌아보기도 했다. 그리고 적유령을 넘어 압록강 상류까지 거슬러 올라가 마천령과 마운령을 넘어 칼을 짚은 듯한 기상의 장백산과 험준한 파저강, 두만강까지 이르렀다가 북해에서 배를 타고 돌아왔다. 또 삼수와 갑산을 끝까지 다 가 보았고 혜산의 장령에 앉아서 백두산을 굽어보았으며, 명천의 칠보산을 지나 관서의 묘향산에 올랐다. 거기서 다시 발길을 돌려 서쪽으로 가서 큰 바다를 건너 구월산에 올랐다

---

* 보행에 편하도록 바지 정강이 부분을 잡아매는 옷감.

가 흰 모래톱 물가에 머물러 보기도 하였다. 중국은 세 번이나 갔다 왔는데, 요동으로부터 북경에 이르기까지 그 사이의 아름다운 산과 물을 모두 보고서 돌아왔다.

나는 일찍이 땅의 형세가 동남쪽은 낮고 서북쪽은 높으니, 남쪽 산들이 높다고 하나 북쪽 산들과는 비교가 되지 않는다고 생각했다. 또 두류산이 아무리 명산이라고 하지만 풍악산은 우리나라 산 전체를 집대성한 것이나 다를 바가 없으니, 바다를 본 사람이 시시한 물줄기 정도는 하찮게 보듯이 두류산도 단지 한 주먹 정도의 돌덩이 정도로만 보였을 뿐이다. 그런데 지금 천왕봉 꼭대기에 올라 보고 나서야 그 웅장하고 걸출함이 우리나라 모든 산의 으뜸이 된다는 사실을 알게 되었다.

두류산이 더욱 높고 크게 보이는 까닭은 살은 많고 뼈는 적기 때문이다. 이것을 문장에다 비유한다면 굴원屈原의 글은 슬프고, 이사李斯의 글은 장대하고, 가의賈誼의 글은 분명하고, 사마상여司馬相如의 글은 풍부하고, 양웅揚雄의 글은 신비스럽지만 사마천司馬遷의 글은 이들 모두를 두루 갖추고 있는 것과도 같다. 또한 맹호연孟浩然의 시는 고상하고, 위응물韋應物의 시는 전아하고, 왕유王維의 시는 공교롭고, 가도賈島의 시는 맑고, 피일휴皮日休의 시는 까다롭고, 이상은李商隱의 시는 기이하지만 두보의 시가 이들 모두를 종합하고 있는 것과도 같다. 지금 살이 많고 뼈가 적다는 것으로 두류산을 낮게 본다면 이것은 유사복劉師服이 한유의 문장을 똥덩이라고 비아냥거린 것과도 같을 것이니, 이것으로 이 두류산을 안다고 할 수 있겠는가!

지금 저 두류산은 그 근원이 백두산에서 시작하며, 면면이 4천 리나 뻗어 온 아름답고 웅혼한 기상이 남해까지 이르러 쌓이고 모여서 우뚝 솟아나 열두 고을을 에워싸고 있으며, 사방의 둘레는 2천 리나 된다. 안음과 장수는 그 어깨를 매었고, 산음과 함양은 그 등을 짊어졌으며, 진주와 남원은 그 배를 맡았고, 운봉과 곡성은 그 허리를 꿰어 찼으며, 하동과 구례는 그 무릎을 베었고, 사천과 곤양은 그 발을 물에 담갔으니, 그 뿌리를 내리고 있는 것이 영남과 호남이 절반 이상을 차지한다. 저 풍악산은 북쪽에 가깝지만 4월이면 눈이 녹는 데 비해 두류산은 남쪽 끝에 있음에도 5월까지 얼음이 단단하다. 그러니 그 땅의 높음과 낮음을 가히 미루어 짐작해 볼 수 있다.

옛사람들은 일찍이 천하의 큰 강 셋을 논할 때에 황하와 양자강 그리고 압록강을 들었다. 하지만 지금 내가 살펴보니, 압록강의 크기는 한양의 한강에 지나지 않는다. 이는 자신이 직접 보지도 않고서 데면데면하게 들떠워 놓고 논하다 보니 그런 것이고, 또 기록에 실린 것도 그렇게 자세하지 못하다. 나 같은 사람이 우리나라의 산과 바다를 이 두 발로 다 밟아 보았으니, 비록 사마천과 박망후博望侯 장건張騫*의 유람에 비교하더라도 크게 뒤지지는 않을 것이다.

내 발자취가 미친 모든 곳의 높낮이를 차례로 매겨 본다면 두류산이 우리나라 제일의 산임은 의심할 여지가 없다. 만일 인간 세상의 영화를 다 마다하고 영영 떠나서 돌아오지 않으려고 한다면 오직 이 두류산만이 은거하기에 좋을 것이다. 이제 돈과 곡식과 갑옷과 무기와 같은 세상 것들에 대해 깊이 알아 가는 것은 머리 허연 이 서생이 다룰

---

* 장건은 중국 한나라 무제 때에 서역 교통로인 소위 실크로드를 최초로 개척한 사람으로, 널리 유람했다고 해서 박망후라는 벼슬에 봉해짐.

바는 아니리라. 조만간에 이 벼슬 끈을 풀어 버리고 내가 생각한 애초의 일을 이룰 것이다. 만약에 물소리 조용하고 바람 소리 한적한 곳에 작은 방 한 칸을 빌릴 수 있다면 어찌 고흥의 옛집에서만 나의 이 지리지地理志를 쓸 수 있겠는가!

1611년(광해군 3) 4월 모일에 묵호옹默好翁이 쓴다.

이 글의 저자는 유몽인柳夢寅(1559~1623)이다. 이 글은 저자가 53세 때에 쓴 '유두류산록'遊頭流山錄으로, 중앙의 관직을 모두 사임하고 남원의 수령으로 내려가던 1611년(광해 3) 봄에 두류산을 유람하고서 쓴 기행문이다. 두류산은 곧 지리산을 가리키며, 전북 남원시, 전남 구례군, 경남 산청군·하동군·함양군 등에 걸쳐 있다. 두류산頭流山이란 '멀리 백두간이 흘러왔다'라고 하여 붙은 이름이고, 지리산智異山이란 '어리석은 사람이 머물면 지혜로운 사람으로 달라진다'라고 하여 붙은 이름이다. 두류산은 또 옛 삼신산의 하나인 방장산方丈山으로도 알려져 있다. 『어우야담』於于野譚의 저자인 유몽인은 호가 어우당於于堂으로 당대의 문장가였으며 글씨에도 조예가 깊었다. 이 유람기에도 그의 이러한 면모가 잘 드러난다.

저자는 곳곳의 경물을 눈에 보듯 실감나게 잘 묘사하였으며, 그 경물들을 통해 때로 자신만의 인생론을 펼치기도 한다. 또 용에 관한 이야기를 미신으로 치부하고 무당을 싫어하는 유자儒者 특유의 생각이 잘 나타나 있는 한편 천왕봉에 올랐을 때는 그곳 매 사냥꾼들의 이야기를 듣고 그들의 삶을 동정하기도 하여 치자로서 백성의 고통을 느껴 보고자 하는 마음도 드러나 있다. 그리고 뒷부분에는 두류산에 대한 저자 나름의 평가를 내리고 있는데, 이 대목도 탁월한 식견이어서 볼만하다.

한라산

말, 곡식, 부처, 사람을 닮은 산

최익현, '유한라산기'

1873년(고종 10) 겨울에 나는 조정에 죄를 지어 탐라耽羅로 귀양을 가
게 되었다. 하루는 섬사람들과 산수에 대해 이야기를 나누다가 내가 물
었다.

"한라산漢拏山의 명승은 천하에 이름이 났는데도 읍지邑誌를 보거나
사람들의 말을 들어 보면 이 산을 구경했다는 사람이 매우 적으니, 갈
수 없는 것인가, 아니면 가지 않는 것인가?"

그들이 대답하였다.

"이 산은 400리에 뻗치어 있고 높기로는 하늘에 닿을 듯하며 5월이
되어도 눈이 녹지 않고 그대로 남아 있습니다. 또한 최정상인 백록담白
鹿潭은 뭇 선녀들이 하늘에서 내려와 노니는 곳으로, 비록 맑은 날이라
할지라도 구름이 늘 끼어 있습니다. 그래서 세상에서는 이 산을 신선
이 산다는 영주산瀛洲山으로 일컬으면서 삼신산의 하나로 여겼습니다.

그러니 어찌 보통 사람들이 쉽게 유람할 수 있는 곳이라 하겠습니까?"

나는 이 말을 듣고 나도 모르게 두려운 마음이 들었다.

1875년 봄, 마침 임금님의 특별하신 은혜를 입어 귀양살이에서 풀려나게 되었다. 이에 한라산을 찾아보리라 계획하고 선비 이기남李琦男에게 길을 안내하게 하였다. 젊은이 열댓 명과 하인들 대여섯 명이 따라나섰다.

때는 3월 27일이었다. 남문을 나서서 10리쯤을 가자 길옆에 시냇물이 흘렀다. 한라산 북쪽 기슭의 물이 흘러 내려온 것인데, 이곳에서 모였다가 다시 바다로 들어간다고 한다. 언덕 위에다 말을 세우고 벼랑을 따라 아래로 수십 걸음을 내려가니 양쪽 가에 푸른 절벽이 깎아지른 듯이 서 있고, 한가운데는 문 모양처럼 생긴 바위가 가로로 걸쳐 있었다. 그 길이와 넓이가 수십 명 정도는 받아들일 만하였으며, 높이는 두 길 정도 되어 보였다. 바위 옆에는 "訪仙門登瀛丘"(방선문등영구: 신선 세계를 찾아가려고 영주산을 오르다)라는 여섯 글자가 새겨져 있었다. 또 옛사람들이 한라산의 열 가지 이름난 경치 중 하나에 대해 품평해 놓은 글도 있었다. 바위 문의 안팎과 위아래에는 맑은 모래와 흰 돌이 햇빛을 받아 반짝이면서 사람의 눈을 어지럽혔다. 또 수단화水團花와 철쭉이 좌우로 줄지어 심겨 있는데 막 꽃봉오리가 탐스럽게 피어나고 있어서, 이 또한 말할 수 없이 아름다운 풍경이었다. 나는 그만 그 자리를 뜨지 못한 채 서성대며, 돌아가야 한다는 것조차 잊어버리고 있었다.

다시 언덕을 올라가 동쪽으로 10리를 가니 죽성竹城이라는 마을이 나왔다. 집들이 상당히 즐비하였으며 대숲으로 둘러싸여 있었다. 한 널찍한 집에 숙소를 정하고 나니 해는 이미 저물어 가고 있었다. 하늘은 캄캄해지고 바람은 고요한 것이 꼭 비가 올 것만 같아, 밤새 잠을 설치다가 새벽에 일어났다. 하인에게 날씨를 물어보았더니 어제 초저녁보다 더 못하다고 하였다. 그 말이 사실이라면 일단 돌아갔다가 훗날에 다시 오자고 하는 사람이 열 명 중에 일고여덟은 되었다. 하지만 나는 억지로 술 한 잔과 국물 한 종지를 마신 후에 여러 사람들의 뜻을 어기고서 말을 채찍질하여 앞으로 나아갔다.

돌길은 꽤 험하고 좁았다. 이렇게 5리 정도를 가다 보니 중산中山이라는 큰 언덕이 나타났다. 관리들이 산을 오를 때에는 이곳에서 말에서 내려 가마로 바꿔 탄다. 갑자기 먹구름이 드문드문해지며 구름 사이로 햇살이 새어 나오면서 바다와 산이 차례대로 그 모습을 드러냈다. 이에 이성二成을 시켜서 말을 돌려보내고, 가벼운 옷차림에다 짚신을 신고 지팡이를 짚고서 앞으로 걸어 나갔다. 집주인 윤규환尹奎煥은 다리가 아프다고 하여 돌아갔고, 나머지 사람들은 다 같이 고기꿰미처럼 줄을 지어 뒤를 따라왔다.

한 줄기 가느다란 길을 따라가는데 나무꾼이나 사냥꾼이 오가느라 그래도 조금은 길 같은 모양새가 있었다. 하지만 그 길도 끝나 버리자 더욱 높고 험준하며 좁아서 갈수록 점점 더 위태로워졌다. 이렇게 구불거리며 20리를 가다 보니 짙은 안개가 싹 걷히고 날씨가 활짝 개었다. 그러자 일행 중 처음에 날씨가 좋지 않다고 가지 말자고 하던 사람들이 오히려 더 좋아했다. 그래서 내가 말했다.

"이 산을 유람하느냐 마느냐 한 것이 다 자네들의 입에서 나왔거늘, 어찌 좀 조용히 삼가는 태도를 보여 주지 못하는 것인가?"

좀 더 앞으로 나아가니 바위 밑에서 시냇물이 쏟아져 나와 굽이굽이 아래로 흘러 내려갔다. 잠시 평평한 바위에 앉아 갈증을 푼 뒤에 시내를 따라 서쪽으로 나아갔다. 몇 층이나 되는지도 모를 돌계단을 지나서 남쪽으로 돌아가니 고목과 푸른 등나무가 어지럽게 얽혔으며, 숲은 우거져 하늘을 뒤덮고 길을 막아서 앞으로 나아가기가 어려웠다. 이렇게 10리쯤을 가자 가느다란 갈대가 숲을 이루고 있는 것이 보였다. 그 풍경이 얼마나 아름다운지 한동안 넋을 잃게 만들었으며 또 앞도 탁 틔어 바라볼 만하였다.

다시 서쪽을 향해 몇 리쯤 가니 우뚝 솟은 절벽이 대臺처럼 걸쳐져 불쑥 튀어나와 있는데 수십 길은 되어 보였다. 사람들은 이것이 삼한시대의 봉수烽燧 터라고 하였지만 근거가 될 만한 것이 없었다. 날이 저물까 염려가 되어 직접 가 보지는 못하였다. 또 몇 걸음 나아가니 가느다란 시냇물이 흘렀다. 이는 상류에서 쏟아져 내린 물이 여기에 이르러 겨우 그 흔적만을 보인 것이다. 이 시냇물을 따라서 올라가니 얼음이 덮이고 가파른 데다 잡목들이 그 위와 옆을 뒤덮고 있었다. 그래서 머리를 숙이고 엎드린 채 간신히 지나가느라 나 자신이 몹시 위태롭고 높은 곳에 있는지조차 생각할 겨를이 없었다.

이런 식으로 6~7리를 가서야 비로소 정상이 보이기 시작했다. 이곳부터는 흙과 돌이 섞였고 그리 평평하지도 비탈지지도 않았으며 둥그스름하면서도 두툼한 봉우리가 바로 이마 가까이에 와 닿을 듯하였다. 정상에는 초목이 나지 않았으며, 오직 푸른 이끼와 덩굴만이 바위를 뒤덮고 있어서 앉거나 누울 만도 하였다. 또 높고 밝아 시야가 확 틔어 해와 달을 옆에 두고 비바람도 마음대로 부릴 수 있을 것만 같아, 속세를 벗어날 뜻을 불러일으켰다.

잠시 후에 짙은 안개가 몰려오더니 시야가 흐릿해지면서 서쪽에서 동쪽으로 산등성이를 휘감았다. 마음속으로 은근히 괴이한 일이라 여겨졌다. 하지만 이미 이곳까지 와서 이 산의 진면목을 보지도 못하고 돌아간다면 아홉 길이나 쌓은 공이 한 삼태기에 무너지는 꼴이 될 것이요, 이렇게 되면 섬사람들의 웃음거리가 되고 말 것이라는 생각이 들었다. 이에 다시 마음을 굳게 먹고 수백 걸음을 걸어가니 북쪽 가에 갑자기 움푹 파인 구덩이가 나타났는데 바로 백록담이었다. 둘레는 1리가 넘었고 수면은 잔잔했는데 반쯤은 물이었고 반쯤은 얼음이었다. 홍수나 가뭄에도 물이 더 불어난다거나 더 줄어든다거나 하는 일이 없다고 한다. 얕은 곳은 무릎에, 깊은 곳은 허리에 찼으며 아주 맑고 깨끗한 것이 한 점의 티끌도 없어서 마치 신선이라도 숨어 사는 듯하였다. 사방을 둘러싸고 있는 산봉우리들도 높고 낮음이 가지런하여 참으로 하늘이 내린 천연의 성곽이라고 말할 만하였다.

높은 절벽을 따라 내려가 백록담을 돌아서 남쪽으로 내려가다가 털썩 주저앉아 잠시 쉬었다. 일행들은 모두 지쳐서 남은 힘이 없었다. 그래도 서쪽을 향해 있는 가장 높은 봉우리가 이 한라산의 절정이었기에 가쁜 숨을 몰아쉬면서도 조금씩 앞으로 나아갔다. 하지만 따르는 사람은 겨우 셋밖에 없었다.

이 봉우리는 아주 넓고 평평해서 그렇게 까마득하게 높아 보이지는 않았다. 하지만 위로는 뭇 별자리들을 바로 코앞에서 바라보고 아래로는 인간 세상을 굽어보며, 왼쪽으로는 해돋이를 바라보고 오른쪽으로는 서양과 맞닿아 있었다. 또 남쪽으로는 저 중국의 소주蘇州와 항주杭州를 가리킬 만하고, 북쪽으로는 내륙을 끌어당길 만하였다. 점점이 떠 있는 섬 가운데에서 큰 것은 마치 구름 조각 같았고, 작은 것은 마치 계란같이 보이는 등, 그 천태만상이 참으로 놀랍고도 괴이하였다.

『맹자』에 보면 "이미 바다를 본 사람은 물이 물로 보이지 않으며, 태산에 올라 본 사람은 천하를 작게 여긴다"고 하였으니 이 성현들의 역량을 어찌 상상이나 할 수 있겠는가? 또 만일 소식蘇軾에게 당시에 이 산을 보게 하였더라면 "허공에 떠서 바람을 다스리고, 신선이 되어 하늘에 오르네"라고 읊었던 시구가 어찌 적벽赤壁에만 해당이 된다고 하겠는가? 나는 주자朱子의 "낭랑하게 읊조리며 날듯이 축융봉을 내려오네"라는 시구를 외워 보았다. 다시 백록담 가로 되돌아오니 종들이 이미 밥을 지어 놓았다. 밥을 먹고 물을 마시는데 물맛이 어쩌나 달고 맛있는지, 내가 일행을 둘러보며 말하였다.

"이건 신선이 먹는다는 바로 그 선약仙藥과 같은 맛이 아닐까?"

북쪽으로 1리 남짓 가면 혈망봉穴望峯이라는 곳이 있는데 옛사람들이 이름을 새겨 놓았다고 하였다. 하지만 해가 저물어서 미처 가 볼 겨를이 없었다. 산허리에서 옆으로 걸어 동쪽으로 석벽을 넘어갔다. 벼랑을 부여잡고 개미처럼 붙어서 5리를 내려가다가 다시 산의 남쪽에서 방향을 돌려 서쪽으로 갔다. 안개 속에서 우러러보니 백록담을 둘러싸고 있는 석벽이 마치 대나무를 쪼개고 오이를 깎은 듯이 하늘에 치솟아 있는데, 기기묘묘한 모습과 형형색색의 빛깔이 마치 석가여래가 가사와 장삼을 입고 있는 것 같았다.

20리쯤 내려오니 이미 황혼이 되었다.

"여기서부터 인가까지는 거리가 상당히 멀다고 하네. 밤도 그리 차갑지 않으니, 그냥 가다가 도중에 피곤해서 지쳐 쓰러지는 것보다야

한라산(제주삼현도)

차라리 이곳에서 노숙하고서 내일 홀가분하게 떠나는 것이 어떻겠는가?"

내 말에 일행이 모두 그렇게 하자고 하였다. 이에 바위를 의지해서 그 위에 나무를 걸치고 불을 피워 몸을 따뜻하게 하였다. 그러고 나서 설핏 잠이 들었는데 어느새 하늘이 밝아오고 있었다. 밥을 먹은 뒤에 천천히 걸어가는데 어젯밤 이슬에 젖었던 옷과 버선이 마르지 않아 축축했다.

얼마 가지 않아 길을 잃고 말았다. 이리저리 헤매느라 겪은 갖은 고생을 말로 다 표현할 길이 없다. 하지만 내려가는 길이어서 어제에 비하면 평지나 다를 바 없었다. 다시 10리쯤 내려와서 영실瀛室에 이르렀다. 높은 봉우리와 깊은 골짜기에 우뚝우뚝 선 괴이한 바위들이 웅장한 위용을 뽐내며 빽빽하게 들어차 있는데 모두가 부처의 모양을 하고 있었으며, 그 수도 수천 개나 되어 셀 수조차 없을 정도였다. 여기가 바로 천불암千佛巖 또는 오백장군五百將軍이라고 불리는 곳으로 산의 남쪽에 있던 것에 비해 더욱 기괴하면서 웅장해 보였다. 산 아래에는 한 줄기 시내가 흘러서 바다로 들어가는데, 길가에 있기 때문인지 아주 얕았다.

풀밭에 앉아 잠시 쉬다가 다시 20리를 가서 서쪽 골짜기 어귀를 나오니 관아의 군사들이 말을 끌고 와서 기다리고 있었다. 인가에서 밥을 지어 먹고 요기를 한 다음에 저물녘에야 성으로 돌아왔다.

이 산은 백두산을 근원으로 하여 남으로 4천 리를 달려 영암의 월출산이 되고 또 남쪽으로 달려 해남의 달마산이 되었으며, 이 달마산은 바다를 넘어 5백 리를 달려 추자도가 되었고 또 5백 리를 건너서 한라산이 되었다. 이 산은 서쪽으로 대정현에서 일어나 동으로 정의현에서 그치고 그 가운데가 불쑥 솟아올라 정상이 되었는데, 동서가 200리요 남북으로는 100리가 넘는다.

어떤 사람은 이 산이 아주 높아서 하늘의 은하수를 잡아당길 만하다고 하여 한라산이라 한다고 말한다. 또 어떤 사람은 이 산의 성품이 욕심이 많아서 그해 농사의 풍년과 흉년은 이 탐라도 관장의 청렴 여부를 보아 결정된다고 한다. 또 외래의 선박이 정박했다가 이곳의 산물을 실어 가려고 하면 번번이 비바람을 만나 난파하므로 탐산耽山이라고도 한다고 하며, 또 산의 형세가 동쪽은 말, 남쪽은 부처, 서쪽은 곡식, 북쪽은 사람과 닮았다고 말하나 모두 근거가 없는 말일 뿐이다.

그중에서도 오직 산의 형세를 논한 것으로만 보자면 그래도 그 비슷한 점을 상상해 볼 수 있다. 즉 산세가 굽었다 펴지고 높았다 낮아지면서 마치 내리달리는 듯한 것은 말과 비슷하고, 높은 바위와 층층의 절벽들이 빽빽하게 늘어서서 공손히 절하는 듯한 것은 부처와 같다. 평평하고 넓으며 멀리 흩어져 활짝 핀 듯한 것은 곡식과 닮았고, 북쪽을 향해 곱게 껴안은 듯한 수려한 자태는 꼭 사람처럼 보인다. 이 때문에 말은 동쪽에서 나고, 절은 남쪽에 모여 있으며, 곡식은 서쪽에서 자라기에 적절하고, 뛰어난 사람은 북쪽에서 많이 나며 나라를 향한 충성심도 남다르다고 한다.

이 한라산은 외따로 떨어진 작은 섬이지만 큰 바다의 기둥이요, 삼천리 한반도 해양의 입구이며, 외적들이 감히 엿보지도 못하는 곳이다. 게다가 산해진미 가운데에서 임금에게 바쳐지는 것도 이곳에서 많이 나오며, 공경대부와 일반 백성이 쓰는 필수품과 이 지역 내 6~7만 가구가 경작하고 채굴하는 것도 이곳에서 공급이 된다. 그러니 나라와 백성에게 미치는 이로움으로 본다면 저 지리산과 금강산처럼 다만 사람들에게 볼거리만을 제공해 주는 것과 어찌 같이 놓고 말할 수 있겠는가?

오직 이 산은 바다 한가운데에 뚝 떨어져 있어서 맑고 높으며 찬 기운도 많아, 그 뜻이 견고하고 기상이 드높으니 체력이 강한 자가 아니라면 결코 오를 수가 없다. 그렇다 보니 지금까지 이 산을 오른 사람은 수백 년 사이에 관장 몇 사람에 불과할 뿐이어서 이전에 훌륭한 분들도 이 산의 진면목을 한 번도 명문장으로 남겨 놓지 못한 것이다. 이 때문에 세상의 호사가들이 신선이 산다는 허무맹랑한 말로 어지럽혔을 뿐이요, 이 산의 다른 면모에 대해서는 언급한 적이 없었다. 그것이 어찌 이 산의 본래 모습이겠는가? 그래서 내가 이 산을 유람하고 싶어 하면서도 갈 수 없는 사람들을 위해 그런대로 글을 엮어 보여 주고자 한 것이다.

1875년 5월에 최익현은 쓴다.

이 글의 저자는 최익현崔益鉉(1833~1906)이다. 이 글은 1873년(고종 10)에 저자가 호조 참판으로 있을 당시 민씨 일족의 옹폐를 비난하는 상소를 올렸으나 상소한 내용이 과격하고 방자하다고 하여 제주도 유배에 처해졌다가, 유배에서 풀려난 1875년 봄에 한라산을 유람하고서 쓴 기행문이다. 이때 그의 나이는 43세였다. 원제는 '유한라산기'遊漢拏山記이다.

한라산은 예로부터 명승지로 이름이 난 산이다. 하지만 당시만 해도 이 한라산을 가 본 사람이 드물었던 모양이다. 그래서 저자가 이 산을 갈 수 없는 것인지 아니면 가지 않는 것인지 알 수가 없어 사람들에게 물을 정도였다. 사람들은 한라산이 여름에도 눈이 녹지 않고 구름도 많이 끼는 높은 산이자 신령한 산이어서 그렇다고 하였으나 아마 제주도라는 섬에 있다 보니 아무래도 육지에 있는 산보다는 접근하기가 쉽지 않아서 그런 것으로 보인다. 그런 점에서 보면 저자의 이 유람기는 더욱 특별한 의미가 있다고 볼 수 있다.

이 유람기의 뒷부분은 한라산을 왜 한라산이라 부르게 되었는지, 또 한라산의 다른 이름에 대한 설명 및 한라산에 대한 총체적인 해설도 곁들이고 있어서 산의 전반을 이해하는 데 도움을 준다. 특히 한라산은 지리산이나 금강산처럼 단순히 볼거리만을 제공하는 산이 아니라 나라와 백성에게 이로움을 주는 각종 토산물도 공급한다는 점에서 여타의 산과 같이 놓고 말할 수 없다는 저자의 평가는 한라산을 바라보는 안목을 새롭게 해 준다.

두타산

골짜기가 깊고 수석이 기묘하여

김효원, '두타산일기'

천하에 산수로 이름난 나라로는 우리나라만 한 데가 없으며, 우리나라에서 산수로 이름난 고을로는 태백산맥 동쪽의 영동만 한 곳이 없다. 영동의 산수 중에 기이한 절경으로 이름이 난 것은 금강산이 최고이고, 그다음이 두타산이다. 그 산의 근원이 백두산에서 일어나 동쪽으로 달려 철령이 되고, 금강이 되며, 설악이 되고, 대관령이 되었다. 움푹 파인 곳은 계곡이 되고, 우뚝 솟은 것은 산봉우리가 되었다. 문득 선 것, 급하게 기울어진 것, 가파르고 험준한 것, 비스듬히 뻗어 나간 것 등 한두 가지 형상으로는 표현할 수 없을 정도이다. 두타산은 삼척부의 서북쪽에 위치해 있으면서 그 골짜기가 깊고 수석이 기묘하여, 사람들의 입에 오르내린 지가 오래되었다.

올봄에 나는 공무公務에 지쳐 한번 이 피로를 시원하게 씻어 버릴 생각을 하고 김안경·최인기·정유성·김안복 등과 함께 약속했다.

20일

행장을 바삐 꾸려서 새벽에 출발했다. 높은 모래재[沙嶺]를 넘자 푸른 소나무 가운데 붉은 꽃들이 산골짜기에 비쳐 환했다. 살내[箭川]에 이르니 마을 어른들 대여섯 분이 와서 함께 이야기를 나누었다. 박세호와 최극명이 우리를 따라가기를 원하기에 이들과 함께 나란히 길을 갔다. 혈담血潭을 지나 상평橡坪을 거슬러 올라가니 좌우의 계곡에서 콸콸 물소리가 들렸다. 길 왼쪽에는 반석 하나가 있고 맑은 물이 쏟아져 나오는데, 마치 옥이 부서지듯 구슬이 흩어지듯 했다. 우리는 말에서 내려 벌이고 앉아 술 몇 잔을 주고받으며 피리 한 곡조를 불었다.

다시 수십 보를 가서 호암虎巖이라는 곳을 만났다. 양쪽 언덕이 크게 잘려 나간 사이로 물이 쏟아졌고, 시들어 가는 붉은 꽃과 여리고 파란 잎이 일렁이는 물 중심에 거꾸로 비치어 어른거렸다. 정광보와 정대춘이 먼저 이곳에서 기다리고 있다가 우리와 만났는데, 마치 신선이라도 된 듯한 모습이었다. 사자항獅子項에서 잠시 쉬었다가 중대사中臺寺에 이르니 날은 이미 저녁이 되어 있었다.

21일

밥을 먹은 후 절 북쪽을 따라 곧바로 백련암白練巖으로 올라갔다. 길게 뻗은 시냇물과 길을 따라서 깎아 세운 듯한 절벽이 걸려 있었다. 우묵하게 패인 것은 못이 되었고, 물결이 부딪쳐 흐르는 것은 폭포가 되었다. 서로들 술통을 열고 잔질을 하면서 종이를 펼쳐 놓고 시를 지었다. 제각기 한 수씩을 지어 번갈아 부르면서 서로 주고받았는데, 세어 보니 이미 백 편이 넘었다. 지은 시는 별록別錄으로 남겨 두었다.

한낮이 되었을 때, 정예국이 붉은색의 적삼을 입고 와서 보였다. 내가 자리에 앉은 사람들에게 말했다.

"천상의 뭇 선선들이 지금 이 자동紫洞에 와서 모였구려. 그런데 저 붉은 옷을 입은 자는 도대체 누구시란 말인가?"

그리고 곧바로 그에게 벌주를 내리게 하니 한바탕 웃음꽃이 피었다. 산 뒤편에는 두견새가 아직 날이 저물지 않았는데도 먼저 울어댔고, 솔숲 속에서는 옥피리 소리가 났다. 소리만 들릴 뿐 사람은 보이지 않으니, 참으로 기묘한 광경이었다.

22일

솔문을 걸어 나와 시냇가를 따라서 아래로 내려갔다. 흰 돌 하나가 물 가운데에 놓여 있는데, 천여 명은 앉을 만했다. 그 돌에다 글자를 쓰려 하니 미끄러워서 발을 디디고 설 수가 없었다. 언덕 위에 올라서서 비껴 돌아가니 왼쪽에는 폭포수가 울어대고 오른쪽에는 매달린 듯한 바위가 기대어 있는데, 붉은 꽃 한 무더기, 푸른 소나무 한 그늘이 앞뒤로 서로 향하고 있어서 마치 에워싸 보호하고 있는 듯했다. 그래서 이곳의 이름을 반학대伴鶴臺라고도 하고, 기표암棄飄巖이라고도 하고, 무릉계武陵溪라고도 한다.

나는 그 바위 위에다 '구화진인'九華眞人이라고 썼다. 신중愼仲 최극명崔克明은 무릉주인武陵主人, 사미士美 박세호朴世豪는 천태도사天台道士, 달경達卿 정광보鄭光輔는 방장구선方丈癯仙, 응선應善 김안경金安慶은 자동거사紫洞居士라 불렀다. 자화子華 최인기崔仁起는 호중일로壺中逸老, 호인浩仁 정대춘鄭大春은 귤리선옹橘裡仙翁이라 일컬었다. 사아士雅 정예국鄭禮國은 단구우인丹丘羽人, 현중顯仲 정유성鄭惟誠은 청도도인淸都道人, 응수應綏 김안복金安福은 옥경청리玉京淸吏라고 불렀다. 그리고 우리 집 아이는 제일 끝자리에 있다고 해서 단약丹藥을 끓이는 솥을 바라보는 젊은 신선이라고 지목했다. 또 시 한 수를 짓고 취한 채로 암벽에다 글을 써서 한바탕 웃음거리로 삼았다. 이 또한 인간 세상에서 단 한 번밖에는 없을 것만 같은 멋진 만남이리라. 시는 별록에 남아 있다.

다들 즐거워서 돌아가는 것도 잊었다. 밤이 되어 캄캄해지자 노승이 솔가지를 잘라 횃불을 만들어 그 불로 길을 비춰 가면서 천천히 돌아왔다. 이것이야말로 증점曾點이 바란 '기수沂水에서 목욕하고 무우舞雩에서 바람을 쐬는 것'과 같은 정취가 아니겠는가!

23일

아침에 승려가 와서 강릉의 선비가 문 앞에 와 있다고 알려 왔다. 물으니, 최온박과 최반룡 두 유생이었다. 저물녘에 절의 승려 신해信海를 데리고 절 북쪽으로 해서 한 줄기 길을 찾아 수백 보를 걸어갔다. 폭포 하나가 있는데, 벼랑은 백 길이나 되고, 쏟아지는 폭포는 1천 척이 되었다. 사다리를 잡고 올라가 물을 떠서 양치를 하니 문득 맑고 서늘한 기운이 느껴지면서 가슴속이 시원하게 트이는 것이 옛 신선 왕자교王子喬나 적송자赤松子와 곧바로 통하는 것만 같았다. 남쪽으로 돌아서 가니 걸음걸음 모두 바위였다. 어떤 것은 그 아래에 깊은 골짜기가 있고, 어떤 것은 가늘게 산허리와 통해 있어서 정신이 아찔하고 마음이 안정되지 않는데, 가면 갈수록 더욱 심했다.

다시 작은 시내를 지나 동석봉動石峯 아래에 이르렀다. 실 같은 길이 허공에 매달려 있고 사람들이 그 길을 오르내리는 것이 마치 하늘에서 오르내리는 것만 같았다. 그 길은 처음부터 끝까지 이르는 데 1~2리도 채 되지 않았다. 하지만 나는 다리가 아파서 모두 일곱 번이나 쉬었다. 마침내 성문에 이르러 돌아서 동석봉에 가니 앞뒤 좌우로 쇠로 만든 듯한 절벽이 가로세로로 뻗어 있고, 흰 바위와 맑은 시내가 옷깃과 허리띠처럼 동서로 펼쳐져 있었다.

바위에 '동'動이라고 이름 붙인 것은 바위가 만 길이나 되는 벼랑에 걸려 있으면서 건드리기만 하면 둥둥 또는 쟁쟁 하는 소리를 내기 때문이다. 학이 그 바위 가운데 둥지를 틀고 있는데, 깎아지른 듯한 암벽의 틈새로 바위와 마주하고 그 형상이 마치 둥근 망건 같아 바라볼수록 아주 또렷했다. 나는 피리 부는 사람을 시켜서 그 바위에 기대어 한 곡조를 불게 했다. 그러자 갑자기 검은빛 몸에 붉은 정수리의 학이 구름 낀 하늘과 솔숲 사이를 배회하다가 우뚝 멈추어 서는 것이 보였다. 신선이 타고 다니는 학은 거문고 곡조를 봉래산에서 익숙히 들어 왔기에 우리가 지금 부는 이 피리 소리도 은근히 이 신선의 곡조와 어울린다는 사실을 비로소 알 만했다.

처음 산에 들어오면서부터 높은 곳은 오르고 낮은 곳은 내려가 산길이 한결같지 않았지만, 오르는 것은 힘이 들고 내려가는 것은 괜찮았다. 그러니 이것이 이른바 '선을 따르는 것은 산을 오르는 것과 같고, 악을 따르는 것은 무너져 내려가는 것과 같다'는 말이 아니겠는가? 사람의 성품은 본래 선하지만, 욕망에 빠지고 기氣에 덮여 끝내 선을 행하기는 어렵고 악을 행하기는 쉬운 법이다. 따라서 스스로 대단히 힘을 기울이고 대단히 공을 들이면서도 고생하고 힘을 다하는 수고를 잊어버리고, 또 곧바로 자기는 할 수 없는 경지라고 하여 포기해 버리지 않는 데로 나아가는 자가 아니라면, 어떻게 자유자재할 수 있겠는가.

절에 있을 때는 남쪽의 험한 암벽이 구름 하늘 저 바깥으로 높이 솟아 있었는데, 지금 보니 그냥 흙 언덕 같을 뿐이다. 그제야 나는 처해 있는 곳이 높으면 높을수록 보이는 것도 점점 더 커진다는 것을 알았다. 만일 우리가 백련암과 반학대 사이에서 그냥 편히 머물러 있기만 한 채 이곳으로 한 번도 오지 않았다면, 공자孔子께서 동산東山에 올라 노나라를 작다고 하시고, 태산泰山에 올라 천하를 작다고 하신 그 뜻을 어찌 알 수 있겠는가!

산을 내려와 시내로 가서 울퉁불퉁한 바위에 앉았다. 우레가 치는 듯 격렬한 물소리는 천 길 아래로 떨어져 못이 되었다. 못은 검푸른 빛을 띠고 있어서 그 깊이를 헤아릴 수 없을 정도였다. 또 넘쳐흐른 못물은 세 개의 절구 모양을 이루었다. 세속에서 전하는 말에 의하면 용이 그곳에 숨어 있는데, 비가 내리기를 빌면 바로 들어준다고 한다. 나는 이 바위를 '우화등선'羽化登仙에서 '우화'를 따서 이름 지었고, 이 바위와의 만남을 순학馴鶴(신선이 타도록 길들여진 학)이라고 하여 어제 반학伴鶴 (학과 짝하다)이라고 지은 것처럼 했다. 그리고 나중에 온 강릉의 선비 중 한 사람은 태을노선太乙老仙이라 불렸고, 또 한 사람은 봉래일사蓬萊逸士라 불렸다. 시냇가 바위에 둘러앉아서 술을 몇 잔씩 돌리고 시 한 편씩을 짓고 피리 세 곡조를 불었다.

바라다 보이는 곳에는 옛 집터가 있었는데, 곧 고려 때 시어侍御(임금을 측근에서 모시던 벼슬)를 지낸 이승휴李承休가 은거하던 곳이다. 이 사람은 세상을 버리고 홀로 서서 소나무와 수석을 벗 삼았으며 그 뜻이

높았다. 다만 불교에 빠져서 불서佛書를 손에서 놓지 않았음이 안타까
울 뿐이다. 이것이 어찌 선생의 잘못이라고만 하겠는가! 한 시대의 운
수가 다하고 풍속이 그릇되어 이를 스스로 떨쳐 버리고 일어날 수 없
었음을 볼 수 있다. 하늘과 땅 사이에 태어나 남자가 된 것은 우연이
아니요, 또 남자가 되어 그 지향하는 바를 아는 것도 우연이 아니다.
하지만 이미 지향해야 할 바를 알면서도 거짓을 참으로 고집하고 도적
을 자식으로 인정하고 만다. 만일 거경居敬과 궁리窮理(마음을 경건히 하고
이치를 탐구함)라는 두 길을 따르지 않는다면 이러한 잘못을 저지르는 데
서 벗어날 길이 거의 없을 것이다. 이승휴의 폐단은 바로 여기에 있었
던 것이다. 여러분도 신중해야만 하리라.

　날이 이미 저물자 추위에 더 있을 수가 없어 다시 돌아가는 길을 찾
았다. 돌아가려 하니 마치 사랑하는 임과 이별이라도 하는 듯하여 열
걸음을 가다가 아홉 번을 돌아보았다. 용추龍湫 계곡에서 한 번 쉬고,
거제사巨濟寺 터에서 한 번 더 쉬었다. 폭포 아래에 이르렀을 때에는 이
미 날이 저물었고 몹시 힘들었지만 그래도 올라가 보지 않을 수 없었
다. 샘물 가 바위에 앉아 술잔을 돌리며 시를 읊었는데, 그 바위는 천
주賤珠라고 한다. 날이 어스름해질 무렵에야 절 문에 이르렀다. 절 앞
의 바위엔 안개가 자욱했고 북쪽 시냇물은 목메어 울었다. 밤의 법당
은 텅 비어 적막한데, 외로운 등불만이 깜박일 뿐이었다.

24일
혜장 대왕(세조)의 제삿날이라 유람을 피하고 절에 머물렀다. 아침에 일
어나니 최극명이 물었다.

"아무개의 딸자식이 그 아버지는 살아 있고 어머니가 돌아가셨는데, 연제練祭*를 지내고 곧바로 시집을 간다면 이것은 예禮입니까?"

내가 대답했다.

"부모의 상에 삼년복을 입는 것은 천하 사람들이 다 지키는 것이라네. 다만 어머니는 아버지의 높음에 눌려 애곡하는 정이 아버지에 비해서는 좀 덜하게 되지. 그렇다 해도 상복은 입지 않되 상제와 같은 마음으로 애도하는 심상心喪을 해서라도 상례를 마쳐야 하는 것이 예이지. 어머니의 상을 당한 근심 중에 있으면서 어찌 편안하게 혼례를 치를 수 있겠는가? 하물며 『주자가례』 「혼례」 조에 이르기를, '혼사를 주관하는 사람은 1년 이상의 상이 없어야 혼인할 수 있다'라고 했으니, 이것으로 보아도 세속의 풍습은 잘못된 것임을 알 수가 있네."

이번에는 박세호가 물었다.

"제삿날 옛 친구들을 맞아 함께 술을 마셔도 되는 것입니까?"

내가 설명했다.

"군자가 평생을 지켜야 할 상례가 있으니, 그것은 바로 제삿날일세. 그 때문에 제사에는 지난 것을 쓰지 않고, 제사상에서 물린 음식도 묵히지 않는 법이지. 또 흰 허리띠와 흰옷을 입고 바깥에 거처하면서 술, 고기를 먹지 않는 것이 옛날의 예법이었네. 그런데 이러한 제삿날에 어찌 술을 즐기는 모임을 가질 수 있단 말인가? 초상에는 슬픔이 있어야 하고, 제사에는 공경이 있어야 하네. 제사 음식을 차리는 것도 비록 예법에 정해 놓은 것이 있다고는 하나, 마땅히 집안 형편의 있고

---

* 아버지가 살아 있을 때 어머니가 죽은 지 1년이 지난 뒤 지내는 제사를 한 달 앞당겨 열한 달 만에 지내는 제사.

없음을 보아서 거기에 맞게 해야 하는 것이라네. 사치스럽도록 풍성하고 넘치게 차리는 것을 옳다고 하고, 적으면서도 정결하게 하여 공경을 드리는 것을 그르다고 할 수는 없는 일이지. 하물며 남을 기쁘게 하는 데만 신경 쓰느라 크고 사치스럽게 하려 애쓰고, 제사를 받드는 데는 소홀히 하면서 남을 대접하는 일에는 넉넉하게 하는 일에 있어서이겠는가! 요즘 사람들은 대부분 남의 말을 잘 듣지 않는 것을 마땅한 것으로 여기고 있네. 그러니 비록 혹 예법상 당연히 해야만 하는 일과 당연히 없애야만 할 세속의 일들을 알고 있다 하더라도 스스로 여기에서 벗어나지를 못하는 것이지. 이것은 다 참다운 도를 믿지 못하는 잘못이라네."

이런 말들에 이어 우리는 『주자가례』「혼례」 조에서 혼인을 논한 것과 「제례」 조에서 제삿날에 대해 말한 것들을 살펴보면서 서로 토론했다. 그리고 한참 있다가 또 상례喪禮에 대한 말을 꺼내 사람이 운명한 순간부터 소렴小斂*을 하기까지에 대해 논하다가 그쳤다.

아침밥을 먹은 후 앞마루로 나가 앉아 요 며칠간 본 산수 풍경에 대해 말들을 나누었다. 나는 여러 사람에게 이렇게 말했다.

"물을 보고 산을 보면서 여러분은 또 무엇을 얻었는가? 옛사람들은 사물 하나를 보더라도 거기에서 취한 바를 자기 것으로 만들었다네. 오로지 탐구하고 토론하는 것만을 우선으로 하지 않았네. 시냇물이 콸콸 흐르며 밤낮으로 쉬지 않는 것은 누가 그렇게 시켜서 그런 것이겠는가. 가는 것은 가고 오는 것도 끊이지 않는 것은 천기天機의 운행이

---

* 죽은 뒤 습襲을 마치고 나서 뼈가 굳어 입관入棺하는 데 지장이 생기지 않도록 손과 발을 거두는 절차.

참으로 이와 같기 때문이지. 만일 이것이 한순간이라도 멈추어 버린다면 그 맥이 끊어져서 시냇물이 말라 버릴 것이네. 오늘날의 공부하는 자들은 부지런히 노력하면서 밤낮으로 삼가 그 행동을 조심하기를 한순간이라도 멈추지 말아야만 할 것이네. 만일 오로지 애쓰던 그 공력을 계속하지 않는다면 오래도록 이어져 온 공부의 힘이 금세 다 폐해지고 말 것이니, 이는 매우 두려워해야 할 일이라네. 산이 그 푸른빛을 받아들여 천고토록 없어지지 아니하듯, 군자도 그 산의 모습을 보고서 명예와 절조를 갈고닦아 우뚝하게 홀로 선 자를 생각해야 하네. 또 산은 웅장하게 솟아올라 한쪽에 버티고 서 있으니, 그러한 산의 위용을 보고 군자는 중후하여 쉬 옮겨 가지 않아 모든 사물을 안정시키면서도 마치 아무런 하는 일이 없는 것처럼 하는 자를 생각해야 할 것이네. 궂은 것을 감추어 주는 산과 숲의 도량에서 가슴 넓힘을 배우고, 맑고 서늘한 기운에서 누추함과 더러움을 씻어 버림을 배우게 되지. 또 게으름과 타락에 떨어지고, 경박함과 조급함으로 발끈 성을 내며 자기 자신을 작게 여기고, 애걸복걸하며 자기 자신을 구차하게 여기지 않는 것, 이것이 바로 산과 물의 도움이라고 말할 수 있을 것일세. 나는 나와 동행하는 사람 중에 만일 산수의 이러한 면모를 본받지 않는 자가 있다면 반드시 그와 절교하고 북을 치면서 그를 비난할 것이요, 그가 스스로 자신을 깨끗이 하고 난 뒤에라야 이를 그만둘 것일세. 그러니 나의 말을 소홀히 듣지 말게."

오후에 강릉의 두 선비가 돌아가겠다고 알려 왔다. 이들이 이런 캄캄한 산중에 와서 거처한 지도 어느덧 달포가 되었다. 꾸불꾸불한 산길을 따라 수십 리도 더 되는 곳으로 들어왔지만 갈 때 함께해 줄 수가 없어서 염려가 되었다.

　밤이 깊어서야 잠자리에 들었지만 자정에 잠이 깨고 말았다. 마음의 근원이 아주 맑아지자 온갖 생각들이 텅 비는 것만 같았다. 이에 내 지난날들의 말과 행실들을 점검해 보니, 옛사람과 한참 어긋나 버린 듯했다. 유유히 흘러가는 세월 속에서 세속의 것들에 흔들려 학문은 더 이상 나아가지 못했고, 뜻도 빼앗겨 버렸으며, 의연히 지키던 것은 한번 삐끗하자 다 무너지고 말았다. 유유자적하게 또는 허우적거리다가 반평생을 헛되이 보내고 말았으니, 하늘이 내게 맡긴 본성과 낳아주시고 길러 주신 소중한 부모님의 은혜도 저버리게 되었다. 넓고 한가로운 들판과 적막한 물가에서 내 멋대로 살고 싶은 생각에 몇몇 동지들과 더불어 옛 책을 읽고 옛 교훈을 익혔다. 그리하여 세속의 논란에 끌리거나 막히지 않고 외부의 유혹에도 마음이 흔들리지 않아 잔재주나 부리는 것은 거의 면했으며, 공부의 바탕도 터득했다. 그러나 10년간의 세상살이 속에서 나라의 녹만 축내고 나 자신을 되돌아보는 데는 형편없는 꼴이 되었으며, 백성을 다스림에도 치밀하지 못했다. 우러러보면 하늘에 부끄럽고, 내려다보면 사람들에게 부끄러우며, 밤에는 이불 속에서 부끄럽고, 낮에는 그림자에도 부끄러울 뿐이다. 이제 장차 저 초목과 같이 썩어질 터이니 참으로 슬프기 그지없다.

25일

밤이 되자 빽빽한 구름이 칠흑 같았고 밤기운 또한 훈훈하여 비가 오길 기대했다. 하지만 밤이 다하고 아침이 되자 큰바람이 구름을 몰아내고 수많은 구멍들이 다 소리를 냈다. 그러나 암자가 흔들리며 부서

질 것만 같은 정도로 놀랄 만한 것은 아니었다. 오래도록 가물고 비가 내리지를 않아 보리 모종이 반드시 말라 버릴 것이니, 백성들은 먹을 것이 없어 저들의 시체가 구덩이에 뒹구는 것을 지켜볼 수밖에 없을 것이다. 이 땅의 식자識者들은 위로는 하늘의 꾸지람을 받았고, 가운데로는 왕궁을 병들게 했으며, 아래로는 백성들을 아프게 함이 심했다. 내 마음이 편치 않고 부끄러운 지가 오래되었다.

저물녘에 여러 사람들과 함께 다시 반학대를 찾았다. 맑고 서늘하며 깨끗하여 속기가 없고 곱게 단장한 듯 편안하고 한가로워 마치 훨훨 날아오르는 신선이라도 될 것만 같았다. 우리는 가지고 간 『당시』 唐詩 한 권에서 시 한 편씩을 뽑아 그 시의 운韻을 따라 시를 지었는데, 서로 주고받은 것이 스무 장이나 되었다. 반학대 위에 있던 꽃 무더기는 지난번에 보았을 때는 활짝 피어 있더니, 지금은 시들어 땅에 나뒹굴고 있었다. 또 바위 아래의 단풍나무는 지난번에 보았을 때는 파릇한 싹이 돋았는데, 지금은 잎이 무성했다. 쇠한 것은 이미 떨어졌고, 어린 것은 어느 사이엔가 자라났다. 며칠 사이에 경물景物의 변화가 이와 같으니, 천기의 흐름과 만물의 순서가 지극함이라. 사람이 이러한 모습을 보고 이를 자신에게 적용해 볼 수 있다면 또한 '가까운 데서 비슷한 것을 취한다'는 말과 같다고도 할 수 있을 것이다.

무릇 천하의 형세는 나아가지 않으면 물러난다. 그 때문에 나아가는 것은 싹이 나고 번성하며, 물러나는 것은 쇠하고 지게 된다. 선비가 학문을 한다는 것은 거경居敬하면서 궁리窮理하고, 역행力行하면서 실천實踐하는 것이다. 그래서 나아가고 또 나아가서 그만두지 않으며, 스스로 힘쓰기를 쉬지 않는다면 집 안을 청소하고 어른을 대하는 등의 자잘한 일상생활에서 시작하여 신명의 이치를 연구하고 조화를 아는 경지까지 이를 수 있으며, 무식한 시골 사람에서 시작하여 성인聖人의 도까지 이를 수가 있을 것이다. 그렇지 잃으면 뒷걸음을 쳐서 작은 성공에만 안주하여 염유冉有가 자신을 한정 지은 것*과 만장萬章이 하늘을 오르려고 한 것**과 같아질 것이다. 그러니 한 번이라도 발을 헛디디는 사이에 바로 천 길 만 길 아래로 떨어져 곧바로 말라 버리고 말아 다시는 얼굴을 들고 살지 못하는 자가 되고 말 것이다. 아! 이 얼마나 두려운 일이겠는가.

오후에 최극명이 돌아간다고 알려 왔기에 내가 농담 삼아 말했다.

"산중에 있은 지 닷새나 되었어도 세속의 때가 여전히 벗겨지지 않았으니, 어찌 이 상계上界에 오래도록 머물 수 있겠는가!"

서로 시를 지어 이별의 정표로 주면서 내일 유람에 함께하자고 간곡히 만류했으나, "입산할 때에 이날에 돌아가 뵙겠다고 어머니에게 말씀드렸다"라고 하면서 바로 사양했다. 정한 때를 다시 넘기지 않으려고 한 점이 가상하다. 어스름 저녁에 돌아오려고 하는데, 김안경과 정유성이 술이 왔다고 하기에 함께 술통을 열고 몇 순배를 돌렸다. 밤이 이미 캄캄해졌다.

---

* 공자의 제자 염유가 공자에게 자신은 선생님의 도를 좋아하기는 하나 힘이 부족하다고 하자 공자는 힘이 부족한 자는 중도에 그만두는 것이니, 이는 스스로를 한정짓는 것이라고 책망한 것을 가리킴.
** 『맹자』「진심장구」盡心章句 상上에서 공손추公孫丑가 도는 높고 아름다우나 하늘에 오르는 것과 같아서 따라갈 수 없을 듯하다고 한 데서 나온 말. 이 글에서 저자는 공손추를 만장으로 오인한 듯함.

26일

아침 일찍 잠자리에서 식사를 한 후에 절을 나섰다. 이른바 호암虎巖이라는 곳에 이르러 이를 임경대臨鏡臺, 분옥협噴玉峽이라고 이름을 바꾸고서 그늘진 벼랑 아래에다 그 이름들을 썼다. 깊은 연못을 내려다보니 맑고 투명하여 티끌조차 없었다.

연못 건너편에는 우뚝 솟아 있는 기이한 바위 하나가 있었다. 지팡이를 끌고서 이 바위를 구석구석 살피다 보니, 그 맑고 서늘함이 뼈까지 스며드는 것만 같았다. 그래서 그 이름을 취적암吹篴巖이라고 고쳤다.

수십 보를 걸어가니 폭포가 두 암벽 사이로 쏟아져 내리는 것이 보였다. 말에서 내려 조용히 감상하면서 시를 읊조렸다. 잠시 후에 또 길을 따라가다 보니 두 벼랑에 고사리가 가지런히 자라나 있었다. 나와 여러 사람들이 수십 가지를 꺾어서 임시 주방장에게 주었다.

북쪽 길을 따라 삼화사三和寺 옛터를 찾았다. 돌담이 둘러 있는 가운데 대웅전 한 채만 우뚝하다. 쇠로 만든 불상 두 좌가 부서진 집 아래에 앉아 있는데, 그중 한 불상의 오른팔이 잘려 있었다. 불법佛法이 중국에서 들어온 이후 제왕에서 일반 백성에 이르기까지 성심을 다해 부처를 섬기지 않는 이가 없다. 그것은 부처의 영험이 반드시 사람들에게 화와 복을 줄 수 있다고 믿기 때문이다.

하지만 지금 이 절이 폐허가 되고 불상이 부서진 것을 보면 제 한 몸도 제대로 보전할 수가 없는 부처가 어떻게 사람들에게 복을 줄 수 있단 말인가! 세상 사람들은 그 부처를 높이고 믿는 일에만 열심이어서 부모의 상을 당해도 오로지 재齋를 올리고 불공을 드리는 것을 높게 여기니, 풍속의 잘못됨이 이와 같다. 『주문공가례』朱文公家禮에도 "불교에 관한 일을 도모하지 말라"고 했다. 그러니 여러분은 친족과 이웃을 깨우치고 가르쳐서 이전의 비루한 풍속을 따르지 않게 할지라. 이것이 힘든 일입디옵인지! 이것이 힘든 일입디옵인지! 돌아가는 길에 오늘 처음 들어오던 길 왼쪽 반석에 이르러, 삼화사에서 꺾은 고사리를 볶아 술 서너 잔을 돌리고서야 일정이 다 끝이 났다.

아! 관직에 있을 때는 심지心志가 뒤숭숭하여 거의 마음을 다잡을 수가 없었다. 그런데 이 산중에 오자 문득 세속의 찌들었던 생각들이 맑아지고 선한 마음이 일어남을 느꼈다. 오늘 이 골짜기를 나서면 백성들의 하소연과 원망은 점점 많아지고, 관리로서 보고서를 올릴 일도 점점 더 번다해질 것이다. 비록 이 모든 것이 나 스스로 감당해야 할 일이기는 하나 또한 심지가 어지럽혀지고 생각이 흔들릴 수도 있을 것이다. 유자儒者의 학문은 온갖 욕심을 다 버리고 조용히 본성을 기름을 근본으로 삼아야 하지만 뿌리가 바로 서지 못한 자는 이내 흔들림이 있게 됨을 볼 수가 있다. 여러분은 아직 한창때이고 힘도 강건하니 학문에 뜻을 두어 소양을 키우고 반드시 주정主靜을 거경居敬의 근본으로 삼아야만 할 것이다.* 거경은 바른 마음의 요체로서 이것을 미루어 내 몸을 닦고 집안을 가지런히 하고 나아가서는 나라를 다스리고 천하를 화평케 하는 것이니, 어찌 여유롭고도 또 여유로운 일이 아니겠는가!

못난 내가 스승과 친구들에게 들은 바가 있노라. 나는 본래 터럭만 한 공력도 없고, 섣불리 여러분과 나눈 말들도 참으로 아무런 힘이 없어 남을 감동시킬 만한 것이 못 된다. 하지만 오직 여러분에게 바라노

* 경건한 마음을 가지려면, 망상을 제거하고 마음을 고요히 하여 외물의 유혹을 받지 않아야 한다는 뜻이다.

니, 이 사람의 말을 폐기하지는 말지어다. 그렇게만 된다면 심히 다행하고도 또 다행한 일일 것이다.

1577년 늦봄에 진주부眞珠府의 죽서루竹西樓 주인이 쓴다.

"이 글은 일을 서술한 것이 매우 아름다울 뿐만 아니라 그 지론이 너무도 좋아서 가히 선비들의 법도로 삼을 만하다. 독자들은 이 글을 단순히 문장으로서만 보지 말고 그 실제를 체득하고 인식해야 옳을 것이다."

— 용주龍洲 조경趙絅(1586~1669)의 소서小序 중에서

이 글의 저자는 김효원金孝元(1542~1590)이다. 이 글은 저자가 강원도 삼척 부사로 있던 1577년(선조 10) 봄에 두타산을 여행하고서 지은 '두타산일기'頭陀山日記이다. 당시 저자의 나이는 36세였다. 두타산은 강원도 동해시와 삼척시에 걸쳐 있는 산으로, 산 이름인 '두타'는 속세의 번뇌를 버리고 불도를 닦는다는 뜻이다. 두타산에는 두타산성, 사원 터, 오십정 등이 있고 계곡에는 수백 명이 함께 놀 수 있는 단석이 많아 별유천지를 이루고 있으며 아름다운 명소와 유서 있는 고적이 많다.

김효원은 자가 인백仁伯, 호는 성암省庵으로 이황과 조식의 문인이다. 그는 훈구파가 몰락하고 사림파가 크게 진출할 때 소장파 관인官人의 대표적인 인물이었다. 동인과 서인의 붕당 분열의 원인을 제공한 인물로 평가되기도 하지만, 생전에는 청렴한 선비로서 신진 인사들의 존경을 받았다.

그런 점에서 그의 이 글은 산행기이면서도 예법에 관한 자신의 논설이 들어 있기도 하고, 또 치자治者로서 백성을 걱정하는 마음이 나타나 있기도 하며, 그 밖에 자신의 깊은 심회를 드러내기도 하고, 산에 대한 나름의 진중한 철학을 보여 주기도 한다.

옛사람들이 소금강이라 불렀으니

정상, '월출산유산록'

3월 26일

1604년(선조 32) 3월 26일, 월출산을 유람하기로 하였다. 월출산은 우리 집 창문과 마주하고 있었지만 70여 년을 살면서도 그 진면목을 보지 못한 것이 늘 한스러웠다. 마침 용암龍菴이 새로 지어졌는데 호남 제일의 경치라는 말을 듣고서 한번 가 보리라 마음을 먹은 것이다.

종손 난瀾이 따라왔다. 밥을 재촉해서 먹고 출발하여 수원군에 당도하니 사람들이 나와서 맞이해 주었다. 다시 말을 달려 영암으로 들어갔더니 영암 군수가 침을 맞고 있다가 동헌東軒으로 나왔다. 잠시 이야기를 나눈 후에 바로 나와서 녹거동 입구에 도착했다. 말안장을 풀고 종을 돌려보내고는 공생貢生(과거에 응시 자격을 얻은 유생) 김세한金世閞을 데리고 대나무 지팡이에다 짚신만을 신은 채 그저 발길 닿는 대로 걸어 올라갔다. 산 중턱에도 이르지 않았는데 벌써부터 속세를 떠난 듯한 느낌이 들었다.

깎아지른 듯한 벼랑과 큰 바위, 미친 듯 내리달리는 시냇물과 깜짝 놀랄 만한 폭포가 모두 우리의 눈을 놀라게 하고 간담을 서늘하게 하였다. 그 모양들이 달리는 듯, 머무르는 듯, 싸우는 듯, 절하는 듯, 용이 날고 호랑이가 뛰는 듯, 봉황이 춤을 추고 난새가 나는 듯했다. 또 그 가운데는 금이나 옥을 치는 듯한 소리와 거문고를 켜는 듯한 소리도 들려와 보는 눈을 압도하고 듣는 귀를 울려대어, 마치 천지가 개벽할 무렵에 조물주가 막 재주를 부리는 장면을 보는 듯했다.

내 집안사람인 문상소文尙素가 뒤따라왔기에 반석에 앉아 옛날이야기를 나누었다. 암자의 승려 10여 명이 가마를 메고 내려왔다. 이에 가마를 타고서 골짜기로 들어가니 기이한 봉우리들이 가파르면서도 험준하였다. 고운 병풍을 펼친 것 같은 풍경 속에 지팡이를 짚어 보고, 옥병처럼 맑고 깨끗한 가운데를 이리저리 거닐어 보니 마치 신선이 되어 하늘로 오르는 것만 같아 세상 생각이 다 사라지는 듯했다.

왼쪽을 보았더니 온 골짜기가 높은 나무숲으로 우거졌는데 그곳에 녹거사鹿車寺의 옛터가 있어서 잠시 쉬었다. 박달암朴達巖에서 숲 아래를 내려다보았더니 우레 같은 소리가 울려왔다. 옆에서는 이리저리 떠돌아다니는 승려 네댓 명이 밥을 지어서 먹고 있었다. 물었더니 객사客숨의 화주승化主僧*이 미역과 바꾸어서 갖고 온 것이라고 하였다.

또 길을 가서 시냇물을 지나니 박암朴巖이었다. 바위는 움푹 패고 물이 고여 있었다. 이곳도 지나 진암眞庵 터로 올라가서 우러러보았더

---

* 사람들에게 시주를 받고 대신 부처와 인연을 맺게 해 주는 승려.

니 바로 용암이었다. 날 듯한 용마루가 구름 위로 솟았고 높은 암벽이 우뚝 서 있었다. 절 안으로 들어가니 단청이 휘황찬란하였다. 임진왜란 이후에 가장 이름난 건축물이라고 할 만하다.

작은 누각에 앉아 보았다. 산봉우리 끝은 바다 빛이요, 자리 아래엔 하늘빛이 노을빛과 함께 녹아들면서 광채를 발하더니 금빛으로 반짝거렸다. 법당 안으로 들어가 보았다. 금불상 하나가 놓여 있고 승려 30여 명이 가사를 입고 앉아 있는데 범패 소리가 아주 청아했다. 날이 어두워져 잠자리에 누웠다. 정신이 아주 해맑아지는 것이 마치 무릉도원의 옥당玉堂에라도 들어온 느낌이었다.

3월 27일

날씨가 맑았다. 암자의 서쪽 대臺에는 큰 바위 두 개가 나란히 서 있는데, 하나는 금저굴金猪窟이요, 또 하나는 노적암露積巖이라고 하였다. 법당 뒤에는 맑은 샘이 있었다. 아주 달고 차가웠는데 겨울에는 따뜻하고 여름에는 차갑다고 한다. 2층으로 된 돌계단 아래로 내려가니 옹기가 놓여 있었다. 승려들의 양식과 반찬을 저장해 두는 곳이었다.

누대의 남쪽에는 첩첩이 쌓인 바위가 곧장 위로 치솟아 있는데, 마치 늙은 용이 머리를 내저으며 구슬을 희롱하는 것과 같은 모양이었다. 이 때문에 이 암자의 이름이 용암이 되었다고 한다. 암자의 서쪽에는 바위 봉우리들이 병풍처럼 서해를 가로막고 있다. 그중 어떤 것은 가렸고 어떤 것은 뚫려 있었다. 천 리 먼 곳의 까마득한 섬들이 한눈에 들어왔다. 난간에 기대어 길게 휘파람을 한번 불어 젖히자 그 유쾌를 이루 다 표현할 길이 없다.

암자의 동쪽에는 5층 석탑이 있는데 매우 기이했다. 종손 난을 시켜서 이름을 짓게 하였다. 그리고 나서 구정봉九井峯에 올라갔다. 동쪽을 바라보니 천왕봉이요, 서쪽으로는 삽허봉, 남쪽으로는 불도봉, 미륵봉, 선번봉이 보였는데, 마치 칼들을 한 군데 묶어서 허공에다 받쳐 놓은 듯, 창을 허공에다 가로로 줄지어 펼쳐 놓은 듯했다. 이렇게 사방을 둘러보자니 무궁한 흥취가 마음에 일어나면서 날아갈 듯했다.

봉우리에는 바위 구멍이 있는데 겨우 몸 하나 정도만 들어갈 만하였다. 몸집이 작은 아이들은 이 구멍을 통해 들어갈 수 있었다. 산꼭대기에 오르니 아홉 개의 우물이 있었으며 모든 구멍에 물이 가득 들어 있었다. 승려를 시켜서 바위를 흔들어 보게 하니 마치 지축이 흔들리는 듯하였다. 이 때문에 이 고을의 이름이 영암靈巖이 되었음을 알 수 있었다. 바위 아래에는 유람 왔던 사람들의 이름이 쓰여 있었다. 바위 틈새를 엿보았더니 천 길이나 되는 것이 매우 기이하였다. 옛날에 팽조彭祖가 몸을 나무에 매고 우물 위에 수레바퀴를 덮고서야 우물을 바라보았다는 것이 바로 이 경우가 아닌가 싶다.

승려에게 술 한 잔을 따르게 하여 마셨다. 옛사람들이 이 산을 두고 소금강小金剛이라고 말한 것이 빈말이 아님을 알게 하였으니, 이 외로운 산이 어찌 덮일 수 있을 것인가? 다만 옛터만 남아서 비바람에 깎여 가는 것이 안타까울 뿐이었다.

온 세상이 붉고 흰 철쭉꽃으로 막 피어나 그 빛은 신기루처럼 이어지고, 그 그림자는 신선이 산다는 봉래산과 방호산까지 닿을 듯하였다. 내 평생의 숙원이 오늘에서야 시원하게 풀리게 되었으니, 참으로 즐거운 일이었다. 동쪽에는 양자봉養子峯이 있었는데 몹시 험준하여서 남쪽의 백성들 중 이곳으로 난리를 피해 간 사람들이 많았다고 한다.

바람이 점점 매서워지고 찬 기운이 엄습해 와서 용암으로 다시 돌아 내려갔다. 삼존사자암三尊獅子庵의 경치가 좋다는 것은 이전부터 익히 들어 왔는데 지금은 예전보다 못하다고 하니 참으로 아쉬웠다. 노승이 시를 지어 달라고 부탁하기에 승려 혜웅慧雄의 시에 한음漢陰 이덕형李德馨이 차운했던 시의 운을 가지고 다음과 같은 시를 지어 주었다.

금강 남쪽 귀퉁이에서 맑은 유람 즐기다가
어느 날 꿈속에서 지리산 가을로 날아갔다네.
듣자 하니, 산속에는 홍취가 많은지라
이내 몸이 꼭 강 누각에 누운 듯하여라.

또 승려 설순雪淳의 시에 임당林塘 정유길鄭惟吉이 차운했던 시의 운을 가지고 다음과 같은 시를 지었다.

동쪽 봉우리 짙푸름이 서쪽 봉우리와 같아
앉아 있으려 하다가 다시 지팡이 잡고 나서네.
양 겨드랑이에 날개가 돋치지 않으니
신선 되려는 내 꼴이 부끄럽기만 하구나.

3월 28일

날씨가 흐렸다. 걸어서 서쪽 산마루를 넘어가니 5층 석탑과 동탑이 마주 보고 서 있었다. 그리고 그 사이의 큰 벼랑에는 미륵상이 새겨져 있는데 매우 기이하였다. 산기슭을 하나 지나니 석굴이 나왔다. 90세의 노승이 거처하고 있는데, 옛날의 자취에 대해 많이 알고 있었다. 그는 옛날 용암 아래 금저굴에서 직접 고승의 가르침을 받으며 아침저녁으로 고승을 모셨는데, 그 고승은 마침내 부처가 되어 떠나갔다고 하였다. 좌우는 산봉우리들로 에워싸였고 앞에는 큰 바다가 보여서 경치가 용암보다도 더 나은 것 같았다.

시냇물을 따라 아래로 내려가니 또 석굴이 하나 나왔는데, 위의 것에 비해 조금 더 넓었다. 승려 두 명이 거처하고 있었다. 서쪽에는 관음암이 있었으며 10여 명 정도는 앉을 만했다. 서남쪽에는 바다 빛이 끝 간 데 없이 눈에 들어왔다. 이곳에 왜놈의 선박이 드나들었다고 생각하니 탄식이 절로 나왔다. 밤에는 노승과 동쪽 지역 산수의 아름다움에 대해 이야기를 나누었다. 향산香山은 모두 바위로만 이루어진 골산骨山인데 최고의 절경에 들어간다고 하였다.

3월 29일

날씨가 흐렸다. 향교 유생들이 지은 글 15편을 채점한 후에 가마를 타고 계곡을 따라 아래로 내려갔다. 오르락내리락하면서 10여 리를 가서야 도갑사道甲寺에 이르렀다가 벽간정碧澗亭이 있는 용추 가에서 쉬었다. 맑은 바람이 뼛속까지 스며 오고 물 기운이 피부에 와 닿았다. 이런저런 복잡한 생각들을 다 떨쳐 버리고 앉았노라니 돌아가는 것도 잊어버렸다. 승려를 시켜서 못 주위 언덕의 초목들을 베어 내게 하였다. 사람의 그림자가 땅바닥에 길게 그늘지는 것을 보니 한결 더 기분이

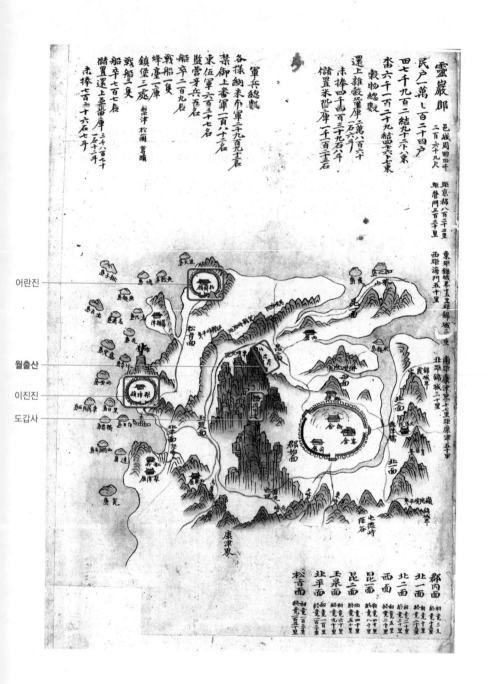

靈巖郡

邑城周四千
三百六十九尺

距京都八百三十里

距聲門五百五十里

東距鎭城界三里距錦城三里

西距海門五十里

南距康津界七里距康津界五十里

北距錦城二里

民户一萬七百二十四户

田七千九百二結九十二卜八束

畓六千一百二十九結三十六上束

穀物總賑

還上雜穀羅庫一萬八百六十

未捧四萬三千四十九石六十

儲置米羅庫一千二百三石

軍兵總凱

各樣納米布軍二千九百九十三

禁御上番軍一百八十石

東伍軍六百三十七名

監營牙兵西石

船辛二百九魁

戰船一隻

哨船一隻

鎭壘三庫

梨津松阿菁頭

戰船七百七辰

船辛七百七辰

儲置還上並租田庫二千八百八十

末捧七百二十六石七斗一百三十二斗

어란진

월출산

이진진

도갑사

郡內面

北一面

北二面

西二面

昆二面

昆一面

玉泉面

北平面

松吉面

월출산(영암군)

상쾌해졌다. 임탄, 송정란, 최홍섭, 최신, 최위 등이 와서 만나보았다. 두부를 만들어 먹었는데 오랫동안 주린 터라 다 같이 58조각이나 넉넉하게 먹었더니 무척 배가 불렀다.

절 남쪽 가운데에는 큰 사찰이 있었다. 하지만 수군의 군영軍營 자리로 침해를 당하는 바람에 승려 세 사람만이 남아 있었으며, 각 승방은 무너지고 부서져 그리 오래가지 못할 것 같았다. 밤에 선방에서 자는데 여든 된 노승 혜원慧遠이 왔기에 함께 이야기를 나누었다. 그가 시를 적은 두루마리를 내어 놓았는데 보니 소재蘇齋 노수신盧守愼, 석천石川 임억령林億齡, 청련靑蓮 이후백李後白, 자순子順 임제林悌 등이 쓴 장편의 필적이어서 매우 놀라웠다.

3월 30일

날씨가 맑았다. 채찍을 휘두르며 산을 나서니 세상 먼지는 가득하고 근심 걱정은 여전했다. 머리 돌려 바라보니 신비한 산봉우리들이 칼과 창처럼 삼엄하게 늘어서서 세속으로 내려가는 우리의 행차를 엄하게 꾸짖으며 다시는 이 선경을 밟지 말라고 하는 것만 같아 참으로 부끄럽기가 그지없었다.

이 글의 저자는 정상鄭祥(1533~1609)이다. 이 글은 저자가 72세 때인 1604년(선조 32)에 월출산을 유람하고서 쓴 기행문으로, 원제는 '월출산유산록'月出山遊山錄이다. 3월 26일부터 30일까지 5일간 유람하였다. 유람한 기간에 비해 그 기록이 매우 짧은 것이 아쉽기는 하지만 월출산 전반에 대한 묘사만큼은 빼어나다. 저자인 정상에 대해서는 자세히 알 수가

없다. 다만 이 글에서 향교 유생들이 지은 글 15편을 채점했다는 것을 보면 아마 관료였던 것으로 짐작된다.

월출산은 천황봉을 최고봉으로 하여 구정봉, 사자봉, 도갑봉, 주거봉 등 깎아지른 듯한 기암절벽이 많다. 월출산은 그 아름다움으로 인하여 예로부터 많은 시인들의 칭송을 들어 왔는데, 특히 김시습은 "남쪽 고을 한 폭 그림 가운데의 산"이라고 말할 정도였다.

저자는 평생을 월출산과 바로 창문을 마주하고 살 만큼 가까이 살았지만 그 진면목을 미처 보지 못한 것을 늘 한스럽게 여기다가, 마침 용암이라는 절이 새로 건축되었는데 그것이 호남 제일의 경치라는 말을 듣고서 등정해 보기로 마음먹었다고 하였다. 유람이 끝난 후 그는 "옛사람들이 이 산을 두고 소금강小金剛이라고 말한 것이 빈말이 아님을 알게 하였다"라고 평하였다. 비록 짧은 내용이지만 멋진 자작시에 흥취까지 곁들인 아름다운 유람기라고 할 만하다.

산은 깊고도 험준하고
암자는 높고도 고요하니

안석경, '유치악대승암기'

치악산은 원주에 있다. 산봉우리들은 가파르면서도 두터우며 계곡과
골짜기가 맑고도 깊다. 봉우리들은 다 이름이 나 있지만 그중에서도
제일 높은 봉우리는 비로봉毘盧峯으로 다른 여러 산에 비해 더욱 높다.
이름난 절로는 남쪽에 상원사上院寺가 있고, 북쪽에는 대승암大乘菴이
있으며, 대승암 아래쪽에는 구룡사龜龍寺가 있다.

1746년 봄, 나는 구룡사와 대승암을 유람하고 마침내 비로봉에 올
랐다. 오대산과 소백산에 가려져 보이지 않는 것만 빼고는 온 나라의
산과 바다를 내가 원하는 대로 다 볼 수가 있었다. 하지만 급하게 돌아
오느라 대승암에 오래 머물러 있을 수가 없었던 것이 한스러울 뿐이
다. 그로부터 7년 뒤인 올해, 이 산 북쪽 고을에 일이 있어서 가게 되었
는데 잠시 여가가 생겨 대승암으로 들어가 책을 읽으려고 하였다. 그
런데 친구들이 모두 만류하며 말했다.

"부디 치악산엔 가지 않는 것이 좋을 걸세. 근래 이 산에서 큰 호랑이가 나타나 대승암의 사람들을 잡아먹었다고 하네. 그런데 어찌 가려고 하나?"

내가 말하였다.

"호랑이는 사람을 잡아먹을 수 없네. 사람이 호랑이에게 잡아먹히는 것은 반드시 사람이 사람됨의 도리를 잃어버렸기 때문이라네. 사람이 호랑이를 만나더라도 그 심지가 견고하여 요동하지 않고, 위로는 하늘이 있음을 알고 아래로는 땅이 있음을 알며 그 가운데로는 내가 있음을 안다면 짐승이 사람을 가까이할 수 없음을 알 수 있다네. 그러니 호랑이가 아무리 사납다 하더라도 움츠러들어 감히 움직이지도 못할 걸세."

마침내 길을 떠나 걸어서만 30리를 갔다. 해는 이미 저물었다. 푸른 풀과 하얀 돌이 널려 있고 봄 물결이 사람에게 불어왔다. 홀로 시냇가를 따라 걷는데 물가에는 철쭉꽃이 많이 피어 있었다. 저물녘에야 구룡사에 들어갔다. 골짜기 입구에는 높이 뻗은 소나무가 길을 덮었고, 새들만 서로 부를 뿐 적막하여 인적조차 없었다. 울며 흐르는 물소리는 비장하기까지 했다. 깨끗이 씻어 내듯 사람의 마음을 전환시킴이 이와 같았다. 7~8리를 가서야 천주봉 앞에 도달하였다. 보광루普光樓에 올랐다가 백련당白蓮堂에서 잤다. 밤새도록 절구질하듯 떨어지는 물소리가 들려왔다.

다음 날 아침, 용담龍潭을 보았다. 바위 벼랑이 떡 벌어져 있는 가운데 푸른 물은 넓고도 깊었다. 한 승려와 함께 대승암으로 올라갔다. 가는 도중에 호랑이가 울부짖는 소리를 들었다. 그 소리가 얼마나 맑고 거센지 온 산이 진동했다. 가면서 약초를 캐고 꽃을 따기도 했다.

암자에 이르니 판자로 된 집 몇 칸에 배꽃이 흐드러지게 피어 있었고 우물물은 아주 맑고 투명했다. 거처하는 승려 몇 사람은 세상을 잊은 듯 하안거에 들어 있었다. 나도 끼어 앉아서 『악기』樂記를 펼쳐 놓았다. 그리고 매일 아침 일찍 일어나 세수하고서 머리를 빗은 후 책을 읽었다.

암자 뒤에는 바위 봉우리가 우뚝 솟았고 구름 낀 숲은 어둠침침했다. 암자 앞에는 거북바위가 있는데 깎아지른 듯한 깊은 골짜기 옆에 불쑥 솟아 있었다. 또 소나무와 노송나무가 빽빽하게 서 있고 진달래가 그 주위를 에워싸면서 환하게 사람을 비춰 주었다. 암자를 마주하고 있는 여러 봉우리들은 어느 하나도 울창하지 않은 것이 없는데 아래쪽은 이미 짙푸른색을 띠고 있었지만, 위쪽은 아직 연한 푸른빛이었으며, 안개 낀 아침이나 부슬비 내리는 저녁이라도 아련한 모습이 참으로 사랑스러워 조금도 흠 잡을 데가 없었다. 동북쪽으로 멀리 바라보면 몇몇 고을의 산들이 흰 구름 속에서 들락날락했다. 또 가까운 벼랑에는 사슴들이 때때로 멈춰 서서 사람을 물끄러미 바라보는데 울음소리는 어리석은 듯했고 그 뿔은 높았다. 새소리도 여러 종류이지만 모두가 독특하여 이곳이 매우 깊은 산속임을 알 수 있었다.

불당의 등불은 밤새도록 켜져 있고 향 연기가 방에 가득했다. 밤새 우레가 치더니 새벽녘에는 비가 내리기 시작했다. 빗속의 흐릿한 풍경도 기억에 남을 만했다. 비가 개이자 사방의 모습이 선명해졌다. 높고 낮으며 멀고 가까운 모양은 다르지만 사람을 기쁘게 하기는 마찬가지요, 아침과 저녁, 맑은 날과 비 오는 날의 상태는 다르지만 사람의 마음에 드는 것은 마찬가지이다. 나무와 바위, 새와 짐승의 자태는 다르지만 사람을 가까이하는 것은 마찬가지요, 움직이거나 고요하거나 말하거나 침묵하는 홍취는 다르지만 사람의 뜻에 맞는 것도 마찬가지이다. 그러니 오래되면 될수록 더욱 기쁘고, 보고 또 보아도 성에 차지 않는다.

아아! 세상의 즐거움 중에 이것들과 바꿀 만한 것이 있단 말인가? 이 산은 이미 깊고도 험준하고 이 암자는 높고도 고요하니 옛 책을 읽기에는 그야말로 안성맞춤이다. 만일 나를 이곳에 오랫동안 살게 해준다면 비록 10년이라도 사양치 않을 것이다. 하지만 이제 열흘도 채되지 않아 또 떠나가야만 한다.

산을 올려다보고 골짜기를 내려다보니 봄날의 만물들이 화창하게 피어나 다 제자리를 얻었음을 노래한다. 내가 어찌 그리워서 돌아보며 서글퍼하지 않을 수 있겠는가?

1752년 4월 7일 대승암에서 쓰다.

———

이 글의 저자는 안석경安錫儆(1718~1774)이다. 이 글은 저자의 나이 35세 때인 1752년(영조 28) 4월 7일에 치악산 대승암에서 쓴 글이다. 원제는 '유치악대승암기'遊雉岳大乘菴記이다. 이 글을 보면 알 수 있지만 그는 본래 치악산을 유람하려고 한 것이 아니라 대승암에서 조용히 책을 읽으러 갔다. 그런 점에서 이 기행문은 본격적인 유람기는 아니며 오히려 수필에 가까운 분위기를 지닌 고즈넉한 글이다. 그래서 글의 길이도 아주 짧다.
호가 삽교霅橋인 안석경은 일찍이 홍천·제천·원주 등지에서 청년기를 보냈으며, 당시의 현실과 이상 사이에서 갈등하다가 과거에 세 차례 낙방한 뒤 강원도 횡성 삽교에서 은거 생활을 했다. 그러기에 치악산은 그의 고향 산이라고 불러도 좋을 만큼 익숙하고 정다운 산이었을 것이다. 그는 이 글을 쓰기 이전에도 치악산 대승암에 올라 공부를 하곤 했다고 기록하였다.

그의 삶을 평가한 『동야휘집』東野彙輯의 기록을 보면, "어린아이를 보면 잡된 생각이 사라지고 동심으로 돌아가듯, 안석경의 글을 읽으면 속세에 찌든 더럽고 인색한 생각이 모두 사라진다"라고 평하고 있다. 이 말은 이 유람기에도 그대로 적용된다. 이 글은 거듭 읽어도 마치 맑은 샘처럼 사람의 마음을 맑고 깨끗하게 씻어 주는 듯한 아담한 정취를 자아낸다.

관악산 冠岳山

연주대가 구름과 하늘 사이로 우뚝 솟아

채제공, '유관악산기'

나는 일찍이 미수眉叟 허목許穆 선생이 83세 때 관악산 연주대에 올랐는데 그 걸음걸이가 나는 듯하여 사람들이 그를 신선처럼 우러러보았다고 하는 말을 들은 적이 있다. 저 관악산은 경기 지역의 신령한 산으로 선현들이 일찍부터 유람한 곳이다. 그래서 나도 한번 이 산에 올라가 마음과 눈을 시원하게 틔우고 선현을 태산처럼 사모하여 우러르는 마음을 기르고자 했다. 하지만 오래된 소원처럼 늘 잊지 못하고 생각만 했을 뿐 세상일에 얽매이다 보니 결국 이루지를 못했다. 그러던 중 1786년 봄, 노량진 강가에서 잠시 살고 있는데 관악산의 푸른빛이 거의 한눈에 들어올 듯했다. 그러자 내 마음이 마치 춤을 추듯 마구 움직여 막을 길이 없었다.

4월 13일

남쪽 이웃에 사는 이숙현과 약속하고 말을 타고 길을 나섰다. 아이들과 종도 네댓 명이 따라왔다. 10리쯤 가서 자하동에 들어가 한 간 정도되는 정자에서 쉬었다. 정자는 곧 신씨(자하紫霞 신위申緯)의 별장이었다. 시냇물이 산골짜기로부터 흘러 내려오는데 숲이 뒤덮고 있어서 그 근원이 어디인지를 알 수가 없었다. 물은 정자 아래에 이르자, 바위와 만난 것은 날아서 허연 포말로 부서지고, 고인 것은 푸른빛을 띠다가 마침내는 넘실넘실 흘러서 골짜기 입구를 에워싸고 멀리 가 버리는 것이 마치 흰 비단을 펼쳐 놓은 것만 같다. 언덕에는 진달래가 한창 피고있어서 바람이 스쳐 가면 은은한 향기가 때로는 물 건너편에 이르기도한다. 아직 산에 들어가기 전인데도 이미 서늘한 느낌이 들면서 흥취가 일었다.

정자를 거쳐서 또 10리쯤을 갔다. 길이 험하고 가팔라서 말을 타고갈 수가 없었다. 여기서부터는 말과 마부를 집으로 돌려보내고 지팡이를 짚고서 천천히 걸었다. 넝쿨을 헤치고 골짜기를 지나가는데 앞에서길을 인도하던 사람이 절이 있는 방향을 잃고 말았다. 동서를 분별할수도 없고 해는 이미 거의 저물어 가는데 길에는 나무꾼도 없어서 물어볼 곳도 없었다. 따라왔던 사람들은 앉았다 섰다 하면서 어찌할 줄을 몰라 했다. 그런데 갑자기 숙현이 나는 듯한 빠른 걸음으로 절벽 위로 올라가 좌우를 바라보는가 싶더니 순간 어디로 가 버렸는지 보이지않았다. 그가 오기를 기다리는데 한편으로는 이상하게 여기기도 하고또 한편으로는 괘씸한 생각이 들기도 하였다.

얼마 후 흰 장삼을 입은 승려 네댓 명이 어디선가 나타나 빠른 걸음으로 산을 내려왔다. 일행은 모두 소리를 치면서 "중이 온다!"라고 기뻐하며 말했다. 아마 숙현이 멀리서 절이 있는 곳을 찾아내고서 자신은 먼저 절에 들어가고 승려들에게 우리 일행이 이곳에 있다고 알린 모양이었다. 이에 우리는 승려들에게 인도되어 약 4~5리쯤을 가서 절에 이르게 되었다. 절은 삼면이 산봉우리로 에워싸여 있는데 유독 한쪽 면만은 탁 틔어 막힌 것이 없었다. 그래서 문을 열어 놓으면 앉으나 누우나 천 리까지도 바라볼 만하였다.

이튿날 아침, 해가 뜨기도 전에 밥을 재촉해 먹고 연주대라는 곳을 찾아갔다. 건장한 승려 몇 명을 골라 좌우에서 길을 인도하게 했다. 승려가 내게 말하였다.

"연주대는 이곳에서 10리를 넘게 가야 하는데 길이 아주 험하여 비록 나무꾼이나 중이라 할지라도 쉽게 올라가지 못합니다. 혹 기력이 달리지 않으실까 염려됩니다."

그 말에 내가 이렇게 답하였다.

"천하만사가 마음에 달렸을 뿐이네. 마음은 장수이고 기氣는 졸병과 같으니, 그 장수가 가는데 졸병이 어찌 가지 않을 수가 있겠는가?"

마침내 절 뒤쪽의 험준한 산마루를 넘어갔다. 어떤 때는 끊어진 길과 벼랑을 만나기도 했다. 그 아래로는 천 길 낭떠러지여서 몸을 돌려 절벽에 바짝 붙이고 손으로 번갈아 가며 나무뿌리를 잡으면서 조금씩 조금씩 걸음을 옮겼는데, 두렵고 어지러워 감히 곁눈질조차 하지 못했다. 어떤 때는 큰 바위가 길 한가운데를 다 차지하고 있어서 앞으로 나아갈 수도 없었다. 이럴 때는 아주 뾰족하지 않으면서 움푹 파인 쪽을 골라 엉덩이를 거기에다 붙이고, 두 손으로는 그 주위를 붙잡으며 미끄러지듯이 내려갔다. 바지가 걸려 찢어져도 돌아볼 겨를조차 없었다. 이 같은 경우를 여러 번씩 만난 후에야 비로소 연주대 아래에 도달할 수 있었다.

해는 이미 정오가 되었다. 쳐다보니 우리보다 먼저 유람하러 온 사람들이 연주대에 올라가 만 길이나 되는 위에 서서 몸을 굽히고 아래를 내려다보고 있었다. 그런데 흔들거리는 것이 금방이라도 떨어질 것만 같아 바라보는 내 머리카락이 다 쭈뼛쭈뼛 서는 듯하여 똑바로 바라볼 수가 없었다. 하인을 시켜서 큰 소리로 "그만두시오! 그만두시오!" 하고 외치게 하였다.

나 또한 기력이 다 빠져 버렸으나 엉금엉금 기어서 마침내 정상에 도달했다. 정상에는 평평한 바위가 있는데 수십 명이 앉을 만했다. 그 바위는 차일암遮日巖이라고 하였다. 옛날 양녕대군讓寧大君이 왕위를 피하여 관악산에 와서 머무를 때, 간혹 이곳에 올라와 대궐을 바라보곤 했는데 해가 뜨거워 오래 있을 수가 없어 작은 장막을 치고서 앉았다고 한다. 바위 모퉁이에는 상당히 오목하게 파인 구멍이 네 개 있었다. 아마도 장막의 기둥을 고정시킨 자리였을 것이다. 그 구멍은 지금도 선명했다. 대는 '연주'戀主라 하고 바위는 '차일'遮日이라고 한 것은 바로 이 때문이었다.

연주대가 구름과 하늘 사이로 우뚝 솟아 있어서 내가 있는 곳을 다 돌아보아도 천하 만물 중에 감히 그 높이를 겨룰 만한 것이 없어 보였다. 사방의 뭇 봉우리들도 시시하여 비교할 만한 것이 못 되었다. 오직 서쪽 저편에 쌓인 기운만은 넓고 아득하여 하늘과 바다가 맞닿아 있는 듯하였다. 하지만 하늘을 보면 바다 같고 바다를 보면 하늘과 같아 보

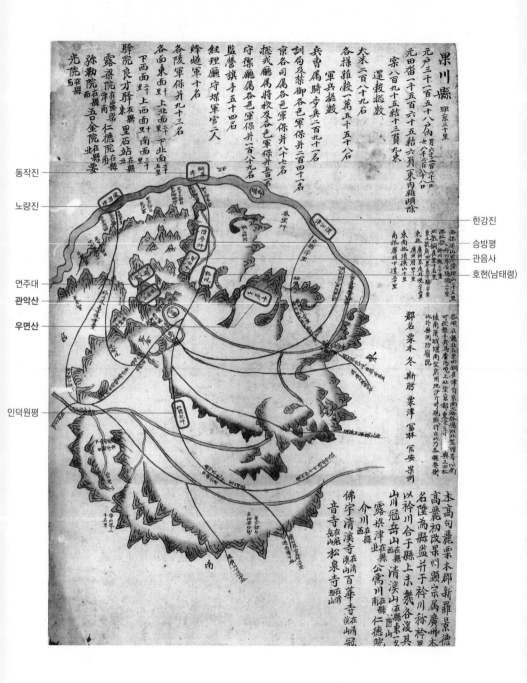

果川縣 距京三十里

元戶三千一百五十八 男六千二百六十口 女四千二百六十八口

元田畓一千五百六十五結六負 京內羅頒除

宗八百九十五結十三負九束

還穀揔數

大米二百八十九石

監營旗手五十四名

餉穀一萬五千五百五十八石

兵曹屬騎步兵二百九十一名

訓局及禁御各色軍保并二百四十一名

京各司屬各色軍保并八十七名

摠戎廳屬將校及各色軍保并百音九名

守禦廳屬各色軍保并百分九名

軍兵揔數

軍器揔數

各樣雜穀一萬五千五百石

烽燧軍十名

各陵軍保并九十三名

各面東面卝 上北面卝 下北面卝

西面卝 上西面卝 南面卝

下西面三十 里 南面三十

驛院 良才驛在縣東 里店站在縣

露梁院在露梁 仁德院在縣南

弥勒院在縣西面 屬五今金院业要

光院在縣

光院在縣

左:
동작진
노량진
연주대
관악산
우면산
인덕원평

우:
한강진
승방평
관음사
호현(남태령)

郡名 栗木 冬 斯肹 栗津 富林 �安 果州

本高句麗栗木郡 新羅景德

高麗初改果州 顯宗屬廣州 本

名陞為縣監 卝于衿川 稱衿木

以衿川合于縣上未 幾合復其

山川冠岳山在縣 清溪山在縣東

露梁津在縣北 公需川在縣

佛宇清溪寺在清 溪山 百華寺在縣

音寺 松泉寺

南

관악산(과천현)

일 뿐이니 그 누가 하늘과 바다를 분간할 수 있겠는가?

한양의 성궐이 마치 밥상을 대하듯 빤히 바라다 보였다. 한 무더기의 소나무와 전나무가 빽빽하게 둘러싸고 있는 곳이 경복궁의 옛터임을 알 수 있었다. 양녕대군이 이리저리 배회하면서 저 궁궐을 바라보던 그 일은 비록 백대의 세월이 지나더라도 그 마음을 상상해 볼 수 있으리라. 나는 바위에 기대어 『시경』의 노래를 낭랑하게 외워 보았다.

산에는 개암나무
진펄엔 감초풀
그 누구를 그리워하나?
서방의 미인이로세.
저 미인이여!
서방의 사람이여!

숙현이 말했다.

"그 노랫소리에 그리움이 있군요. 임금을 그리워하는 마음이 예나 지금이나 무슨 차이가 있겠습니까?"

내가 말했다.

"임금을 그리워하는 것은 떳떳하게 지켜야 할 도리이니 예나 지금이나 무슨 차이가 있겠소. 다만 내 나이가 지금 예순일곱인데 그 옛날 미수 어른이 이 산을 오를 때의 나이와 비교해 보면 아직 열여섯 살이나 모자란다오. 그럼에도 미수 어른은 그 걸음걸이가 나는 듯했다고 하는데, 나는 힘이 다하고 숨이 차서 고생이 이루 말할 수가 없소. 도

학과 문장이야 옛사람이나 지금 사람이나 서로 같지 않다는 것이 조금도 이상하지 않지만, 근력이 옛사람보다 못한 것이 어찌 이다지도 차이가 나는지 모를 일이오. 만일 내가 하늘의 신령함을 힘입어 여든셋까지 산다면 비록 업혀서 오는 일이 있다 하더라도 반드시 다시 이 연주대에 올라 옛사람의 발자취를 이을 것이외다. 그대는 나의 이 말을 잘 기억해 두시오."

이에 숙현이 다짐했다.

"그때가 되면 나도 꼭 따라올 것입니다."

그 말에 서로 크게 웃었는데 숙현의 나이가 지금 예순다섯 살이기 때문이었다.

이날은 돌아가 불성암에서 자고 그다음 날 노량진의 집으로 돌아왔다. 따라갔던 사람은 이숙현과 조카 이유상, 내종 아우 서공, 아이 홍원, 종질인 홍진, 친족의 손자인 이관기, 청지기 김상겸이었다.

이 글의 저자는 채제공蔡濟恭(1720~1799)이다. 저자가 67세 때인 1786년(정조 10) 4월 13일 하루 동안에 관악산 연주대에 올랐던 일을 기록한 기행문이다. 원제는 '유관악산기'遊冠岳山記이다. 저자는 관악산에 대해 "경기 지역의 신령한 산으로 선현들이 일찍부터 유람했던 곳"이라고 평하였다. 비록 짧은 글이지만 연주대에 얽힌 유래와 그 모습 및 연주대에서 바라본 주변 풍경들을 잘 묘사하고 있다.

재미있는 것은 저자가 현종 때 우의정을 지낸 바 있는 미수 허목과 자신의 근력을 비교하는 모습이다. 즉, 일찍이 허목은 83세의 나이에도 연주대를 나는 듯 올라 사람들이 그를 신선처럼 우러러보았다고 하는데, 자신은 당시의 허목과 비교하면 열여섯 살이나 모자라는데도 연주대에 오르느라 죽을 고생을 다했다는 것이다. 그러면서 저자는 자신도 83세까지 산

다면 비록 업혀서 오는 일이 있다 하더라도 다시 오고 싶다는 당찬 포부를 밝힌다. 하지만
채제공은 아깝게도 79세에 졸하고 말았으니 소원을 이루지 못한 셈이다.

묘향산

산수의 즐거움은 마음에 있나니

조호익, '유묘향산록'

묘향산은 『삼국유사』에 태백산이라는 이름으로 실려 있는데, 우리나라 4대 산 중 하나다. 세상에서는 말하기를, "웅장함으로는 지리산만 못하고, 기이하고 험준함으로는 금강산만 못하지만 구월산보다는 훨씬 낫다"라고 한다. 저 백이와 숙제의 곧고 맑은 정절에는 누구에게나 잘 맞추어 나가던 유하혜柳下惠*의 처세술이 없었고, 한유의 문장은 호걸스럽기는 하지만 맹교孟郊의 시와 같은 공교로움이 없었다. 산의 풍치風致도 이와 마찬가지다. 그 높고 낮으며 크고 작음은 제각각 자연스럽게 이루어진 것이기에 볼만함이 있는 것이지, 하필 그 우열을 따질 것이야 있겠는가?

---

* 중국 노나라의 현인. 맹자는 그가 더러운 임금도 부끄럽게 여기지 아니하고, 작은 벼슬도 낮게 여기지 아니하며, 나아가서는 자기의 훌륭한 능력을 숨기지 아니하고 반드시 그 도리대로 하며, 세상이 몰라주어 숨어 있어도 원망하지 아니하고, 곤란을 당하여도 민망히 여기지 아니한다고 칭찬함.

대체적으로 이 산의 크기만을 본다면, 수백 리 땅에 솟아나 구불구불 뻗고 넓디넓으며, 가파르고 깎아지른 것들이 멀리서 보면 마치 먹구름이 하늘 한쪽 벽을 뒤덮은 듯 보인다. 또 그 산기슭을 따라 늘어선 고을들을 보면, 동쪽에는 덕천, 서남쪽에는 영변, 북쪽에는 희천, 동북쪽에는 영원이 있는데, 광대하게 내리뻗어 멀고 가까운 것들이 끝없이 이어지는 형세이니, 이것이야말로 하나를 보면 열을 안다고 하는 것이다.

더욱이 우리나라는 지형적으로 한쪽 귀퉁이에 치우쳐 문물의 문이 열린 것이 중화 세계에서는 가장 뒤처져 있었다. 그리고 옛날 요임금의 세상으로부터 처음 하늘이 열려 사람과 사물이 생겨나기까지는 이미 3만 년도 더 넘었지만, 이 땅은 여전히 보잘것없는 풍속에 우러러볼 만한 푯대도 없었다. 하지만 이런 중에 단군의 강림이 실로 이 산에 있게 되었으니, 참으로 우리나라의 정기가 다 모인 곳이라고 하겠다. 그러니 어찌 산의 경치만으로 이 산을 평가할 수가 있겠는가?

내가 문책을 당해 송양(평안도 강동)에 유배 되어 있을 때이다. 묘향산과는 겨우 5~6일 정도만 가도 닿을 수 있는 가까운 거리에 있건만 궁벽한 생활을 견디어 가며 문득문득 마음속으로 갈등만 한 채 지낸 것이 1년이나 되었다. 해는 4월 중순으로 접어들고 있었다. 이여인李汝寅과 그의 막내 동생 여경汝敬이 앞서가고 나도 승려 혜림慧琳을 데리고 모든 것을 떨쳐 버린 채 따라갔다. 가면서도 내가 견고한 수레를 타고서 호사를 부릴 수 있게 된 것은 다 이여인의 덕택이었다.

계속 말을 달려 가다가 서강에 이르렀다. 앞서간 이들이 손짓하며 부를 때에 나는 암석 아래를 거닐고 있었다. 파릇파릇 돋아난 잎들과 시들어 버린 붉은 꽃들이 이리저리 널려 은은히 어울려 있는 것이 또 하나의 좋은 볼거리였다. 배를 타고 벼랑 쪽을 따라서 위로 올라가다 보니 바위 하나가 강에 길게 걸쳐 있는 것이 보였다. 바위는 물에 잠겨 어른거리면서 잔잔히 펼쳐진 물결 위로 그 모양이 선명했다. 이른바 와룡교臥龍橋였다. 허리를 구푸리고 아래를 내려다보았더니 그 모양이 한눈에 다 들어왔다. 내가 이여인에게 말했다.

"이 바위가 와룡교라는 이름을 얻게 된 것은 물속에 잠겨 있기 때문 일세. 하지만 만일 한번 그 바위의 모양을 몽땅 드러나게 한다면 평범 하고도 고집스런 사람과 같은 모양일 걸세."

이여인이 웃으며 말하였다.

"세상에서 산림에 은둔하는 사람들 중에는 간혹 그 실상이 없으면 서도 단지 은둔한다는 생색만 내려고 하는 자가 있는데, 이는 중국 진晉 나라 때의 학륭郝隆이 '원지소초'遠志小草라는 약초의 이름을 가지고 사 안謝安이라는 자를 비꼰 것과 같을 것이니,* 자네가 한 말도 바로 이런 경우를 염두에 두고 한 것이겠지."

파성婆城에 도착하니 해는 이미 정오였다. 짐을 풀어 놓고 망루에 올라 이리저리 둘러보았다. 산은 여인이 화장을 한 듯 곱게 펼쳐져 있 고 물은 가로질러 흐르고 있으며 안개 긴 모래톱은 10리를 뻗쳐 있고 갈매기와 해오라기는 줄을 지어 날아가는 것이 멀리서 바라보는 즐거 움을 더해 주었다. 이렇게 이리저리 거닐며 나직이 읊조리기도 하고 경치를 감상하던 중에 옛날에 쌓은 성벽 주위를 둘러보다 동행하던 사

---

* 중국 진나라 환온桓溫이 "원지와 소초라는 약초는 하나의 물건인데 어찌해서 그 이름이 두 가지 인가?" 하니, 학륭이 대답하기를 "산중에 처해 있을 땐 원지(원대한 뜻)라고 하고 세상에 나오면 소 초(보잘 것 없는 풀)라고 합니다"라고 하니, 은거했다가 벼슬을 받아 속세로 나온 사안이 부끄러워 했다는 이야기를 말함.

람에게 말했다.

"이 성이 언제 건축되었는지는 잘 모르겠지만 창고는 근래에 설치된 것 같네. 땅이 흥하고 폐하게 되는 것은 비록 한때에 일어나는 일이기는 하나, 백성들의 이익과 병폐도 역시 이 땅의 운명과 함께하게 되는 것이니 하늘이 정한 운수가 있는 것이 아닐까? 운수는 한때에 정해지고 또 그때는 사람을 기다리게 되니, 사람에게는 때가 없을 수가 없고, 때에도 사람이 없을 수가 없다네. 이렇게 때도 있게 하고 사람도 있게 하는 것, 이것이 바로 하늘이 하는 일이 아니겠는가?"

그러자 동행이 말했다.

"그렇군요."

저녁에 절에서 묵었다. 안국사安國寺라고 하는데 자산 고을 안에 있다. 시냇물과 골짜기가 깊고 그윽했으며 숲은 어두침침할 정도로 우거졌고 판각板閣(절에서 경판經版을 쌓아 두는 전각)은 높고 트여 있어, 오래도록 머뭇거렸다.

어떤 사람이 날 듯이 뛰어와 편지 한 통을 올렸다. 보니 송인숙宋仁 叔이 보낸 것이었다. 내용은 자기가 먼저 영유로 가니 이곳에서 자기와 만날 수 있도록 해 달라는 것이었다. 말하자면 자기를 좀 기다려 달라는 뜻으로 보낸 것이었다. 다음 날 금동원에서 말을 쉬게 하고, 또 가다가 멈추었으나 송인숙은 오지 않았다.

저녁에 장천동에서 묵었다. 이곳은 모두 개천 지역의 땅이다. 시골집이 아주 작고 누추하여 세 사람이 나란히 누웠는데 비좁아서 마치 달팽이 집같이 느껴졌다. 날이 밝자 곧바로 길을 떠나서 저녁 무렵에 나루를 건넜다. 배 안에서 잠시 쉬면서 뱃전을 두드리기도 하고 물장난을 치기도 했다.

언무정偃武亭에 올랐다. 푸른 파도 위엔 흰 새들이 서로 짝을 지어 어울리고 높은 산봉우리들과 멀리 보이는 나무들은 높기도 하고 낮기도 한데, 이리저리 서성대며 가슴을 활짝 펴니 이 길손의 흥을 돋우기에 부족함이 없다. 내가 이여인에게 말했다.

"태평세월 백 년에 조두刁斗 치는 소리도 그쳤으니,* 정자의 이름을 언무偃武(무기를 보관하고 사용하지 않는다는 뜻)라고 부르는 것도 부끄럽지 않은 일이겠지."

그러자 이여인이 말했다.

"이 정자를 세운 것은 중국 한漢나라 장수 조충국趙充國처럼 오랑캐들을 진압하는 데 힘써야 할 것이요, 중국 남송의 장수 왕현모王玄謨처럼 함부로 날뛰어서는 안 된다는 경계의 의미가 있겠지. 그러니 계속해서 이 '언무'라는 이름이 그대로 살아 있기를 바랄 뿐이라네."

저물녘에 말을 타고 시를 읊조리며 가노라니 가랑비가 부슬부슬 내렸다. 철옹에 당도하니 송인숙이 이미 먼저 와 있었다. 철옹 관아에 들어가서 반자半刺(목사나 부사의 보좌관)를 만났는데, 나와는 이종형제 간이다. 술을 몇 잔 마시고 자리를 파했다. 다음 날 태천으로 가서 반자의 형을 만났다. 10년 만의 만남이었다.

그다음 날 다시 철옹으로 돌아왔다. 이여인과 송인숙 그리고 여러 사람들이 성루에 나와서 기다리고 있었다. 술을 몇 순배 돌린 후 조금 취해서야 자리를 파했다. 다음 날 새벽에 성을 나섰다. 어천관에 도달

---

* 군대에서 밤에 경계하는 의미로 밥을 지어 먹는 쇠그릇을 두들기는 소리. 즉 전쟁이 없는 태평한 세월이라는 의미.

하기 전 10여 리에는 두 산이 서로 마주 보고 있었고 긴 시냇물이 흘러 내렸으며 안개 속에서는 물빛이 반짝이며 아른거렸다. 말고삐를 잡고 길을 가면서도 흥이 나서 입에서 나오는 대로 마냥 시를 읊조려 보니 이미 속세 사람이 아닌 것만 같았다. 말을 타고 가던 중 저 멀리 바라 보니 하늘로 치솟은 아주 높은 산봉우리가 있고 층층으로 덮인 구름은 무너져 쏟아질 듯하였다. 이여인이 그것을 가리키며 말하였다.

"저것은 묘향산의 한 봉우리라네."

이여인은 이 산에 대해 전부터 알고 있던 터였다.

40여 리를 갔다. 가는 곳마다 모두 아름다운 산수가 펼쳐지는데 도 중의 길옆에 오래된 소나무 한 그루가 서 있었다. 크기는 말 네 필이 끄는 수레 한 대 정도를 가릴 만했고 산과 붙어 있어서 짙푸르며 물가 에 있어서 잔물결이 이는 듯하였으니, 이름을 독송정獨松亭이라고 했 다. 그런데 이 소나무가 좋아서 어루만져 보던 중에 도끼 자국이 있음 을 알았다.

"아! 소나무야, 네가 마땅히 있어야 할 곳이 아닌 곳에다 뿌리를 내 리다 보니 이런 액운을 만났구나. 만일 너를 저 아미산 꼭대기에다 두 어 악전偓佺과 같은 신선과 친구가 되게 하였다면 몇 번을 죽는다 해도 어찌 이 같은 모욕을 받겠느냐?"

내가 탄식하자 이여인이 말했다.

"자기가 있어야 할 자리가 아니면 그러하겠지. 쇠도 녹일 듯한 혹독 한 더위에 그 맑은 그늘은 옥구슬이라도 씻을 만하지. 인간은 지팡이 를 던져 놓고 지친 어깨를 쉬기도 하며, 눈보라 치는 추위를 피하기도 하지만, 정작 소나무는 이러한 자신의 공을 드러내지 않네. 그럼에도 사람들은 자기가 좋아할 때는 『시경』의 「각궁」角弓을 노래하고 해칠 때는 도끼를 들이대니,* 저 어리석기 짝이 없는 인간들을 어떻게 다 징벌해야만 한단 말인가?"

이에 송인숙이 말하였다.

"옛사람들이 그래도 애를 써서 이 길에다 소나무를 심어 길 가는 사람들을 쉽게 해 준 것이니, 소나무가 이곳에 있게 된 것에 어찌 그 뜻이 없었겠는가? 하지만 이것을 없애 버리려고 하는 것도 역시 사람이니 어쩌겠는가?"

끊어진 산기슭을 따라서 난 길로 나아갔다. 아름다운 나무들이 빽빽하게 들어서 있고 그 가운데 사람 그림자가 짙은 녹음 속에서 일렁거렸다. 이른바 우백천牛白遷이었다. 골짜기 입구에 들어서서 첫 번째와 두 번째 다리를 지나니 푸른 협곡이 열리면서 맑은 시냇물이 그 가운데서 흘러나왔다. 길가엔 녹나무와 삼나무가 하늘로 높이 치솟아 햇빛도 가려 버렸고 들리는 건 오직 숲 사이에서 찰찰거리는 물소리뿐이었다. 세 번째와 네 번째 다리에 이르니 골짜기가 깊고 그윽하였으며 길은 막혔다가 다시 통하고 수목은 푸른데 어떤 곳은 빽빽하고 어떤 곳은 듬성했다. 곁에 있는 것은 아름다운 병풍처럼 늘어섰고 앞에 있는 것은 고운 죽순처럼 삐죽삐죽 솟아나 있었다. 물은 벼랑에 부딪치며 소리를 내고 시냇물은 휘돌아 나갔으며 구름은 바위를 치며 뭉게뭉게 피어올랐다.

---

* 중국 춘추시대 진晉나라의 한선자韓宣子가 노魯나라에 사신으로 갔을 때, 계무자季武子의 집에서 베푼 주연에 참석했다가 그 집의 아름다운 나무를 보고 좋다고 칭찬하자, 계무자가 말하기를, "제가 이 나무를 잘 길러서 선생께서 「각궁」을 노래해 주신 정을 절대로 잊지 않겠습니다"라고 했다.

가다 서다 하다가 시냇가에서 쉬었다. 깨끗한 모래에 파란 이끼까지 너무도 맑아 한 점의 티도 없었다. 앞으로 나아가 여섯 번째 다리를 지났다. 사방을 돌아보며 이리저리 거닐어 보았다. 번쩍거리는 칼날 같기도 하고 긴 창 같기도 한 것이 울창하게 우거져 서로 둘러싸고 있고, 혹은 난새와 학을 타고 가며 날기도 하고 걷기도 하고 절룩거리기도 하는 듯한 모양으로 에워싸고서 별도의 한 골짜기를 이루기도 하였다. 붉은 안개와 푸른 넝쿨, 소리 치듯 내리달리는 시냇물, 번쩍거리는 빛, 마구 들끓는 듯한 소리가 모두 눈을 놀라게 하고 귀를 쫑긋하게 하여 혼을 빼어 놓을 듯하다.

이렇게 나아가다 보니 절이 나왔다. 보현사普賢寺였다. 승려 두세 명이 있는데 그 모습이 아주 맑고 수척하여 세상에서 그 뜻이 가장 높고 원대한 사람처럼 보였다. 저들이 깍듯이 인사하고 웃으며 우리를 법뢰각法雷閣으로 안내했다. 법뢰각은 아주 크고 넓었다. 그 앞쪽은 높은 산봉우리들이 우뚝 솟아 있는데, 그중에서도 세 봉우리가 더욱 기이하면서도 빼어났다. 승려가 그 봉우리들을 가리키면서 말하였다.

"저것은 탐밀봉探密峯이고, 저것은 굉각봉宏覺峯이며, 저것은 탁기봉卓旗峯입니다. 옛날 서역의 수도승 두 사람이 천하의 명승지를 유람하다가 마침내 이곳에서 진짜 최고의 자리를 찾았다고 하여 깃발을 세워 표시했다 합니다. 이 세 봉우리의 이름은 바로 그 때문에 붙여진 것입니다."

이 이야기는 증거가 없다. 그러나 우리나라의 시를 살펴보면 외국의 수도승에게 준 시도 있으니, 이 이야기의 수도승도 우리나라에 들어와 살던 사람인지 어찌 알겠는가? 그러니 다 거짓이라고만 할 수는 없을 것이다. 우리나라에 부처가 들어온 지 오래되어 그 목탁 소리가 10리까지 이르는 마당에 승려에게 누가 그런 거짓말을 지어냈냐고 따지고 든다면 이는 이미 사물을 보는 눈이 어두워진 것이리라.

관음전에 이르러 이리저리 거닐면서 구경했다. 서릿발 같은 칼날을 칼집에서 뽑아낸 것처럼 늠름하게 하늘을 향해 치솟아 있는 것은 검봉劍峯이고, 화려한 보좌에 앉은 천자를 향해 뭇 제후들이 우러르고 있는 것처럼 보이는 것은 궤봉几峯이며, 햇빛 속에 안개가 일어나면서 구름을 찌듯 무럭무럭 김이 나는 것과 같은 것은 증봉甑峯이다. 다 그 모양을 따라서 이름이 붙은 것이다. 갑자기 드문드문 가랑비가 떨어지자 전각이 다소 서늘해졌다. 한가로이 산보하다 보니 세상을 떠나서 홀로 서 있는 듯한 느낌이 들었다. 밤이 깊어 가자 온 세상이 다 적막해지고 들리는 건 오직 맑은 소리로 원망하는 듯 울어 대는 두견새 소리뿐이다.

"너 두견새야! 너는 황제의 보좌를 떠나 봄 가지에 깃들여 오로지 돌아가고 싶다는 그리운 마음으로 천년을 하루같이 울어 왔으니,* 이것이 어찌 맹자가 말한 '자신의 명예를 중요하게 여겼던 사람'(好名之人)** 과 같다고 하겠는가?"

이여인이 말했다.

"자네의 말은 어찌 그리 꼬였는가? 자신의 것을 하나라도 잃어버릴까 봐 염려하는 무리들은 그 탐욕이 그치질 않아, 결국엔 임금을 죽여

---

* 옛날 중국 촉蜀 땅의 망제望帝가 간신에게 속아 나라를 빼앗겼다. 그 후 죽은 망제가 원통함을 못 이겨 두견으로 환생해서 목에 피가 나도록 운다는 전설이 있다.
** 『맹자』「진심」盡心 하下에 이르기를, 명예를 중시하는 사람은 가령 큰 나라를 그에게 준다고 해도 명분이 없으면 그것을 받으려 하지 않으나 그의 인품이 뛰어나지 않다면 한 그릇의 밥, 한 사발의 국조차도 갖고 싶어 하는 기색이 드러날 것이라고 하였다.

그 자리까지 찬탈하고 세상에서 으스대는 지경에 이르게 되었네. 그러니 오로지 돌아가고 싶다는 그리운 마음만을 담아 울어댈 뿐이요, 오히려 나라를 버리려는 참뜻을 나타내고자 한 것이겠지."

그러자 송인숙도 따라서 탄식하며 말했다.

"지금 나는 멀리 부모님 곁을 떠나 이 먼 곳까지 와서 떠돌아다니고 있으니, 저 두견새가 이 밤에 울어대는 것이 바로 나 같은 사람을 위함이 아니겠는가?"

다음 날 아침, 떠날 채비를 했다. 서쪽으로 가면서 작은 고개 하나를 넘어가다 안심사安心寺를 내려다보니 절 옆에 탑이 하나 있었다. 내가 영관도인靈寬道人을 돌아보고서 물었다.

"저 탑 속에는 무엇이 들었는가?"

"사리가 들었습니다."

"무슨 영험이라도 있는 것인가?"

"불가에는 반드시 이 사리가 있게 마련이요, 또 이 사리가 있으면 반드시 광채를 띠고 드러나게 됩니다."

"설령 그렇다고 하자. 하지만 그것은 늙은 조개 속에서 나온 진주알에 불과하고, 썩은 풀 더미에서 날아다니는 반딧불과 같을 뿐이라네. 만일 그것에 무슨 영험이 있다고 한다면, 영양羚羊의 뿔을 사리 위에다 놓으면 사리가 녹아 버린다***는 말은 무엇이란 말인가?"

내 말에 영관도인은 웃으면서 아무 말도 하지 않았다.

*** 『오주연문장전산고』 「석씨잡사」釋氏雜事에 의하면 사리는 쇠붙이로 때려도 깨어지지 않으나 영양의 뿔로 때리면 깨어진다고 하며, 영양의 뿔에다 사리를 놓으면 사리가 녹아 버린다는 말도 있다. 그만큼 허무맹랑한 말이라는 의미.

좁은 계곡 안으로 들어갔다. 시냇물을 따라 길이 나 있었지만 한 가닥 희미한 길일 뿐이며, 어떤 곳은 벼랑을 따라 잔도棧道로 연결되어 있기도 하였다. 숲을 헤치고 나아가다 수석이 아름다운 곳을 만났다. 평평한 넓은 바위에 편하게 앉아서 물장난을 치며 놀다가 한참 후에야 일어났다. 그 곁에는 큰 나무들이 있는데 100아름 정도는 될 만했다. 하지만 어떤 것은 자빠져서 부러지거나 불에 탔고 또 어떤 것은 선 채로 말라 버리기도 하였다. 이여인이 이런 나무들을 돌아보면서 탄식하며 말했다.

"재목감이지만 재목감이 되지 못하는 것보다도 더 못하게 되었고, 쓸모는 있지만 쓸모없는 것보다도 더 못하게 되었구나. 처음부터 호사스런 제기祭器로 쓰이는 것은 이 나무가 원한 바가 아니었을 것이다. 하지만 지금 이 나무가 자라나서 목수에게 베임을 당하는 해를 면했고 죽어서는 땔감도 되지 않았으니, 타고난 자기 본성은 잃지 않았다고 해야 할까?"

내가 대답했다.

"그렇지 않다네. 귀한 금과 옥은 사람들에게 일부러 나타나지 않아도 사람들이 찾게 되는 것이니, 귀한 보배를 품은 자가 언제 사람들에게 알아주기를 바란 적이 있었단 말인가? 이 나무들은 너무도 크고 좋은 재목감이라 파서 배를 만들 수도 있지만 이 세상에는 이 배를 띄울 만한 큰 강이 없고, 깎아서 대들보를 만들 수도 있지만 이 대들보를 놓을 만한 큰 집이 없을 정도일 걸세. 그렇지만 이런 재목이 이 골짜기에서 말라 죽어 비록 하늘이 내린 자신의 천수를 누리는 즐거움을 맛본다고 하나, 이 같은 재목을 알아보지도 못한 목수들에게는 어찌 책임

이 없다 할 수 있겠는가?"

이에 이여인이 말하였다.

"자네의 말이 옳네그려."

멀리서 보니 깊은 숲속 저 밖에 마치 흰 비단을 벽에다 걸쳐 놓은 듯한 것이 있는데 높이가 수십 척이 넘을 듯했다. 가서 보니 폭포였다. 옥구슬이 튀고 눈발이 어지럽게 날리는 것처럼 아주 깨끗하게 쏟아져 내렸다. 폭포 주위를 따라 부여잡고 올라가다 위태로운 비탈길을 하나 만났는데 쇠줄을 드리워 놓았다. 내가 웃으며 말했다.

"이것은 불가에서 말하는 이른바 '금승'金繩* 아니던가?"

이 쇠줄을 잡고 올라가니 높은 대臺가 나왔는데, 인호引虎라고 하였다. 그 아래 절벽을 내려다보아도 깊이가 얼마나 되는지 알 수 없을 정도였다. 또 멀리 바라보니 절간 하나가 깎아지른 듯한 푸른 벼랑 가에 놓여 있었다. 물은 동서 양쪽으로 흐르다가 그 두 경계가 허물어지면서 아래로 쏟아져 내리는데, 옥 같은 무지개가 나란히 마주하였고 우레 같은 소리가 골짜기를 뒤흔들었다. 참으로 기이한 광경이었다. 영관도인에게 물었다.

"이 대의 이름에 유래가 있는 것인가?"

"옛날에 탐밀探密 대사가 절을 창건하려고 했는데 유달리 기이한 경치가 있는 곳만을 찾다가 이곳까지 오게 되었지요. 그런데 왔다가 다시 나가려고 했으나 나갈 길이 없어 헤매던 중 큰 벌레가 그를 인도하기에 따라 나가다 보니 마침내 하늘이 내려 준 이곳을 보게 되었지요.

---

* 불경에 "이구국離垢國에서 경계를 분별하는 데 사용하는 황금 줄이다"라고 함.

그것이 이 대의 유래입니다."

또 나아가니 대 하나가 보였는데, 역시 매우 맑고 시원하였다. 승려는 이곳이 현진대玄眞臺라고 말해 주었다. 옛날에 신선이 이곳에서 노닐었다고 한다. 한 사람이 와서 우리를 맞아 주기에 보니 암자의 승려였다. 구름 같은 장삼에 서리처럼 하얀 수염을 하고 있어서 초연히 이 세상 밖을 벗어나 있는 듯한 모습이었다. 곡기를 끊은 지도 이미 여러 해가 되었다고 한다. 나는 중국 당나라 때의 이고李翶가 유엄惟儼이라는 승려에게 주었다는 "수련하여 얻은 몸매, 학 모양 비슷하네"라는 시구를 읊어 보았다.

암자와 몇 걸음 안 되는 곳에 밝고 윤기가 나며 평평한 바위가 있는데 수십 명 정도는 앉을 만했다. 옥 같은 샘물이 소리를 내며 뿜어 나와 수석 위를 돌아 흘러 나가며 어울리는 모양이 보기에 좋았다. 오른쪽에는 쇠를 깎아 놓은 듯한 큰 바위 하나가 있었다. 흐르는 물을 거슬러 올라가다 보니 또 폭포 하나가 나왔다. 바위를 타고서 쏟아져 내리는데 그 소리가 요란했다.

다시 길을 가 숲을 나섰다. 바위로 된 언덕에 옴폭 파인 작은 여못이 있었고 그 위로 폭포수가 떨어져 내리더니 작은 골짜기 가운데로 쏟아졌다. 이 물은 다시 꺾여 돌아 나가 두 벼랑 사이로 떨어져 내렸고 그런 뒤에야 맑고 큰 물을 이루었다. 멀리 바라보니 나뭇가지 사이로 번개가 번쩍거리는 듯 보였다. 앞으로 나아가 보았지만 따라 나갈 길은 없어지고 푸른 절벽만이 높이 치솟아 길을 막고 있었다. 물러나 탄식하며 말했다.

"비록 신발을 벗어 놓고 맨발로 간다 하여도 오를 수가 없겠구나!"

그런데 조금 있다가 동행하던 아이 여러 명이 그 벼랑을 부여잡고서 오르기 시작하는데 민첩하기가 원숭이 같았다. 이에 송인숙이 먼저 오르고 그다음엔 이여인이 오르고 나는 가장 뒤에서 오르기 시작했다. 올라 보니 긴 칼처럼 생긴 것이 하늘을 기대고 서서 햇빛에 반짝거리고 있었다.

허공에서 비구름이 불어오더니 벼락이 내리치며 진동을 한다. 모두 다섯 번이나 그 위용이 지나가는 것을 보았다. 벼랑 아래에는 바위샘이 있는데 그 곁은 평평하여 앉을 만했다. 영관도인이 말했다.

"이곳이 옛날의 용담龍潭입니다. 절이 다 지어지자 용이 다른 곳으로 가 버렸다고 합니다. 아마 절을 세운 자리에 살기가 싫어서 그랬던 것 같습니다. 하지만 아직도 용이 살았다는 수혈水穴이 남아 있어서 때만 되면 용을 위한 의식을 치릅니다. 그 수혈이 이 암자 아래의 용정龍井이지요."

이 이야기를 들어 보면 견강부회한 것 같기도 하다. 하지만 이렇게 멋진 경치가 있는 곳이라면 이런 이야기도 있을 법하다는 생각이 들었다. 바위에는 높이 솟은 소나무가 있는데, 껍질이 쪼그라들어 있었다. 그 껍질을 벗겨 낸 뒤 하얀 바탕에다 "아무개가 이곳에 왔으니 멋진 유람을 하기를 바라노라"라고 썼다.

아래로 내려와 암자에 이르렀다. 바로 대 위에서 내려다보았던 그 암자였다. 상원암上院庵이라고 했다. 승려가 대나무를 쪼개어 홈통을 만들어 놓아, 그곳으로 물이 졸졸거리며 흘러내려 큰 물통 속으로 영롱하게 떨어져 내렸다. 일행 중에서 누가 물었다.

"바깥 세상에서도 이렇게 대나무 홈통을 만들어서 물을 깨끗하게 할 수 있다고 한다면, 과연 어떤 물이라도 다 깨끗하게 할 수 있을까요?"

그 물음에 내가 말했다.

"어찌 물뿐이겠는가? 외물外物에 현혹되어 있는 자라도 다 깨끗하게 씻어 낼 수 있을 걸세. 밥을 해 먹고 차를 끓이는 것만이 어찌 물의 본성이겠는가? 아! 같은 홈통인데도 어떤 것은 깨끗하게 씻어내 주고 또 어떤 것은 오히려 더러운 것을 끌어들이니 그 차이가 크다네. 비록 그렇다고는 하나 어떻게 천하의 물을 모두 이 대나무 홈통에 지나가게 할 수 있겠는가?"

암자의 동쪽에 큰 바위가 있는데 수십 길이나 높이 솟아 있어서 매우 기이하였다. 이름을 사자암이라 한 것처럼 그 모양도 사자 같았다. 내가 장난삼아 "학으로 변해 돌아와 밝은 달과 놀고 있네"라고 한 주자의 시구를 읊으면서 말했다.

"훗날에 내가 학으로 변해 돌아와 이 바위 위에 앉아 있을 걸세."

이여인이 웃으며 대꾸했다.

"그렇다면 나는 선인仙人 선문자羨門子가 되어 있겠소."

동행하던 사람들이 다 웃음을 터뜨렸다.

암자 안으로 들어가서 창문을 열어 젖히자 처마가 시원하게 탁 틔었다. 수없이 많은 골짜기에 구름과 안개가 순간순간 그 모양을 달리하였고, 한 번씩 울어대는 산새 소리에 골짜기는 더 적막해지는 것 같았다. 두세 사람과 어울려 이리저리 거닐어 보았다. 바람이 시원하게 불어와 기분이 상쾌해지는 것이 마치 하늘로 날아오를 것만 같다. 송인숙이 말했다.

"우리가 이곳에 와 보지도 못한 채 일생을 그냥 지날 뻔하였소."

이여인이 말했다.

"이곳은 기가 막힌 경치들이 다 모여 있다네. 사람들은 흔히 호랑이에게 이끌려서 이런 경치 좋은 곳에 온다고 하는데 그 말은 좀 거짓말 같네."

내가 웃으며 말했다.

"옛날에 제 맘대로 호랑이를 타기도 하고 호랑이의 말을 알아듣기도 하는 자가 있었다고 하는데, 어찌 도인이 아니라고 할 수 있겠는가? 하지만 또한 하늘이 그 마음에다 깨우쳐 주신 것이 있었기 때문에 그렇게 할 수 있었던 게지."

그러고는 시 한 수를 지었다.

돌길이 험하니 죽장 짚고 가는 길도 위태롭고
골짜기로 쏟아지는 폭포는 물소리 속에 날아가네.
어느 누가 이 수천 바위 속에 날 그려 놓았나?
흰머리만 디펄디펄 푸른 산기슭에 비치누나.

이여인이 화답하였다.

험한 산 찾아 오르니 새도 넘기 위태롭고
층층 벼랑에 폭포는 허공으로 날아가네.
안개는 먼 절에 잠겨 뭇 봉우리 어두운데
구름 너머 바람만이 맑은 경쇠 소리 전하네.

이번엔 송인숙이 이 시에 화답하였다.

　　푸른 산봉우리 높고 높아 하늘로 치솟았고
　　천 길 폭포는 흰 비단처럼 날아가네.
　　바위에 앉아 시 읊조리기 끝나니 해는 지고
　　먼 숲 안개 속에 저물녘 부슬비만 내리네.

또 내가 다음과 같은 율시 한 수를 지었다.

　　여러 해 불우하여 옴짝달싹 못하다가
　　오늘은 떨치고 일어나 이 세상 밖을 찾았네.
　　산 중턱 고운 풀숲 길 어디든 거닐어 보고
　　바위 아래서 졸다 깨니 구름 저편이 푸르네.
　　대책도 없이 그 누가 저리 높이 서라고 했나?
　　길은 있지만 백 길 폭포 오를 엄두 나지 않네.
　　이곳에 같이 놀러 온 자네들에게 부탁하노니
　　부디 돌아가거든 속세 인연 나타내지 마시게나.

송인숙이 또 이 시에 화답하였다.

　　등나무 벼랑 덩굴 길을 애써 잡고 올라가 보니
　　이내 몸이 어느새 신선 골짜기에 와 있구나.
　　깊은 골짝엔 고목들이 어두침침하고

높은 벼랑엔 폭포수가 콸콸 날아 흐르네.

머리 돌려 저 아래로 산봉우리 바라보고

눈을 들어 저 평원의 해와 달을 마주하네.

이 속에서 끝내 노년의 뜻 이루긴 어렵고

세상을 찾아간들 속세 인연이 한스럽구나.

다음 날, 동쪽으로 나와 작은 시내를 넘어갔다. 돌샘이 아주 푸르고 깨끗한데 찰찰 소리를 내며 흐른다. 어떤 대에 이르렀다. 올라가니 가슴이 통쾌해지고 풍경은 더욱 아득한데 그 가운데 흰 구름이 계속 떠 있었다. 내가 승려에게 말했다.

"이 대를 백운대白雲臺라고 부르는 것도 괜찮을 것 같네."

그러자 영관도인이 말했다.

"백운대는 이 대의 본래 이름입니다."

내가 웃으며 말했다.

"옛사람이 이미 내 소에 올라 타 버렸구먼."

또 길을 갔다. 깊은 숲이 아름답고 울창하였으며 오솔길은 비탈져 험하였다. 가다가 소도 덮을 만큼 큰 재목을 보았는데 대들보로 쓰일 만한 것이었다. 내가 그 나무를 가리키면서 말했다.

"세상에서는 참으로 저런 재목감을 찾고 있지만 저 나무는 그냥 부질없이 저곳에서 늙어 가게 내버려 두는구나. 하지만 그 곁에 있는 나무는 겨우 한두 손에 들어갈 만한 크기밖에 안 되는데도 이미 난간이나 말뚝으로 쓰이려고 베임을 당했네그려."

이여인이 말했다.

"저것은 쓰이고 이것은 버려졌으니, 어찌 운명이 아니라 하겠는가?"

고개 하나를 넘어가다가 잠시 쉬었다. 내가 여러 사람들에게 말했다.

"이곳은 땅이 높아서 이슬이 떠다니고, 저 아래엔 안개가 끼어 하늘 높이 맑게 피어오르며, 그 맑고 찬 기운이 사람의 뼛속까지 스며들어 마치 날개가 돋쳐 신선이라도 되어 하늘로 올라갈 것만 같다. 어찌 신선이 노니는 곳이 아니겠는가?"

그러고 나서 조금 있다가 물어보았더니, 이곳의 이름이 정말 천선 대天仙臺라고 하였다.

동쪽 2~3리 정도 떨어진 그 너머에서 방향을 돌려 올라가니 땅이 특히 높아서 시원한 곳에 절이 하나 있었다. 비록 작았지만 맑고 한가로워 보였으니, 상운암上雲庵이다. 두 노승이 같은 방에서 묵고 있었다. 암자의 서쪽에 대가 있는데 상운대라 하였다. 푸른 절벽은 한가운데가 터져 있었고 한쪽 면은 막힌 데가 없어서 아스라이 푸른 산빛이 모두 가운데로 몰려들었다.

상운암에서 아래로 내려가 돈오암頓悟庵에 이르렀다. 승려는 떠나버렸고 암자만 남았다. 때로 흰 구름만 왔다 자고 갈 뿐이었다. 또 아래로 내려가니 길이 아주 험하고 경사가 심했다. 옛 암자 터를 지나가는데 계단만은 그대로 남아 있었다. 그 암자 앞에서 100여 걸음 정도 떨어진 곳에는 물이 졸졸 흘러내렸다. 그 시냇물을 지나 산기슭을 따라서 올라갔다가 다시 내려오니 골짜기의 형세가 아득하면서도 넓으며 그윽하고도 고요하여 살 만한 곳으로 보였다. 암자는 새로 지어 단아하면서도 탁 틔어 있는데, 하사자암과 서로 바라보고 있는 중사자암이었다. 암자에는 어떤 고매한 선사가 하안거에 들어가 있었다.

또 동쪽으로 가다 고개 하나를 넘어서 골짜기로 들어섰다. 다시 북쪽으로 향해 올라가다 한 암자로 들어갔다. 승려는 떠난 지 여러 해가 되었고 흙벽 속의 오래된 불상만이 한 떨기 철쭉꽃과 마주하고 있을 뿐이었다. 승려가 말했다.

"이곳은 내빈발암內寶鉢庵입니다. 빈발암은 두 곳이 있기 때문에 내외로 구분해서 말합니다."

또 올라가서 한 암자에 이르렀는데 이 암자도 이미 비어 있었다. 암자 뒤에는 굴이 있었다. 높이는 두세 길 정도는 되었고 수십 명이라도 들어갈 만큼 넓어, 마치 높은 집 같았다. 굴 가운데는 달고 찬 맛의 샘이 있었다.

세상에서는 단군이 이 굴에서 살았다고 전한다. 저 상고시대에는 사람이 새 둥지에서도 살고 들판에서도 살고 주나라의 고공단보古公亶父도 굴속에서 살았으니, 단군이 처음에 굴속에서 살았다는 것은 전혀 의심할 것이 없다. 다만 어떤 사람은 단군이 이 굴속에 살면서 나라를 다스렸다고 하는데, 이는 잘못이다. 깊은 산속 이 험준한 바위산이 어찌 임금이 거처하는 곳이 될 수 있겠는가?

또 1리 정도 올라가 대에 올랐다. 삼면이 다 크게 끊어져 나갔고 절벽은 만 길이나 되었다. 봉우리들이 에워싸고 떠받들고 있는 것이 마치 공경하는 듯한 모양이다. 산의 빼어난 기운이 참으로 이곳에 다 모인 것만 같다. 세상에서는 단군이 이곳으로 내려왔다고 한다. 내가 이리저리 서성대면서 위아래를 바라보다가 감탄하며 말했다.

"이곳은 참으로 기인奇人이 나올 만도 하구나."

곁에 있던 한 사람이 말했다.

"산이 기이하고 빼어나다고 하지만 어찌 산이 스스로 사람을 낳는 이치가 있겠소? 우리의 성인이신 공자께서는 니구산尼丘山에서 빌었던 추나라 사람을 통해서 태어나셨고, 중국 송나라의 소씨蘇氏 삼부자(소순蘇洵, 소식蘇軾, 소철蘇轍)는 아미산의 정기를 받아 소씨를 통해서 태어났소. 산들이 신령을 내려 중산보仲山甫와 신백申伯이 탄생한 것처럼* 정기가 사람에게 모여 태어난 것인데, 전하는 사람들이 나무에서 태어났다고 억지를 부리는 그런 것이 아니겠소?"

내가 말했다.

"그렇지 않네. 만일 지금이라도 기린이 잉태하여 새끼를 낳을 수 있게 한다면 기린이 있을 수 있고, 또 봉황이 잉태하여 새끼를 낳을 수 있게 한다면 봉황이 있을 수 있다네. 그런데 하물며 아직도 꾸밈없는 진실한 기풍이 남아 있고 삼광三光(해, 달, 별)과 오악五嶽의 기운이 온전하여 그 꿈틀대고 서로 엉킨 것들이 모여서 저절로 기이한 만상萬象을 낳기에 조금도 부족하지 않은 이 마당에 산이 단군 같은 분을 낳았다고 하는 것이 무엇이 그리 괴이하단 말인가?"

그러자 함께 유람하던 사람들이 다들 "그대의 말이 일리가 있네"라고 하였다. 그래서 다음과 같은 시 한 수를 읊었다.

하늘이 단군을 보내어 이 땅을 여니
우리 동방의 만물들이 절로 만족해.

* 『시경』 대아大雅 「숭고」崧高에 보면 산악이 신을 내려 어진 재상인 중산보와 신백이 태어나게 하였다고 한다.

지금도 유적은 저 높은 대에 있건만
머리 돌려 바라봐도 청산만 남았네.

대에서 내려와 빈발암에서 쉬었다가 중사자암으로 돌아와 묵었다. 서쪽으로 나갔다가 다시 북쪽으로 길을 갔다. 돌길에는 이끼가 덮여 있었다. 한 암자를 찾아가니 꽃과 풀이 뜰에 가득한데 꽃잎만이 어지럽게 떨어져 날릴 뿐이다. 영관도인에게 물었더니 상사자암이라고 했다. 그 위에는 아주 험준한 바위가 있었다. 위로 올라가 내려다보았더니 작은 절이 하나 있는데, 등천암登天庵이라고 한다. 이여인이 영관도인에게 제안했다.

"이곳은 맑고 높아서 몸이 마치 하늘로 올라가는 듯한 기분이오. 그러니까 저 암자 이름도 등천이라 한 것이겠지. 그렇다면 이 대도 등천대라고 하는 것은 어떻겠소?"

영관도인이 정말 좋다고 하였다.

또 위로 올라가 한 작은 굴에 이르렀다. 굴속에는 아직도 얼음이 녹지 않은 채로 남아 있었다. 여러 사람이 그 얼음을 깨뜨려서 먹었다. 내가 이여인에게 물었다.

"지금 양陽의 기운이 왕성하여 만물이 다 즐거워하고 있는데, 오직 이 굴속에만 따뜻한 바람이 불지 않으니 이곳만은 하늘이 주관하지 않는 것인가?"

이여인이 대답했다.

"천도란 사심이 없으니 결국엔 다 이르게 될 것이네. 다만 너무 늦다는 것이 안타까울 뿐이겠지."

그 굴에서 동서쪽으로 열 걸음 남짓 올라가자 또 하나의 큰 굴이 있으니, 곧 등천굴이다. 굴 안에는 작은 암자가 있었다. 하지만 다 짓지도 못한 채 주관하던 승려가 버리고 떠나갔다 한다. 또 동쪽으로 나갔다가 북쪽으로 길을 갔다. 가느다란 길이 위태롭게 기울어져 있어서 드리워진 넝쿨을 부여잡고 100여 걸음 정도 지나갔는데 그만 길을 잃어버리고 말았다. 숲은 깊고 돌은 미끄러웠지만 부여잡고 올랐다. 서쪽으로 돌아서 작은 골짜기로 들어섰다가 북쪽으로 올라갔다. 수십 걸음마다 한 번씩 쉬어 가며 큰 고개를 넘어갔다. 아래로 내려오니 큰 굴과 작은 암자가 있었다. 굴속에는 샘이 있고 샘 곁에는 바가지가 있어서 물을 떠서 마시도록 해 놓았다. 또 나무로 된 절굿공이와 절구통이 있는데 솔잎을 찧기 위한 것이었다. 승려가 떠나가 버린 지 1~2년은 되는 것 같았다.

그 굴에서 나와 남쪽으로 내려갔다. 도중에 일행 중 한 사람이 말했다.

"이 굴은 가장 깊고 구석진 곳에 있어서 지금까지 어느 누구도 와 본 일이 없었던 것 같습니다. 그런데 우리가 오늘 미리 계획한 것이 아닌데도 우연히 이곳에 오게 되었으니, 이는 참으로 기이한 만남이라 하겠습니다. 훗날 기억에 남을 수 있도록 이름이라도 지었으면 합니다."

내가 웃으며 말했다.

"이 굴은 자연스럽게 이루어진 전각과 같으니 천각굴天閣窟이라고 하는 것이 좋겠네."

그러고는 즉시 붓을 들어서 썼다. 나중에 아난암阿難庵에 이른 뒤에

116

물었더니 승려가 말하였다.

"그 굴은 매화굴입니다. 옛날에 매화라는 승려가 처음으로 그 작은 암자를 짓고 난 후에 그 이름을 따서 짓게 된 것이라 합니다."

숲 저편에서 물 흐르는 소리가 들렸다. 시내를 지나가니 비로소 오솔길이 나왔는데 시내를 따라서 길이 나 있었다. 서쪽으로 가다가 남쪽으로 비스듬하게 가다 보니 암자가 나왔다. 암자의 이름은 봉두타암峯頭陀庵이었다. 땅이 더욱 깊고 고요하여 암자도 더욱 맑고 산뜻해 보였다. 승려들의 참선이 막 끝난 때였다. 하지만 수행은 며칠 더 계속될 것이라고 한다.

또 남쪽으로 나왔다가 동쪽으로 내려가니 폭포가 세 번이나 꺾여서 흘러내리고 있었다. 길이는 1천 척은 될 만했으며, 백룡이 뛰어 나르면서 그 비늘이 햇빛에 반짝거리는 듯한 것이 매우 웅장하면서도 기이했다. 상원암 쪽에 있던 폭포에 비해서 길이는 배가 되었으나 떨어져 내리는 흐름은 느렸다.

동쪽을 향해 가다가 고개를 넘어 아난암에 도착했다. 또 가섭암迦葉庵에 들러서 좌선을 하고 있는 승려들과 잠시 말을 나누었다. 두 암자는 모두 숲과 골짜기가 깊어서 각각 특별한 별천지를 이루었다. 동북쪽으로 향해 가다가 영신암靈神庵에 이르렀다. 암자가 차지하고 있는 땅이 높고 탁 틔어 천 리까지라도 보일 만했다. 잠시 난간에 기대어 눈 닿는 데까지 바라보니 큰 강과 산이 한눈에 다 들어왔다. 이는 다른 암자에는 없고 이 영신암만이 갖고 있는 장점이었다. 이에 나는 다음과 같은 시 한 수를 지었다.

암자 중에도 영신암이 또 그 이름을 떨치니
펄펄 날아갈 듯 모든 것이 깃털처럼 가볍구나.
오늘에야 이 가슴이 활짝 트임을 느끼노니
천 리 먼 산봉우리들 다 내 눈 아래 펼쳐졌느니.

이여인이 화답했다.

반세상을 부질없이 태백산으로만 알았다가
오늘에야 올라와 원숭이처럼 잽싸게 다녀 보네.
지팡이 짚고 다시 향로봉 정상에 오르니
떠도는 맑은 안개만이 내 발 앞에 펼쳐지네.

송인숙도 화답했다.

팔만 일천 봉우리는 예부터 유명한데,
올라 보니 바람 타고 날아오를 것만 같네.
밤들어 홀로 영신암에 기대서자니
골짝 가득 자는 구름, 시 읊조림 속에 평화롭구나.

저녁에는 영운암靈雲庵에 이르러 잤다. 영신암과는 겨우 수십 걸음
밖에 떨어져 있지 않았지만 스스로 또 하나의 절경을 이루고 있어서
매우 아름다웠다. 새벽 창이 훤해질 무렵에야 꿈에서 깨어났다. 새소
리가 매우 정겨웠다. 영관도인에게 물었다.

"저것은 무슨 새인가?"

"화두話頭입니다. 그 우는 소리 때문에 그렇게 부른답니다."

"그렇다면 옛사람들이 말하던 그 염불하는 새로구나. 아! 불교의 폐해가 저런 미물까지 이르렀구나."

이에 송인숙이 말했다.

"저런 미물도 우리 유가의 도를 알까?"

이여인이 말했다.

"새도 은혜를 갚을 줄 알고 개미도 의리를 행할 줄 아는데, 이런 것들이 바로 우리 유가의 도를 안다고 하는 것이 아니겠는가?"

다시 영신암으로 돌아왔다. 골짜기에서 바람 소리가 쏴쏴 나고 산빛이 점차 옅어지더니 갑자기 비가 내리기 시작했다. 잠깐 사이에 시냇가의 구름이 조각조각 피어올라 순식간에 퍼져 나가며 온 산을 뒤덮어 버렸다. 큰 산은 상투처럼, 작은 산은 눈썹처럼 드러났다가 사라지고 말렸다가 퍼지면서 그 짧은 시간에도 온갖 모양을 다 연출했다. 내가 이여인에게 말했다.

"산이 우리의 유람을 기뻐하는 것일까? 그렇지 않다면 어째서 저렇게 자신의 모습을 몽땅 다 보여 준단 말인가?"

저물녘에야 개었다. 산기운이 더욱 산뜻해졌다.

다음 날, 서쪽으로 나가서 향로봉으로 향했다. 오르락내리락하는 돌길이었지만 피곤한 줄도 모르고 길을 갔다. 발걸음마다 아름다운 꽃과 풀이 무성했다. 어느 험준한 산 중턱에 이르자 바위 봉우리들이 첩첩하여 따개비처럼 서로 들러붙어 있었다. 영관도인이 이곳이 하대下臺라고 말했다.

다시 길을 갔다. 어깨가 닿을 듯한 깎아지른 절벽을 손으로 넝쿨을 부여잡고 가다가 또 한 곳을 올랐다. 낭떠러지에 서서 내려다보니 혼이라도 떠도는 것 같고 불쑥불쑥 솟아오른 높은 산들은 평지처럼 보였다. 영관도인이 이곳이 중대中臺라고 하였다.

또 길을 가다가 샘을 만났다. 손으로 한 움큼 떠서 마시니 이가 시릴 정도로 차갑고 폐부 깊숙이까지 찬 기운이 스며든다. 산봉우리 정상에 이르자 높기로는 밑도 끝도 모를 정도요, 멀기로는 세상 밖까지 나갈 만하여 하늘과 땅 끝이 아득하니 어디가 끝인지를 알 수가 없다. 내가 이여인에게 말했다.

"이것이야말로 우리 공자께서 태산에 올라 천하를 작다고 여기신 이유가 아니겠는가?"

산봉우리들을 내려다보니 까마득하여 마치 푸른 바다에 파도가 마구 용솟음치는 듯하고, 구름과 안개 속에서는 고래와 붕새가 요동치다 사라지는 듯하여, 도무지 그 형상들을 헤아릴 수조차 없다. 어느샌가 우리 일행 중 누군가가 피리를 부는데 그 소리가 구름을 뚫고 올라가 저 푸른 하늘에서 슬피 우는 듯했다. 송이숙이 기뻐하며 말했다.

"나는 오늘에야 신선 세계의 즐거움을 알았노라."

이여인이 말했다.

"봉황새 타고 피리 부는 신선이라 하더라도 이보다 더 좋지는 않을 것이오."

이에 내가 시 한 수를 지었다.

높은 봉우리 층층 하늘로 외로이 치솟고

이내 몸은 몇 길이나 높고 험한 곳에 있는지.

오늘 내 눈에는 온 천하가 작아 보인다만

장자는 무슨 일로 태산을 터럭처럼 보았을까?

산을 내려와서 영신암에 이르러 잠시 쉬었다가 또 내려와 우적암牛跡庵에서 쉬었다. 이여인과 다른 여러 사람들은 이미 먼저 묘적암妙寂庵으로 가서 반석에 앉아 있었다. 아침에 원적암圓寂庵을 지나서 금강굴에 이르렀다. 영관도인이 말했다.

"이곳은 나옹 선사懶翁禪師가 살던 곳입니다."

이여인이 말했다.

"공민왕은 나옹을 높여서 스승으로 삼아 마치 신처럼 받들었지만 자신은 마지막에 신하의 손에 살해당함으로써 고려 500년의 종사를 졸지에 끝나게 하였으니, 불교가 나라에 도움이 되지 않았음이 심하구려."

내가 말했다.

"저 산속에 사는 중들은 인륜을 마치 헌신짝 버리듯이 하는 자들이거늘, 어찌하여 그런 자를 나라를 다스리는 일에 관여하게 하고 또 높이고 섬겼단 말인가? 이는 임금의 잘못이로세."

또 한 암자에 들렀는데, 원효암元曉庵이라 하였다. 이여인이 말했다.

"도끼 노래*를 보면 원효가 보통 사람은 아니었던 것 같으이."

내가 말했다.

"아버지는 불가의 우두머리가 되었고, 아들(설총)은 유가의 으뜸이

* 원효가 불렀다는 노래로 "누가 자루 없는 도끼를 빌려주겠나? 내 하늘을 떠받칠 기둥을 깎으리라"라고 한다.

되었으니, 이 또한 괴이한 일일세."

내원암內院庵에 이르렀다. 벽에는 옛날부터 지금까지 이곳에 유람 왔던 사람들의 글이 쓰여 있었다. 그중에는 공자가 이른 "자신의 몸을 죽여서 인仁을 이룬다"(殺身成仁)라는 글귀도 있었다. 내가 감탄하며 말했다.

"저 글을 쓴 분은 직접 세속의 퇴폐한 물결을 막아 내어 천 길이나 우뚝 솟은 기상을 지녔을 것이니, 이 산을 대한다 해도 참으로 부끄럼이 없을 것이오."

이여인이 웃으며 말했다.

"오늘 우리의 발걸음도 저분의 기상과 같게 될 줄을 어찌 알겠소?"

우다굴牛多窟에 이르러 쉬었다. 암자는 우적암에서 이곳까지 모두 한 골짜기 안에 있었는데, 서로의 거리가 30~40걸음 정도밖에 되지 않았다. 그중에서도 내원암은 가장 큰 암자에 속했다. 구름 낀 숲이 깊고 고요하며 수석이 맑고 기이하여 진실로 '황금을 깔아 놓아야만 팔 수 있는 땅'*이라고 할 만했다.

3~4리쯤을 나가자 마부가 보현사에서 와서 기다리고 있었다. 용추龍湫에 이르렀다. 모래와 바위가 괴이하였으며 차가운 못이 깊고도 고요하여 마치 신령이라도 깃들어 있는 듯했다. 승려가 말했다.

"이 연못엔 용이 숨어 있다고 합니다."

내가 탄식하며 말했다.

---

* 진晉나라 법현法顯의 『불국기』佛國記에, 급고독장자給孤獨長者가 석가모니에게 사찰을 지어 기증하려고 기타태자祇陀太子에게 찾아가 그 정원을 팔도록 종용하니, 태자가 농담 삼아 "그 땅에다 황금을 깔아 놓아야만 팔 수 있다"라고 하자, 이에 자신의 전 재산을 다 바쳐 그곳에 황금을 깔아 놓으니, 태자가 감동하여 그곳에 절을 짓게 하였다는 데서 나온 말이다.

"『예기』에 '용을 가축처럼 길들이니, 물고기와 상어 떼가 놀라 흩어지는 일이 없다'고 하였네. 용은 네 가지 영물靈物(기린, 봉황, 거북, 용) 중의 하나이지만 성인이 가축처럼 길렀기에 환룡씨豢龍氏와 어룡씨御龍氏라는 성을 하사받기도 하였지.** 그러나 하夏, 은殷, 주周 이 삼대 이후로부터는 용의 모습조차 볼 수 없게 되었거늘 하물며 어떻게 그 용을 잡아서 기를 수 있었겠는가? 아! 용의 모습을 끝내는 볼 수 없게 되고 말다니……."

　이여인이 말했다.

　"후세에 초나라의 섭공葉公 같은 이가 용을 좋아했다고는 하나 그 비슷한 것을 좋아했을 뿐 정말로 좋아한 것은 아니라고 하네.*** 만일에 용을 가축처럼 기를 수 있다고 한다면 세상에서 어찌 그 옛날 동보董父처럼 용을 잘 길렀던 사람이 굳이 필요했겠나? 바로 이 때문에 용이 떠나가서 더욱 멀어지게 되었고, 더욱 깊이 숨게 된 것이 아니겠는가?"

　또 아래로 내려가 어떤 굴에 이르렀는데, 그곳의 암자는 이미 폐허가 되어 있었다. 영관도인이 말했다.

　"옛날에 진秦나라 황제가 나라를 버리고 이곳으로 망명해 왔는데 신하와 백성도 따랐지요. 그런데 그가 이 굴속에 들어가더니 나오질

** 요순堯舜 시절에 동보董父가 용을 잘 길렀으므로 순임금이 그에게 환룡씨란 성씨를 내렸고, 하나라 때 유루劉累는 이 환룡에게 용 길들이는 법을 배워서 하나라 임금 공갑孔甲을 섬겼는데, 공갑은 유루가 용에게 먹이를 주어 잘 길렀으므로 그에게 어룡씨란 성을 하사했다고 한다.
*** 초나라의 섭공이 용을 좋아하여 용의 그림을 그려서 보고 있었는데, 하늘의 용이 그가 용을 좋아한다는 것을 듣고 그의 집으로 내려와서 창문에 머리를 들이밀고 마루에 꼬리를 끄니, 섭공이 놀라고 두려워 정신을 잃었다고 한다. 이 이야기는 섭공이 진짜 용을 좋아한 것이 아니라 그림 속의 거짓 용을 좋아한 것이었다는 말로 겉으로 좋아하는 체했을 뿐 실제로 좋아하는 것은 아니라는 뜻의 비유로 쓰인다.

않다가 굴을 뚫고 부수려 하자 그제야 나왔다고 합니다. 그래서 이 굴을 그 나라 이름을 따서 국진굴國秦窟이라고 합니다. 지금도 굴 위에는 도끼 자국이 남아 있다고 합니다."

『북사』北史를 살펴보면, 중국 연나라 왕 풍홍馮弘이 고려로 망명 왔다가 2년 만에 죽었다는 기록이 있는데 사실은 고려가 아니라 고구려라 해야 옳다.* 하지만 진나라 황제가 이곳으로 망명해 왔다는 기록은 없다. 그러니 이 이야기는 알 수 없는 노릇이다. 따지지 말고 그냥 놔두는 편이 좋을 것이다.

다시 보현사로 돌아왔다. 이날은 곧 5월 1일이었다. 산을 나서려고 하니 자꾸만 머뭇거려져 차마 발걸음이 떨어지지 않았다. 지금까지의 유람을 글로 남기려고 해 보았지만 훗날에 사람들이 내 글을 보고 나무랄 것만 같고, 꼭 다시 오리라 맹세도 하려 했지만 혹 거짓말이 될까봐 그렇게 할 수도 없었다.

어느새 산과 이별하고 영관도인과도 이별 인사를 나누고 나니 샘물 소리와 산빛마저 이별의 아픈 마음을 띠고 있는 듯했다. 꿋꿋하게 골짜기를 나왔지만 그래도 걸음마다 자꾸만 되돌아보았다. 어협천魚脇遷까지 오니 이미 산은 시야에서 사라지고 말았다. 마치 무엇이라도 잃어버린 양 서글퍼졌다. 저녁에는 영변의 지황촌에서 잤다.

다음 날, 개천에 이르렀다. 그다음 날에는 무진정에 이르렀다. 흰 물결과 푸른 산, 아름다운 물가와 어지럽게 나는 새가 아스라하니 그

---

* 중국의 이연수李延壽가 쓴 『북사』北史 '열전'列傳에는 위魏나라가 연나라를 정벌하자 연왕 풍홍이 고려로 망명했다고 기록되어 있다. 연왕 풍홍은 실제로 고구려 장수왕 24년에 망명했고 그 후 2년 만에 죽었는데, 『신증동국여지승람』에는 평안도 운산군雲山郡에 그의 능묘가 있다고 전한다.

림과도 같아 이 또한 하나의 멋진 경치였다. 내가 시 한 수를 지었다.

　　푸른 물결 언덕을 차고 산봉우리는 어지러운데
　　하늘 저 밖 서늘한 바람에 옷 떨치고 나섰다네.
　　천고토록 이어온 대臺에서의 이 끝없는 흥취를
　　몇 사람이나 후세 사람들에게 남기고 돌아갈까?

이여인이 화답했다.

　　강을 베개 삼고 높은 대에 누우니 산들 아득하고
　　하늘 저 끝 피어나는 안개에 옷이 젖을 듯하네.
　　긴 물가에서 다소간 멋진 경치 보고 난 뒤에
　　저물녘에 나귀 타고 시 읊조리며 돌아가노라.

이번엔 송인숙이 화답했다.

　　강에는 푸른 병풍처럼 산들이 늘어섰는데
　　높은 대에 지쳐 기대었다 벌떡 일어나 보니
　　눈에 가득한 바람과 안개 비록 아름답지만
　　남쪽 하늘 내 고향 정말 돌아가고 싶구나.

　푸른 절벽 사이로 회양목이 무수하게 보였다. 내가 이여인에게 그것을 가리키면서 말했다.

"형씨荊氏 마을의 개오동나무와 조래산徂徠山의 소나무*는 때로는 큰 집을 짓는 데 화려하게 쓰이기도 하고, 또 때로는 궁궐의 서까래로 쓰이기도 하지. 하지만 저 회양목은 바위에서 나고 자라면서 윤달이 드는 해엔 액운을 당하기까지 하여 그 높이가 몇 자밖에 되지 않아, 큰 것이라 해도 그저 한 줌 크기도 안 되고 생긴 것도 보잘것없어서 세상에 쓰임을 받지 못하네.** 하늘은 어찌 이리도 공평치 못한 것일까?"

이여인이 말했다.

"모든 만물은 생겨날 때 큰 것은 절로 커진 것이고 작은 것은 절로 작아진 것이라네. 그러니 엄청나게 큰 붕새는 애쓰지 않아도 여전히 큰 모양 그대로요, 아주 작은 뱁새 또한 애쓰지 않아도 여전히 작은 모양 그대로여서 제각각 타고난 본성을 갖고 살아가게 마련인데, 무얼 그리 한탄할 것이 있겠는가?"

저녁에 자산에서 자고 그다음 날 강동으로 돌아왔다. 왕복으로 총 16일이 걸린 여행이었다.

작고 누추한 집으로 되돌아와 우두커니 홀로 생각에 잠겨 있는데, 몸은 마치 구자국龜玆國의 베개라도 벤 듯, 신선이 산다고 하는 저 삼신산三神山과 십주十洲에 가 있는 듯했다.*** 저 위魏나라의 공자였던 모牟

---

* '형씨 마을의 개오동나무'는 『장자』 「인간세」에 나오는 말로 송나라 때 형씨 마을의 개오동나무가 말뚝, 대들보, 널 등으로 유용하게 쓰였음을 말한 것이고, '조래산의 소나무'는 『시경』 노송魯頌 「비궁」閟宮에 나오는 말로 조래산의 나무로 큰 궁궐을 만든다는 내용이다. 따라서 둘 다 모두 유용하게 잘 쓰이는 나무라는 말이다.

** 회양목은 1년에 겨우 한 마디씩만 자라는데, 특히 윤년을 만나면 자라지 않을 뿐 아니라 도리어 한 마디가 줄어든다고 한다. 그래서 "회양목은 윤달이 드는 해에 액운을 당한다"라는 말이 생겼다. 사람이 곤경에 처한 것을 비유할 때 이 말을 쓰기도 한다.

는 몸은 강호에 있지만 생각은 여전히 위나라의 궁궐에 가 있었고, 동진의 사령운謝靈運은 산림 속에 있지만 마음은 여전히 속세에 있었다. 그러므로 물은 물이요, 산은 산일 뿐, 자기와는 아무런 관계가 없었던 것이 아닌가? 세상에는 북주의 유신庾信의 멋진 동산에 있으면서도 도회지의 시끄러움을 겪는 사람이 있는가 하면, 분주한 재상 안자晏子의 집에 있으면서도 자연의 그윽함을 누리는 사람이 있다.**** 그 때문에 산수의 즐거움은 마음에 있는 것이지 몸에 있는 것이 아니다.

나는 이 묘향산과 정신적으로 사귄 지는 오래되었다. 그러기에 오늘 이렇게 돌아와 있어도 여전히 서로 어울리면서 마음으로 하나가 되어 있는데, 산이 나와 언제 잠시라도 떨어져 지낸 적이 있었단 말인가? 누우면 위엄 있게 내 앞에 서 있고, 서면 준엄하게 내 곁에 있어서 먹고 자고 일하는 등의 나의 모든 생활 속에서 어느 한순간도 산이 있지 않은 적이 없다. 그렇다면 내 책상과 자리맡이 바로 수천만의 산봉우리와 골짜기가 되어 내가 산에 있는 것인지 아니면 산이 내게 있는 것인지조차 알 수 없을지도 모르겠다.

이번 유람의 기록은 특별히 다녀 보았던 곳을 서술하였으므로 산 자체에 대해서는 굳이 기록하지 않는다. 갔다 온 지 며칠이 지난 5월 6일에 내 오두막집에서 쓴다.

*** 중국 당나라 현종玄宗 때 서역의 구자국에서 베개 하나를 바쳐 왔는데, 그 베개를 베기만 하면 십주·삼도三島·사해四海·오호五湖 등을 모조리 꿈속에서 볼 수 있었다고 한다.
**** 유신은 남북조시대 주周나라 때의 시인이고, 안자는 춘추시대 제齊나라의 재상. 자신의 몸이 어디에 있든 결국 마음에 따라 모든 것이 달라진다는 말.

이 글의 저자는 조호익曹好益(1545~1609)이다. 이 글은 41세를 맞은 저자가 평안도 강동에 유배 간 지 10년이 되던 무렵인 1585년(선조 18) 4월에 묘향산을 유람하고서 쓴 기행문이다. 원제는 '유묘향산록'遊妙香山錄이다. 유람은 4월 18일에 출발하여 5월 4일까지의 여정으로 총 16일이 걸렸다. 이 기행문은 조선조에 들어 지어진 묘향산에 대한 유산기 중 최초의 본격적인 유산기이다. 그럼에도 이 유산기는 천편일률적인 형태를 벗어나 저자 자신만의 독특한 관점에서 산을 바라보고 느끼고 즐기며 해석했다는 점에서 여타의 유산기와 확연하게 구분되는 하나의 전형을 이룩했다고 볼 수 있다. 그 관점의 특징은 산을 단순히 유람의 대상으로만 바라보지 않고 성리학자로서의 깊은 관조와 정신을 투영하였다는 데에 있다. 그의 유산기는 비록 아름다운 문학적 묘사에 치중하지는 않았지만, 그 대신 산을 또 다른 깊은 성찰을 체득할 수 있는 공간으로 인식하였다는 점에서 오늘날의 유람에도 되새겨 볼 수 있는 중요한 가치를 지닌다.

이 기행문의 중요한 특징이라면 각 여정마다 자신의 사색과 의견, 인용, 이야기 또는 비판, 비평과 같은 다양한 내용을 총 16편의 삽화처럼 삽입하는 방식으로 기행문을 쓰고 있다는 점이다. 저자는 일찍이 "산수의 즐거움은 마음에 있는 것이지 몸에 있는 것이 아니다"라고 말한 바 있는데, 이 기행문은 바로 이런 저자의 산수관을 함께 느껴 볼 수 있게 한다는 점에서 상당히 재미있는 글이다.

청량산

작은 산 중에서 신선과 같은 산

주세붕, '유청량산록'

4월 9일

1544년 4월 초9일, 청량산을 유람하려고 일찌감치 풍기군 관사에서 출발했다. 송별해 준 사람으로는 예천의 서생 장응문, 밀양의 이학령, 함양의 박승원, 풍기의 권숙란, 함안의 이기, 칠원의 배억, 한양의 민중중, 밀양의 유분, 예천의 권태수와 권호금이 있었다. 따라나선 사람으로는 연성의 이원, 천령의 박숙량, 임영의 김팔원과 아박 네 사람이 있었다.

　이날에 승문원의 저작著作 박승간과 승정원의 주서注書 박승임 형제가 잔치를 열어서 그 부모를 영화롭게 하였다. 그 형인 승건과 승준도 작년에 생원시에 합격했기에 이를 아울러 축하하는 자리였다. 이 자리에 온 사람은 안동 부사 조세영, 예천 군수 김홍, 영천 군수 이정, 봉화 현감 이의춘, 삼가 현감 황사걸, 예안 현감 임내신, 안기 찰방 반석권, 창락 찰방 허빙, 사간을 지낸 황효공, 전적을 지낸 주연, 그리고 주위 고을의 어르신들이었다. 나 또한 이 모임에 갔다.

잔치는 구대龜臺의 상류인 강가에다 자리를 펴고서 열렸다. 모두가 다 함께 축하하는데, 장막은 구름을 펼친 듯하고 구경하는 사람들은 온 고을 사람이 다 모여든 것만 같았다. 이들 형제의 부친인 진사 박형 朴珩은 나이가 예순인데도 수염이 온통 하얗고 풍채는 바짝 마른 몸에 고상함을 풍기고 있어서 진실로 참된 어른이라 할 만했다. 일곱 명의 아들이 다 문장을 공부하는 선비로 소과와 대과에 연이어 합격하여 이 나라의 빛이 되었으니, 그 복이 쉽게 다하지는 않을 것이다.

잔치가 끝나고 말을 달려 객사로 들어가 쌍청당에서 묵었다. 이원 과 아박은 먼저 도착하여 기다리고 있었고, 박숙량과 김팔원은 날이 어두워서야 잇달아 왔다. 몹시 기뻐서 아이를 불러 촛불을 켜게 했다. 이원이 소식蘇軾의 「봉상팔관」鳳翔八觀 시를 읽기에 이원에게 먼저 「석 고가」石鼓歌*를 읊조리게 했다. 그 읊조리는 소리가 화락하면서도 씩씩 하여 매우 상쾌했다. 이에 소식을 평론해 보았다. 소식은 그 높은 재주 가 한유韓愈를 능가할 정도였다. 하지만 안타까운 것은 처음에 시작한 학문의 차이가 훗날에는 천 리만큼이나 어그러지고 말았다는 것이다. 또 스스로 장안長安을 향해 간다고 했지만 도리어 오랑캐의 땅으로 가 고 말아 시기하고 미워하는 소인배의 우두머리가 됨을 면치 못했으니, 참으로 슬픈 일이라 하겠다.

젊은 악사를 시켜 자민루字民樓에 올라가 피리를 불게 했다. 그 소

---

* 「석고가」는 중국 주나라 선왕 때 사주史籒가 선왕을 칭송하는 글을 지어서 북처럼 생긴 돌에 새 겼다는 것인데, 이를 노래한 것으로는 한유의 「석고가」와 소식의 「후後석고가」가 유명하다.

리가 맑고 깊어서 마치 달 속의 계수나무에라도 날아갈 것만 같았다. 나와 동갑내기인 복스러운 기생 탁문아卓文兒가 한 동이의 술을 사 가지고 와서 말하였다.

"오늘 밤 어르신들께서 흥취가 도도해지신 것 같은데, 저 또한 흥취가 없지 않습니다."

그러고는 술자리를 열었는데 크게 취하고 말았다. 내가 말했다.

"네가 『대학』大學을 외지 않는다면 잘못될 것 같구나."

그리하여 마침내 『대학』을 외우게 하고 "그 마음이 곱고도 고와 의로써 이로움을 삼는다"라는 등의 말에 이르러서는 세 번씩이나 거듭 감탄했으니, 그 옛날의 일을 서술한 것에 감개를 느꼈기 때문이다.

4월 10일

잠자리에서 일어나 아침을 먹었다. 안동, 영천, 예천, 봉화, 예안의 여러 관원들과 작별했다. 그리고 안동의 피리 부는 귀흔貴欣이라는 사람에게 길을 인도하게 하고, 말을 돌보는 하인들을 앞서가게 하였다. 사천沙川을 건너가서 잠시 소계정召憩亭에서 밥을 먹었다. 소계정은 영천과 예안이 서로 교차하는 지점에 있는 것으로 농암聾巖 이현보李賢輔가 영천의 수령으로 있을 때에 지은 것인데, 그 후에 농암이 경상도 관찰사가 되었을 때에도 와서 쉬었던 곳이다. 나뭇가지와 잎이 무성하고 짙은 나무 그늘이 땅에 가득하여, 길 가다가 목이 마르고 더위에 지친 사람들에게는 마치 부모의 품에 안기는 것과도 같기에 이름도 소계召憩, 즉 '불러서 쉬게 함'이라고 할 만했다.

용수龍壽 고개를 넘어 온계溫溪를 지나 진사 오언의를 만나 보았다.

그리고 마침내 분수汾水의 집에서 농암을 뵈었는데, 공이 문밖까지 나와 맞아 주었다. 자리에 앉아 바둑을 두다가 밥을 내오게 하고는 이어서 다시 술을 가져오게 했다. 나이 든 여종에게는 거문고를 두드리게 하고 젊은 여종에게는 아쟁을 켜게 했는데, 혹은 「귀거래사」歸去來辭, 혹은 「귀전원부」歸田園賦, 혹은 당나라 시인 이하李賀의 「장진주」將進酒, 혹은 소식의 '행화비렴산여춘'杏花飛簾散餘春이라는 시구를 노래하기도 하였다.

농암의 아들 문량文樑의 자는 대성大成으로 그 아버지를 모시고 앉았다가 그도 「축수곡」을 노래하였다. 이에 나와 대성이 일어나 춤을 추었고, 공도 일어나 춤을 추었다. 공의 춘추는 78세로 나보다 더 나이가 많음에도 흥취의 감정을 더욱 잘 나타내어 목이 메일 정도였다. 공이 사는 곳은 상당히 좁았지만 좌우에는 그림과 책이 있었고, 대청마루 앞에는 화분이 줄지어 놓여 있었다. 담장 아래에는 화초들이 심기고, 마당의 모래는 눈이 내린 것처럼 깨끗하여 마치 신선이 사는 집에 들어온 것만 같았다.

날이 저물어서야 부포夫浦에 이르렀다. 짐을 실은 말을 먼저 건너가게 하고 술에 취한 이들과 여러 사람들은 뗏목을 타고 건넜다. 어두운 가운데에서도 흥취가 일어나 아득히 세상을 잊어버리고 싶다는 생각마저 들었다. 건넌 후에는 잔디 언덕에 털썩 드러누워 버렸다. 먼저 와서 기다리고 있던 만호 벼슬을 지낸 바 있는 금치소琴致韶와 그의 조카들 네댓 명이 자기네 집에서 나를 묵게 하려고 맞이해 주었다. 달빛을 받으며 앞마을로 들어섰다. 이 마을은 바로 우리 할머니 권씨의 아버님으로 이미 돌아가신 목사 권우權虞께서 예전에 거처하셨던 곳이다. 금치소는 곧 권 목사님 누이의 아들이어서 나를 매우 후하게 대접해 주었다.

4월 11일

비가 조금 뿌렸다. 금씨 성을 가진 10여 명이 모두 음식을 싸 가지고 와서 대접해 주었다. 출발할 무렵 앞길로 나가 권씨 할아버지의 옛집을 바라보며 멀리서나마 권간權簡의 묘에 예를 올렸다. 권간은 내 증조외할아버지 권우의 아버님이시다. 처음에 증조외할아버지는 장인이신 총제總制 이각李恪을 따라 합포合浦에 진을 설치하였다가 마침내 칠원부원군이 되셨다. 맏아들로 그 집안의 사위가 되셨기에 그곳에서 살게 된 것이니, 내가 칠원에서 잠시 살게 된 것 또한 이 권씨 할아버지를 따라갔기 때문이다. 그때 일을 추억해 보니 비감한 느낌이 들어 눈물이 흘러내렸다.

동쪽으로 가면서 이 산 저 산을 헤치며 들어가기도 하고 시냇물을 넘어간 것이 몇 번이나 되었는지도 모른다. 비가 오다 말다 하여 도롱이를 입었다가는 다시 벗어 버리곤 하였다. 가다 보니 무릉도원 같은 산촌도 있었다. 밭을 가는 사람은 그 옛날 공자와 동시대의 은자였던 장저長沮와 걸닉桀溺 같은 사람일 것이고, 저 바위를 지나치며 밭 가는 사람은 한漢나라의 은자 자진子眞일 것이며, 밭매는 저 늙은이는 후한의 은자 방덕공龐德公인 듯한 기분이 들었다. 내가 여러 사람들을 돌아보며 말했다.

"요임금과 순임금 같은 이를 만나지 못할 바에는 차라리 소를 끌고 이곳에 들어와 나무껍질과 물만 먹고 살며 생애를 마친다 하더라도 괜찮을 것이오."

30여 리를 가다 보니 갈림길이 나왔다. 어디로 가야 할지를 몰라하던 중에 뒤따라오던 예안 사람들에게 물어서 재산才山으로 가기로 했다. 비스듬한 길을 따라 북쪽으로 가다 큰 고개를 넘자 비로소 구름과 안개가 서쪽에 덮여 있는 것이 보였다. 바로 청량산 여러 봉우리의 맑은 기운이 맺힌 것이었다. 몹시 기뻤다. 잠시 쉬었다가 산을 내려가 시냇물을 건넜다.

거기서 또 방향을 바꾸어 서쪽으로 갔다가 큰 고개를 올라가는데, 마치 벽이 붙어서 가는 것처럼 해서 올랐다. 처음에 넘던 고개보다 배나 더 험준하여 저 속세와는 아득히 떨어져 가는 것만 같았다. 그 첫 번째 고개 이름은 단속령斷俗嶺이라고 하고 두 번째 고개 이름은 회선령懷仙嶺이라고 하는데, 이 두 관문을 넘어야만이 비로소 청량골로 들어서게 된다.

말 위에서 도롱이를 벗어 버리고 쳐다보았다. 기이한 바위들이 빼어나게 솟아 있고 절벽은 천 길이나 되었다. 안개 속에 은은히 보이는 것은 옛날 백이와 숙제가 은나라 말기에 지조를 지켰던 곳과 같은 탁립봉卓立峯이다. 동쪽 언덕을 따라 오른쪽으로 돌아서 갔다. 비스듬히 기울어진 돌길을 가다 보니 쉴 수도 없었다. 말도 잔뜩 웅크린 채 줄지어 가는 것이 매우 위태로워 보여 도롱이를 벗고 말고삐를 잡아당기느라 옷이 땀으로 다 젖고 말았다. 또 걸음마다 조심스럽고 겁이 나서 몸과 마음이 모두 괴로웠다.

해가 저물 무렵에야 연대사蓮臺寺에 도착했다. 수천 봉우리에 걸친 산에는 구름이 걷히기도 하고 덮이기도 하면서 금세 낮처럼 환했다가 다시 어두워지곤 했는데, 어둠이 걷힐 때면 멀리까지 산들이 다 드러나 보이기도 하고 반쯤만 드러나기도 하였다. 구름 기운은 위에서 감싸 도는 것도 있고 아래에서 찌듯이 솟구치는 것도 있으며, 바위 틈새에서 살그머니 빠져나왔다가 바람에 흩어져 버리는 것도 있었다. 또 쌓여 있는 흰 눈 모양 같은 것, 달리는 개 모양 같은 것, 맑고도 무성한 것들은 마치 내뿜고 들이마시는 자가 있는 것 같은 등 갑작스럽게 변화하는 모양이 순식간에 온갖 형상을 다 지어내니, 비록 중국의 전국시대에 말 잘하기로 소문난 추연騶衍이나 글 잘 꾸미기로 소문난 추석騶奭이라 할지라도 이를 다 나타내지는 못할 것이다.

연대사의 승려가 우리를 맞아 위로하면서 말했다.

"소승이 오래도록 기다렸습니다. 어찌 이다지도 늦으셨습니까?"

한 늙은 승려가 자욱한 안개를 가리키면서 말했다.

"저기가 김생굴이고, 저기가 치원대이며, 이 뒤로는 원효사가 있고 서쪽에는 의상봉이 있습니다. 옛날에 이 산에 이 네 명의 성인聖人이 살면서 서로 학문의 벗을 맺고는 오고가면서 이곳을 유람하며 쉬었다고 합니다."

내가 대답했다.

"원효는 신라 중엽의 승려이고, 김생과 의상도 다 신라 시대에 났으나 세대가 다르다. 이 네 사람 중 가장 뒤에 태어난 사람은 고운 최치원으로 신라 말기에 살았거늘 어떻게 나머지 세 사람과 만나서 놀았단 말인가? 그대는 어리석은 말로 나를 속이려고 들지 마라."

이후로 승려들은 이처럼 황당한 말을 함부로 꺼내지 않았다. 전해 오는 이야기에 의하면, 옛날에 한 승려가 이 절을 세우려고 죽어서 '뿔이 셋 달린 소'(三角牛)로 환생해 절을 짓는 데 필요한 물자들을 운반하다 그만 그 일이 너무도 힘들어 어느 날 절 아래에서 죽자 사람들이 그 소를 위해 돌무덤을 만들어 주었다 한다. 나는 시험 삼아 이 이야기에 대해 먼저 물어보았다. 사람을 속여서 미혹케 하려는 일에 대해 일침을 놓고자 함이었다. 한 젊은 승려가 입을 열어 내 말에 대답하려고 했다. 그러자 나이 든 승려가 눈짓을 하여 못하게 하니 그만 입을 다물고는 감히 말하지 못했다. 내가 천천히 말했다.

"금씨琴氏 성을 가진 한 생원이 절의 문에다 삼각우三角牛를 그려 넣게 하여 절에 오는 자마다 모두 불가와 인연을 맺었음을 알게 했다고 하지. 또 나는 고운 최치원이 당나라에 들어가 「황소黃巢에게 보내는 격문檄文」을 써서 천하에 이름을 떨치고 마침내 우리나라 문장의 시조가 되어 문묘에 배향되는 데까지 이르렀다고 하지만 실제로 그는 우리 유가의 죄인이라고 생각하네. 옛날에 서진西晉의 왕연王衍은 고상한 담론만을 떠들어대다가 천하 사람들을 잘못된 길로 이끌어 결국 중국을 흉노에게 빼앗기게 함으로써 중원中原의 영원한 죄인이 되었다네. 하지만 고운 같은 이는 이 왕연보다 더 심한 죄인이야. 고운이 큰 명성을 가지고 우리나라로 돌아왔지만 우리 조정에서는 그를 받아들이지를 않았지. 그럼에도 우리나라 사람들은 그를 마치 신선의 한 사람인 것처럼 바라보아 그가 평생 거쳐 온 발자취들을 지금까지도 칭송하기를 그치지 않고 있다네. 참으로 저 고운에게 조금이라도 우리 유학의 경지를 알게 하여 똑바른 말로 당시의 잘못된 사상들을 물리치게 할 수 있었다면 500년 역사의 고려가 불교에 그토록 심하게 빠지는 일은 결단코 없었을 걸세. 고운은 승려 순응順應을 두고 대덕大德이라 하고, 승려 이정利貞을 두고 중용中庸이라 했지.* 아! 이 두 요사스러운 중이 정말 대덕과 중용이 될 수 있다고 한다면 그 누가 대덕과 중용이 되지 않겠는가? 이것은 마치 하나라의 마지막 폭군 걸桀을 도와 그를 더욱 포학하게 만든 것과도 같은 것이니, 고운이 유교에 지은 죄는 만세토록 이루 말로 다 할 수가 없다네. 앞서 말한 저 금씨 성을 가진 생원 또한 이 고운이 만들어 낸 유교의 죄인이라네."

4월 12일

날씨가 쾌청하였다. 말을 모는 종을 돌려보내고 지팡이를 잡고 절문을 나섰다. 절의 승려 계은戒闇이 앞서가며 길을 인도하였다. 작은 시내를 따라 동쪽으로 오르는데 나무를 부여잡고 가면서 수십 걸음마다 한 번씩은 쉬었다. 이원과 박숙량은 피리 부는 자를 데리고 먼저 가 버렸다. 푸른 숲 사이로 언뜻언뜻 비치는 저들이 마치 저편에 가려진 별세계로 넘어가는 것만 같았다. 그러다 어느새 치원대에 이르렀는지, 피리 소리가 높게 울려 퍼지더니 그 소리에 벼랑이 흔들리는 듯했다. 김팔원과 아박 두 사람은 모두 머리에 꽃을 꽂고 뒤를 따라왔다.

지나가다가 굽어보니 별실別室, 중대中臺, 보문普門 이 세 사찰이 마치 항아리 속에 들어 있는 것만 같았다. 골짜기가 깊고 그윽하여 서늘한 바람 소리가 절로 일어났으며, 비가 내린 뒤인지라 뭇 봉우리들이 다투듯이 그 빼어남을 자랑하니 걸음걸음 더욱 신기하게 느껴졌다. 진

---

* 순응과 이정은 신라 애장왕 때의 승려로 일찍이 당나라에 들어가 이미 죽은 보지공寶誌公이 남긴 가르침을 듣고 귀국하여 왕명으로 해인사를 건립했다고 하는데, 최치원은 이 두 승려의 전기傳記를 짓기도 했다.

불암眞佛庵에 들어갔지만 승려가 거처하지 않은 지가 오래된 듯했다. 무쇠 같은 절벽이 암자 뒤에 있었고, 나는 듯이 쏟아져 내리는 폭포가 그 왼쪽에 있어서 또한 멋진 경관을 이루고 있었다.

비스듬한 길을 따라 남쪽으로 금탑봉을 향해 갔다. 좁은 길이 위태롭고 또 미끄러워서 몇 번이나 나무 그늘에 앉아 쉬었다. 종들에게 나물을 캐게 했는데, 산이 다 돌이요 흙이 없어서 캔 것이 매우 적었다. 치원대에 이르렀지만 피리 소리만 들릴 뿐 사람은 보이지 않아 마치 옛날 신선 왕자진王子晉이 구씨산緱氏山에 올라서 피리를 불고 있는 것을 듣는 듯이 황홀했다. 하지만 사실은 피리 부는 사람이 절벽 위에 몸을 숨기고서 피리를 불어 그랬던 것이다. 치원대에서 오래도록 앉아 있는데, 계은이 말하였다.

"어떤 객이 왔다고 하기에 물어보았더니 오인원吳仁遠이라는 분이 이미 중대암에 이르렀다고 합니다."

나는 지팡이를 들어 그쪽을 향해 머리를 숙이고는 곧바로 말을 놔두고 칡넝쿨을 부여잡고서 올라갔다. 우리는 서로 만난 것이 몹시 기뻐서 각각 술 한 잔씩을 들었다. 멀리 바라보니 산속 열한 곳의 절이 석양빛을 가득 받고 있었고, 높고 낮은 푸른 절벽들은 곱고도 아름다워 아주 볼만하였다. 비록 송나라의 훌륭한 화가 곽희郭熙와 이백시李伯時가 다시 태어난다 하더라도 이 절경을 다 그려 내지는 못할 것이다. 하늘이 어두워졌다. 하룻밤 묵기 위해 청량사淸涼寺로 내려갔다.

4월 13일
아침에 비가 조금 내렸다. 밥을 먹은 후에 걸어서 상청량사 앞의 대臺

로 올라갔다. 툭 틔어 보이는 것이 아주 기분이 좋았다. 이 대는 옛날에도 이름이 없었다. 술이 한 순배 돌아가자 인원이 말하였다.

"자네는 어찌해서 이 대의 이름을 짓지 않는 것인가?"

내가 장난삼아 읊조렸다.

"'훗날에 경유대景遊臺라고 부르리라'라고 한 시구가 있다네."

그러자 인원이 크게 웃으면서 곧바로, 나한당 벽에 경유대('경유'景遊는 이 글의 저자 주세붕의 자)라고 썼다.

가는 길에 안중사安中寺로 들어갔다. 송재松齋 이우李堣 공이 젊은 시절에 재상 황맹헌黃孟獻 그리고 홍언충洪彦忠 선생과 함께 독서했던 곳이다. 훗날 송재는 다음과 같은 시 한 수를 남긴 바 있다.

> 안중사에 홍 선생, 황 정승 그리고 내가 있었건만
> 병오년 그때의 일들은 어느새 아득해져 버렸네.
> 살다가 죽는 것이 인간 세상 다 서글플 뿐인데
> 울창한 솔숲에 내리는 봄비만이 밤새 쓸쓸하구나.

송재가 이 시를 쓸 무렵 홍 선생은 이미 세상을 뜨고 없었다. 그래서 그의 시가 이와 같았던 것이다. 하지만 신선 같았던 이 세 사람은 지금 이미 다 죽고 없다. 내가 이 시에 차운하여 일렀다.

"슬프구나. 어느 때라야 학은 요동으로 돌아올까?"

이에 인원이 한참 동안을 서글퍼하더니 시 두 수를 불탑佛榻에다 썼다.

극일암克一庵으로 들어갔다. 돌계단을 오르는데 천 척이나 되는 오래된 소나무가 있었다. 크기는 열 아름 정도가 되었다. 바람굴이 암자 뒤에 있었는데 매우 가파르고 험하여 이원의 무리가 먼저 오르고, 나와 인원이 그 뒤를 이어서 올라갔다. 굴 입구에는 두 개의 나무판이 있었다. 전해 오는 말에 의하면, 이 나무판은 최치원이 앉아서 바둑을 두던 것으로 판이 굴속에 있어 비를 맞지 않았기 때문에 천년이 지나도 썩지 않았다. 굴의 깊이는 헤아릴 수조차 없어 저 먼 푸른 하늘과 맞닿아 있는 것만 같았다. 인원이 피리 부는 사람을 시켜서 「보허자」步虛子 곡을 불게 하고 또 여러 사람들에게 노래도 하게 하고 춤도 추게 하였다. 노래와 피리 소리가 다투듯이 울리면서 저 허공으로 퍼져 가니 일행들이 매우 즐거워하였다.

마침내 치원암致遠庵을 찾아가 총명수聰明水를 마셨다. 물은 벼랑 틈에서 새어 나와 돌의 오목한 곳에 가득 채워졌는데 맑기는 거울과도 같고 차갑기는 얼음이나 눈과도 같아 중국 여산廬山에 있는 강왕곡康王谷의 폭포수라 할지라도 뒤지지 않을 것이다. 그러나 최치원이 열두 살에 당나라에 들어갔다고 하는데, 어찌 이 물을 마시고 총기를 길렀다고 하겠는가? 최치원이 이 물을 마시고서 마침내 총명해졌다는 말이 그저 우스울 뿐이다. 계은이 말하였다.

"어떤 승려가 오래된 암자에서 살았는데, 막 불등佛燈을 켜려고 하는 순간 갑자기 벼랑에서 돌이 굴러 떨어져 지붕이 폭삭 내려앉고 말았습니다. 그 승려가 머리를 들고 바라보니 다만 달과 별만 밝게 빛날 뿐 자신의 몸은 하나도 다치지 않았다고 하는군요."

이 또한 바위 아래에 서 있으면 위험하다는 사실을 말해 주려고 하는 이야기일 것이다. 암자로 들어가 대臺에 오르니 더욱 고운에 대한 감회가 깊어졌다. 아! 고운 당시의 임금이 간신을 멀리하고 어진 이를 가까이하였다면 저 경주의 나뭇잎이 그렇게 갑자기 누런빛이 되어 떨어지지는 않았을 것이다. 고운은 자신의 때를 알아 아름답게 은둔함으로써 그 이름이 해와 달처럼 빛났다. 하지만 경주의 여러 왕릉은 다 논밭으로 변하고 말았으니, 참으로 슬플 뿐이다.

하대승암下大乘庵에 도착했다. 길은 이미 어두워졌다. 하지만 얼마 후에 밝은 달이 김생굴 뒤의 봉우리로 떠오르는 것을 보면서 마침내 문수사文殊寺에 이르렀다. 절은 두 암벽 사이에 있었다. 피리 부는 귀혼이 먼저 와 문밖에서 기다리며 피리를 불고 있었다. 그 피리 소리는 더욱 맑아 산을 울리고 골짜기에 퍼져 나갔다. 선방에서 잤다. 밝은 달빛이 방 안에 가득했다. 쏟아지는 듯한 이 흰 달빛을 베개 삼고 두견새 소리를 듣자 하니 어느새 이내 몸은 세상 밖을 벗어난 듯했다. 또 휘파람새 소리도 들었다. 아주 괴이하게 느껴졌다. 인원이 장난삼아 말했다.

"옛날 위魏나라의 완적阮籍이 휘파람을 잘 불었는데, 소문산蘇門山에서 은자 손등孫登을 만났다가 그의 휘파람 소리를 듣고는 크게 부끄러워하며 돌아왔다고 했네. 그러니 저 휘파람새는 완적의 혼으로 손등에게 배우려고 하는 것이 아니겠는가?"

4월 14일

서쪽으로 가서 보현암普賢庵으로 들어갔다. 암자 앞에는 바위가 있는데 두 사람 정도는 앉을 만했다. 내가 인원과 함께 그 바위 위에 앉아 버리자 여러 사람들은 다 암자 안으로 들어가 흩어져 앉았다. 흰옷을 입은 어떤 사람이 술을 가지고 왔다. 바로 선성의 현감 임조원任調元이 보낸 사람이었다. 막 술자리를 펴려고 하는데 두 젊은이가 왔다. 한 사람은 이국량李國樑으로 농암 선생의 조카이고, 또 한 사람은 오수영吳守盈으로 인원의 아들이다. 이국량이 소매에서 농암 선생의 편지를 내어 놓았다. 하지만 그 편지는 농암 선생이 장난삼아 노래를 지어서 보낸 것으로, 이국량에게 그 노래를 부르게 하고 우리에게 이를 들어 보도록 하기 위한 것이었다. 이에 선성 현감이 보낸 술을 마시고 안동 사람의 피리 소리에 농암 선생이 지은 노래를 이국량에게 부르게 하니, 이 또한 산속에서만 느낄 수 있는 기묘한 흥취였다. 이 자리에는 조안祖安이라는 승려도 있었는데, 그는 병신년에 나를 따라서 가야산에 올랐던 사람이다. 소매 속에서 내가 지은 시를 꺼내었는데, 거기에는 이런 내용이 적혀 있었다.

뭇 산들은 내 눈 밑의 주름 같고
만 길 절벽은 짚신을 달아 놓은 것 같네.
훗날 방장산 가는 길에는
너를 데리고 구름사다리 밟으리라.

승려 조안의 눈은 여전히 푸르렀으나 내 귀밑머리는 이미 다 희어져 버렸다. 이렇게 다시 만나 한바탕 웃음을 터뜨리고 보니 기뻤다. 저물녘에 서대西臺로 나가 한참 동안이나 달빛 속에 앉았다가 돌아와 문수사에서 잤다.

4월 15일

걸어서 문수사에서 보현암과 절벽을 빙 둘러 몽상암夢想庵에 이르렀다. 벼랑으로 인해 길이 끊어져 나무 두 개를 걸쳐 다니게 했는데 아래를 내려다보니 까마득했다. 다리가 시큰거리고 머리카락이 쭈뼛 서는 듯했다. 게다가 나는 소갈증으로 목구멍과 입술이 타서 연기가 날 정도였다. 폭포가 절벽 사이에서 떨어져 내리는 것이 보였다. 물통으로 물을 길어 땅강아지처럼 엎어져서 마시고 나니 오장육부가 다 시원해지는 것만 같았다. 층층으로 된 비탈진 돌길을 밟아 올라가서야 암자로 들어갔다. 암자의 서쪽은 천 길이나 되는 까마득한 절벽이었다. 그 아래를 내려다보니 바로 연대사의 위쪽 경계였다. 승려 조안은 나이가 거의 칠십에 가까웠지만 행동이 매우 민첩했으며, 이런 절벽에 서서도 두려워하는 기색이라곤 전혀 없었다. 인원이 말했다.

"조안은 아마 원숭이의 후신인 모양이야."

되돌아서 돌다리를 따라 나왔다가 다시 절벽 틈새를 따라 원효암元曉庵으로 올라갔다. 길이 아주 위태롭고 가팔라서 흔히 말하듯이 앞사람은 뒷사람의 머리꼭지를 보고 뒷사람은 앞사람의 발만 보고 가야 되는 형국이라 배와 등이 함께 부딪혀 버릴 정도였다. 계은이 말했다.

"이 암자는 여러 차례 옮긴 것이라 원효가 옛날에 살던 곳은 아닙니다. 암자 동쪽의 쇠를 깎은 듯한 절벽 아래에 옛터가 있는데, 그곳이 본래 자리였던 것 같습니다."

오수영을 시켜서 열두 봉우리의 이름을 나무판에 차례대로 쓰게 하였다. 다시 암자 동쪽의 절벽을 따라갔다. 칡넝쿨을 부여잡고 가다가 여러 차례 쉬면서 만월암滿月庵에 올랐다. 나와 인원만 암자 앞 돌단에 앉았는데 이상한 새들이 모여들었다. 앉아 있는 나뭇가지 끝이 좋은지 깃털을 비비며 모든 것을 잊은 듯 편히 있다가 조금 있더니 날아가 버렸다. 또 다람쥐 두 마리가 석축 사이로 드나들며 먹을 것을 찾는 듯 깜짝 놀라는 듯하다가 사방을 돌아보고는 달아났다. 달아나다가 숨고 숨었다가 또 되돌아보는 것으로 보아 들어갈 만한 구멍을 찾는 모양이었다. 이원이 그 다람쥐를 잡아 보려고 했지만 잡지 못했다. 이날 저녁은 하늘에 한 점 구름도 없고 달빛은 씻은 듯했다. 한밤중에 문을 열고 홀로 서 있자니 저 달나라에서 이 세상을 내려다보는 것만 같았다.

4월 16일

잠자리에서 일어나 아침밥을 먹고 백운암으로 올라갔다. 잠시 쉬어 가며 조금씩 부여잡고 오르는데 높아지면 높아질수록 보이는 것도 더욱 멀어져만 갔다. 학가산, 팔공산, 속리산과 같은 여러 산봉우리들이 어느샌가 내 눈앞에 내려앉아 있었다. 몇 번씩을 쉬어 가면서 자소봉紫霄峯 정상에 도달했다. 푸른빛 절벽은 천 길이나 되어 사다리를 부여잡더라도 갈 수가 없을 것 같고 탁필봉卓筆峯 또한 삐쭉이 튀어나와 있어서 오를 수가 없었다. 마침내 연적봉硯滴峯에 올랐다. 지팡이를 짚고 한참 동안이나 서북쪽의 여러 산들을 바라보다가 시원하게 휘파람을 불면서 돌아왔다.

　다시 백운암을 찾아가서 사인舍人 이경호李景浩*가 쓴 글을 읽어 보았다. 참으로 절묘한 글이었다.

---

*　퇴계 이황을 말한다. 경호는 이황의 자.

만월암을 따라 동쪽 개울을 가다가 다시 방향을 틀어서 내려갔다. 가끔씩 능수버들 그늘 아래에 앉아서 쉬곤 했는데 그 좌우에는 모두 푸른빛 절벽이었다.

문수사에 이르렀다. 절 뒤쪽의 골짜기는 다소 컸다. 곧 자소봉의 동쪽이요, 경일봉의 서쪽이다. 시냇물이 합쳐져 쏟아져 내리면서 문수사의 폭포가 되었다. 길 위쪽에는 큰 바위가 있고 그 바위 위에는 한 그루 소나무가 있는데 참 좋아 보였다. 길 아래에는 봉우리 하나가 삐죽이 솟아 있으며, 그 발치에 상대승암이 있었다. 그런데 그 암자에서 잡일을 도맡아서 하고 있는 중이 너무 더럽고 누추해서 암자에 먼저 들어갔던 사람들이 다 구역질을 하며 뛰쳐나오는 바람에 들어가지는 않았다.

곧바로 가서 김생굴에 이르렀다. 벼랑에 설치해 놓은 사다리가 썩고 끊어져서 그냥 손으로 넝쿨을 부여잡고 이끼 낀 벼랑을 기어서 올랐다. 몸이 흔들리도록 오르는데 몹시 두려웠다. 굴은 큰 바위 아래에 있었다. 그 바위는 아주 웅장하고 높으면서도 아늑하게 감싸는 듯하여 마치 하늘에서라도 내린 듯한 느낌이 들었다. 폭포가 그 바위 위에서 흩어지듯 떨어져 내렸고 그 소리는 시끄럽게 싸우는 것 같았으며 대낮인데도 비가 내리는 듯했다. 누군가 나무에다 홈을 파서 그 폭포수의 물을 받아서 마실 수도 있도록 해 놓았다. 승려가 말했다.

"만일 비가 내린 뒤였다면 물의 기세가 아주 커지고 그 소리가 더욱 웅장하여 마치 은하수가 거꾸로 쏟아지는 듯했을 것입니다."

석실은 맑고 깨끗하여 여러 사찰에서도 보기 드문 것이었다. 밤새도록 폭포 소리를 들으니 기분이 맑고 상쾌해졌다. 만일 신선이 있다면 반드시 이곳에서 머물며 쉬었을 것이다.

우리 집에는 김생의 서첩이 있는데, 그 글자의 획이 모두 굳세어서 이를 바라보면 마치 뭇 바위들이 그 빼어남을 다투는 듯했다. 지금 이 산을 보니 김생이 이곳에서 글씨를 배워 그 필법의 정묘함이 귀신의 경지까지 들어가 그 겹겹의 붓에 스며들 듯 옮겨진 것임을 알 수 있었다. 옛날에 중국 당나라 기녀 공손대랑公孫大娘이 혼탈무渾脫舞를 추었는데, 장욱張旭이 이 춤을 터득하면서 초서를 잘 썼다고 하였으니, 그 신묘하기는 김생의 공부법과 마찬가지리라. 만일에 그 신묘를 터득하였다면 주역의 괘를 긋는 정도만 벗어나도 괜찮을 것이다. 춤과 산 중에서 어느 것을 선택하리오만은 김생은 바르고 장욱은 기이하다고 하니, 이 때문에 해서와 초서의 구분이 있게 되는 것이다. 세상에서는 모두 장욱의 초서가 춤에서 나왔다고 전한다. 하지만 김생의 서법이 산에서 터득한 것임은 알지 못하니, 이는 참으로 밝히지 않을 수가 없는 일이다.

4월 17일

연대사에 이르렀다. 잠시 밥을 먹고 누각에 올랐다가 숲 속의 대臺로 나가서 술을 몇 순배 들고는 여러 승려들과 작별했다. 걸어서 사자목까지 나가서야 비로소 말을 탔다. 숲을 뚫고 가다가 '뿔이 셋 달린 소의 묘'를 지나 시냇가에서 잠시 쉬었다. 영원靈源에서 양치질을 하고 골짜기를 나서서 큰 내를 건넜다. 머리를 돌려 수많은 산봉우리들을 바라보니 구름과 안개 속에 깊이 잠겨 그대로인데 마치 내가 그 옛날의 유신劉晨과 완조阮肇처럼 천태산에 갔다가 돌아온 듯한 기분이 들었다.*

이대성이 나를 나루터에서 맞아 주었고, 인원이 길 왼쪽에다 장막을 설치했다. 나는 이대성이 주는 술에 취하고 인원이 주는 밥에 배가 불렀다. 인원과 함께 용수사龍壽寺에서 묵었다. 용수사는 고려 시대 때 지은 큰 절로 회나무와 잣나무가 하늘을 찌르고 있었다. 하지만 절간은 반쯤 무너졌고 거처하는 승려는 더러워서 가까이할 수가 없었다.

4월 18일

고려 학사 최선崔詵의 비문을 읽어 보았다. 그가 임금을 속이고 불도에 아첨했던 악행은 바다를 다 기울이더라도 씻기 어려울 것이다. 마땅히 들불로 태워서 끊어 버려야만 할 것이다. 아박은 이국량, 오수영, 이원, 박숙량, 김팔원 다섯 생도와 함께 온계에서 자고서 모였고, 농암 선생은 이대성을 데리고 가마를 타고서 찾아 주셨다. 금 만호萬戶(금치소)는 나이가 85세인데도 역시 찾아와 주었다. 절에서 술자리를 열고서 각각 예를 행했다.

농암 선생이 별도로 산을 유람하는 데 필요한 도구들을 내어 주셨다. 그 도구들은 아주 간소하면서도 충분히 준비가 될 만한 것이었다. 절에서 내놓은 음식들을 종류별로 늘어놓고 게다가 맛있는 막걸리까지 곁들이니 신선이 마시는 술맛 같았다. 술이 거나해지자 선생은 문량과 국량 두 아들에게 노래를 부르게 했다. 그들이 부르는 노랫소리는 마치 금석과 같이 카랑카랑했다. 여러 생도들이 모두 일어나 춤을 추었다. 나이가 구십 가까운 금 만호는 춤을 잘 추었으니, 이 또한 세

* 중국 한漢나라 때 유신과 완조가 천태산으로 약초를 캐러 갔다가 두 여자를 만나 반년을 살다 집으로 돌아와 보니 어느새 7대가 지나 있더라는 전설이 있음.

상에서 보기 드문 일일 것이다. 실컷 즐기다가 나왔다. 나는 아박, 이원, 박숙량, 김팔원과 함께 이날 저녁에 풍기로 돌아왔다.

청량산은 안동부의 재산현에 있는 것으로 실로 태백산의 한 줄기가 뻗쳐 그 정기가 모여 된 산이다. 두루 얽히고 가득 찬 기운이 함께 어우러져서 된 수많은 봉우리들이 찬 빛을 띤 채 다투듯이 솟아 있어, 멀리서 바라보면 마치 푸른 죽순들이 이곳저곳에서 삐져나온 것처럼 늠름하여 공경스럽기까지 하다. 또 큰 하천이 산의 발치를 감싸고 도니 곧 황지의 하류이다. 돌은 사납고 물은 흐름이 빨라서 배를 띄울 수도 없으며, 혹은 긴 절벽들이 긴 연못을 끼고 있어서 거울을 닦듯 쪽빛의 물이 절벽에 부대낀다. 이를 비유하자면 신선이 산다는 중국의 저 약수弱水가 맑고 얕지만 스스로 속세와의 길을 막고 끊어 함부로 세상 사람들이 들어오는 것을 막아 버리는 것과 같다. 그래서 반드시 오래도록 가물었다가 물이 다 바닥이 나 버린 뒤에라야 겨우 바깥 사람들이 드나들 수 있을 뿐이다. 이 때문에 산은 이 물을 의지한 덕택에 더욱 깊은 곳이 되고 만다. 대체적으로 이 산은 둘레가 100리도 채 되지 않지만 산봉우리들이 첩첩하고 모두 가파른 절벽 위에 또 가파른 절벽이 이어져 있으며, 안개 낀 수목들은 그림 같고 누각 같아서 참으로 조물주의 특별한 솜씨가 펼쳐져 있는 곳이다. 나는 일찍이 동쪽으로 금강산을 유람했고, 서쪽으로는 천마산과 성거산을 밟았으며, 남쪽으로는 가야산과 금산의 여러 정상에 올라 보았다. 또한 두류산의 동쪽 부분을 샅샅이 훑어보았고, 그 밖에 작은 산들을 올라 본 것은 셀 수도 없을 정도이다. 내가 비록 감히 저 사마천이 유람한 것에는 견주지 못하겠지만 구름 감도는 높은 산들을 즐겨 본 것이 또한 오래되었다고 말할 수 있다. 나의 개인적인 생각으로는 우리나라의 여러 산 중에서 웅장하기로는 두류산만 한 것이 없고, 맑고 깨끗하기로는 금강산만 한 것이 없으며, 기이한 경치로는 박연폭포와 가야산의 골짜기만 한 것이 없다. 그리고 단정하면서도 엄숙하며 산뜻하면서도 지조가 있는 듯한 면에서 비록 산은 크지 않지만 가볍게 보지 못할 것은 오직 청량산만이 그러하다. 중국의 명산을 물으면 반드시 먼저 북쪽으로는 항산恒山, 서쪽으로는 화산華山, 남쪽으로는 형산衡山, 가운데로는 숭산嵩山, 그리고 가장 큰 대산岱山의 다섯 산을 일컫는다. 하지만 작은 산 중에서 신선과 같은 산이 어디냐고 물으면 반드시 천태산天台山이라고 한다. 한편 우리나라의 명산을 묻는 사람이 있다면 반드시 먼저 북쪽으로는 묘향산, 서쪽으로는 구월산, 동쪽으로는 금강산, 그 가운데로는 삼각산이요, 가장 큰 산으로는 남쪽에 있는 두류산의 다섯 산을 일컬을 것이다. 하지만 작은 산 중에서 신선과 같은 산이 어디냐고 묻는다면 반드시 청량산이라고 할 것이다.

나는 열 살 때에 이미 안동에 청량산이 있다는 것을 듣고 한번 밟아보리라고 소원했으나 이루지 못한 것이 37년이나 되었다. 그래서 풍기로 부임하면서부터 유람해 보리라 마음에 새겼다. 하지만 그저 멀리서 그 모양새만 바라보느라 쓸데없이 목을 빼는 수고만 했을 뿐이요, 세상의 번잡하고 바쁜 일에 얽매이다 보니 심지어 산 아래까지 가서 묵은 적이 있음에도 그냥 발길을 돌린 때도 있었다. 그래서 늘 허전하고 근심하며 배고프고 목말라하는 사람처럼 서글퍼하면서 또 4년이 지나가고 말았다. 이제 내 나이가 이미 오십이 되어 파리한 얼굴과 백발이 되었지만 지금이라도 지팡이에 의지하여 연적봉 정상에 오르게 된 것은 또한 다행이라 해야 할 것이다.

청량산의 내외 여러 봉우리들은 옛날에 이름이 없었다. 하지만 승려에 관한 전설 때문에 이름이 붙게 된 것으로는 산 안쪽의 봉우리로 오직 보살봉, 의상봉, 금탑봉, 연적봉이 있고, 산 바깥쪽 봉우리로는 오직 대봉뿐이다. 금탑봉 같은 것은 혹 치원봉이라고도 하는데, 그것은 치원대가 그 아래에 있기 때문이다. 또 의상봉도 의상굴이 그 아래에 있기 때문에 그렇게 이름이 붙은 것이니, 그 이름의 촌스러움이 이와 같다. 점필재 김종직은 두류산에 대해 "정확한 근거가 없어서 적절한 이름을 짓지 못하는 것"이라고 했는데, 하물며 나와 같은 사람이 감히 제 분수를 잊고 마음대로 이름을 지을 수 있겠는가? 그러나 그 옛날 주자는 여산廬山에서 멋진 경치를 만날 때마다 근거가 없다고 해서 이름을 짓지 않은 경우가 없었다. 이 청량산의 여러 봉우리들은 오랜 세월을 지나오면서도 그 이름이 없었으니, 이는 참으로 산을 좋아하는 자들의 수치이다. 만약에 반드시 주자와 같은 현자를 기다리고 나서야 이름을 지을 수 있다면 그 이름을 짓게 되는 것이 또한 어찌 어렵지 않다 하겠는가? 그러니 우선 그런대로 이름을 지어 놓고서 훗날 현자가 오기를 기다렸다가 다시 고치는 것도 무슨 잘못이 있다 하겠는가!

마침내 바깥 봉우리 중에서 가장 으뜸인 봉우리를 장인봉丈人峯이라고 이름 하였다. 그것은 곧 큰대大자의 뜻을 넓힌 것이요, 멀리로는 중국 태산의 장악丈嶽에다 견준 것이다. 그리고 그 서쪽에 있는 것은 선학봉, 동쪽에 있는 것은 자란봉이라고 하였다. 바깥쪽 산의 세 봉우리는 직접 가서 볼 겨를이 없어 다 멀리서 보고 지은 것이다. 안쪽 봉우리 중에서 가장 으뜸인 봉우리는 자소봉이라 이름 하였다. 푸른빛 절벽이 천 길이나 되어 저 허공 밖으로 빼어나게 솟아 있어서 그렇게 한 것이다. 그 동쪽 봉우리는 경일봉이라고 하였다. 빛나는 태양을 맞이한다는 뜻을 취한 것이다. 남쪽 봉우리는 축융봉이라고 하였다. 중국의 형산에다 견준 것이다. 자소봉을 따라 서쪽으로 가다 50걸음도 채 안 된 곳에 붓처럼 튀어나온 봉우리는 탁필봉이라 하였다. 또 탁필봉을 따라 서쪽으로 가다 열 걸음도 채 되지 않는 곳에 불쑥 솟아 있는 봉우리는 연적봉이라 하였고, 연적봉의 서쪽에 봉우리가 연꽃처럼 빼어 나온 것을 연화봉이라 하였으니, 곧 연대사의 서쪽 봉우리로 불가에서 이른바 의상봉이라 하는 것이다. 연화봉 앞에 있는 봉우리는 향로봉과 아주 닮아서 향로봉이라 하였다.

금탑봉은 경일봉 아래에 있고 탁립봉은 경일봉 밖에 있다. 안쪽과 바깥쪽 봉우리를 합하면 모두 열두 봉우리로 옛 이름 그대로 쓴 것은 둘이고 옛 이름을 고친 것은 셋이다. 한편 이름이 없다가 이름을 붙인 것이 여섯인데 그중 하나는 옛 이름을 그대로 쓰면서 앞에다 글자 하나만을 덧붙였으니, 곧 탁필봉이다. 이 또한 중국 여산의 탁필봉을 본뜬 것으로 내 분수도 모른 채 내 마음대로 했다는 점을 피하지 못할 것 같다. 자소봉은 모두 아홉 층으로 열한 곳의 절이 있다. 이 중 백운암이 가장 높은 곳에 있고, 그다음이 만월암, 원효암, 몽상암, 보현암, 문수사, 진불암, 연대사, 별실, 중대, 보문암의 차례로 위치해 있다. 경일봉은 모두 삼층으로 세 개의 절이 있으니, 김생암, 상대승암, 하대승암이 있고, 금탑봉도 삼층으로 다섯 곳의 절이 있다. 산의 형세가 탑과 같아서 다섯 곳의 절이 모두 가운데 층에다 시렁을 두른 것과 같은데, 치원암, 극일암, 안중사, 상청량암, 하청량암이 그것이다.

여러 절들은 가파른 절벽을 등지고 있다. 그래서 절벽 바로 아래에서 올려다보면 가파른 절벽만 보일 뿐 그 위에 절이 있는 줄을 알지 못한다. 이 때문에 절의 뒤편은 모두 암벽이고 절의 앞 편은 모두 대臺로 이루어져 있다. 연대에서 보면 금탑봉은 하나의 삼층탑이 되고, 치원대에서 보면 자소봉 또한 하나의 구층탑이 된다. 이 모든 것이 평생에 보지도 듣지도 못한 것들이었다.

이 여러 봉우리들을 주목한다면 나약한 자들은 넉넉히 그 뜻을 세울 수가 있을 것이요, 그 폭포 소리를 듣는다면 탐욕스러운 자들은 아주 청렴하게 될 수 있을 것이다. 또 총명수의 물을 마시고 달빛 가득한 암자에 누워 본다면 비록 신선이 아니라고 하여도 나는 반드시 그를 신선이라고 말할 것이다. 다만 이상한 것은 지리지와 국사에는 모두 최치원이 청량사에서 놀았다고 되어 있으니, 그곳은 바로 합천 가야산의 월류봉 아래를 말한 것이다. 이 청량산과 같은 경우는 비록 지리지에는 실려 있으나 단 한 글자도 최치원과 김생에 대해 언급한 것이 없다. 그렇다면 후세 사람들이 이 산을 높이려고 거짓으로 최치원을 끌어들이고 김생이 이곳에서 살았다고 말한 것인가, 아니면 실제로 그러하였는데도 전하는 기록이 없어서 그런 것인가? 그렇지 않다면 대와 절의 이름을 치원이라고 하고 굴과 절의 이름을 김생이라고 하여 그 천년의 유적이 어떻게 마치 새벽처럼 그리도 밝을 수가 있다는 말인가? 이를 기록하여 훗날에 이 사실을 알게 해 줄 자를 기다리겠노라.

아! 이 산이 저 중국에 있었다면 반드시 이백과 두보가 시로 읊조리고 한유와 유종원이 문장으로 남기고 주자와 장식이 올라가서 유람하는 데에까지는 이르지 않았다 하더라도 분명 천하에 그 이름을 크게 날렸을 것이다. 하지만 천년 동안이나 적막한 채로 있다가 김생과 최치원 이 두 사람에게만 힘입어 겨우 한 나라에서만 그 이름이 드러나게 된 것은 참으로 안타까운 일이다. 이 산이 비록 안동에 속해 있지만 그 아래로는 모두 예안 땅이다. 송재와 농암 이후로 큰 선비들이 수없이 많이 나와 흔히 청량산이 안동에 있는 산이라고 하나 실제 인물들은 예안에서 나왔으니, 인물은 신령한 땅에서 나온다는 말이 어찌 거짓이라 하겠는가!

이번 유람에 이런저런 소재로 읊은 85수의 시는 유람하기 전후의 일들을 기록한 것이고 청량산을 소재로 이리저리 읊은 것은 거의 100편이 된다. 이제 훗날에 저 쉴 곳으로 돌아가 이 시들을 내 아이들과 함께 한번 펴서 읽어 본다면 그래도 이번의 이 유람이 참 괜찮았다고 생각하게 될 것이다. 그렇지만 경계할 것도 있다. 옛날에 회암 주희와 남헌 장식이 남악을 유람하러 갔다가 갑술일로부터 경진일에 이르기까지 모두 7일 동안 서로 시를 주고받은 것이 149편이나 되었다. 하지만 기묘일 한밤중에 이들은 서로 마주한 채 보잘것없다고 여긴 남은 시들을 과감하게 덜어 내어 버렸으니, 이는 자신들이 시에 빠질까 봐 스스로 경계한 것이었다. 그래서 이후로는 비록 노래로 부를 만한 것이 있어도 다시 그것을 시로 나타내지 않을 것을 약속하였다. 장식은 저주儲州에서 주희와 이별할 무렵에 이미 이 시들에 대한 서문을 썼고 또 주희에게 시를 써서 주었으나 주희는 부賦를 지어 답하는 데에 그쳤다. 주희는 남악 유람을 끝내고 쓴 「남악유산후기」南嶽遊山後記에서 이렇게 말했다.

"계미일부터 병술일까지의 4일은 남악에서 저주까지 간 180리의 날들이다. 이 4일 동안의 산천과 숲의 안개 낀 아름다운 경치는 보이는 것마다 시가 되지 않을 만한 것이 없을 정도였다. 하지만 이미 서로가 학문에 대해 토론할 것을 약속한 마당이라 시에 대해 이야기하는 것은 참으로 그럴 만한 겨를이 없었다고 해야 할 것이다."

또 이렇게 말했다.

"시를 짓는다는 것은 본래 참 좋은 것이다. 하지만 우리가 이를 매우 경계하고 혹독하게 끊어 버리려고 하는 것은 그것에 빠져서 잘못된 길로 들어설까 봐 두려워하기 때문이다. 학문하는 많은 벗들과 함께 있을 때는 서로가 서로를 경계해 주는 유익이 있다. 하지만 그럼에도 혹 잘못된 길로 빠지는 경우도 있다. 그런데 하물며 많은 벗들을 떠나 혼자 있게 된 뒤에는 무궁한 사물의 변화가 그 은미한 사이에 갑자기 나의 눈과 귀를 미혹시키고 마음을 흔들어 놓게 되는 것을 또한 어떻게 막아 낼 수가 있단 말인가?"

우리 일행은 주자의 이 말을 다 기록하여 마땅히 두려워하고 경계하는 마음의 자세로 삼고자 한다. 나는 늦게 태어나서 주자를 모시고 남악의 설경을 밟아 보지 못했고, 또 저주에서 이별하며 쓴 그 시의 서문의 내용도 제대로 실천하지 못한 채 그저 어리석고도 우둔하기만 하여 잘못을 줄이고자 했으나 그렇게 할 수도 없었다. 그렇지만 주자의 이 분명한 가르침을 어찌 공경스럽게 외워서 벗들에게 고하고 아울러 나 스스로를 꾸짖지 않을 수 있겠는가!

1544년 4월 19일 상산商山의 주 아무개는 쓴다.

이 글의 저자는 주세붕周世鵬(1495~1554)이다. 이 글은 저자의 나이 50세 때인 1544년(중종 39) 4월에 청량산을 유람하고서 쓴 기행문이다. 원제는 '유청량산록'遊淸凉山錄이다. 청량산은 경상북도 봉화군에 있는 산으로 예로부터 소금강小金剛이라 불렀으며, 우리나라 3대 기악奇嶽의 하나로 꼽혀 왔다. 특히 이 산에는 원효와 의상이 세웠다는 암자, 고려 공민왕이 피난 와 있던 청량산성과 공민왕당恭愍王堂이 있고, 또 신라 명필 김생金生이 글씨를 공부한 곳으로 알려진 김생굴金生窟, 최치원이 수도한 곳으로 알려진 고운대孤雲臺 등이 있다. 또한 말년의 퇴계退溪 이황이 스스로 '청량산인'이라고 부르며 시를 읊던 산이기도 하다. 그런 점에서 이 산은 예로부터 공부하는 선비라면 반드시 유람해 보아야 하는 필수 코스처럼 여겨져 왔다. 그래서 청량산에 대한 유람기는 책 한 권을 엮을 정도로 풍성하게 남아 전한다.

주세붕은 정통 성리학자로 후대의 유학자들에게 널리 존숭받은 인물이다. 따라서 이 유람기에도 그의 성리학자로서의 면면이 확연하게 드러난다. 즉 유학을 높이고 불교를 심히 폄하하는 것과 같은 경우이다.

뒷부분에서는 청량산의 면모를 총체적으로 설명하고 있는데, 그는 청량산을 두고 "비록 산은 크지 않지만 가볍게 보지 못할 것"이라고 하면서 "작은 산 중에서 신선과도 같은 산"이라고 높이 평했다.

무등산

최고봉은 푸른빛을 띤 채 우뚝 서 있고

고경명, '유서석록'

(서석瑞石은 산 이름으로 곧 무등산無等山이다. 광주에 있다.)

1574년 초여름, 광주 목사 갈천葛川 임훈林薰 선생이 시간을 내어 사람들을 데리고 서석산을 유람하기로 했다면서 편지로 나를 초청했다. 생각해 보니 이런 분과의 기약을 뒤로 미룰 수가 없어 4월 20일 등산 도구들을 챙겨서 먼저 증심사證心寺로 가서 기다리기로 했다.

서석은 나의 고향 산이다. 어릴 때부터 장성하기까지 몇 차례나 올라서 바라보며 벼랑과 아득한 절벽, 그윽한 시냇물과 깊은 숲 등에 모두 내 발자취를 남겨 놓으려 했다. 하지만 그 대강만 보았을 뿐 핵심은 얻지 못했으니, 나무하는 아이나 소치는 동자가 보는 것과 무슨 다른 점이 있겠는가?

혼자 산에 가서 고독을 느끼는 것은 또한 중국 당나라 문인 유종원

柳宗元이 유배 생활을 묘사한 시 「남쪽 시냇가에서 쓰다」(南磵中題)에 나타난 슬픔과 다를 바가 없다. 그러기에 산을 자세히 알았다고 말한다면 옳지만 산의 정취를 얻었다고 말할 수는 없을 것이다. 그런데 오늘 다행히도 임 선생의 뒤를 따라가며 눈을 부비고 산을 보는 방법을 고치게 될 것을 생각하니, 황홀하여 마치 내가 신선이 탄다는 바람바퀴를 타고 곤륜산崑崙山의 저 낭풍閬風과 현포玄圃 위에서 노니는 것만 같으니 이 어찌 통쾌한 일이 아니겠는가? 이에 흥취가 마구 일어나 만사를 떨쳐 버리고 달려갔다.

해가 아직 정오가 되지 않았는데 이미 산골짜기 입구에 이르렀다. 다락 다리를 따라 올라가니 갈수록 나무들은 장대하고 바위는 아주 희며 물소리는 모두 찰랑찰랑하는 것이 갈수록 경치가 더 아름다워진다는 것을 알 수 있었다. 나는 말에서 내려 옷을 벗어젖히고는 시냇물에 발을 담근 채 그 옛날의 「창랑가」滄浪歌를 외기도 하고 중국 한漢나라 때 회남소산왕淮南小山王이 지었다는 「초은」招隱 시를 읊기도 하였다. 상쾌한 기운이 피부까지 와 닿고 온갖 번뇌가 다 사라지면서 마음이 깨끗해져 세속을 완전히 벗어난 듯한 느낌이 들었다.

해가 기울어지려 했다. 다시 지팡이를 짚고 신발을 신고서 천천히 걸어 들어갔다. 절 앞에는 작은 다리가 시내에 걸쳐 있고 오래된 나무들이 어우러져 아주 그윽한 정취를 불러일으키고 있었다. 그것이 좋아 한참이나 돌아보았다. 절의 승려는 내가 이곳에 오리라고는 미처 생각지도 못한 모양이었다.

취백루翠栢樓에 올라 난간에 기대어 잠시 쉬었다. 이 누각의 이름은 아마 "뜰 앞의 잣나무가 푸르구나"라는 시구에서 따온 것이 아닌가 싶다. 누각의 벽면에는 권흥權興을 비롯한 여러 공들의 시가 걸려 있었다. 대체로 홍무洪武 연간(1368~1398)에 쓰인 것들이다. 하지만 그 가운데서 유독 김극기金克己의 작품만이 빠져 있으니 이는 후세 사람들의 안타까움을 자아낼 일이 아니겠는가?

조금 있으니 승려 조선祖禪이 왔다. 그제야 평상을 쓸고서 대자리를 깔아 주기에 피곤한 나머지 깜박 한숨 잠이 들었다가 일어났다. 석양 빛이 산을 머금고 노을이 하늘을 물들이며, 놀란 노루는 대숲으로 숨어 들어가고 피곤에 지친 새들은 숲 속에 깃들이고 있었다. 그 모습을 바라보노라니 갑자기 처량한 심회가 몰려와 기쁘지 않았다. 옛사람들이 '경치가 좋은 곳에 있다 보면 마음이 저절로 슬퍼진다'라고 한 그 말이 바로 이 경우를 두고 한 말인 듯싶었다.

승려 조선이 막걸리와 나물을 가지고 와 나를 대접했다. 이야기를 하던 중 옛날 소재蘇齋 노수신盧守愼이 와서 놀았던 일을 두고 끊임없이 말해 주었는데 들을 만했다. 이렇게 이야기를 듣다 보니 다락 다리가 있는 시냇가 바위에 송암松巖 최응룡崔應龍이 쓴 시가 있다는 것을 알게 되었다. 하지만 글자의 획이 엷은데다 이끼가 끼고 부식이 심해 아예 알아볼 수도 없게 된 것이 안타까웠다. 절 곁에는 대나무로 가득 늘어선 산이 있었다. 저 중국 위천渭川의 대나무에 비교해도 크게 뒤지지는 않을 것 같았다. 21년 전 1554년 봄에 내가 이 절로 유람 왔을 때에는 대마디가 굵어 한 자가 넘었으며 그 둘레도 커서 서까래만 한 것이 셀 수도 없을 정도로 많았다. 그런데 지금은 대숲이 썰렁해져 그 옛날의 광경은 다시 찾을 길이 없었다.

조선이 법당을 가리키면서 말했다.

"이 법당은 세상에서 전하기로는 고려 초의 이름난 목수들이 만들었다고 하는데, 지금 천년의 세월이 다 되어 가는데도 대들보와 주춧돌이 조금도 기울어지지 않았습니다. 또 승려들이 기거하는 좌우의 요사寮舍는 모두 몇 번이나 고쳤는지도 모를 정도입니다만 이 법당만은 우뚝하니 홀로 잘 버티어 왔지요. 이 절은 옛날에 대장경 판본과 약간의 여러 경전을 보관한 상자들이 있어서 그 규모가 전각 하나에 다 들어갈 정도였습니다. 하지만 지금은 전각만 남았을 뿐 경전은 없어지고 말았습니다."

이날 저녁에 일원—元 이만인李萬仁, 숙명叔明 김회金迴가 나란히 왔기에 밤에 함께 잤다. 한 늙은 승려가 등불을 켜고 목탁을 두들기면서 예불을 올리기를 끝낸 후에 무릎을 꿇고서 말했다.

"산중에는 예부터 물시계인 연화루蓮花漏 대신에 향로를 놓아두었습니다. 그것은 시간을 알리는 소리가 혹시라도 손님들의 꿈을 방해하지는 않을까 하는 염려 때문이었지요."

이에 내가 말했다.

"그렇지 않네. 우리가 속세 구덩이에서 몸을 빼내어 잠시나마 이 좋은 곳에 오게 되니 이 맑은 밤에 눈만 말똥말똥해져 잠드는 것도 절로 잊어버린다네. 맑고 깨끗한 종소리가 드문드문 들려오는 것은 참으로 듣기 싫은 소리가 아닐세. 오히려 깊이 나 자신을 되돌아보게끔 만들지."

우리 세 사람의 이야기는 한밤중까지 계속되었는데 그 늙은 승려가 어느새 우레처럼 코를 골아대며 잠이 들어 몹시 우스웠다.

새벽이 되자 남풍이 심하게 불어왔다. 비가 오지나 않을까 걱정이 되어 조선을 흔들어 깨우자 그가 말했다.

"소승은 이 산에 산 지 오래되어 구름의 움직임까지도 훤히 알고 있지요. 바람이 비록 남쪽에서 분다고 하나 비가 올 조짐은 아닙니다."

4월 21일

날이 맑았다. 늦은 아침에야 임 선생이 오셨다. 언균彦均 신형愼衡, 장원長元 이억인李億仁, 강숙剛叔 김성원金成遠, 자상子常 정용鄭庸, 응수應須 박천정朴天挺, 여정汝正 이진李傎, 공달公達 안극지安克智도 따라왔다. 나는 취백루에서 선생을 뵙고 인사를 드렸다. 누각 앞에는 오래된 잣나무 두 그루가 있는데 그 고결함이 마음에 들었다. 비록 한창 아름답던 시절은 지나갔으나 '푸른 잣나무 누각'이라는 이름에 전혀 손색이 없어 보였다.

술이 몇 순배 돌았다. 선생은 밥을 재촉해서 먹고 떠날 채비를 간단하게 하라고 시켰다. 선생 또한 간편한 복장을 하고 대가마에 올라타고서 조선을 앞장서게 하고는 증각사證覺寺로 가자고 하셨다. 도중에 임 선생은 무성한 숲에 앉아 가마꾼들을 쉬게 하였다. 응수(박천정)가 서쪽에 있는 한 봉우리를 가리키면서 말했다.

"저것은 사인암舍人巖일세. 예전에 올라갔을 때 삐죽한 바위가 하늘로 치솟아 그 암벽이 하늘에다 세운 듯했는데, 송골매가 깃들여 사는 둥지도 엿볼 수 있었다네."

정오가 되어 증각사에 도착했다. 이날은 안개가 잔뜩 끼어 멀리까지 바라볼 수 없었다. 하지만 정자와 넓은 들, 비단결 같은 여러 강을 모두 손가락으로 가리킬 수 있었으니, 그제야 처한 곳이 더욱 높으면 보이는 것도 더욱 넓어지게 됨을 알 수 있었다. 절 북쪽에는 분죽紛竹과 오죽烏竹 두 종류의 대나무가 있었다. 그중 분죽은 그 진을 빼고 지팡이를 만들면 매우 광택이 나고 매끄럽다.

차를 마신 후에 바로 이정梨亭으로 난 길을 따라 중령中嶺의 험준한 길을 곧장 올라가는데 멀리서 보면 하늘에 닿은 것 같았으며, 사람들은 모두 물고기를 펜 듯 한 줄로 이어서 마치 개미가 기어오르는 것처럼 조금씩 나아갔다. 그렇게 가던 길이 끝나자 앞에는 시원하게 계곡이 펼쳐지는데 마치 바다에서 배 뚜껑을 젖히고서 밝은 햇빛을 보는 것처럼 유쾌했다.

중령에서 산을 따라 왼쪽으로 방향을 트니 빽빽한 숲이 뒤덮고 있어서 햇빛 한 줄기도 들어오지 않았다. 위태로운 돌길이 높은 허공에 매어 달린 듯해 가는 길이 전혀 없었으며, 다만 날것들이 빠르게 지나가고 돌이끼들이 푸른빛을 발할 뿐이었다. 지팡이를 끌고 시를 읊조리며 가자니 산을 오른다는 힘겨움도 금세 잊었다. 그래서 그런지 중령을 다 오르고 난 뒤에 돌아보니 마치 빠른 수레를 타고 힘 있게 내리달린 양 느껴질 정도였다.

임 선생은 먼저 냉천정冷泉亭에 당도하여 뒤에 오는 사람들을 기다리고 있었다. 샘은 숲 아래 바위 사이를 따라 흘러나왔다. 차갑기는 도솔사에 있는 샘보다 조금 못하지만 단맛은 더 나았다.* 마침 사람들이 한창 갈증이 난 참인지라 다투어 가며 미숫가루를 타서 목을 축였다. 비록 신선이 마신다는 술이라 하더라도 이토록 달고 시원한 맛에는 비

* 도솔사는 규봉암圭峯庵 동북쪽에 있던 절인데, 지금은 없어졌다. 이곳에 샘이 있었는데 아주 차가워서 쪽물로도 쓸 만했다고 한다.

교할 수 없을 것이다.

저물녘에야 입석암立石庵에 도착했다. 중국 명나라 문인 양사기楊士奇가 "열여섯 봉우리가 절을 숨겼구나"라고 읊은 것이 바로 이곳을 가리킨 것이 아닌가 싶었다. 암자 뒤에는 괴이하게 생긴 바위가 첩첩이 쌓였는데 우뚝우뚝한 것이 마치 봄에 죽순이 다투어 머리를 내미는 듯하고, 밝고 깨끗하기로는 연꽃이 막 피어난 것과도 같았다. 멀리서 바라보면 마치 큰 덕을 지닌 자가 높은 관을 쓰고 홀笏을 잡은 채 공손하게 절하는 것 같고, 다가서서 보노라면 마치 겹겹의 성문이 있는 철옹성과도 같았다. 또 수많은 철갑 속에 그 하나만을 숨겼다가 우뚝 솟아나 그 어디에도 의지하는 것이 없어 형세가 더욱 홀로 빼어나니 마치 세상과 단절한 선비가 무리를 떠나 홀로 외로이 가는 것과도 같았다.

더욱 이해할 수 없는 것은 네 모퉁이가 깎여 끊어진 것이 옥을 갈아 놓은 것 같고, 층층으로 포개진 것이 얼마나 정확한지 마치 석수장이가 먹줄을 튕겨서 쌓은 것만 같았다. 천지가 개벽할 때 모든 것이 뒤엉켜 어떤 것도 의도하지 않았음에도 우연히 이런 기이한 모습이 만들어진 것일까, 아니면 하늘이 내린 귀신같은 석수장이가 바람과 천둥을 불러서 이토록 교묘하게 장난을 한 것일까? 도대체 누가 빚고 구워 냈으며 누가 갈고 잘라 내었단 말인가? 아미산峨眉山 신선의 옥 바둑판이 땅에서 솟은 것일까, 아니면 성도成都의 석순石筍이 땅속을 흐르는 샘을 막아서 생긴 것과 같은 그런 것일까? 알 수 없는 노릇이었다.

바위의 형세가 들쭉날쭉하면서도 빽빽하게 솟아나 비록 산술에 밝은 자라 하더라도 다 셀 수가 없을 것이나, 열여섯 봉우리만은 우뚝하여 셀 수 있고 또 그 전체를 다 바라볼 수 있었다. 그 가운데 새가 날개를 편 듯, 사람이 두 손을 맞잡은 듯한 것이 바로 암자다. 암자는 그런 바위들의 한가운데에 놓여, 올려다보면 위태로운 바위들이 높이 솟아 금방이라도 떨어져 내리눌러 버릴 것만 같은 두려움이 들어 머물러 있을 수가 없었다. 바위 아래에는 깊은 샘 두 개가 있는데 하나는 암자의 동쪽에, 또 하나는 암자의 서쪽에 있었다. 비록 큰 가뭄이 든다 해도 마르지 않는다고 하니 이 또한 기이한 일이다.

입석암과 조금 떨어진 북쪽 오른편에 있는 불사의사不思議寺에 가니 승방이 몹시 좁아서 좌선하는 사람이 아니라면 견디어 내지 못할 정도였다. 승방의 남쪽에 있는 석대石臺는 평평하여 앉을 만하고, 그 곁에는 큰 나무가 있어서 석대 위에 그늘을 드리웠다. 입석암은 다른 절에 비해 지대가 가장 높아 그윽한 산과 아득히 먼 바다까지 한눈에 바라볼 수 있기는 하나 바람이 너무 거세어서 오래 있을 수가 없다는 점이 아쉬웠다. 다 함께 바위 사이를 걸어 나왔다. 이리저리 서성대며 자꾸만 뒤돌아보게 됐는데 마치 친구와 이별이라도 하는 것처럼 서운한 마음이 들었다.

입석암에서 동쪽으로 난 길은 그리 험하지 않았다. 반석이 많아서 마치 자리를 깔아 놓은 것처럼 평평했다. 지팡이를 짚으니 맑은 소리가 울리고 나무 그늘도 일렁인다. 혹은 쉬기도 하고 혹은 걷기도 하면서 마음 내키는 대로 해 보았다. 문득 중국 당나라 시인 가도賈島가 "나무 그늘 아래서 자주 쉬어 가는 몸이로구나"라고 읊은 시구가 떠올랐는데, 바로 지금의 이 정경을 정말 잘 나타내어 천년 전의 그 광경이 눈에 선하게 그려지는 것만 같았다.

날이 저물어 염불암念佛庵에서 잤다. 일원(이만인)이 몹시 피곤한지 숨을 헐떡이는 것이 꽤 거칠었다. 강숙(김성원)이 물었다.

"오늘은 멀고 험한 길을 계속 걷느라 힘들었지요?"

그러자 일원이 눈을 감고서 고개를 저으며 말했다.

"천만에!"

그 말에 모두 한바탕 웃었다.

판관 안언룡安彦龍, 찰방 이원정李元禎이 통지를 받고 먼저 화순에 와 있다가 만연산萬淵山에서 향로봉을 돌아 나와, 장불사를 거쳐 해가 질 무렵에야 이 암자에 도착했다. 이 염불암은 본래 강월헌江月軒의 나옹 선사懶翁禪師가 창건한 것으로 중간에 폐허가 된 지 오래되었다가 1515년에 승려 일웅一雄이 다시 세웠으며, 1572년에는 승려 보은報恩이 수리하였다. 암자 옆에는 작은 승방이 있었다. 이곳은 승려들이 하안거에 들어갈 때 참선하는 곳이었다. 눌재訥齋 박상朴祥이 일찍이 일웅을 위해 「중창기」重創記를 지어 주었는데 애석하게도 글자가 이지러진 것이 많았다.

동쪽에는 쌓인 돌들이 시야에 온통 가득했으니, 곧 지공너덜이라고 부르는 것이었다. 어지럽게 뒤섞인 돌들이 서로 버팀목이 되어 마치 산처럼 쌓였는데 그 속은 비었고 아래는 바닥이 없었다. 어떤 사람이 잘못해서 나무하던 도끼를 빠뜨려 귀를 기울이고 들어 보았더니 쨍그랑거리는 쇳소리가 한참이나 지나서야 그쳤다고 한다.

이 산속에 너덜이라는 이름이 붙은 곳은 이 지공너덜 외에도 증각사 동북쪽의 덕산너덜이 있다. 이 덕산너덜은 매번 소나기가 오고 나서 날이 막 개일 때면 숨어 있던 큰 구렁이가 나와 햇볕을 쬐는데 몸을 칭칭 감고 도사리고 있어서 사람이 감히 가까이 할 수 없다고 한다. 이

전에 한 승려는 노루 한 마리가 지나가는 것을 어떤 괴물이 나타나 잡아채고는 가로로 물고서 돌 틈으로 들어가 버리는데, 그 눈빛이 번쩍거리는 것을 보고는 놀라서 기절할 뻔했다고 한다. 하지만 지공너덜은 벌레나 뱀처럼 꿈틀거리며 기어 다니는 것들이 없었다. 또 가을이 되어 산에 낙엽이 가득해도 이곳만은 언제나 마치 깨끗하게 청소라도 한 것처럼 낙엽 하나 보이지 않는다 한다. 승려들 사이에서 전해지기로는 고승인 지공指空이 그 제자들에게 설법하던 곳이었기 때문에 그렇다고 한다.

4월 22일

날이 맑았다. 아침에 판관 안언룡과 찰방 이원정이 입석암을 찾아갔다. 그들은 어제 날이 저물 무렵에야 도착하는 바람에 구경하지 못했기 때문이다. 나머지 사람들은 임 선생을 따라 곧장 상원등上元燈으로 갔다. 새로 지은 자그마한 암자였는데 몹시 좁고 누추하여 쉬어 가기가 거북스러웠다. 그래서 임 선생은 암자 서쪽에 있는 단 위에 앉아 쉬었다. 거기서 조금 떨어진 곳에는 두 그루의 전나무가 마주하고 있고 그 아래에는 바위가 있는데, 겨우 발 하나 들여 놓을 만했다.

조금 후에 판관과 찰방이 뒤따라와서 악공들과 함께 천왕봉과 비로봉 위에 올라가 피리를 몇 곡 불게 하니, 마치 신선이 부는 피리 소리인 양 아스라하게 들려왔다. 마침 한 승려가 나와서 피리 소리에 맞추어 박수를 치며 덩실덩실 춤을 추어 한바탕 웃을 수 있는 즐거움을 선사해 주었다.

봉우리 중에서도 가장 높은 봉우리는 동쪽에 있는 천왕봉과 가운데 있는 비로봉이다. 그 둘 사이는 백여 척쯤 되는데 평지에서 바라보면 마치 대궐을 마주 보는 것과 같은 것이 바로 이 봉우리들이다. 서쪽에 있는 것은 반야봉이다. 비로봉의 꼭대기와는 그 거리가 무명베 한 필 길이밖에 되지 않고 그 아래는 한 자 거리 정도에 지나지 않는데, 평지에서 바라보면 마치 화살촉 같은 것이 이 반야봉이다.

봉우리 위에는 잡목이 없고 다만 진달래와 철쭉만이 돌 틈에 무더기로 피어 있었다. 길이는 한 자쯤이요, 가지는 모두 남쪽으로만 쏠려 마치 깃발처럼 나부끼고 있었다. 지세가 높아 기온이 차갑고 바람과 눈보라에 시달려서 그런 모양이었다. 때는 산살구와 진달래가 반쯤 지고 철쭉이 막 피어나며 나뭇잎도 이제 차츰 무성해지려는 계절이었다. 봉우리 꼭대기는 평지와 약 30~40리 정도 떨어져 있을 뿐인데도 그 풍토의 다름이 이토록 뚜렷하였다.

반야봉의 서쪽은 땅이 꽤 평탄하고 넓었지만 봉우리의 형세는 크게 깎아지른 듯했다. 그 절벽은 천 척이나 되어 아래를 내려다보아도 땅이 보이지 않으며, 멀리 바라다보이는 수목의 끝부분은 마치 냉이 풀 정도로밖에 보이지 않았다. 참으로 중국 당나라의 한유가 「남산」南山이라는 시에서 "삼나무와 대나무가 부들과 차조기를 우습게 보는구나"라고 한 시구가 이 경우를 두고 한 말인 듯했다. 낭떠러지 가에 둘러앉아 술잔을 번갈아 가며 기울이다 보니 훌쩍 신선이 되어 날아오르는 듯한 기분이 들었다.

낭떠러지의 서쪽에는 참빗 모양의 바위들이 빽빽한데 높이는 모두 백 척이나 되었으니 이른바 서석대瑞石臺이다. 이날은 안개가 조금 개어 어제처럼 심하지는 않았다. 비록 사방 멀리까지 다 바라볼 수 있는 것은 아니지만 그래도 가까운 산들과 큰 강들은 대략 구분이 되었다. 하지만 저 먼 남해나 한라산과 여러 섬들을 시원하게 바라보며 하나하나 셀 수가 없어, 대자연의 기상을 마음껏 누려 보지를 못한다는 것이 몹시 안타까울 뿐이었다. 다시 오던 길을 찾아 반야봉과 비로봉 두 봉우리 아래를 지나서 상원등의 동쪽으로 나와 삼일암三日庵에 당도했다.

삼일암의 월대月臺에는 선바위가 있는데 매우 기이했다. 그윽하고 고요하며 앞이 탁 트여 시원한 품이 모든 암자 가운데서 가장 으뜸이라 할 만했다. 조선이 말했다.

"이곳에 사흘만 머물러도 도를 깨칠 수 있다고 하여 삼일암이라고 한 것입니다."

금탑사金塔寺는 삼일암의 동쪽에 있는데, 수십 척이나 되는 바위가 허공에 우뚝 솟아 있었다. 전하는 말에 의하면 바위 속에는 9층이나 되는 상륜相輪(불탑 맨 꼭대기의 기둥 모양 장식)이 감추어져 있으며 절의 이름도 여기에서 따온 것이라 한다. 은적사隱迹寺는 금탑사 동쪽에 있다. 적벽赤壁의 동북쪽에 있는 옹성산甕城山과 똑바로 마주하고 있으며 샘물이 바위 구멍에서 솟아나온다. 1530년의 큰 가뭄 때에 산중의 여러 샘이 모두 말라 버렸지만 오직 이 샘만은 끊임없이 흘러나와 마르지 않았다고 한다. 석문사石門寺는 금탑사에서 서쪽으로 80보 정도 떨어진 곳에 있다. 동서로 각각 기이한 바위가 나란히 솟아 있어서 마치 문과 같아 사람들이 이곳을 따라 드나든다. 금석사錦石寺는 석문사의 동남쪽에 있다. 김극기의 시에, "지팡이 짚고 들어서니 산마루엔 구름만 덮였구나"라고 한 것이 바로 이곳을 두고 한 말이다. 암자 뒤에는 기이하고도 아주 가파른 바위 수십 개가 빼곡하게 솟아 있고 그 아래엔 아주 차가운 샘물이 있었다. 대자사大慈寺는 이미 폐허가 되어 터만 남아 있는 절로 금탑사 아래에 있다. 여기에도 오래된 샘이 있어서 물이 맑고 차가운데 이끼가 끼어 있지 않았다. 샘가의 섬돌에는 하늘나리가 활짝 피었고 길 곁에는 석실이 하나 있는데 비바람을 피할 정도는 되었다. 속칭 소은굴小隱窟이라 하는 것이었다.

이날 나는 정상에서 이미 술에 취하는 바람에 멋지고 기이한 경치들을 차분하게 두루 살펴보지 못했으니, 마치 달리는 말 위에서 화려한 비단 무늬라도 본 양 그저 눈이 부셔 정신을 잃은 채 휘황찬란한 색깔만을 보았을 뿐이다. 그래서 수놓은 듯 아기자기한 풍경의 묘미를 알지 못했으니 여기서는 구름을 쫓듯 그 대강만을 기록했다. 가을철에 다시 와서 오늘의 이 부족을 채워 볼까 한다.

금석사를 따라 나와 산기슭을 돌아서 동쪽으로 나오니 바로 규봉암圭峯庵이었다. 김극기의 시에, "바위 모양은 비단을 마름질해서 빼낸 듯하고, 봉우리 형세는 옥을 다듬어서 만든 듯하구나"라고 했는데, 이것이 참으로 빈말이 아님을 알겠다. 바위가 기이하고도 오래된 것으로는 입석암의 바위와 맞먹을 만했으나, 그 폭이 넓고 크면서 형상이 진기하다는 점에서는 감히 입석암의 바위와는 비교가 되지 않을 정도로 뛰어났다. 규봉암의 경관에 대해서는 권극화權克和의 기록이나 『동국여지승람』에 자세하게 나와 있어서 생략한다. 옛날부터 전해오는 말에 의하면 신라 때의 명필 김생이 쓴 '규봉암'圭峯庵 현판이 있었는데 후세에 누군가가 훔쳐 가 버렸다고 한다.

광석대廣石臺는 규봉암 서쪽에 있었다. 그 바위 면이 깎은 듯이 넓고 평평한 것이 아주 편안해 보였으며, 빙 둘러앉는다면 수십 명이라도 앉을 만했다. 당초에는 서남쪽 모퉁이가 조금 낮았으나 절의 승려들이 힘을 모아서 들어 올려 큰 바위를 괴어 놓았다고 한다. 보기에도 엄청나게 큰 바위인데 어떻게 사람의 힘으로 감당할 수 있었는지 그저 감탄할 뿐이다. 이른바 삼존석三尊石은 이 광석대의 남쪽에 있는데 아주 높아서 나무 끝까지 솟아 나왔으며, 그 푸르름과 꼿꼿함은 광석대의 장대함과 그 기세를 돋우기에 충분했다. 또 열 아름이나 됨 직한 늙은 나무가 높이 솟아 비스듬하게 광석대 위에 가로로 걸쳐져 있는데, 나뭇잎이 무성하고 짙어서 서늘한 바람이 절로 불어와 아무리 무더운 날씨라 하더라도 홑옷만 입고서는 오래 앉아 있을 수가 없을 것 같았다.

천관산, 팔전산, 조계산, 모후산이 모두 눈 아래로 내려다보였다. 규봉암의 빼어난 경치가 이 무등산에 있는 모든 암자 가운데에서 가장 으뜸이라면, 이 광석대의 경치 또한 규봉에 있는 열 개나 되는 대臺 중에서 가장 빼어나 남쪽에서 제일가는 경치라고 해도 옳을 것이다. 하지만 안타까운 것은 최치원 선생이 저 진주의 쌍계사나 합천의 해인사에다 그랬던 것처럼 이곳에 와서도 시를 읊조리고 이 규봉 위에서 한 번 멋들어지게 글을 썼더라면 얼마나 좋았을까 싶다.

광석대의 서쪽에 길 가운데 놓인 바위는 그 모양이 마치 문지방처럼 생겼다. 이 문지방 같은 바위를 넘어서면 곧 문수암文殊庵이다. 암자의 동쪽에는 바위 한복판에 샘이 솟아 나왔으며 돌 틈으로는 석창포가 무성하게 피어 있었다. 그리고 그 앞에는 높이와 넓이가 수십 길이나 되는 바위가 놓여 있는데 그 넓이로는 광석대와 비슷했다.

광석대에서 서북쪽으로 돌계단을 따라 몇 발자국을 돌아나가면 자월암慈月庵이다. 이 암자의 동쪽에는 풍혈대風穴臺가 있다. 구멍이 나 있는 바위 아래로 풀을 뜯어 넣어 보았더니 약간의 바람이 이는 느낌이 들었다. 암자의 서쪽에는 병풍 같은 선바위가 있으며 또 돌이 깔린 곳에는 노송이 그 위를 덮고 있으니 곧 장추대藏秋臺이다. 내려다보면 깊은 골짜기여서 머리카락이 다 쭈뼛할 정도로 으스스했다.

장추대에서 서쪽으로 벼랑을 따라 남쪽으로 가다가 방향을 틀면 나오는 오솔길은 한 자도 채 되지 않는 작은 길이었다. 길은 패인 곳을 돌로 덮어 놓아 밟을 때마다 덜거덕거리는 소리가 났다. 그리고 아래를 내려다보면 칠흑처럼 아득한 절벽이어서 아주 조심스럽게 걷는데도 걸음을 멈추면 다리가 떨려 발꿈치를 붙이고 제대로 설 수가 없었다. 낭떠러지가 다하자 움푹 패인 곳이 나타나 원숭이처럼 끌어 잡고 남쪽으로 올라가니 곧 은신대였다. 이곳에는 작달막한 소나무 네다섯 그루와 철쭉 몇 무더기가 모두 뒤집힌 듯한 모양새로 자라고 있었다. 대의 서쪽에는 바둑판처럼 반듯한 바위가 있었다. 전하는 말에 의하면 도선 국사가 좌선하던 곳이라고 한다.

그 북쪽에는 청학대靑鶴臺, 법화대法華臺 등 여러 대가 있다. 바위에 구멍이 뚫려 있어서 몸을 암벽에다 바짝 붙여야만이 꼭대기에 올라갈 수 있었다. 사람들은 모두 손으로 의지할 곳을 꽉 부여잡고 벌벌 떨며, 마치 팽조彭祖가 몸을 나무에 매고 우물 위에 수레바퀴를 덮고서야 우물을 내려다보았다는 이야기처럼 조심스럽게 기어 올라갔다가 한참 후에 다시 벼랑의 구멍을 따라 내려왔다. 밤에는 임 선생을 모시고 문수암에서 잤다.

4월 23일

날이 맑았다. 아침에 일어나 보니 흰 구름이 뭉게뭉게 일어나고 온 골짜기가 평온했으며, 수천의 푸른 봉우리들이 안개 속에 살짝 드러나 보이는 것이 마치 푸른 바다 잔잔한 물결 가운데 섬들이 펼쳐져 있는 것만 같았다. 조금 있으려니 바람 따라 안개가 흩어져 양쪽 벼랑도 잘 보이지 않았다. 하지만 아침 햇살이 구름을 쏘니 기이한 기운이 뻗어 나가면서 순식간에 온갖 모양을 다 연출했다. 중국 당나라 문인 한유가 "잔뜩 낀 구름도 때로는 고요하게 엉키는구나"라고 읊었던 시라 하여도 아마 이 같은 오묘함을 다 나타낼 수는 없을 것이다.

임 선생이 복건을 쓰고 앞마루로 나와 앉아 이 기이한 광경을 보시고는 시 한 수를 읊으셨다. 그사이에 해는 중천에 떴고 구름도 차츰 열어졌다. 그러다가 모든 구름이 금세 깨끗이 사라져 버리고 환해지자 마치 천지가 개벽이라도 한 것과 같은 절경이 펼쳐졌다. 선생의 말씀에 따라 자리를 광석대로 옮겼다. 그리고 여러 사람들에게 시를 지어 화답하라고 하시고 제대로 짓지 못하는 사람에게는 큰 그릇에 술 한 잔씩을 벌로 내리라고 하셨다. 지은 시들은 모두 아름다웠다.

무등산의 전체적인 경치는 매일 기록한다 하여도 남김없이 다 나타내지는 못할 것 같았다. 서봉의 풍수골, 향적사의 고목, 불영암의 기이한 바위, 보리암의 석굴 등은 그윽한 경관으로 본다면야 무등산의 금석암 등 여러 암자에 뒤지지 않겠지만 전자는 넓고 후자는 좁다는 정도의 작은 차이만이 있을 뿐이다. 이날 선생이 적벽을 유람하고자 하셨기에 제대로 볼 겨를이 없어서 자세하게 둘러보지 못했다. 이는 우리의 유감일 뿐만이 아니라 이 산으로도 불우한 일이라 하겠다.

광석대에서 남쪽으로 내려가면 바로 송하대送下臺이다. 여기부터 동쪽으로 비스듬히 산등성이를 타고 가면 영신골로 가게 된다. 이곳으로 가는 길은 아주 가늘어서 마치 실과 같은데 이리저리 얽히고 구불구불하다. 중국 송나라 문인 소식의 시에 "길이 산허리를 감아 돌며 삼백 굽이나 돌았구나"라고 한 시구를 연상케 하였다. 영신골에서 방석보方石洑에 이르렀다. 도중에 있던 촌락들은 모두 물을 끼고 있는데 논밭과 초가가 연기 속에 아스라한 가운데 개와 닭이 서로 어울려 놀아 비록 무릉도원이라도 이 경치보다 더 낫다고 볼 수 없을 것 같았다.

골짜기를 나와 시내를 따라서 남쪽으로 약 400길 정도를 가니 주름치마 같은 층층의 절벽이 나타났는데 오래된 소나무들이 그 꼭대기에 울창하게 우거져 있었다. 그리고 그 사이에는 실낱같은 길 하나가 나 있는데 이곳에 사는 사람이라야 겨우 오르내릴 수 있어 보였다. 장불천長佛川이 그 아래로 흘러 깊은 못을 이루었다. 그 깊이는 헤아릴 수가 없고, 초가와 흰 소가 푸른 숲 속에 언뜻언뜻 보여 마치 한 폭의 생생한 그림을 보는 것만 같았다. 마을은 몽교夢橋라고 불렸는데 매우 아름다워 시의 소재가 될 법했다.

시냇물 저편 동쪽을 바라보니 푸른 절벽이 수백 걸음이나 이어져 마치 채색 병풍을 비스듬하게 펼쳐 놓은 듯하고 그 위에는 이른바 노루목이라고 하는 아주 작은 길이 하나 나 있었다. 이 작은 길을 지나 남쪽으로 접어드니 단풍나무와 오래된 소나무가 비스듬히 늘어져 있고 절벽은 못 바닥에 비쳐 거꾸로 잠겨 있었다. 이곳은 예전에 장보張甫 남언기南彦紀가 이곳을 지나가면서 창랑滄浪이라고 지었던 곳으로, 남령천藍嶺川과 장불천 두 내가 이곳에서 합해져서 흘러간다. 장불천은 상류에서 쇳물을 씻어 내린 것이 가라앉아서 가끔씩 물이 탁해졌기 때문에 그렇게 이름이 지어진 것이다.

깎아지른 듯한 절벽이 못 가운데에 들어가 있고 층층이 쌓인 것이 마치 계단과 같았다. 큰 물고기 한 떼가 유유히 헤엄을 치고, 물속까지 햇빛이 비쳐 들어 물에 잠긴 바위에 반짝거리니 마치 비단구름처럼 현란하게 느껴졌다. 또 은어 수십 마리가 활기차게 튀어 오르는 것을 보고 있자니 내가 비록 물고기가 아니라 하더라도 저 물고기의 즐거움을 알 수 있을 듯했다.

적벽에 이르렀다. 현감 신응항申應亢이 먼저 와서 장막을 쳐 놓고 우리 일행을 기다리고 있었다. 나는 이전에 옹성산甕城山을 본 적이 있는데 온통 바위로 이루어진 골산이었다. 그 층층의 봉우리들이 서로 쳐다보기도 하고 내려다보기도 하며 또 어떤 것은 일어섰고 어떤 것은 엎드리기도 하여 그 형세가 마치 군마들이 함께 내리달리는 것과도 같았는데 그 내리달림이 바로 이곳에 와서 잠시 멈춰 뚝 끊어진 절벽으로 우뚝 선 것이다. 그 넓이는 몇 리까지 가로로 길게 걸쳐 얽히고설킨 형세로 뻗어 있고, 위로는 푸른 숲이 우거지고 아래로는 널찍하니 조물주의 신비한 힘이 아니고서야 어찌 이 같은 장관을 이루어 낼 수 있겠는가? 높은 곳에서 이어져 내려온 덩굴의 길이를 대략 재어 보니 거의 70길은 되는 것 같았다. 창랑천의 물이 굽이굽이 흘러내리는데 수심이 깊고 검푸른 빛깔이어서 감히 내려다보기도 어려웠다.

사람들의 말을 들으니 절벽에는 빈 굴이 있어서 가늘고 작은 소리라 하더라도 울려서 메아리로 되돌아온다고 한다. 동복 현감의 말로는 높은 곳에 올라가 피리를 불게 하고 또 아래로 돌을 굴리면, 방아 찧는 듯한 소리가 울려 나오고 바람이 일며 물이 솟구쳐 오르면서 성난 기운을 내뿜는데 그 소리가 마치 천둥이 치는 것 같다고 한다.

적벽은 동복현과는 10여 리 정도 떨어진 곳이나 땅이 황폐하여 사람들의 자취가 드물고 호랑이나 늑대 굴이 있으며 다람쥐나 숨어 살 만한 곳이었다. 다만 천민들만이 이런 궁벽함을 무시한 채 밭을 갈며 살 뿐이었다. 또는 고려 공민왕 때 사람인 장원長源 김도金濤도 한때 이곳에 산 적이 있었다. 하지만 그 이후로는 풍류객들의 발자취가 끊어져 버려 수백 년 동안 쓸쓸했다.

그러던 중 신재新齋 최산두崔山斗가 기묘사화에 걸려 이 동복현으로 유배되어 왔다가, 하루는 어느 길손에게 이끌려 달천達川에서 그 원류를 찾아가다가 이 적벽을 보게 되었다고 한다. 이때부터 남쪽 사람들이 비로소 이 적벽의 존재를 알게 되었고 그 뒤로 수많은 시인과 묵객의 발길이 끊이지 않았으며, 석천石川 임억령林億齡이 바위에다 글을 새기고 하서河西 김인후金麟厚가 시를 남기게 되자 마침내 명승지가 되었다고 한다. 아! 저 중국 무창武昌에 있는 적벽赤壁도 황강黃岡 만 리 밖 남쪽 오랑캐 땅에 묻혀 있던 것인데 요행히도 소식이 「적벽부」赤壁賦 두 수를 지어내자 명성을 온 천하에 떨치게 되었다. 이처럼 때에 따라 열리기도 하고 막히기도 하며 또 땅에 따라 드러나기도 하고 감추어지기도 하는 것을 보면 이치가 참으로 그러한 것 같다.

적벽의 동쪽에는 오봉사五峯寺가 있었다. 임 선생을 따라온 사람 중에 희경希慶이라는 자가 꽤 시에 밝았는데, 그가 지은 시 가운데에는 깜짝 놀랄 만한 시구가 많았다. 오후에 동복 현감과 헤어져서 침현砧峴을 넘어갔다. 이재를 지나자 시냇가에 작은 정자가 보였다. 이 마을 사람인 정필鄭弼이 지었다고 하였다. 덕봉德鳳 민응소閔應韶가 현감으로 있을 때에 구암龜巖 이정李楨과 함께 이 정자에서 놀았다고 하는데 지금도 그들이 지은 시가 벽에 걸려 있다고 한다.

이날 찰방 이원정은 일이 있다고 하여 동복현으로 가 버렸다. 날이 저물어서 창랑에 있는 진사 정암수丁嵒壽의 별장인 유정柳亭과 현감 송정순宋庭筍이 지었다는 무렴無鹽의 석탄石灘을 보지 못한 것이 못내 아쉬운 일이었다.

오후 늦게 소쇄원瀟灑園에 이르렀다. 이곳은 양산보梁山甫의 옛날 별장이다. 시냇물이 집 동쪽 담장을 뚫고 구슬을 굴리는 듯 맑은 소리를 내며 그 아래쪽을 돌아 흘렀다. 그 위에는 외나무다리가 걸쳐 있고 또 그 외나무다리 아래에는 큰 바위가 있는데 저절로 구덩이가 파여 있어 조담槽潭, 즉 구유통 못이라고 불렀다. 여기에 고인 물이 쏟아져 내려가면서 작은 폭포를 이루는데 그 소리가 어찌나 영롱한지 마치 거문고 소리처럼 들려왔다. 이 조담 위에는 구불구불하게 생긴 노송이 마치 쓰러질 듯 가로질러 덮여 있고 작은 폭포의 서쪽엔 화려하게 꾸민 유람선을 연상케 하는 조그마한 집이 있었다. 그리고 남쪽에는 돌이 포개어져 높이 쌓여 있고 작은 정자는 날렵한 것이 마치 우산을 펼쳐 놓은 것만 같았다. 정자의 처마 앞에는 매우 오래된 벽오동 나무가 있으나 가지의 절반이 썩어 버렸다. 정자 아래에 파 놓은 작은 연못은 통나무에 홈을 파서 시냇물을 끌어들이고 있었으며 못 서쪽에는 큰 대나무 백여 그루가 곱게 뻗어 있어서 볼만했다. 이 대밭의 서쪽으로는 연꽃 못이 있는데, 돌 벽돌로 된 수로를 통해서 물이 대밭 아래를 따라 지나가다가 이 연못으로 흘러 들어가도록 만들어 놓았으며 게다가 물레방

아까지 설치하여 돌아가게 해 놓았다. 이 모두가 소쇄원이 아니라면 볼 수 없는 절경이라 하겠다. 하서河西 김인후金麟厚는 이곳의 멋진 풍경을 40수의 시로 읊어서 다 담아낸 바가 있다. 주인 양자정梁子淳이 임 선생을 위해 술을 내왔다.

해질녘에야 식영정息影亭에 도착했다. 이 식영정은 강숙剛叔 김성원金成遠의 별장이다. 임 선생은 난간에 기대어 경치를 감상하셨는데 그 모습이 꽤나 차분해 보였다. 밤이 되자 김성원이 촛불을 켜고 정성껏 환대해 주어서 흥겹게 놀다가 파하니 이 또한 한때의 멋진 추억이 될 만한 일이었다.

식영정과 서하당棲霞堂 두 현판은 모두 박영朴詠이 쓴 것인데 식영정은 팔분체八分體로, 서하당은 전자체篆字體로 썼다. 식영정과 서하당의 아름다운 경치는 이미 석천石川 임억령林億齡이 다 기록해 놓았고 또 스무 가지와 여덟 가지의 소재로 연작시를 짓기도 했지만 결코 군더더기가 된다고 볼 수는 없을 것이다.

서하당 뒤뜰 돌담에는 모란, 작약, 해당화, 왜철쭉 등이 빽빽하게 심겨 있었다. 모두 남다른 기품이 엿보여 번거롭지 않고 아름다워 절로 자연스러움이 느껴지는 멋진 경치였다. 서하당의 북쪽 모퉁이에는 반 이랑쯤 되는 네모난 연못이 있었다. 이곳에는 흰 빛깔의 연꽃 네댓 그루가 심겨 있고 샘물은 대나무 홈통을 타고 계단 아래로 흘러 연못으로 흘러들었다. 또 연못의 남쪽에는 복숭아나무 한 그루가 서 있고 그 서쪽에는 석류나무 몇 그루가 있는데, 그 가지가 담장 위로 뻗어 나가 있었다.

식영정에서 남쪽을 바라보니 마치 날아갈 듯 맵시 있는 정자 앞에 반석이 깔려 있고 또 그 아래로는 맑은 물이 고인 웅덩이가 있었다. 이 정자는 유학자 김윤제金允悌가 살던 곳으로 영천靈川 신잠申潛이 환벽당環碧堂이라고 이름 지었다고 한다.

4월 24일

날이 맑았다. 아침에 창평 현령 이효당李孝讜이 와서 임 선생께 문안을 올렸다. 이에 서하당에서 술자리가 벌어졌다. 일원(이만인)이 소쇄원에서 뒤늦게 오는 바람에 다시 큰 잔으로 몇 순배 돌렸다. 술자리가 무르익을 무렵에 임 선생이 먼저 일어나자 판관 안언룡을 비롯한 여러 사람들이 그 뒤를 따랐다. 나는 김성원이 만류하기에 식영정에 올라가 다시 술을 마셨다. 술잔이 오고 가고 즐거운 대화가 흥을 돋우니『장자』에 "여관에 묵은 사람들은 양자거陽子居를 보면 자리를 피했고, 불을 때던 사람들도 그를 보면 아궁이 앞을 피해 갔다. 하지만 그가 돌아갈 무렵에는 여관에 묵은 사람들이 그와 자리를 다투면서 어울리게 되었다"*라고 말한 것이 바로 이런 경우를 두고 말한 것인 듯싶었다.

나는 취해서 소나무 아래에 누워 한잠 달게 잤다. 그러다 문득 깨어 보니 마치 한바탕 남가일몽南柯一夢을 꾼 것만 같았다. 텅 빈 산은 고요하고 솔잎에 부는 바람 소리만이 그윽하게 울리는데 아무 말 없이 우두커니 서 있자니 불현듯 마치 무언가를 잃어버린 것처럼 느껴졌다.

돌아보니 무등산의 최고봉은 푸른빛을 띤 채 여전히 우뚝 서 있다.

---

* 『장자』「우언」寓言에 나오는 말로 양자거라는 사람이 노자의 가르침을 받고서 자신의 오만한 태도를 버리자 비로소 사람들이 그를 가까이하게 되었다는 이야기. 여기서는 저자가 임훈 선생과 함께 산행을 하면서 그 가르침을 통해 자신이 이 양자거처럼 낮아지게 되자 이렇게 김성원과도 허물 없이 잘 지내게 되었다는 뜻으로 사용한 것으로 보임.

하지만 이 산에 발자취를 남겼던 이 멋진 유람은 추억하고자 하나 다시 기억하기가 어려울 것이다. 그래서 대략 여행의 경과와 전말을 기록하여 책으로 남겨 두려고 한다. 바라기는 훗날 임 선생을 우러러 사모하고자 하나 도무지 그 자취조차 찾을 수 없을 때가 오면 이 책을 펴 보고서 마치 임 선생의 바로 곁에서 직접 그 가르침을 받는 것처럼 여기고자 한다. 그렇다면 이 기록이 얼마나 다행스러운 일이 되겠는가?

아! 우뚝 치솟아서 조금도 요동하지 않는 것은 산이요, 우르르 모였다가 쉽게 흩어지는 것은 사람이다. 6년이라는 빠른 세월 동안에 선생의 큰 덕에 젖어들기를 힘쓴 것이 그리 많지는 않았다. 하지만 이 산을 오르면서 이분을 그리워하는 것을 어찌 그만둘 수가 있겠는가? 조만간에 짚신을 챙겨 신고서 갈천에 있는 선생의 옛집을 찾아가 선생을 뵈올 것이다. 그러고는 물러나와 여정(이진)을 비롯한 여러 사람과 더불어 높은 누대에 올라 시름을 날려 버리고 신선이 산다는 곳도 밟아 보며, 또 장수의 폭포에서 머리를 감는 것으로 나의 뜻을 마치려 한다.

1574년 단옷날에 산인장택散人長澤 고경명은 쓴다.

이 글의 저자는 고경명高敬命(1533~1592)이다. 이 글은 저자가 나이 42세 때인 1574년(선조 7) 4월 20일부터 24일까지 4일 동안 광주의 무등산과 그 산자락에 있는 소쇄원, 식영정, 환벽당까지 유람하고서 쓴 기행문이다. 원제는 '유서석록'遊瑞石錄이다. 무등산은 고려 때에는 서석산이라 불리기도 하였다. 무등산이란 비할 데 없이 높은 산 또는 등급을 매길 수 없는 산이란 뜻이다. 저자는 이 무등산 기행을 당시 광주 목사였던 갈천 임훈과 함께

했다. 임훈은 저자가 평소에 존경해 마지않던 이로 당시 나이는 74세였다. 저자는 무등산이 자신의 고향 산이어서 어릴 때부터 많이 올라 보았지만 대충 보았을 뿐이요 산의 핵심은 보지 못했다고 아쉬워했는데, 이제 임훈의 뒤를 따라가며 눈을 부비고 산을 보는 방법을 고치게 될 것을 생각하니 황홀하다고까지 표현했다.

저자는 임진란 때의 의병장으로 알려져 있으나 또한 대단한 문장가이기도 하다. 그래서 이 유람기에는 문학성이 물씬 풍겨난다. 예컨대 가는 곳마다 그곳의 분위기를 떠올리게 해 주는 중국과 우리나라의 이름난 시인의 시구를 들기도 하며, 또 선현들이 남긴 글씨들을 일일이 들어 설명하기도 한다. 뿐만 아니라 가는 곳곳 선현들의 자취와 그와 관련한 이야기들을 재미있고도 자세하게 잘 설명하고 있다.

소백산

시냇물이 옥띠 두른 나그네를 비웃네

이황, '유소백산록'

나는 젊을 때부터 영주와 풍기 사이를 오갔던 터라 소백산이야 머리를 들면 바로 바라다보였고 발을 내딛기만 해도 갈 수 있는 정도의 거리였다. 하지만 허둥지둥 살면서 오직 꿈속에서만 이 산을 생각하며 정신없이 달려온 것이 어언 40년이나 되고 말았다. 지난해 겨울, 내가 군수가 되어 풍기로 오고 백운동 서원의 주인이 되자 은근히 기뻐하며 이제야 해묵은 소원을 풀 수 있으리라고 생각했다. 그러나 지난겨울과 봄부터 일이 있어서 백운동에 오기는 했지만 그럴 때마다 산의 문턱조차 넘지 못한 채 그냥 돌아온 것이 세 차례였다.

4월 22일

오랫동안 내리던 비가 개이자 산 빛이 목욕을 한 듯했다. 이에 나는 백운동 서원에 가서 여러 유생을 만나 보고 하룻밤을 묵었다. 다음 날 마침내 산으로 들어갔다. 상사上舍 민서경閔筮卿이 그 아들 응기應祺와 함께 따라왔다. 죽계구곡竹溪九曲을 따라 10여 리를 올라가니, 골짜기가 그윽하면서도 깊고 숲과 골짜기가 곱고도 아늑한데 간간이 돌을 타고 흐르는 물소리만이 골짜기를 울리며 들릴 뿐이다.

안간교安干橋를 넘어 초암草庵에 이르렀다. 이 초암은 원적봉圓寂峯의 동쪽과 월명봉月明峯의 서쪽에 위치해 있는데, 이 두 봉우리에서 나온 가지 봉우리가 초암 앞에서 서로 감싸면서 소백산의 문이 되었다. 암자의 서쪽에는 높이 치솟은 바위가 있고, 그 아래에는 맑은 물이 흘러내리다 구부러져 못이 되었으며, 바위는 평평하여 앉을 만했다. 남쪽으로 산의 문이 되는 곳을 바라보면서 잔잔히 흐르는 물소리를 들으니 참으로 기가 막힌 운치라 할 만했다. 경유景遊 주세붕周世鵬은 이곳을 백운대白雲臺라고 이름 붙였다. 하지만 내가 생각하기에는 이미 백운동과 백운암이 있으니 혼동이 될 것 같다. '백' 자를 '청' 자로 고치는 것이 더 좋을 성싶다.

승려 종수宗粹가 내가 왔다는 말을 듣고는 묘봉암妙峯庵에서 이곳까지 나를 보러 왔다. 이 때문에 서경과 함께 백운대 위에서 술 몇 잔씩을 마셨다. 서경은 학질에 걸려 돌아가려고 했다. 나도 비록 허약하고 병을 안고 사는 처지지만 그래도 반드시 산에 올라가 보고 싶었다. 여러 승려가 서로 의논하고서 말했다.

"가마가 없으면 오를 수 없습니다. 옛날에 주 태수太守(주세붕)께서도 이미 가마를 타고 가신 일이 있습니다."

나는 웃으면서 그렇게 하자고 했다. 잠시 후에 가마가 마련되었다고 알려 왔다. 가마는 모양새가 간단하고 쓰임새도 간편했다.

마침내 서경과 작별하고 말을 타고서 길을 갔다. 웅기와 종수와 승려들은 앞에서 길을 인도하기도 하고 뒤처져서 따라오기도 했다. 태봉胎峯의 서쪽에 이르러서 시내 하나를 넘고 나서야 말에서 내려 걷기 시작했다. 그러나 다리가 아플 것 같으면 가마를 탔으니, 이는 교대로 힘을 비축해 두기 위해서였다. 이때부터 산을 나오기까지 내내 이러한 방법을 썼는데, 실로 산을 유람하는 묘한 방법이요, 멋진 경치를 볼 수 있는 좋은 도구였다. 시 한 편을 지어서 본 것들을 기록했다.

이날 철암哲庵과 명경明鏡을 거쳐 석륜사石崙寺에서 묵었다. 이 중에서도 철암이 가장 깨끗했다. 맑은 샘물이 철암 뒤 바위 아래에서 솟아 나와 암자의 동쪽과 서쪽으로 갈라져 흘렀다. 물맛이 아주 달고 시원했다. 이곳은 시야가 상당히 높으면서도 넓게 트였다. 석륜사 북쪽에는 매우 기이하게 생긴 바위가 있는데, 마치 큰 새가 머리를 들고 일어나려는 듯했다. 그래서 옛날에는 그 바위를 봉두암鳳頭巖이라고 불렀다. 그 서쪽의 우뚝 솟은 바위는 사다리를 놓은 뒤에라야 오를 수 있었다. 주세붕 선생이 광풍대光風臺라고 불렀던 곳이다. 석륜사 안에는 돌을 깎아서 만든 불상이 있었다. 승려들은 그 불상이 매우 영험하다고 했지만 믿을 말이 못 된다.

4월 24일

걸어서 중백운암中白雲庵에 올랐다. 그 이름은 생각이 나지 않지만 한 승려가 이곳에 암자를 짓고서 참선하다가 선禪의 이치를 상당히 통달하고는 하루아침에 오대산으로 들어가 버렸기에 지금은 승려가 없다고 한다. 창문 앞에는 옛 우물이 그대로 남아 있고 뜰 아래에는 푸른 풀만이 쓸쓸했다. 중백운암 이후로는 길이 더욱 험하고 가팔라서 곧장 올라가는 것이 공중에 매어 달려 가는 것만 같았다. 힘을 다해 부여잡고 오른 뒤에야 정상에 도달할 수 있었다. 거기서 가마를 타고 산등성이를 따라 동쪽으로 몇 리 정도 가니 석름봉石廩峯이 나왔다. 봉우리 꼭대기에는 초막이 있고 그 앞에는 시렁이 설치되어 있었다. 이는 매를 잡는 자들이 만들어 놓은 것으로 그 고생스러움을 짐작할 만했다.

이 봉우리 동쪽 몇 리쯤 되는 곳에는 자개봉紫蓋峯이 있고, 또 동쪽 몇 리쯤 되는 곳에는 우뚝 솟아 하늘을 찌를 듯한 봉우리가 있으니, 바로 국망봉國望峯이다. 하늘이 개고 날이 맑기만 하다면 용문산과 한양까지도 바라볼 수가 있다. 하지만 이날은 안개가 자욱하여 어디가 어디인지 갈피를 잡지 못할 정도여서 용문산조차 볼 수 없었고, 오직 서남쪽의 구름 사이로 월악산만이 은은히 비칠 뿐이었다. 동쪽을 바라보니 뜬구름 가운데에 짙푸른 산들이 수천만 겹으로 쌓여 있었다. 그중에 모양이 비슷해서 진면목이 자세히 드러나지 않은 것은 태백산, 청량산, 문수산, 봉황산이요, 남쪽으로 언뜻 숨었다 보였다 하며 구름 사이로 아득하게 보이는 것은 학가산과 팔공산 등의 여러 산이었으며, 북쪽으로 모습을 감추고 자취를 숨기듯 한쪽에 아득히 보이는 것은 오대산과 치악산 등의 여러 산이었다. 바라다보이는 물은 산에 비해 선명하게 드러났지만 죽계의 하류인 구대천과 한강의 상류인 도담 굽이에 그칠 뿐이었다.

종수가 말했다.

"산에 올라서 멀리 바라보고자 할 때는 반드시 가을에 서리가 내린 뒤이든지 아니면 장맛비가 막 갠 날이라야 아름답습니다. 주세붕 태수는 비에 막혔다가 닷새 만에 날이 활짝 개자 바로 산에 올랐습니다. 그래서 멀리까지 바라볼 수 있었지요."

종수가 한 말의 뜻을 곰곰이 생각해 보니, 처음에는 꽉 막혀야만 나중에 시원함을 얻을 수 있다는 말로 여겨졌다. 그런데 나는 이곳까지 오면서 하루도 막혀 본 일이 없다. 그러니 어찌 만 리를 바라볼 만한 시원함을 얻을 수 있겠는가! 비록 그렇다고는 하나 등산의 묘미가 꼭 시력을 다해 멀리까지 바라보는 데만 있는 것은 아니리라.

산 위에는 기온이 몹시 차가웠다. 매서운 바람이 휘몰아치며 멈추지 않았다. 나무들은 모두 동쪽으로 기울어져 자라났고 가지들은 구부러지고 뭉툭한 것이 많았다. 나뭇잎은 4월 그믐이 되어서야 나기 시작하니 나무가 1년에 자라나 봐야 겨우 몇 푼 몇 치에 지나지 않는다. 하지만 굳세게 비바람을 견뎌 내며 모두 힘껏 싸울 듯한 기세를 지니고 있어서 깊은 숲이나 큰 골짜기에서 자라나는 것과는 크게 달랐다. 어디에 사느냐에 따라 그 기상이 변하고, 어떻게 자라느냐에 따라 그 몸이 변함이 저 나무와 사람 간에 무슨 차이가 있겠는가!

석름봉과 자개봉 그리고 국망봉의 세 봉우리가 서로 떨어져 있는 8~9리 사이에는 철쭉꽃이 숲을 이루며 한창 피어나고 있었다. 흐드러지게 핀 그 아리따움에 마치 비단 병풍 속을 지나는 듯하고 불의 신神인 축융祝融의 잔치에 취한 듯해 참으로 즐거웠다. 봉우리 위에서 술 석 잔을 마시고 시 일곱 편을 짓고 나니 해는 이미 기울어지고 있었다. 옷을 털고 일어나 다시 철쭉꽃으로 숲을 이룬 사이를 따라 내려와서 중백운암에 이르렀다. 내가 종수에게 말했다.

"처음에 제월대霽月臺에 올라가지 않은 것은 내 다리의 힘이 먼저 다해 버릴까 봐 걱정한 까닭이었다. 그런데 지금은 이미 산에 올라가 볼 것을 다 보았는데도 다행히 아직 힘이 남았으니, 어찌 제월대를 보러 가지 않을 수 있겠느냐?"

그러고는 이에 종수에게 앞장서 가라고 했다. 벼랑을 따라 발을 모로 디디며 올라가 보니 이른바 상백운암上白雲庵이라는 곳이었다. 암자는 불타 없어진 지 오래되고 잡초만 무성한 채 이끼가 뒤덮여 있는데, 제월대는 바로 그 앞에 있었다. 지형이 매우 위태롭고 높아서 정신이 아찔하고 혼이 다 달아날 듯하여, 오래 머물러 있을 수 없는 나머지 마침내 내려오고 말았다. 이날 저녁에는 다시 석륜사에서 묵었다.

4월 25일

나는 상가타암上伽陀庵을 찾아보리라 작정하고 지팡이를 짚고는 비탈길을 부여잡고 올라가 환희봉懽喜峯에 올랐다. 환희봉의 서쪽에 있는 여러 봉우리는 숲과 골짜기가 더욱 아름다웠는데 모두 어제 보지 못한 것들이었다. 수백 보를 가자 돌로 쌓은 성의 옛터가 나왔다. 성안에는 주춧돌과 폐허가 된 우물이 그대로 남아 있었다. 약간 서쪽으로는 바위로 된 봉우리가 높이 솟아 있는데, 그 위에는 수십 명이 앉을 만했다. 하지만 소나무, 삼나무, 철쭉이 무수하게 자라나 바위를 덮고 있어서 사람의 발길이 미처 이르지 못한 곳이었다. 산중의 사람들은 다만 봉우리와 그 모양이 비슷하다고 해서 그곳을 산대암山臺巖이라고 불렀다.

나는 사람을 시켜 시야를 가리고 있는 것들을 다 걷어 내게 하고서 풍경을 바라다보았다. 그러자 멀리 있는 것은 숨김이 없고 가까이 있는 것은 남김이 없어서 산의 빼어난 경치가 모두 이곳에 있었다. 그러나 주세붕 선생이 이곳에 오지 못해서 그랬는지 이름이 예전의 촌스러움 그대로여서 바꾸지 않으면 안 될 것 같았다. 그래서 그 이름을 자하대紫霞臺로 고치고 그 성城도 적성赤城이라고 불렀다. 이는 중국 진晉나라 손작孫綽의 「유천태산부」遊天台山賦 중에서 "적성산에 노을이 일어 표지를 세웠다"(赤城霞起而建標)라고 한 데서 그 뜻을 따온 것이다. 자하대의 북쪽에는 두 봉우리가 동서로 마주 보고 있는데 그 색깔이 아주 희었다. 하지만 아무런 이름이 없어서 내가 감히 그 이름을 짓기를, 동쪽 봉우리는 백학, 서쪽 봉우리는 백련이라 했다. 이른바 백설봉과 함께 다 같이 '희다'〔白〕는 명칭을 이렇게 많이 붙이면서도 내가 이를 싫어하지 않는 이유는 소백산이라는 이름과도 걸맞게 하기 위함이었다.

여기부터 또 깊은 숲을 헤치고 험준한 산을 넘어가다 아래를 내려다보았다. 구름과 물, 바위와 골짜기가 더욱 멋진 풍경을 이루고 있었다. 바로 상가타암이다. 그 동쪽에는 동가타암이 있었다. 종수가 말했다.

"처음에는 희선 장로希善長老가 이곳에 머물렀습니다만 그 후에 보조 국사普照國師가 이곳에서 9년이나 참선하며 밖으로 나가지 않은 채 스스로를 목우자牧牛子라고 불렀지요. 그분은 시집도 남겼는데, 제가 그 시집을 갖고 있다가 다른 사람에게 빌려주었습니다."

그리고 그의 시 몇 구를 외웠는데, 모두 사람을 놀라게 할 만한 것이었다. 하지만 완전히 무르익지 못했다는 안타까움이 들었다.

서북쪽에 있는 금강대와 화엄대는 옛날 이름 그대로 두기로 했다. 그것은 옛 고승들의 발자취를 기억할 수 있도록 하기 위해서였다. 동쪽의 바위로 된 봉우리는 가장 기이하면서도 빼어난데, 이름을 연좌宴坐라고 했다. 이 또한 옛 고승들을 생각해서 그렇게 한 것이다. 상가타암에서 시냇물을 따라 내려왔다. 고목과 푸른 등나무가 우거져 하늘의 해가 보이지 않을 정도였으며, 간혹 수석이 매우 아름다운 곳을 만나기도 했다. 중가타암의 입구에 이르렀다. 하지만 중가타암에는 승려가 없어서 들어가지 않았다. 그곳에서 몇 걸음 더 걸어가니 몇 층이나 될 것 같은 폭포가 쏟아져 내렸고, 그 옆에는 바위들이 이리저리 널려 있었다. 옛날에는 이곳에 참대가 많이 자라났다고 하는데 지금은 다 말라 죽어 버리고 없다. 그래도 아직 그 뿌리가 남아 있음을 볼 수 있어서 그 이름을 죽암폭포竹巖瀑布라고 했다. 함께 간 승려가 말했다.

"이 바위 사이에서만 참대가 자라난 것이 아니라 저 숲 아래에도 빽빽하게 자라나 온 산이 다 참대였습니다. 그런데 지난 신축년에 갑자기 몽땅 열매를 맺더니 그해에 다 말라 죽어 버리고 말았지요."

참으로 이상한 일이었다. 아무리 생각해도 그 이치를 터득할 수가 없다.

작은 시내를 넘어 금당암과 하가타암에 이르렀다. 중가타암의 위로부터 동쪽으로 들어가니 보제암普濟庵 등이 있고, 하가타암 옆에는 진공암眞空庵이 있었다. 승려들이 다 병이 들어 있어서 들어가지 않았다. 하가타암을 따라 내려와 시내를 넘어 곧바로 관음굴로 올라가 그곳에서 묵었다.

그다음 날 산에서 내려왔다. 산 아래에는 반석들이 평평하게 널려 있고 맑은 물이 그 위로 쏟아져 콸콸 흘러내렸으며, 그 양쪽 가로는 목련꽃이 활짝 피었다. 나는 그 옆에 지팡이를 세워 두고 물가에 앉아 물을 손바닥으로 움켜 양치하며 물장난을 했다. 기분이 상쾌했다. 종수가 시 한 구절을 읊었다.

시냇물은 분명 옥띠 두른 나그네를 비웃으리니
씻으려 하나 세상 먼지만은 씻어 내지 못하리라.

그러고는 "이게 누가 지은 시이지요?"라고 물었다. 이에 서로 마주 보고 한바탕 웃고는 다들 시를 짓고서 그 자리를 떴다.

시내 길을 따라 몇 리를 가다 보니 구름과 숲, 벼랑과 골짜기가 모두 절경이었다. 갈림길에 이르러 잠시 쉬었다. 그 후 웅기와 종수와 여러 승려들은 초암동草庵洞을 향해 갔고, 나는 박달재로 가는 길을 택해서 갔다. 작은 박달재에 이르러서는 가마를 두고 걸어서 갔다. 고개 아래에 이르니 사람과 말이 와서 기다리고 있다. 말을 타고 시내를 건너 깊은 골짜기를 지나 큰 박달재를 넘었다. 여기는 바로 상원봉의 한 줄기가 남쪽으로 내리뻗어 온 산등성이로 조금은 나지막한 곳이다. 상원사上元寺와는 겨우 몇 리 정도밖에 안 되는 거리였다. 하지만 올라갈 힘이 없어서 그만두고 비로전의 옛터 아래로 내려왔다. 정오에 시냇가 바위에서 쉬었다. 조금 있자니 허간許簡 공과 나의 아들 준寯이 군郡에서 나를 찾아왔다. 맑은 물과 무성한 나무가 좋아서 앉아서 한참을 이야기하다가 앉았던 바위의 이름을 비류암飛流巖이라고 지었다. 이윽고 욱금동郁錦洞을 나와 군에 이르렀다.

저 소백산의 산 됨은 수천 수만 개의 바위와 골짜기가 있는 아름다운 경치에 있으나 사찰이 있는 곳만 사람이 다닐 수 있는데 여기엔 대개 세 골짜기가 있다. 즉 초암과 석륜사가 있는 산 가운데 골짜기와 성혈사, 두타사 등의 절이 있는 산의 동쪽 골짜기, 그리고 상·중·하 세 가타암이 있는 산의 서쪽 골짜기이다.

소백산을 유람하는 사람들은 초암과 석륜사를 따라 국망봉으로 오른다. 이는 편한 길을 택하는 것으로 이미 힘에 지치고 흥취가 다하게 될 쯤이면 돌아오게 된다. 비록 주세붕 선생이 기이함을 좋아했다고는 하나 이렇게 산 가운데 골짜기를 거쳐서 오른 것일 뿐이다. 그가 쓴 유산록에는 그 기록이 상당히 자세하다. 그러나 사실은 모두 승려들에게 물어서 적은 것이요, 자신이 직접 본 것은 아니었다. 그 때문에 그가 이름 붙인 광풍대, 제월대, 백설봉, 백운대와 같은 것들은 다 이 산의 가운데 한 골짜기에만 있던 것이고, 동서쪽 골짜기는 직접 가 보지도 못하고서 지은 것이다.

나는 몸이 쇠하고 병이 들었기에 한 번 가서 소백산 전체의 아름다운 경치들을 다 본다는 것은 참으로 어려운 일이었다. 그래서 동쪽 골짜기는 남겨 두어 훗날의 유람을 기다리기로 하고 오직 서쪽 골짜기만을 찾았던 것이다. 대체로 서쪽 골짜기에서 만난 멋진 경치들은 백학봉, 백련봉, 자하대, 연좌봉, 죽암폭포와 같은 것이었다. 내가 이런 경치들을 볼 때마다 그저 생각나는 대로 서슴없이 이름을 붙여 본 것은 주세붕 선생이 가운데 골짜기를 유람하면서 만났던 경치들에 대해 이름을 붙였던 것과 같은 흥취라고 보면 될 것이다.

내가 주세붕 선생의 유산록을 처음 본 것은 백운동 서원을 맡고 있던 김중문金仲文의 집에서였다. 그런데 석륜사에 와 보니 이 유산록이 현판에 쓰여 벽에 걸려 있었다. 나는 그 시문의 웅장하고도 빼어남을 감상하고는 가는 곳마다 읊어 보았는데, 마치 젊은이와 늙은이가 서로 마주 보고 시를 주고받는 것과 같은 느낌이 들었다. 유람의 흥취가 일어나고 정취를 얻은 것이 참으로 많았던 것은 바로 그의 이러한 시문에 큰 힘을 입었다. 그러니 산을 유람하는 자에게 기록이 없을 수가 없는 것이요, 또 그 기록은 산을 유람하는 자에게 도움이 될 수가 있는 것이다.

이 일은 비록 그렇다고는 하나 내가 느낀 것이 또 하나 있다. 승려들의 말에 의하면 주세붕 선생이 이곳에 오기 전에 유람 온 문인으로는 호음湖陰 정사룡鄭士龍 선생과 태수 임제광林霽光뿐이었다고 한다. 그러나 지금 그들이 기록한 것을 찾아보면 임 태수의 것으로는 단 한 글자도 찾을 수 없고, 호음의 시도 초암에서 겨우 절구 한 수만을 볼 수 있을 뿐이다. 또 이외의 것을 찾아보아도 석륜사의 승려가 금계錦溪 황준량黃俊良의 시를 가지고 있다는 것과 명경암明鏡庵 벽에 황우수黃愚叟의 시가 걸려 있는 것밖에는 찾아볼 수가 없었다.

아! 우리 영남은 사대부가 많은 지역이다. 영주와 풍기 사이에서는 큰 학자와 큰 선비가 계속 이어져 나와 눈이 부시도록 찬란했으니, 이곳에 와서 유람한 자가 예부터 지금까지 어찌 한둘이겠으며, 전할 만한 글들이 또한 어찌 이 정도에서 그치겠는가? 내가 생각해 보건대, 죽계*의 여러 안씨安氏들은 이 산 아래에서 태어나 그 이름을 중국까지 떨쳤으니 반드시 이곳을 유람했을 것이요, 이곳에서 즐겼을 것이며, 또

* 지금의 경상북도 영주군 풍기. 우리나라 최초로 성리학을 도입했던 안향安珦의 고향.

이곳에서 시를 읊조린 자도 있을 것이다. 그런데도 이 소백산에는 이들이 바위에 새겨 놓은 글도 없고 선비들의 입을 통해 전해지는 것조차도 없이 아예 다 사라져 버려 찾아볼 수가 없다.

대체로 우리나라의 풍속은 산림 속에서 노니는 것과 같은 고상함을 좋아하지 않으며 글을 지어서 전하기를 좋아하는 사람도 없다. 그 때문에 명성을 드날렸던 저 도도한 여러 안씨들조차 이 소백산처럼 이름난 큰 산을 두고서도 끝내 아무런 기록도 전하지 않음이 이와 같다. 그러니 다른 이들이야 말할 나위가 있겠는가! 하물며 이 산과 언덕이 이처럼 적막한데도 천년토록 참다운 은자가 없고, 참다운 은자가 없으니 그 경치를 진정으로 볼 줄 아는 자도 없음을 알 수 있다. 이 마당에 겨우 공문서 더미에서 빠져나와 이 산의 문턱 정도만 잠시 거닐어 본 우리 같은 자들이 어찌 이 산의 장단점을 말할 수 있겠는가! 그런데도 내가 본 것을 차례대로 엮고 또 기록하는 것은 훗날에 이 산을 유람하는 자들이 나의 글을 읽고 느끼는 점이 있게 하기 위해서이니, 이는 또한 내가 주세붕 선생의 글을 읽고 느낀 것과도 같은 것이 아니겠는가!

1549년 5월일. 서간栖澗의 병든 늙은이가 기산군의 관사에서 쓰다.

이 글의 저자는 이황李滉(1501~1570)이다. 이 글은 저자가 풍기 군수로 부임한 그다음 해인 1549년(명종 4) 4월 22일부터 25일까지 4일간 소백산을 등정하고 쓴 기행문이다. 원제는 '유소백산록'遊小白山錄이다. 당시 49세였던 저자는 평소에 소백산을 오르는 것이 숙원이었다고 한다. 소백산은 경상북도 영주시·봉화군, 충청북도 단양군에 걸쳐 있는 산으

로 아름다운 골짜기와 완만한 산등성이, 울창한 숲 등이 뛰어난 경치를 이루어 예로부터 유람한 이들이 많았다.

이황은 오래전부터 소백산을 유람한 자들이 많았을 터인데도 기록이 거의 없다는 점을 한탄하며 이 글을 쓴다고 하였다. 이 글에서 그는 자신보다 앞서 1541년에 이곳 풍기 군수로 나왔다가 소백산을 유람했던 주세붕의 발자취를 자주 언급하며 그의 산행과 비교 서술하고 있다. 그래서 그가 지었다는 산 곳곳의 이름을 거론하면서 한편으로는 자신이 직접 짓거나 고쳐 부르기도 하였다. 예컨대, 산대암山臺巖을 촌스럽다 하여 자하대紫霞臺로, 그 성城도 적성赤城으로, 자하대의 동쪽 봉우리는 백학白鶴으로, 서쪽 봉우리는 백련白蓮이라 짓기도 하였다. 이 글의 특징은 후반부에 따로 소백산에 대한 나름의 평을 기록한 점과 단순히 풍경만을 보고 넘어가지 않는 유학자로서의 퇴계 이황 특유의 철학적 사색의 편린도 엿볼 수 있게 한다는 점이다.

변산

다 담을 수 없는 기묘한 광경들

심광세, '유변산록'

내가 이 고을을 맡은 이후로 공무가 너무 많아서 편히 지낼 겨를이 없
었다. 비록 변산을 유람할 마음은 갖고 있었지만, 실제로는 그럴 경황
이 없었던 것이다. 마침 이웃 고을을 맡고 있는 두 수령이 함께 찾아와
서 변산을 유람해 보자고 말해 왔다. 내 평소의 생각과 딱 맞기에, 나
는 그러겠노라 대답했다.

　곧바로 가벼운 신발을 챙기고 가마도 준비했다. 우리는 험한 길을
넘어가며 구석구석 깊은 곳까지 남김없이 찾아다녔다. 어떤 때는 돌부
리를 부여잡고 구름이 닿을 듯 아찔하도록 높은 곳도 올라 보았다. 또
어떤 때는 숲이 우거진 골짜기를 뚫고 지나가며 용이라도 웅크리고 있
을 법한 깊은 연못을 엿보기도 했다. 이는 이전 사람들이 미처 가 보지
못한 곳들이었다.

　우리는 이곳저곳을 두루 밟으면서 물리도록 실컷 구경했다. 다만

관직에 매인 몸들이어서 각기 일들이 있는지라 아주 여유롭게 유람할 수 없었던 것이 한스러울 뿐이다. 그래서 비록 기가 막힌 풍경을 만났다 하더라도 대충 잠깐 훑어보면서 바삐 지나칠 수밖에 없었다. 그러니 끝내 산신령에게 속물이라는 비아냥을 받을 수밖에 없었으리라.

그렇지만 당시의 멋진 유람을 아무런 자취도 없이 내버려 둘 수는 없었다. 그래서 그림을 그려 두루마리로 만들고, 글로 적어 훗날의 볼거리로 남겨 두자고 했다. 때는 만력萬曆 정미년(1607) 5월이고, 함께 간 사람은 함열 현령 권수權澍, 임피 현령 송유조宋裕祚, 우리 고을에 사는 생원 고홍달高弘達과 내 아우 아무개를 포함하여 모두 다섯 사람이다. 호빈거사湖濱居士가 적다.

어수대御水臺

우리 고을에서 20여 리를 가면 변산 아래에 이른다. 산의 왼쪽에는 우슬치牛膝峙라는 고개가 있다. 변산으로 들어가는 사람은 다 이 길을 따라서 간다. 오른쪽으로 대략 몇 리쯤 가면 영은암靈隱菴이라는 작은 암자가 있다. 사면이 모두 깎아지른 벼랑인데 암자가 그 사이에 끼여 있다.

암자의 오른쪽 산기슭을 따라 구릉을 올라 다시 5~6리쯤 나아가면 비로소 석자사釋慈寺에 이른다. 돌길에다 험한 암벽이 높고도 위태로운데, 절은 그 꼭대기에 있다. 그 앞에는 절벽이 솟아 있고 아래는 끝이 보이지 않는다. 그 위는 넓고 평평해서 수백 명이 앉아도 좋을 만한데, 이곳이 어수대이다.

세상에 전해 오는 이야기에 의하면 신라 왕이 이 절에 놀러 왔다가 이 어수대에서 3년이나 머물러 있으면서 돌아가지 않아서 이런 이름이 붙었다 한다. 그러나 우리나라 문헌이 다 없어져 이와 같은 일은 호사가도 전해 주는 바가 없기 때문에 멋대로 고찰할 수 없다.

나는 여러 사람들과 함께 어수대에 올라서 주변을 바라보았다. 뭇 산들이 끊임없이 이어지면서 다투듯 내 눈 아래로 다가왔다. 긴 바람이 시원하게 저 멀리서 불어오자 답답했던 가슴이 씻겨 내려가고 세속에서 찌든 마음이 맑아지면서 세상을 떠나고 속세를 벗어났다는 생각에 훨훨 나는 듯했다. 날이 저물자 마음이 바빠져서 서둘러 내려왔다. 나머지 광경의 기묘한 것들은 다 담을 수가 없다. 이상은 어수대이다.

화룡연火龍淵

어수대를 본 뒤에 가마를 타고 10여 리를 가서야 비로소 청계사淸溪寺에 이르렀다. 절은 오래되었고 승려도 남아 있지 않았다. 왼쪽의 학봉鶴峯은 깎아서 세운 듯한 것이 만 길이나 되었고, 푸른 학 한 쌍이 내려앉는 둥지가 있었다. 학은 2월에 와서 5월이 되면 떠나는데, 그사이에 두 마리의 새끼를 키워 낸다. 이같이 하기를 몇 년이나 되었다. 지난여름 내가 수운판관이 되어 이 절에 왔을 때는 그래도 학이 보였는데, 올해는 오지 않았다.

절 뒤에는 청연암淸淵菴이 있다. 여러 층으로 쌓인 굴은 모두 산꼭대기 가장 높은 곳에 있어 몹시 험준하다. 쓰러진 나무가 잔도棧道가 되어 길을 열어 주기도 하고, 쌓인 돌들이 사다리가 되어 지나갈 수 있게 해 주기도 한다. 절 앞에는 시내가 있고 시내의 상류에는 청연이라는 못이 있다. 못은 맑고 깊으며, 길이와 넓이가 수십 보는 될 만하다.

사방에는 큰 바위들이 에워싸고 있고, 물은 옥 소리를 내며 흘러나와 그 바위 위로 평평하게 펼쳐져, 발을 씻고 양치도 할 만했다.

또 시내를 따라 길을 갔다. 산을 돌아서니 길이 끊어져 사람이 다니기가 어려웠다. 억지로 10리쯤 가서야 비로소 화룡연에 도달할 수 있었다. 좌우의 두 산은 매우 험준했고 암석들은 절벽처럼 서 있었다. 물은 동쪽으로 넘쳐 흘러와 못 가운데로 떨어져 내렸다. 그 면적은 아주 넓지는 않았으나, 깊고 시커먼 것이 칠흑과도 같아 내려다보면 정신이 나갈 듯했다. 소나무·전나무·단풍나무·녹나무 등이 있고 그 사이에 생긴 바위 구멍에서는 고기들이 발랄하게 헤엄쳤으며, 예쁜 새들이 울며 날아다녔다. 가뭄이 들면 이곳에서 늘 향불을 피우고 제물을 바치면서 비가 오기를 기도하는데, 신령이 응답하는 일이 많다고 한다.

그 곁에 비스듬하게 누운 큰 바위를 보니 위는 평평하고 아래는 텅 비었다. 나와 몇 사람이 간단하게 술 몇 잔을 마셨다. 서글픔이 깊어지고 마음이 스산해져 뼈를 시리게 하니, 몸이 떨려 더 이상 오래 머물러 있을 수가 없었다. 그래서 이 못이 신령하고 기이하여 신물神物이 잠겨 있음을 몸으로 느끼게 되었다. 이상은 화룡연이다.

직연直淵, 직소폭포

화룡연을 보고 난 뒤에 다시 왔던 길을 따라서 청림동淸臨洞 입구를 나와 10여 리를 걸어서야 실상사實相寺에 이르렀다. 이 절은 세조의 원당願堂이다. 절의 규모가 아주 크고 불상이 매우 성대했다.

절 오른쪽으로 가마를 타고 몇 리쯤 가서 또 직연에 다다랐다. 길이와 너비가 청연보다는 좀 못했지만, 깊이는 청연보다 더했다. 그 위에

196

는 폭포가 있는데, 길이가 수백 척이나 되었다. 곧바로 못 가운데로 떨어지며 흩날리는 것이 흰 명주와 같고, 소리는 맑은 날에 치는 우레와도 같았다. 그윽하고 아득하며 기이하고도 영험하여 무어라고 표현할 길이 없었다.

못을 따라 내려오니 아주 큰 바위들이 줄지어 서 있는데, 소 같기도 하고 말 같기도 하며, 돗자리를 펼쳐 놓은 것 같기도 하고, 의자를 놓아둔 것 같기도 했다. 우묵하게 파인 것은 술 단지가 되고, 조금 덜한 것은 탁자가 되었다. 앉을 만도 하고 기댈 만도 했다. 이곳을 차지하고 앉아 술 한잔을 할 만했다. 우리는 자기가 하고 싶은 대로 제각기 모양을 잡아 봤다.

물길은 꺾여 다시 바위 사이를 돌아 흘렀다. 마구 튀어 오르는 물결은 옥구슬을 흩뿌리는 듯하고, 물거품을 뿜어내는 것은 거문고가 울리는 소리와도 같은데, 이 같은 모양이 수십 보에 이르렀다. 또 못 아래로 내려가니 그 면적이 모두 위에 있는 못의 갑절이 되었지만, 여기에 이르면 길이 막혀 사람이 지나다닐 수가 없었다. 이상은 직연이다.

진선대眞仙臺

직연을 따라 물의 근원을 찾아 올라갔다. 골짜기가 깊고 샘과 돌들이 아름다워 모두 눈을 기쁘게 하여 흥을 일으킬 만했다. 다만 땅이 외지고 멀리 떨어져 사람들의 발자취가 드물 뿐이다. 대략 수십 리를 걸어가서 비로소 봉우리 아래에 이르렀다. 사방을 둘러봐도 지나갈 길이 전혀 없어 배회하고 있는데, 승려들이 산허리에 부도浮屠처럼 포개진 돌을 보고서 말했다.

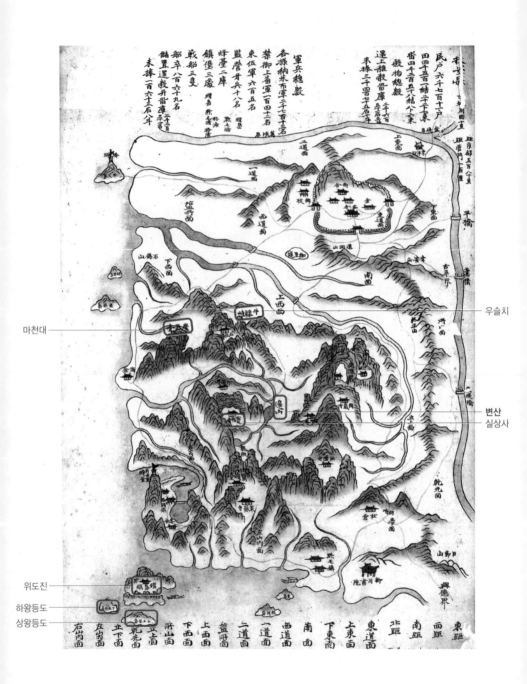

우슬치

마천대

변산
실상사

위도진

하왕등도
상왕등도

변산(부안현)

"이것이 바로 길 표시입니다."

그러고는 나를 밀어 산으로 올라가게 했다. 작은 돌이 쌓여 있어서 발을 디디기만 해도 곧바로 무너지고 미끄러져 내려가, 서로 부축하고 끌기도 어려웠다. 간신히 위로 올라가 산등성을 따라 몇 리를 가서야 진선대라는 곳에 이르렀다.

진선대는 가장 멀고 외진 곳에 있어서 비록 이 산에 사는 승려들도 가 보았다는 자가 적었다. 더욱이 벼슬아치들이 오면 음식을 대접하고 가마를 메야만 하는 고통이 따랐으니 더 말할 나위가 없었으리라. 그 때문에 이곳 절의 승려들은 서로가 무리를 지어 숨어 버리기도 하고, 또 함께 피해 버리기도 했다. 이 때문에 이전에 왔던 관료들 중에는 아직까지 이곳에 와 본 자가 없었다.

우리는 평소 이곳에 대한 소문을 들어 왔다. 그 때문에 비록 뜻을 정하고 이곳을 찾아보기로 했지만, 구릉을 오르는 피곤과 길을 지나는 험악함은 정말 거짓이 아니었다.

불주암佛住菴에는 예전에 승려들이 살았으나 지금은 황폐해져 버렸다. 불주암 뒤쪽을 따라 봉우리 정상으로 올라갔다. 꾸불꾸불하고 꿈틀거리는 듯한 모양이 마치 내리닫는 용과도 같으며, 바위 전체가 용의 몸이라도 된 듯 허공에 그 몸을 높이 빼어 올리고 있었다.

진선대에 올라서 사방을 바라다보았다. 푸르스름한 몇몇 점이 서해에서 나왔으니, 군산도·왕등도·구위도와 같은 여러 섬이다. 고운 눈썹을 칠한 듯 남쪽으로 한 줄기 비스듬히 뻗어 나간 것은 백암산·내장산·선운산과 같은 여러 산이다. 먼 곳은 큰 바다가 아득히 펼쳐져 있고 파도도 눈 끝까지 펼쳐졌으며, 가까운 곳은 늘어선 고을이 뒤섞여

들판에 가득 차 보인다. 동북쪽으로는 뭇 봉우리가 빽빽하게 서 있고
절벽들은 하늘 높이 솟아 푸른빛과 비취빛을 끌어모으는데, 봉황이 나
는 듯 난새가 춤을 추는 듯 다 그 자리 앞에서 한없는 찬탄을 보내는
것만 같았다.

우리는 두 다리를 쭉 뻗고 앉아서 술잔을 들고 서로 부딪치며 희희
낙락하고 아무것도 거칠 것이 없는 양했다. 그러자 마치 날개가 돋쳐
우뚝 서서 신선 안기安期를 초청하고 선인仙人 선문羨門을 부르면서 서
늘한 바람을 타고 저 세상 밖으로 유람을 떠날 것만 같았다. 따르던 종
이 가기를 재촉했지만 돌아갈 줄을 몰랐다. 잠시 뒤에 붉은 해가 바다
에 빠지자 어두운 빛이 숲을 덮으면서 보이던 것들이 아주 사라지고
말았다. 그래도 못내 아쉬워서 열 걸음을 떼는 동안 아홉 번이나 돌아
보며, 마치 잊지 못하는 사람이라도 있는 것처럼 했다.

아! 세상에 참으로 신선이 있기나 한 것인가, 아니면 이 진선대에
서 노닐던 자가 참신선이던가? 이상은 진선대이다.

월정대月精臺

진선대에서 놀다가 밤이 되어서 내려갔다. 횃불을 잡고서 큰 골짜기를
지나고 첩첩 산을 넘어 묘적암妙寂菴에 와서 잤다. 이곳에는 옛날에 세
암자가 있었는데, 지금은 그 가운데 두 개가 없어지고 승려도 살지 않
는다. 암자가 이 산에 있어서 풍수지리를 하는 이들은 이곳을 명당이
라고 부른다.

이 산의 진면목을 몽땅 다 드러내는 곳은 이른바 월정대인데, 암자
뒤 높은 봉우리이다. 전망은 진선대와 우열을 따질 만도 하지만, 기이

한 경치와 그윽한 정취에서는 진선대에 미치지 못했다. 월정대 위에는 오래된 노송나무 두 그루가 있어 짙고 두터운 그늘을 드리운 것이 타는 듯한 햇빛조차도 마음대로 포학을 부릴 수 없었다. 우리는 그 나무 아래에 줄지어 앉아서 오만한 눈초리로 저 아래 세상을 내려다보았으니, 이 또한 통쾌한 일이었다.

아! 이 월정대가 이 산에서 이름을 날린 지가 오래되었다. 유람하러 오는 자들은 이곳이 가장 훌륭하다고 생각하지만, 우리는 진선대를 이미 보았던 까닭에 오만하게 보면서 그런 이들을 업신여겼다. 사람들이 흔하게 보는 것은 싫어하고 기이한 것을 좋아한다는 것을 여기에서도 볼 수 있겠다. 그렇지 않으면 『맹자』孟子에서 말하는 "이미 바다를 본 자는 물에 대해 말하기를 어려워한다"는 경우인지도 모르겠다. 이상은 월정대이다.

주암舟嚴

월정대를 내려와 묘적암을 따라서 곧장 지름길로 가니 실상동實相洞으로 나왔다. 여기에서 동쪽으로 채 몇 리를 가지 않아 주암이라는 곳이 나왔다. 주암의 동서로 언덕이 있는데 석벽이 높이 에워싸고 있었다. 온 산의 물이 다 이곳을 거쳐 지나갔다. 그 물의 흐름이 빠르고 급해 주위의 흙들을 죄다 갉아먹었다. 그 물이 괴어서 못이 된 것이 열 이랑 정도 되었다. 못 가운데에는 큰 바위가 있는데, 그 모양이 마치 누워 있는 배와도 같았다. 주암이라는 이름을 얻은 것도 바로 이 때문이다.

나는 물이 얕은 곳을 따라서 나무를 베어 사다리를 만들고 그 위로 올라갔다. 사방 아래를 돌아다보니, 깊으면서도 푸르고 담담하면서도 맑았다. 맑은 바람이 천천히 불어오고 숲 속에서는 가녀린 소리가 들려왔다. 정신이 황홀해지고 마음이 넓어지면서 내 몸이 먼 곳에 와 있고 땅도 아주 외진 곳에 있다는 것조차 모르게 되었다.

대개 놀며 즐기는 방법은 두 가지가 있다. 최고봉 절정에 올라 한때의 등정에 통쾌해할 수는 있지만, 그윽하면서 깊숙한 곳에 숨어 편히 쉬는 정취만은 못하다. 이 땅에 와서 이 경치와 내 마음이 만나니 이곳에다 집을 지어 세상을 마치고 싶다는 바람이 걷잡을 수 없이 일어났다. 이 또한 이 땅이 그렇게 시켜서 그런 것인가?

예전에 어떤 사람이 이 언덕 위에 집을 짓고서 놀며 쉬는 곳으로 삼으려 했다고 한다. 그런데 한 무관이 고을 수령이 되자 사람의 출입이 금지된 산에 산다고 하여, 강제로 명을 내려 이 집을 헐어 버려서 지금은 그 터만 남았다고 한다. 이상은 주암이다.

용암龍巖

시내를 따라 내려가다 몇 리를 채 가지 않아서 또 용암이 나왔다. 예전에는 이러한 이름도 없었고 구경하러 오는 이도 없었다. 이전에 내가 이 산에 왔다가 우연히 이 길을 따라 마천대摩天臺를 향해 가던 중에 이를 보고 감탄한 적이 있었다. 그때 나를 따라왔던 사람들이 이를 두고 변산의 또 하나의 볼거리라고 여겼다. 대체로 바위의 모양이 엎드려 있는 용과 닮아서 용암이라고 이름을 붙인 것이다.

그 위와 아래로는 다 못이 있다. 못의 깊이는 사람의 머리까지는 빠지지 않을 정도이지만 너비와 둘레는 다소 넓었다. 물은 거울같이 맑았으며, 그 곁에는 석벽이 병풍처럼 펼쳐져 있었다. 비취빛 잣나무와 푸른 단풍나무가 줄지어 심겨 물 위에 거꾸로 비쳐 일렁이고, 가는 풀들이 무성하게 우거졌으며, 하얀 조약돌이 반짝였다.

못 속에는 수백 마리의 고기들이 헤엄치고 있는데, 사람을 봐도 겁을 내어 피하려고 하지 않았다. 먹을 것을 던지니 곧바로 다투듯 모여들어 제법 발발거리는 것을 보니 흐뭇했다. 사람으로 하여금 이리저리 거닐며 쉬어 가고 싶은 마음을 불러일으키는 면에서는 주암보다 훨씬 나았다.

아! 이 용암을 저 경기도쯤에 두었더라면 호사가들이 구경하는 데 흠뻑 빠져서 이를 아끼며 그 명성을 전하는 자가 있었을 것이니, 이처럼 잊혀 아무도 알지 못하게 되지는 않았을 것이다. 다만 바다 끝 이 궁벽한 곳에 버려지는 바람에 묻혀 버려 아무도 보지 못하게 된 것을 겨우 나처럼 감식안이 부족한 사람에게나 알아줌을 받게 되었을 뿐이다. 비록 널리 빛내고 그림으로도 그려 후세에 다시 나와 같이 이 용암을 좋아할 자를 기다리고자 한들 어찌 가능하랴? 아! 선비가 처세하는 것도 어찌 이와 다르겠는가. 슬플 뿐이다. 이상은 용암이다.

마천대摩天臺

용암을 따라 마천대로 올라갔다. 길이 몹시 험준했다. 10여 리를 가서야 그 정상에 도달했다. 마천대는 이 산에서 최고봉이라 불린다. 서남쪽으로는 뭇 산들이 마주하고, 동북쪽으로는 바다와 육지가 굽어보였다. 호남과 호서 수십 고을의 땅과 외안도·안면도 등의 여러 섬이 모두 손가락으로 가리킬 수 있을 정도로 알아볼 수 있었다. 다만 시력이 거기까지 미치지 못할 뿐이다.

이 마천대는 진선대와 견줄 만하다. 대체적으로 진선대는 서남쪽으로 치우쳐 있고, 마천대는 동북쪽으로 치우쳐 있다. 그 때문에 시야가 제각기 한쪽으로만 향하게 된다. 그러나 눈길이 닿는 것은 대략 서로 같다.

마천대 아래에는 암자가 있는데, 승려 의상義相이 창건한 것이어서 그대로 절의 이름이 되었다. 암자는 황폐하고 무너질 것만 같았다. 암자 앞의 큰 바위는 길이가 다섯 자는 될 만했다.

이하는 기록이 없어져 버렸다.

―

이 글의 저자는 심광세沈光世(1577~1624)이다. 이 글은 저자가 나이 31세 때인 1607년 (선조 40)에 부안 현감을 지내면서 변산을 여행하고서 남긴 것이다. 원제는 '유변산록'遊邊山錄이다. 저자는 산을 오르고 난 뒤 글로 적고 그림도 그려 넣어서 훗날의 볼거리로 두고자 한다고 하였다. 하지만 이 글은 뒷부분이 일실되고 없어서 그 전체는 전하지 않고 글도 그리 길지 못하다.

변산은 전라북도 부안군 변산면에 위치한 산이다. 산을 유람한 기록들은 많지만 이 변산에 관한 글은 사실 매우 드물다. 그런 점에서 이 글은 변산에 관한 옛사람의 기록으로는 상당한 가치가 있는 글이라 할 수 있다.

이 글은 변산을 유람하면서 각각에 얽힌 유래를 말하고 또 각각의 풍경을 문학적으로 자세하면서도 풍부하게 묘사하여 마치 눈에 보는 듯이 선명하게 나타낸 점이 특징이다. 특히 진선대가 가장 멀고 후미진 곳에 위치해 관료 중에서 이곳까지 와 본 사람이 거의 없다고 하였는데, 그 이유로 승려들이 벼슬아치들을 대접하고 가마를 메어야 하는 고통을 피하려고 무리를 지어 숨어 버리거나 피해 버린 탓이라고 하여 당시 유람하는 관료들로 인해 승려들이 얼마나 고통을 겪었는지 지적하는 대목은 주목할 만하다.

백두산

아름다운 금수강산 우리 이 땅에

서명응, '유백두산기'

1766년(영조 42) 5월 21일, 나는 홍문관의 부제학으로 홍문관록弘文館錄 수찬을 주관하라는 임금의 특명을 두 번이나 받았으나 두 번 다 사양하고 나아가지 않았다. 그러자 임금이 유지宥旨(임금이 죄인을 특별히 용서해 준다는 명령)를 내려 심하게 꾸짖으시며 다시 부르셨지만 내가 또 사양하였다. 이에 임금이 노하시어 함경도 갑산부甲山府로 귀양을 보내라 명하시고, 명서明瑞 조엄趙曮을 대신 부제학으로 삼았다. 하지만 그도 나아가지 않았다. 임금이 또 조엄을 삼수부三水府로 귀양 보낼 것을 명하셨다.

　귀양 가는 날, 우리 두 사람은 동문 밖에 나왔지만, 우리를 보내는 사람들은 멀리서 바라보기만 할 뿐 이별도 제대로 하지 못했다. 찌는 듯한 더위를 무릅쓰고 빠르게 내리달려 누원樓院(지금의 다락원)에서 서로 만났다. 이때부터 앞서거니 뒤서거니 하며 가다가 밤에는 꼭 이웃에서 묵었다. 열사흘이나 걸려서 귀양지에 도착했다. 오는 도중에 『시경』에 나오는 「진령」榛苓을 읊으며 임금의 성덕과 노고를 기리었고, 틈이 나면 오늘날과 옛날의 이야기들을 나누었다. 하지만 요사이 일어나는 사회 문제에 대해서는 일절 말하지 않았다.

하루는 내가 이렇게 말했다.

"나는 이제 자식들 혼사도 끝내어 사람으로서 해야 할 일들은 웬만큼 했다고 할 수 있네. 그러나 아직 다 하지 못한 것이 세 가지가 있다네. 첫째는 『주역』을 읽는 것이고, 둘째는 백두산을 올라 보는 것이며, 셋째는 금강산을 가 보는 것이라네. 그런데 이번 귀양지가 바로 백두산 아래이니 하늘이 우리에게 백두산 유람을 시켜 주려고 한 것이 아니겠는가?"

이에 조엄도 기뻐하며 말했다.

"나는 북쪽으로 와 본 것이 두 번이나 되고, 그대는 세 번이나 되었는데 아직 한 번도 백두산에 올라 보지 못했다는 것은 부끄러운 일일세. 그대나 나나 다 같이 가 보지 못했으니 우리 함께 유람해 보는 것이 좋겠네."

이곳으로 귀양 온 지 사나흘 되자, 나는 조엄과 서로 편지를 나눈 끝에 6월 10일에 백두산으로 떠날 것을 약속했다. 갑산 부사 중연仲淵 민원閔源과 삼수 부사 사진士振 조한기趙漢紀도 모두 산수유람을 좋아하는 자들이어서 기꺼이 따라가기를 원해 함께 가기로 했다. 또 내 편에서 최우흥崔遇興과 홍이복洪履福, 조엄 편에서 이민수李民秀와 민원의 아들 무숙武叔 민정항閔廷恒도 따라나섰으며, 가는 길을 익히 잘 아는 갑산의 선비 조현규趙顯奎와 군교 원상태元尙泰가 앞길을 인도하기로 했다.

가는 데 나흘, 돌아오는 데 나흘이 걸렸는데 대단히 아름답고 기이한 산과 연못, 멀리까지 시원하게 탁 트인 전경, 그리고 국경과 국경을 지키는 일의 형편을 한꺼번에 다 보았으니 일생에 다신 없을 통쾌한 일이었다. 유람을 끝내고 돌아오자 임금께서 용서하시어 귀양을 푼다는 명령이 이미 와 있었다.

아! 우리 두 사람이 죄를 지어 이곳까지 오게 된 것은 백두산에 대한 묵은 빚을 하늘이 갚아 주시기 위함이었던가? 그러기에 우리 두 사람의 행적이 더욱 기이했던 것이리라. 집에 돌아와 각각 한 부씩을 기록하여 간직하였다. 이는 관직 생활을 마치고 야인으로 돌아갔을 때 한가로이 지내며 읽을거리로 삼고 또한 훗날에 오늘의 노고를 잊어버리지 않기 위함이다.

6월 10일, 갑산에서 운총진까지 가다

갑산에서 북쪽으로 후덕산厚德山, 마고정麻姑頂, 손전정遜全頂을 지났다. 가끔씩 군데군데 이리저리 흩어져 있는 촌락들이 마치 바둑판 같았다. 길옆에는 아가위나무가 많았다. 그 열매는 대추처럼 생겼고 길가에 많이 떨어져 있었다. 이곳에 사는 사람들은 이를 산대추라고 부르는데 대추 대신으로 쓴다. 하얀 새 수십 마리가 떼를 지어 숲속에 모여 앉았다가 사람이 지나가자 놀라서 푸드득 날아올랐다.

손전정에서 10리까지는 삼봉杉峯이며, 삼봉에서 10리까지는 양쪽 산이 좌우로 솟아 있는데, 이곳은 성의 보루로 쌓은 동인진同仁鎭으로 권관權管의 직책을 가진 자가 지키고 있다. 점심을 먹은 후에 주변의 형세를 살펴보았다. 돌을 쌓아서 만든 성벽은 높이가 8~9척은 되었고 둘레가 1천여 척이 될 만했다. 토병土兵(본토박이 중에서 뽑힌 군사)이 33명, 봉수군烽燧軍이 30명이었고, 봉수대는 삼봉의 꼭대기에 있었다.

북쪽으로는 안간봉安間峯과 맞닿았고 남쪽으로는 갑산부의 앞산인 응굴봉鷹窟峯과 맞닿았다. 동인진 동쪽 40리부터는 대동大同 땅으로 파수把守가 있어서 권관이 멀리서 이를 통솔한다. 이전에 변방의 오랑캐가 검천劍川 지역을 차지하고 살면서 이곳까지 약탈을 일삼았기 때문에 이 동인진을 설치한 것이다. 하지만 성벽은 허물어지고 막사도 낡고 기울어져 제대로 방비하기는 어려울 것 같았다.

조엄은 삼수의 북쪽에서 광승판廣承坂을 넘어오는데, 길이 좁고 험준해서 말고삐를 늦추고 천천히 진행하였다. 그리고 허천강虛川江을 건너 별사別祠에서 점심을 먹었다. 나와 조엄은 이렇게 앞서거니 뒤서거니 하면서 운총雲寵에 도착하였다. 이날 나는 80리를 갔고 조엄은 60리를 갔다. 운총진의 통군루統軍樓에 올라 한참 동안이나 시원한 바람을 쐬고서 내려와 민가에서 잤다. 혜산 첨사 유언신, 운총 만호 윤득위, 진동 만호 송석손, 나난 만호 김구서, 인차외 만호 김홍제, 구가파지 권관 윤수인, 행영비장 유상화, 삼수 사람으로 군수를 지낸 우정하가 위로차 찾아왔다가 각기 돌아갔다.

6월 11일, 운총진에서 심포까지 가다

새벽밥을 먹고 말에게도 꼴을 먹였다. 위로차 왔던 운총진의 장수들이 모두 돌아갔다. 내가 먼저 출발하고 조엄이 뒤따라왔고, 그다음으로 갑산 부사, 삼수 부사, 민정항, 최우홍, 이민수, 홍이복 등이 뒤따랐다.

운총진 뒤편의 은사문령銀沙門嶺을 따라 위로 올라가 약 15리를 가니 오시천五時川이 나왔다. 오시천은 덕은봉德隱峯 아래로부터 내려가 서쪽 200여 리에 걸쳐 흐르다 은사문령을 휘감아 돌아 나오면서 압록강으로 들어간다. 고갯마루에 올라 멀리 동북쪽 사이를 바라보았다. 첩첩이 쌓인 산들이 마치 상투를 구름 속에다 꽂아 놓은 것과도 같았으니, 보다산寶多山이다. 고개를 넘어가니 땅의 형세가 조금 평탄해졌다. 두 산이 둥글게 합해져 마치 사람의 두 손을 포개어 놓은 것과 같은 곳이 나항포羅港浦이다. 파수는 왼쪽에 있는데 운총진에서 통솔하고 있다. 지난날 변방의 오랑캐들이 침략할 때에 바로 이 길을 따라 운총진과 동인진까지 이르렀기에 이곳에다 파수를 설치한 것이다.

1712년(숙종 38) 이전에는 이 길이 잡초로 뒤덮여 있어 통행할 수가 없었다. 그러다 이해에 중국의 목극등穆克登이 백두산에 정계비를 세우려고 올라가면서 비로소 다닐 수 있게 되었다. 그 후 갑산에서 무산까지 가려는 사람은 반드시 이 길을 통과해야 했기에 결국 큰길이 이루어지게 된 것이다.

나항을 지나 긴 골짜기 속을 15리 정도 갔다. 그 사이에는 나무들이 하늘 높이 치솟아서 햇빛도 들지 않았다. 또 꺾여 누워 있거나 불에 타서 넘어져 있는 나무들이 길 가운데 가로놓여 마치 베어서 버린 풀처럼 어지러웠다. 드러난 뿌리들은 무성하게 뒤엉키어 마치 병풍을 두른 것 같기도 하고, 또는 뱀이 웅크리고 있다가 달아나는 것 같기도 하였다. 사람을 시켜 도끼로 앞길을 가로막는 나무를 찍어 내어 길을 낸 후에야 간신히 몸을 움츠리고 나아갔다. 하지만 때로는 말이 자빠지고 넘어지는가 하면 사람도 가끔씩 발이 푹푹 빠졌다.

고갯마루를 넘어 산골짜기로 내려왔다. 골짜기에는 돌이 다 삐죽삐죽하여 모두 기우뚱거리며 갔다. 이렇게 10리를 가다 보니 시내가 나왔다. 이 시내는 오시천과 검천 사이에서 나와 검천 하류에서 합해졌다가 다시 서쪽으로 5리를 흘러 압록강으로 들어가는데 곧 신대신천申大新川이라고 한다. 이 신대신천의 안쪽은 깊으면서도 아주 넓어서 집을 짓고 농사도 지을 만하다. 북쪽 사람들은 이곳을 신대신동이라고 불러 왔다. 옛날에 신대신이라는 사람이 산삼을 캐고 고기와 담비를 잡기 위해 가끔씩 이 골짜기를 오가며 살았기 때문에 이런 이름이 붙은 것이다. 또 이 북쪽에는 세 골짜기가 있는데 역시 깊고 넓다. 그런데 수년 전에 날이 몹시 가물어 초목들이 다 시들어 버리고 말았을 때 지나가던 사람이 불을 놓아 온 산이 불타 버린 후부터는 다시 산삼이 나지 않는다고 한다.

여기서부터는 날아다니는 새가 보이지 않고 이따금 꾀꼬리만이 떨기나무 위에서 울고 있을 뿐이다. 그 소리는 남쪽에서 듣던 소리와 비슷하기는 했지만 조금은 촉박한 듯했다. 짐승도 호랑이와 표범은 없고 곰과 사슴뿐인데 여름에는 더위를 피해 백두산 아래로 들어갔다가 가을과 겨울이 되면 다시 남쪽으로 내려온다. 담비와 날다람쥐는 사시사철 늘 있다. 그 때문에 담비 사냥꾼은 뗏목을 만들어 그 가운데 구멍을 뚫어 거기다 물을 채운 후 물에다 띄워 놓는데, 담비란 놈이 물을 먹으려고 그 뗏목을 타고 오르내리다가 그만 그 구멍에 떨어져 빠지게 되면 그때 잡는 것이다.

골짜기 앞쪽의 땅은 평탄하면서도 낮아서 그 형세가 긴 골짜기와도 같은데 검천의 물이 콸콸 소리를 내며 흘렀다. 이곳은 예전에 변방 오랑캐들이 살던 촌락으로 마전봉馬顚峯이 가로놓여 있으며 그 서쪽은 험한 낭떠러지로 가로막혀 있다. 여기서 압록강은 아주 가깝다.

1644년(명 의종 17), 변방의 오랑캐들이 청나라 임금(태조 누르하치)을 따라 심양으로 들어가 버린 후로 이 지역의 땅은 모두 우리의 것이 되었다. 그래서 1718년(숙종 44)에 조정에서는 의논 끝에 동인진과 동량진東兩鎭을 이곳에다 옮겨 설치하려고 남병사 이삼李森을 파견해 그 터를 살펴보게 하였고, 또 1739년(영조 15)에도 남병사 신익하申益夏를 파견하여 그 터를 살펴보게 하였다. 그런데 이삼은 이곳에 진을 설치하는 것이 마땅치 않다고 한 반면에, 신익하는 "신대신동은 변방 북쪽을 왕래하는 중요한 길목입니다. 군졸 한 명만 관문을 지킨다 해도 만 명의 적이 뚫을 수 없는 형세이니, 진을 설치해야만 합니다"라고 하였다. 지금까지 사람이 살고 있는 것을 보면 신익하의 말이 옳고 이삼의 말이 틀렸다. 어떤 사람은 골짜기가 높아 서리가 일찍 내려 곡식을 심기에 적당치 않다고 한다. 하지만 골짜기의 동남쪽은 길주와 갑산 두 고을 사이에 있고 또 감평산甘坪山이 감싸고 있으며 들판도 넓어 그 길이가 20리요 넓이가 5리가 되는데다 땅이 매우 기름지다.

1674년(현종 15), 약천藥泉 남구만南九萬이 이곳 관찰사가 되면서 길주 서북쪽의 진에서 감평산에 이르는 지형을 자세히 살핀 후 진을 설치할 것을 건의하여 영파보寧波堡가 설치되었다. 그로부터 7년이 지난 1681년에 이곳의 백성들이 서리가 일찍 내려 곡식이 익지 않는다고 하자 순영巡營에서는 조정에 아뢰어 이를 없애 버리고 말았다. 그러나 당시에는 수목이 울창하여 그늘지고 추워서 곡식이 익지 못한 것이지 서리가 일찍 내려 그런 것이 아니었다. 지금은 수목이 갈수록 듬성듬성해져 백성들이 가끔씩 이 골짜기에 들어와 경작을 하면 오곡이 모두 잘 익어 갑산의 읍내와 다름이 없다고 하니, 이 어찌 골짜기가 평지보다 못하다고 할 수 있겠는가?

대체로 백두산의 한 줄기가 동남쪽에서 꺾여 보다산, 마등령馬等嶺, 완항령緩項嶺, 설령雪嶺이 되고, 설령부터는 서북진西北鎭이며 길주가 그 아래에 있다. 설령 북쪽에는 참두령巉斗嶺과 원봉圓峯이 있으며 갑산은 그 아래에 있는데, 이 두 봉우리는 모두 남관과 북관의 목덜미를 어루만지는 것처럼 그 배후에 자리 잡고 있다. 또 갑산에서 남병영까지는 마덕령馬德嶺, 후치령厚峙嶺, 관령關嶺이 있는데, 겹겹으로 쌓인 봉우리가 하늘을 찌를 듯 높이 솟아 있어서 오가는 데만 해도 5~6일이 걸린다. 그래서 만일 위급한 일이 일어나면 아무리 빨리 알리려 해도 알릴 도리가 없다.

이제 만일 동인진과 동량보를 없애고 감평과 신대신동에 진을 설치한 후에 갑산에다 방영防營을 두어 경비를 강화하고 삼수부와 여러 인근의 절진節鎭을 통솔하게 하여 길주와 서로 대치하는 듯한 형세를 만든 다음 설령과 길주 사이의 험한 옛길을 열어 통하게 하면, 영과 진이 계속 이어지게 배치되고 서로 호응이 되어 매우 견고해질 것이다. 또 후치령 밖은 남병사가 적의 동태를 잘 파악하지 못할 수도 있으므로, 이곳을 갑산의 방영에서 독자적으로 명령할 수 있게 하여 적을 막는 계책으로 삼는다면 비록 잘 드러난 것은 아니라 할지라도 하나의 장성長城이 될 수 있을 것이다.

검천을 따라 상류의 남쪽 언덕에 이르렀다. 혜산진 사람들이 앞서 이미 장막을 설치해 놓았다. 장막은 삼나무를 베어 들보와 기둥을 만

들었고 귤나무 껍질을 벗겨서 지붕에 덮었으며, 또 삼면을 다 막았다. 그 재료들이 모두 산속에서 바로 마련한 것인데도 비바람을 잘 견딜 수 있도록 견고하게 만들어 놓았다. 만일 남쪽 사람들에게 이런 일을 시켰다면 한 해가 다 가도 쉽게 짓지 못했을 것이다. 부엌일을 하는 사람들이 점심을 올렸는데 반찬으로 큰 물고기가 올라왔다. 이름은 여항餘項(열목어)으로 맛이 아주 좋았다. 이 물고기는 그물로 잡은 것이 아니라 앞 시냇물에서 때려잡은 것이라고 한다.

밥을 먹고 난 후 검천을 건너 서수라덕령西水羅德嶺을 넘어서 또 몇 리를 갔다. 고개는 더욱 가파르고 산길은 구불구불하여 앞에 가는 사람은 위에 있고 뒤에 오는 사람은 아래에 있어서, 내려다보면 황천길 같고 올려다보면 하늘 길과 같았다. 우박이 조금 뿌리는 것 같더니 그쳤다. 고개 위에 올라서서 동쪽으로 길주를 바라보았다. 그 뒤로 덕은 봉과 완항령이 구름 속에서 점점이 보였다. 이곳부터는 땅의 형세가 다 평탄하고 오래된 삼나무가 많으며 개오동나무와 자작나무가 간간이 섞여 있었다.

15리를 가니 간산봉艮山峯이 나왔다. 왼쪽으로는 압록강을 끼고 있고 바깥으로는 오랑캐 땅의 산들이 마치 푸른 장막을 펼쳐 놓은 것처럼 줄지어 있었다. 백두산이 서북방 쪽에서 희미하게 드러나 보였는데 마치 책상에다 흰 사발을 엎어 놓은 것 같았다. 간산봉을 따라 5리를 가니 곤장평昆長坪이 나왔다. 탁 트인 광활한 땅에 나무들이 화살을 꽂아 놓은 것처럼 빽빽했다. 또 15리를 가니 심포深浦가 나왔다. 하늘이 탁 트이고 골짜기가 넓었다. 일행은 이곳에다 막사를 치고 밥을 먹은 후에 잠자리에 들었다. 삼나무를 베어 막사 앞에다 불을 피워서 따뜻하게 했다. 이날은 90리를 갔다.

6월 12일, 심포에서 임어수참까지 가다

새벽밥을 먹은 후 삼나무 숲을 헤치고 나아갔다. 모기떼들이 사방에서
달려들어 아무리 쫓아도 소용이 없었다. 5리를 가니 중심포中深浦가 나
왔고 또 5리를 가니 말심포末深浦가 나왔다. 동남쪽으로는 연암鳶巖, 동
쪽으로는 보다산, 동북쪽으로는 침봉枕峯, 북쪽으로는 소백산小白山이 보
였다. 또 5리를 가니 가파른 고개가 우뚝 솟아 있고 삼나무들이 어지럽
게 얽혀 있는데 구현駒峴이라고 했다. 또 5리를 가니 자포滋浦가 나와 두
갈래로 나뉘었다. 하나는 보다산 서쪽에서 흘러나오고 또 하나는 보다
산 서북쪽에서 흘러나와 이곳에 이르러 물이 하나로 합쳐져 서쪽 10여
리를 흘러가다 압록강으로 들어간다. 그 때문에 산과 들을 막론하고 통
틀어 자포라고 한 것이다.

평지에다 장막을 치고 점심을 먹은 후에 자포령을 넘었다. 고개가
끝나자 막힌 것 하나 없는 대평원이 40리에 걸쳐 뻗어 있었으니 판막
이라 하는 곳이다. 삼나무들이 온통 불에 탔거나 말라 있었다. 어떤 사
람은 지난해에 벌레들이 파먹었기 때문이라 하고, 어떤 사람은 지나가
던 사람이 불을 놓는 바람에 그렇게 되었다고도 한다. 그럼에도 쭉 곧
은 가지들이 천 자나 되는 길이로 빽빽하게 우뚝우뚝 솟아 있어서 바
람이 불 때면 그 가지에 파인 뭇 구멍들이 다 소리를 내는데 마치 통소
나 아쟁과 같아 참 듣기에 좋았다. 이것이 바로 장자가 말한 '하늘의 피
리 소리'라는 것이 아닐까?

자포에서 40리를 가서 임어수에서 묵었다. 임어수는 보다산에서

시작하여 이곳에 이르렀다가 다시 서쪽으로 흘러 압록강으로 들어간다. 처음에 나와 조엄이 비록 백두산에 가기로 약속은 했지만 사실 꼭 그렇게 될 것이라고는 생각하지 못했다. 그러다 운총진에 이르러 말하였다.

"옛사람들은 무슨 일을 할 때면 항상 몇 가지 일을 겸해서 했다네. 우리들이 만일 다만 산이나 보고 물이나 감상하려고만 한다면 이는 수준이 낮은 것일세. 그러니 성채의 형편도 살피고 북극성이 떠오르는 것도 관찰해 보면 좋을 걸세."

그래서 재목과 목수를 구하여 상한의象限儀*를 만들게 하였다. 이곳에 와서 하늘의 별 하나를 관측했는데 그 별은 지상에서 42도가 조금 못 되게 나왔다. 따라서 이곳은 대체로 중국의 심양과 같은 위치가 됨을 알 수가 있다. 동지에는 해가 진시(아침 7시~9시) 초2각 2분에 떠서 신시(오후 3시~5시) 정1각 13분에 진다. 낮 시간은 35각 11분이며 밤은 60각 4분이고, 새벽과 저녁은 6각 4분으로 나뉜다. 하지에는 해가 인시(새벽 3시~5시) 정1각 13분에 떠서 술시(오후 7시~9시) 초2각 2분에 진다. 낮 시간은 60각 4분이며 밤은 35각 11분이고, 새벽과 저녁은 9각 3분으로 나뉜다. 나머지 22절기는 이것으로 유추해 보면 알 수 있다.

6월 13일, 임어수에서 연지봉 아래까지 가다

해가 뜨자 임어수를 떠나 숲 속으로 10여 리를 가서 허항령虛項嶺에 도착했다. 허항령은 구불구불 이어지면서 북쪽으로 길게 뻗어 나갔다.

---

* 90도의 눈금이 새겨져 있는 부채 모양의 천체 고도 측정기. 18세기까지 쓴 것으로 한 변은 수직이 되도록 고정하고 부채꼴의 중심점과 천체를 연결하는 선을 눈금으로 읽어 천체의 높이를 잰다.

북쪽에서 끊어진 곳은 삼수와 갑산과 육진六鎭의 척추가 되고 백두산과 소백산의 문턱이 되면서 또한 무산으로 가며, 백두산으로 가는 길이 이곳에서 나뉘는데 북쪽 사람들은 이곳을 천평天坪이라고 한다. 동북쪽 수백 리는 아득하여 막힌 것이라곤 전혀 없으나 다만 숲이 울창하여 멀리까지 바라볼 수는 없다.

갈림길에서 북쪽으로 5리를 가니 산수가 밝고 아름다워 마음과 눈이 상쾌해졌다. 삼지三池에 이르렀다. 오른쪽 못은 둥글고, 왼쪽 못은 사각형이며, 가운데 못은 넓어서 그 둘레가 15리나 되는데 작은 섬을 에워싸고 있었다. 수목은 모두 우뚝우뚝 솟아 있고 물은 맑아서 바닥까지도 환하게 보여 헤엄치는 물고기조차 셀 수 있을 정도였다. 물오리 수십 마리가 잠겼다 떴다 하면서 둥둥 떠다니고 있는데 사람이 가까이 가도 놀라지 않았다. 물새 한 마리가 울면서 스쳐 지나가고 노루와 사슴의 발자취가 모래톱에 어지럽게 나 있으니, 그야말로 신선이 사는 곳이지 사람이 사는 곳은 아닌 듯했다. 일행 중에 경포대와 영랑호를 본 사람이 있는데 다 이곳보다 못하다고 말했다. 나도 이전에 중국의 태액지太液池를 본 적이 있지만 이곳보다 한참이나 아래에 놓인다고 말할 수 있다.

삼지에서 북쪽으로 30리 떨어진 곳에는 천수泉水가 있다. 샘물이 땅 위로 분출하기 때문에 붙여진 이름인데 점심을 먹은 곳이다. 천수를 따라 북쪽으로 5리 떨어진 곳에는 낭떠러지가 있는 깊은 골짜기가 앞을 가로막는데 겉으로 보면 말뚝이나 창을 세워 놓은 것 같지만 속은 깊은 구렁텅이였다. 말을 세워 놓고 아래를 내려다보니 큰 골짜기 한가운데가 터져서 자연스럽게 골짜기를 이루고 있었다. 또 검은 수포석水泡石이 양쪽 언덕에 깎아지른 듯 마주하고 있고 푸른 삼나무가 그 위에 빽빽하여 마치 병풍처럼 늘어서 있었다. 그리고 그 가운데로 물길이 나 있는데 모래가 눈처럼 희었다. 모두 수포석이 부서져서 된 것으로 말이 사납게 발을 들어 올릴 때마다 마치 먼지가 얼굴을 때리는 것만 같았다. 10여 칸마다 검은 수포석이 계단처럼 높이 쌓이고 또 너무 가팔라 넘을 수가 없어서 반드시 길을 돌아가 양쪽 언덕의 바위가 끊어지고 흙이 덮인 곳을 따라가야만 나아갈 수 있었다. 이와 같이 하기를 무려 35리나 하였다.

이렇게 가서 도달한 곳은 백두산 아래의 기슭이었다. 이곳은 골짜기의 물이 흘러내려 오던 곳이었으나 심한 가뭄이 드는 바람에 큰길이 되고 말았다. 하지만 한번 장마를 만나면 수많은 통로로 물이 넘쳐흐르면서 내리쏟아져 폭포가 되고 거센 물결이 되기도 하고 소용돌이가 되기도 하면서 동쪽으로 흘러 들어가 두만강의 근원이 된다고 한다.

점차 연지봉이 가까워지자 소백산의 여러 봉우리들이 아주 낮아져 겨우 사람의 상투 정도로 보였다. 연지봉 아래에 이르니 골짜기가 끝나고 산이 나타났다. 북쪽으로 세 봉우리가 둥그런 모양으로 둘쑥날쑥 제각기 높이 솟아 있는데 색이 다 매우 희어서 도자기를 엎어 놓은 듯했다. 바로 백두산 동남쪽의 모습이었다. 나와 조엄은 이 산을 보고 크게 기뻐하며 말을 채찍질하여 곧장 산 위로 올라가려고 했다. 하지만 날은 이미 저녁 무렵이 되었다. 조현규와 원상태가 말 앞에 서서 말렸다.

"여기서 백두산 정상까지는 30리 정도 됩니다만 이리저리 구경하면서 왕복하려면 90리를 갈 정도의 시간이 걸릴 것입니다. 오늘은 이미 해가 저물어 가니 산 아래에 이르기만 해도 캄캄해지고 말 겁니다.

만약 비바람이라도 만나게 된다면 이러지도 저러지도 못할 터인데, 두 분께서는 어찌하시렵니까?"

하지만 나와 조엄이 못 들은 척하고 출발하자 나머지 일행도 할 수 없이 따라왔다. 10여 리쯤을 가니 날은 어두워지는데 앞 봉우리까지는 아직도 멀었다. 우리는 말에서 내려 산 중턱에 앉아 탄식하며 말했다.

"일이 크든 작든 이치는 한가지로다. 우리가 조현규와 원상태의 말을 듣지 않고 이렇게 길을 떠난 것이 옛날 진秦나라 목공穆公이 백리맹명百里孟明의 말을 듣지 않았던 것과 무엇이 다르단 말인가?"

할 수 없이 연지봉 아래 숙소로 되돌아왔다. 원상태 등이 말했다.

"옛날부터 이곳에 온 사람은 반드시 목욕재계하고 글을 지어 제사를 지낸 후에야 산을 올랐습니다. 하지만 그렇게 해도 구름과 안개와 비바람이 어지럽게 하여 생각한 대로 끝까지 다 구경할 수 없는 경우도 생깁니다. 그러니 지금 글을 지어 제사를 지내야만 합니다."

이에 그의 말을 받아들여 갑산 부사가 제물을 준비하고 갑산 장교를 시켜서 제사를 지내도록 하였다. 그 제문의 내용은 다음과 같다.

높고 높은 백두산은 우리나라를 지켜 주는 중요한 산이기에 이 아래에 있는 사람들이 그 전모를 보기 원합니다. 오늘 우리가 이렇게 오게 된 것은 참으로 하늘이 길을 열어 주신 것이어서 비바람과 찬 이슬을 맞으며 나무로 막힌 길을 베어 내며 왔습니다. 산의 신령이시여! 저희의 정성을 살피셔서 구름과 안개를 거두어 주시어 그 장엄한 모습을 보여 주십시오. 하늘이 어찌 이를 감추려고만 하신단 말입니까? 하늘의 해와 별도 밝게 빛나야 이 땅의 길도 하늘의 뜻에 따르지 않겠습니까? 이 정결한 채소로 제물을 대신합니다.

또 삼수 부사가 제물을 준비하고 삼수 장교를 시켜서 제사를 지내게 하였다. 그 제문의 내용은 다음과 같다.

천하의 명산은 서른여섯 개가 있습니다. 그중에서 곤륜산이 가장 으뜸이어서 중국 사람 가운데 한 번쯤 곤륜산에 올라가 그 장엄한 광경을 보지 않은 사람이 없습니다. 곤륜산이 사람들에게 그 장엄한 모습을 감추지 않는 것은 '별이 잠드는 곳'(星宿海)을 후세에 전하려는 것입니다. 우리나라의 백두산은 중국의 이 곤륜산과도 같습니다. 그런데도 이 해동의 편협한 땅에 사는 사람들에게 한번 백두산에 올라가 그 웅대한 경관을 보지도 못하게 한다면 그 한이 어떠하겠습니까? 어떤 사람의 말을 전해 들으니 백두산을 오르는 사람들이 비바람과 구름과 안개 때문에 그 장엄한 광경을 보지 못한다고 합니다. 어찌해서 곤륜산의 신령은 중국 사람들에게 그 모습을 숨기지 않는데, 백두산의 신령만은 우리나라 사람들을 꺼려 하신단 말입니까? 반드시 그렇지는 않으리라고 믿습니다. 산신께서는 우리를 도와주셔서 해와 달을 밝게 비춰 만상이 다 드러나게 하셔서 산의 경관을 모두 볼 수 있도록 해 주소서.

이 제문들은 내가 지었다. 갑산의 제사는 13일 저녁에 지냈고, 삼수의 제사는 14일 새벽에 지냈다. 모두 땅을 쓸고 자리를 깐 다음에 제사를 지냈다. 하지만 무속에서 잡신에게 제사하는 잘못된 관례는 다

빼 버렸다. 두 부사가 직접 제사를 지내지 않은 것은 이들이 관장의 자리에 있으면서 산천의 귀신에게 제사를 지냈다는 혐의를 받을까 봐 그랬던 것이고, 두 고을의 장교에게 제사를 지내게 한 것은 이들이 토착민이어서 이곳의 풍속을 따라도 괜찮기 때문이었다.

이날 밤, 옅은 구름이 모두 걷히자 달빛이 대낮처럼 밝았다. 상한의로 북극성을 관찰해 보니 땅에서 42도 3분을 가리켰다. 북쪽으로 가면 갈수록 도수가 점차 더해진다는 것은 이치상 당연한 것이어서 그 때문에 천체 관측이 정밀하다는 것을 알 수 있었다.

6월 14일, 연지봉 아래에서 백두산 정상까지 가다

이날 아침 일찍 일어났다. 하늘엔 구름 한 점 없었고 해는 환하게 솟았다. 우리 일행은 가마를 타기도 하고, 혹은 말을 타거나 걷기도 하면서 천천히 산을 올랐다. 산은 다 희고 나무가 없었으며 가끔씩 푸른 잡초가 뒤덮여 있는 가운데 이름 없는 풀과 꽃이 붉기도 하고 노랗기도 하였다. 벼랑과 골짜기 사이에는 층층이 쌓인 얼음이 녹지도 않고 그대로 있어서 멀리서 보면 마치 눈이 반짝이는 것처럼 보였다.

구불구불 돌아 오르는데 오르면 오를수록 더욱 높아져, 깎아지른 듯한 절벽이 있는 것조차 보이지 않는다. 20리를 가도 백두산 세 봉우리가 여전히 우리 앞에 서 있는데 연지봉 아래에서 보던 것과 마찬가지였다. 동남쪽 언덕 아래에는 말뚝을 박아 만든 울타리가 수십 보에 걸쳐 세워져 있었다. 하지만 넘어지거나 떨어져 나간 것이 대부분이어서 남아 있는 것이 거의 없었다. 그리고 그 옆에는 몇 자 되지 않는 작은 비석이 다듬어지지도 않은 채로 세워져 있는데, '대청'大淸이라는 글씨 아래에는 다음과 같은 글이 새겨져 있었다.

"오랄총관 목극등은 변방 경계를 조사하라는 황제의 명을 받들어 이곳에 와서 자세하게 살펴보고 서쪽은 압록강이요, 동쪽은 토문강이어서 분수령이 되는 이 지점에 비석을 세우고 기록하노라. 강희康熙 51년 5월 15일, 필첩식筆帖式 소이창蘇爾昌, 통관通官 이가二哥, 조선군관 이의복李義復·조태상趙台祥, 차사관 박도상朴道常, 통관 김응헌金應瀗·김경문金慶門……."

비석을 다 본 후에 비석 오른쪽을 따라 산등성이를 돌아서 위로 10리쯤 갔다. 정상에 이르니 사방의 여러 산이 발밑에 깔리고 눈 닿는 곳마다 거침없이 다 보였다. 다만 내 시력의 한계로 끝까지 보지 못하는 것이 한스러울 뿐이었다. 하지만 추측해 보건대, 저 북쪽은 영고탑寧古塔, 오랄烏剌, 길림吉林 땅일 것이요, 저 서쪽은 요동, 심양 땅일 것이며, 저 서남쪽은 혜산진, 인차仁遮, 가파茄坡, 폐사군廢四郡 땅일 것이요, 저 동쪽은 무산, 회령, 종성, 온성 땅일 것이며, 저 동남쪽 한 줄기는 소백산, 침봉, 허항령을 따라 보다산, 마등령, 덕은봉, 완항령, 설령, 참두령, 원봉, 황토령, 후치령, 통파령, 부전령, 죽령, 상검산, 하검산이 될 것이니, 이는 모두 한양산의 정통을 잇는 산들이다.

산봉우리들을 내려다보니 높기도 하고 낮기도 하며 뾰족하기도 하고 둥글기도 한 것이 마치 파도가 치면서 구름과 안개에 싸여 저 아득히 먼 곳부터 서로 손을 맞잡고 밀려오는 듯했다. 몸을 돌려 두 봉우리가 갈라진 사이에 서너 봉우리 아래 500~600길 정도 떨어진 곳 가운데에 넓고 평탄한 큰 못이 놓여 있다. 그 둘레가 40리는 되는데 물이 깊고 푸르러 하늘빛과 한 색을 이룬다. 못의 동남쪽 언덕에는 진노

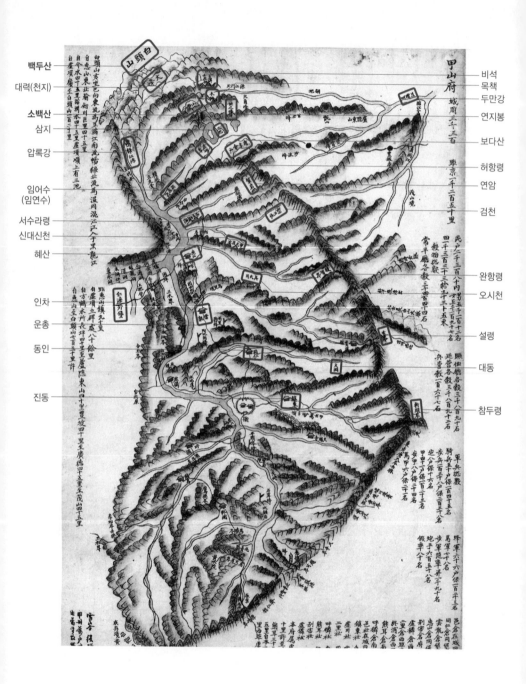

백두산(갑산부)

란색 바위산 세 봉우리가 있는데 높이는 다 같고, 그 바깥의 세 봉우리는 마치 사람의 혀가 입속에 있는 것만 같았다. 그 뒤의 사면에는 열두 봉우리가 못 둘레를 마치 성처럼 에워싸고 있어서 신선이 밥상을 이고 있는 듯, 큰 새가 부리를 들고 있는 듯, 기둥이 떠받치고 있는 듯, 불쑥 솟아서 일어난 듯한 형상을 이루었다. 그리고 그 안쪽은 모두 깎아지른 듯한 절벽에 붉고 노랗고 푸르게 빛이 나 마치 고운 비단 무늬를 두른 듯하였으며, 바깥쪽은 비스듬한 희고 푸른 벽이 솟아 있는데 온통 한 덩어리의 큰 수포석이 뭉쳐져 있었다.

다른 몇몇 봉우리로 발걸음을 옮겨 보니, 큰 못이 둥글기도 하고 네모나기도 하여 제각기 보이는 모양이 달랐다. 조금 평평한 봉우리에 앉았는데 그 봉우리에는 검은 돌이 많았다. 작은 것은 주먹만 하고 큰 것은 됫박만큼이나 컸다. 돌 속에는 검은 모래가 점점이 박혀 있어서 갑산 사람들은 이것을 갈아서 갓에 다는 구슬을 만든다고 한다.

아래로 큰 못을 내려다보니 삼면이 다 산으로 막혀 있다. 하지만 그 한쪽이 터져서 넘쳐흐르는 물이 바위틈으로 흘러나와 혼동강이 되고 곧바로 영고탑까지 도달하여 바다로 들어간다. 그러니 압록강과 토문강이 큰 못에서 시작된다고 하는 말은 잘못된 것이다.

사슴들이 떼를 지어 모여 있는 것이 보였다. 물을 마시는 놈, 뛰어노는 놈, 드러누워 있는 놈, 달리는 놈 등 여러 가지다. 또 검은 곰 두 마리가 절벽을 따라 오르내리고 있고, 이상한 새 한 쌍이 물을 스치며 날기도 하여 마치 한 폭의 그림을 보는 듯했다. 이때 우리 일행은 거의 100명 정도가 되었는데, 비록 산수의 정취를 잘 느끼지 못하는 사람이라 할지라도 이 순간만큼은 발이 앞으로 나가고 몸이 기울어지는 것조차 모른 채 구경했다. 나와 조엄은 사람들이 미끄러져 떨어질까 두려워 그렇게들 하지 말라고 했지만 소용없었다.

이에 조현규에게 붓과 벼루를 준비시켜 이 경치를 그림으로 그리게 했다. 그리고 나침반을 사용해서 지금 이 산봉우리의 위치가 어디쯤인지를 알아보았다. 반나절이나 실컷 구경했지만 그래도 돌아갈 줄을 몰랐다. 갑산 사람 중에서 여러 차례 이곳을 와 봤다는 사람들이 이구동성으로 말하였다.

"예전부터 이 산에 들어온 사람들은 여러 날 동안 목욕재계하고 거리낌이 되는 일은 일절 하지 않았습니다. 그렇게 하고도 구름과 안개가 갑자기 일어나고 비바람과 우레가 번갈아 치는 바람에 모두가 흡족하게 제대로 본 적이 없었습니다. 이번 행차처럼 이렇게 마음껏 돌아다니며 구경한 일은 없었던 것 같습니다."

정오가 되자 나와 조엄과 여러 사람들은 다 내려왔지만, 몇몇 사람들은 여전히 뒤에 처져 있었다. 하지만 못 가운데서 검은빛 안개가 뭉게뭉게 피어오르기 시작하자 다들 두려워서 내려왔다. 모두 연지봉 앞 숙소에 모여서 잠시 쉬었다. 그러다 다시 40리를 가서 천수에 이르러 묵었다.

산은 적막하고 밤은 서늘한데 달빛이 흐르는 물과 같았다. 피리를 불고 해금을 타게 했다. 서너 곡이 연주되자 거기에 맞추어 노래로 화답하니 갑자기 속세를 벗어난 듯한 느낌이 들었다. 천수는 곧 지난번에 점심을 해 먹었던 곳이다. 그때는 북극성을 측정할 수가 없었는데 이날 밤에는 측정해 보았더니 고도가 42도를 조금 넘었다.

6월 15일, 천수에서 자포까지 가다

처음 이곳으로 올 때 나와 조엄은 삼지를 지나면서 그 경치가 매우 맑고도 운치 있음을 보고 매우 기뻐했다. 하지만 아직 백두산을 보기 전이어서 오래 지체할 수가 없었기에 마음대로 구경하지 못했다. 그래서 이날은 일행과 삼지도三池島를 같이 구경할 것을 약속했다. 해금과 피리를 앞세우고 천천히 중지로 갔다. 왼쪽 언덕으로부터 그 둘레를 돌아 오른쪽 모래사장에 앉았다. 물을 건너 섬으로 들어가고 싶었으나 물의 깊이가 어느 정도나 되는지를 몰라 두려워서 감히 건너지 못하고 있는데 조엄이 화를 내며 말했다.

"여기까지 와서 저 섬도 보지 못하고 가야 한단 말인가?"

그러자 중연(민원)이 관노비를 꾸짖었다.

"빨리 물에 들어가서 깊이가 어느 정도나 되는지 알아보아라."

내가 만류하며 말했다.

"그러다 만일 물에 빠지기라도 하면 어떻게 하려나!"

그렇지만 중연은 내 말을 들은 척도 하지 않은 채 물에 들어가 보라고 독촉했다. 언덕의 동쪽에서 섬의 서쪽까지는 수심이 겨우 무릎을 스칠 정도밖에는 되지 않았다. 내가 크게 기뻐하며 즉시로 가마에 오르자 조엄이 내 뒤를 따르고 그다음은 중연이, 또 그다음은 사진(조한기) 일행이 차례로 뒤따라왔다.

섬에 이르니 나무가 빽빽하게 우거져 있어서 몸을 돌리기도 쉽지 않았고 또 바닥엔 갈대가 무성해서 지나기도 어려웠다. 그래서 종들을 앞세워 풀섶을 헤치게 하고 철쭉나무를 꺾어 지팡이를 만들어 짚은 후 옷을 걷고 발길 닿는 대로 주위를 위아래로 돌아보았다. 못의 둘레는 10여 리 정도가 되었고 섬의 둘레는 수백 걸음이나 되었다. 서북쪽을 바라보니 백두산, 소백산, 침봉이 그 높고 낮은 대로 차례로 줄지어 있는 것이 마치 흰 매와 푸른 매가 서로 쫓아서 좌우로 날아드는 듯했다. 동남쪽을 바라보니 천평과 허항령이 둥그렇게 에워싸고 있는데 그 앞에 삼나무가 어지럽게 솟아나 마치 상 위에 죽순을 수없이 늘어놓은 듯했다. 신선이 산다는 봉래산, 영주산과 비교해 보아도 어떨는지 모르겠다.

조엄은 못가에서 갓을 씻고 나는 그 옆에 앉아 물장난을 했다. 해금과 피리 소리가 숲속에서 은은하게 울려 퍼지면서 서로 조화를 이루어 산수의 정취와 잘 어우러졌다. 원상태가 앞으로 오더니 말했다.

"옛날부터 이곳을 지나는 사람은 이 섬에 신령이 있다고 여겨 감히 들어와서 더럽히지 못했습니다. 그런데 오늘 두 분께서 이렇게 이곳까지 들어오시리라고는 참으로 미처 생각하지 못했습니다."

내가 물었다.

"이 섬과 연못은 정해진 이름이 있는가?"

원상태는 없다고 대답했다.

이에 삼지 중 가운데 것을 상원上元, 오른쪽 것을 중원中元, 왼쪽 것을 하원下元이라고 이름 짓고 섬은 지추도地樞島라 했다. 지추도라 함은 침봉에서 백두산에 이르기까지 60여 리가 동북쪽 산하의 중심이 되는 것이 마치 북극성의 6도가 천체의 중심이 되는 것과 같기 때문이다. 나는 붓으로 삼나무의 표면에다 큰 글씨로 이렇게 썼다.

"서명응과 조엄이 이곳을 찾았다가 지추도라고 이름을 붙이노라."

사진과 민정항이 몹시 기뻐하며 말했다.

"어찌 이 이름을 후세에 전하지 않을 수 있겠는가?"

그러더니 곧바로 칼을 뽑아 단단한 나무에다 그 글을 깊이 새겼는데 돌에다 새긴 것같이 오래갈 듯했다. 내가 탄식했다.

"우리가 떠난 후에 다시 어떤 사람이 이 섬에 와서 이 새긴 글을 보겠는가?"

그러자 조엄이 말했다.

"나무가 변해서 돌이 될지 어찌 알겠는가?"

반나절이나 시를 읊조리며 마음껏 놀다가 해가 질 무렵에야 자포의 막사로 돌아왔다. 20리를 더 가다가 서북쪽을 돌아보았다. 우렛소리가 저 멀리서 간간이 들리는가 싶더니 빗발이 온 산을 뒤덮었다가 한두 시간이 지난 후에 그쳤다. 이곳은 백두산과 소백산의 중간쯤이 되는 곳이다.

이날 밤, 달빛이 온 산에 가득하고 삼나무 숲 사이로는 옥구슬이 구르는 듯한 맑은 시냇물 소리가 시원하게 들려왔다. 조엄이 갑자기 일어나 앉으며 말했다.

"오늘은 유두일이 아닌가? 옛날에 중국 송나라 소식은 황강黃岡에 유배 갔을 때도 여전히 세월을 헛되이 보내지 않으려고 7월 보름에 적벽 아래에다 배를 띄우고 놀았다네. 그러니 우리가 어찌 이날을 헛되이 보낼 수 있단 말인가?"

곧 종을 시켜서 막사 앞에 솥을 걸게 하고는 땔감을 베어다가 콩을 볶아서 일행 모두에게 나누어 주었다. 그리고 피리와 해금 소리에 맞추어 노래를 부르다가 밤이 깊어서야 잠자리에 들었는데 꿈속까지 정신이 맑았다.

6월 16일, 자포에서 운총까지 가다

자포에서 자고 아침 일찍 출발하여 서수라령과 덕령에 도착하니, 순찰사가 파발을 보내어 나와 조엄의 귀양이 풀렸다는 공문과 집에서 보낸 소식도 같이 전해 주었다. 우리 두 사람은 말에서 내려 수풀 사이에 앉아 먼저 관보官報를 보았다. 임금님께서는 편안하시고 건강은 평상시와 같으며 이달 초8일에 진전眞殿과 원묘原廟를 배알하셨다고 한다. 우리는 서로 돌아보면서 기뻐하였다.

그다음에 공문을 보니 말씀이 간절하셨고 우리의 선조까지 언급하신 후 두 사람의 유배를 푼다는 특명이 있으셨다. 우리는 또 서로를 돌아보고 눈물을 흘리며 그 아름답고도 은혜로운 말씀에 감격하면서 집으로 돌아갈 것을 약속하였다. 그리고 집에서 보내온 편지를 다 읽은 후 길을 떠나 검천에 이르러 점심을 먹었다. 또 5리를 가니 혜산 첨사 유언신과 운총 만호 윤득위가 길에 나와서 맞아 주었다. 말에서 내려 길옆 풀섶에 앉아 천천히 몇 마디 말을 나누고는 다시 길을 떠나 운총에 이르러 잠을 잤다.

다음 날, 나와 갑산 부사는 갑산으로 돌아가고 주엄과 삼수 부사는 삼수로 돌아가면서 6월 22일에 서울로 돌아가자고 약속했다. 유배지에 도착해서 돌아가기까지 모두 19일이 걸렸고 백두산을 오고가는 데는 8일이 걸렸다. 사람들이 모두 말했다.

"나와 조엄이 죄를 지어 이곳으로 유배되어 온 것은 하늘이 백두산을 한번 구경시키기 위한 것이었다."

이 글의 저자는 서명응徐命膺(1716~1787)이다. 이 글은 저자가 51세 때 임금의 특명을 거역한 죄로 함경도 갑산부에 유배 가게 된 것을 기회로 백두산을 유람하고서 쓴 기행문이다. 원제는 '유백두산기'遊白頭山記이다. 1766년(영조 42) 6월 10일에 출발하여 가는 데 4일 오는 데 4일 하여 모두 8일이 걸린 여정이다. 그는 자신이 지금까지 살면서 아직 하지 못한 것으로 세 가지가 있다고 하였다. 즉 『주역』을 읽는 것, 금강산을 가 보는 것, 백두산을 올라 보는 것이라고 하였는데, 뜻하지 않은 유배로 인해 소원 하나를 이루게 된 셈이다.

저자는 갑산, 운총진, 심포, 임어수참, 연지봉 등을 거쳐 백두산 정상까지 오르는데, 각 지역을 지날 때마다 그곳에 얽힌 이야기와 함께 때로는 자세한 역사 고증까지 들기도 하고, 때로는 자신의 의견도 제시하기도 한다. 또한 "산이나 보고 물이나 감상하려고만 한다면 이는 수준이 낮은 것"이라고 하면서 "성채의 형편도 살피고 북극성이 떠오르는 것도 관찰해 보는 것"이 좋다고 하여 자신의 관료로서의 책무를 잊지 않으려는 자세도 보여 준다. 한편 이 글에는 다른 산수기와는 달리 제문을 써서 산신령에게 제사를 지내는 장면도 나온다. 왜냐하면 백두산의 기상이 워낙 변화무쌍하여 설령 산 정상을 올랐다 하여도 그 전체 경관을 보기가 쉽지 않았기 때문이다. 당대의 뛰어난 문장가였던 저자가 직접 지은 두 편의 제문을 살펴보는 것도 이 유람기를 읽는 재미이다.

금강산

백옥 같은 수천만 봉우리가

김창협, '동유기'

경성에서 회양까지 가다

나는 어렸을 때부터 금강산의 명성을 익히 들어 왔기에 한번 유람해 보는 것이 소원이었다. 그러나 산이 하늘 위에나 있는 것처럼, 늘 아득히 바라보기만 할 뿐 사람마다 다 가 볼 수 있는 곳은 아닐 것이라고 생각했다.

1671년 초여름, 동생 창흡昌翕이 혼자서 말을 타고 한 달 정도 걸려 내외 금강산을 두루 돌아보고 왔다. 듣자니 더욱 경치가 좋을 것이라 믿게 되어 꼭 한 번은 가 보겠다는 다짐과 함께 유람이 그리 어렵지 않다는 사실도 알았다. 그래서 금년 한가위에 형님과 같이 가기로 약속하고 떠날 날짜까지도 잡아 놓았다. 그런데 하루 전날 형님이 갑자기 병이 나는 바람에 혼자 가게 되었다. 다소 무료하겠다 싶었지만 이미 가기로 작정한 것이라 그만둘 수가 없어 마침내 8월 11일에 부모님께 하직 인사를 올리고 떠났다. 김성률과 이유굴 두 사람이 따랐으며, 다른 짐은 없고 다만 『당시선』唐詩選 몇 권과 『와유록』臥遊錄 한 권만을 챙길 뿐이었다. 동쪽으로 홍인문을 나서니 가을 하늘은 드높고 공기도 맑았으며 들판도 확 틔고 고요하여 마음은 이미 저 바다와 산속에 가 있는 듯했다. 누원樓院에서 점심을 해 먹고 축석령祝石嶺을 넘어가 하룻 밤을 묵었다.

12일, 아침은 포천 양가리楊街里에서 먹고, 점심은 양문역梁門驛에 서 해 먹었다. 초저녁에 철원 땅인 풍전역豊田驛에 와서 묵었다.

13일, 새벽밥을 먹고 출발했다. 금화金化 생창역生昌驛에서 점심을 해 먹고 저녁에는 금성金城 읍내에서 잤다. 현령 박후빈이 마중을 나와 조촐하게 술자리를 베풀고 여비도 보태 주었다.

14일, 아침을 일찍 먹고 출발했다. 점심은 창도역昌道驛에서 먹었고 저녁엔 신안역新安驛에서 묵었다.

15일, 아침을 먹고 출발해서 정오에 읍에 도착했다. 부사 임공규는 내 아버지와 친구 되는 분이어서 우리를 보자 매우 기뻐하셨다. 술자 리를 베풀어 위로해 주시고 고을 관아에서 자고 가라며 떠나지 못하게 하셨다. 때마침 약간씩 내리던 비도 그치고 달이 환하게 떠올랐다. 임 부사 어른이 피리 부는 사람을 부르시더니 한 곡조 불게 하셨다. 그 청 아한 소리가 들을 만했다.

16일, 임 부사의 큰아들 진원이 취병대翠屛臺의 경치가 대단히 좋다 고 자랑하면서 우리 일행에게 보러 가자고 권했다. 취병대는 고을에서 10리쯤 떨어진 거리에 있고 수석이 매우 아름다웠다. 또 두 산이 마주 치솟아 병풍처럼 펼쳐져 있고 가운데는 널찍하여 큰 골짜기를 이루었다. 시냇물이 북쪽에서 흘러나와 내리달리는 것이 아주 세찼다. 물 한 가운데는 움푹 파인 큰 바위가 있었는데 그 모양이 마치 항아리 같고, 물이 그 파인 곳으로 들어가자 콸콸 소리를 내며 수레바퀴처럼 빙빙 돌다가는 서서히 흘러나왔다. 가만히 들여다보니 물빛은 푸른데 바닥이 보이질 않았다. 속칭 용확龍䥟, 즉 용가마라는 것이다.

시냇물 동쪽에는 푸른 절벽이 우뚝 서 있고 소나무와 삼나무가 그 위를 울창하게 뒤덮고 있어서 마치 한 폭의 그림과 같았다. 바위에 앉아 술 한 잔씩을 돌렸다. 종이 잣과 산포도를 따 와서 올리기에 맛보았다. 또 그물을 던져 수십 마리의 은어를 잡았는데 즐기기에 아주 만족스러웠다. 저녁이 되어서야 돌아왔다. 내일은 산으로 떠나야 한다고 했으나 임 부사 어른은 더 있다가 가라며 굳이 말리셨다.

"금강산은 본래 여러 날씩 허비해 가며 구석구석까지 다 찾아다닐 필요가 없다네. 정양사正陽寺와 천일대天一臺만 올라도 온 산의 진면목이 한눈에 다 들어오니 이 정도만 보아도 충분할 것이네. 그러니 무얼 그리 서두를 필요가 있겠나?

작년 초가을에 산에 들어가 장안사長安寺에 이르렀는데 별로 본 것이 없었고, 또 표훈사表訓寺에 갔지만 역시 본 것이 없었네. 그래서 내가 승려들에게 말하기를, '금강산이란 것이 다만 이 정도밖에 되지 않는단 말인가?' 하자 승려들이 말하기를, '그렇지 않습니다' 하더군. 얼마 후에 가마를 멘 승려들이 어느 한 곳에 이르러 가마를 내려놓으면서 말하기를, '이곳은 천일대입니다' 하기에 내가 언뜻 눈을 들어 바라보는데 백옥 같은 수천만 봉우리가 붉은 비단을 펼쳐 놓은 것처럼 깔려 휘황찬란한 것이 사람의 넋을 빼놓는데 나도 모르게 넘어질 듯하여 그 기이함에 소리를 질렀지. 그리고 시를 지어 읊기도 하면서 좀 전의 내 경솔한 말을 후회했다네.

망고대望高臺와 비로봉은 모두 난간에 앉았다가 떨어질 것처럼 아주 위태로워 아예 갈 수가 없었네. 게다가 사람의 시력에는 한계가 있기에 설령 비로봉에 올랐다 해도 실제로는 멀리 바라볼 수가 없어서 그저 승려가 저것은 어느 땅이요, 저것은 어느 산이라고 손으로 가리키는 정도만 볼 뿐이네. 그러니 굳이 비로봉에 오를 필요 없이 차라리 승려의 손가락을 보는 편이 더 나을 걸세. 내가 이 때문에 당귀 나물이나 찾고 비로봉을 오르려고 하는 사람들을 모두 이름만 내기를 좋아하는 자들이라고 하였네."

임 부사 어른은 아마 당귀 나물을 좋아하지 않으시기 때문에 그렇게 말씀하신 것 같았다. 17일과 18일 이틀 동안은 계속 고을에 머물러 있었다. 아침저녁으로 나오는 반찬이 모두 산속의 진미였다. 떡도 내왔는데 메조와 석이버섯 그리고 잣으로 만든 것으로 맛이 아주 일품이었다.

회양에서 장안사까지 가다
19일, 아침밥을 먹고 회양을 떠나 추촌에서 잤다.

20일, 새벽밥을 먹고 50리를 가서 묵희령墨喜嶺에 이르렀다. 고개는 별로 가파르지 않으나 몹시 구불구불하였다. 15리 가까이 올라가자 깊은 숲속에 큰 나무들이 울창하게 우거져 하늘이 보이지 않았다. 그 아래로는 시냇물이 콸콸콸 흘러가는데 길을 따라 계속 이어져 있어 반나절이나 물소리를 들으며 갔다. 고개를 넘어가자 눈 덮인 산봉우리들이 삼엄하게 서 있어서 그것이 바로 금강산인 줄 알아챘는데 사람의 정신을 잃어버리게 할 만했다. 구불구불한 길을 따라 아래로 10리쯤 내려가서 길 곁에 있는 민가에 들어가 말을 쉬게 했다.

철이령鐵伊嶺을 넘어 장안 골짜기로 들어갔다. 투명하고도 맑은 샘물이 흘렀으며 기암괴석이 늘어서 있어서 이미 평범한 땅이 아님을 알 수 있었다. 10여 리쯤 가자 갑자기 길이 확 트이며 넓어지는 것이 말을 타고 내리달려도 괜찮을 성싶었다. 또 길 좌우에는 삼나무와 회나무가 줄지어 우뚝우뚝 서 있었다. 장안사의 승려 네댓 명이 가마를 가지고 와서 기다리고 있었다. 몇 리 정도 가자 절에 이르렀는데 그 규모가 매우 크고 화려했으며 단청 빛이 찬란했다. 부처 앞에는 오래된 구리 그릇 몇 개가 있었다. 지정至正이라는 연호가 새겨져 있는 것으로 보아 원나라 순제順帝가 희사한 것인 듯했다.

절은 평지에 있었지만 사방으로 산이 에워싸고 있어서 보이는 것이 없었다. 다만 동북쪽의 몇몇 산봉우리만이 우뚝 솟아올라 있는데 그 모양이 사람을 내리누르는 듯했다. 그 이름을 물었더니 지장봉, 관음봉, 보현봉이라고 했다.

밤에는 시냇가에 있는 작은 집에서 잤다. 새벽에 빗발이 후드득거리는 소리가 들려 그만 잠에서 깨어 방문을 열고 내다보았다. 몇몇 산봉우리가 구름 속에 잠겨 있어, 보였다가는 사라지고 하는 것이 또 하나의 기이한 풍경이었다.

장안사에서 표훈사까지 가다
아침 일찍 밥을 먹고 극락암으로 올라갔다. 장안사에서는 서북쪽으로

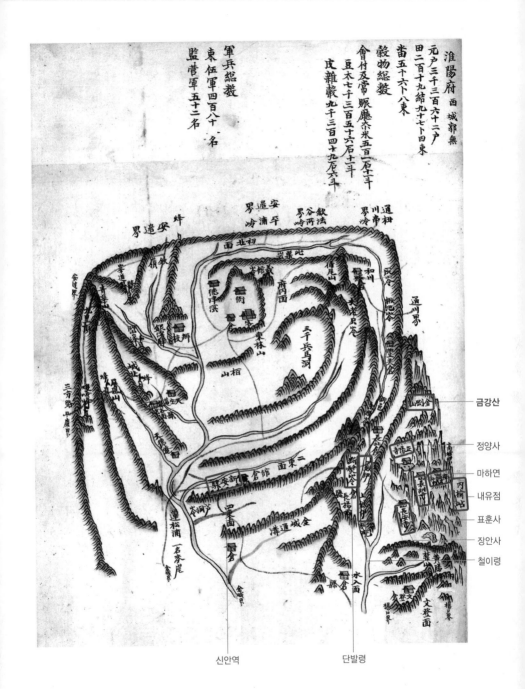

淮陽府　西城郭無

元戸三千三百六十二戸

田二百十九結九十七卜四束

畓五十六卜八束

穀物總數

會付及常賑廳六米五百一石十斗

豆木七千三百五十六石十斗

度雜穀九千三百四十九石六斗

軍兵總數

監營軍五十二名

東伍軍四百八十名

금강산

정양사

마하연

내유점

표훈사

장안사

철이령

신안역

단발령

금강산(회양부)

백여 걸음가량 떨어진 곳에 있었다. 이곳은 상당히 높아서 눈앞에 펼쳐지는 산봉우리들이 장안사에서 보던 것 이상이었다. 잠깐만 쉬었다가 가마를 타고서 내려갔다. 시내를 건너 동쪽으로 나아가 지장암을 거쳐 백천골로 들어갔다.

길을 따라 모두 괴이한 바위와 참대요, 등나무 넝쿨과 칡넝쿨이 뒤엉켜 있어서 사람이 다니기가 쉽지 않았다. 가마에서 내려 지팡이를 짚고 걸었다. 이리저리 돌고 돌아 경사진 곳으로 들어가니 마침 비가 내린 뒤여서 이끼는 젖고 돌은 미끄러워 더욱 걷기가 힘들었다. 미끄러졌다가는 또 일어나면서 간신히 나아가는데 기이한 봉우리들이 번갈아 가며 곧장 얼굴 앞에 우뚝우뚝 나타났다. 마치 칼을 뽑아 땅에다 세워 놓은 듯 뾰죽뾰죽한 것이 사람을 두렵게까지 한다.

처음에는 길이 막혔다 싶더니 갑자기 다시 열리고, 한 봉우리를 보고 있나 했는데 어느 샌가 또 다른 봉우리가 나타났다. 이처럼 갈마들며 나타나는 봉우리, 열렸다 닫혔다 하는 골짜기, 구불구불 휘돌아 나가다 옆으로 비스듬히 나가는 시냇물 등 변화가 무궁무진했다.

3~4리쯤 가다 보니 못 하나가 나타났다. 넓이는 백여 평쯤 되었고, 고인 물이 깊고도 푸르러 사람의 머리카락도 자세하게 비칠 정도였다. 못 옆에는 큰 바위가 있는데 아주 넓고 평평하여 수십 수백 명이라도 앉을 만했다. 그 위에는 폐허가 된 성이 있었다. 세상에 전하기로는 신라의 왕자가 피신해 있던 곳이라고 한다. 성에는 겨우 입을 벌린 정도의 문이 나 있는데 허리를 구부려야만 들어갈 수 있었다.

이곳을 지나자 땅이 더욱 깊고 그윽했으며 시냇물이 양쪽으로 흘러내렸다. 모두 가파른 절벽과 높은 언덕인지라 가끔씩 길이 없어져 버려 나뭇가지를 부여잡고 바위틈을 밟고서야 겨우 지나갈 수 있었다. 길이 얼마나 위태로운지 지나고 나서 뒤돌아보면 어떻게 왔나 싶을 정도였다. 여기서부터 4~5리 올라가면 가장 깊숙한 곳에 영원암靈源庵이 있다는 말을 듣고 그렇게 깊은 곳에서 한번 자고 가고 싶다고 했다. 하지만 따라오던 승려들이 모두 가기를 꺼렸고 나도 몹시 피곤하여 결국 가지 않았다.

시내를 따라가는 길을 그만두고 북쪽으로 방향을 돌렸다. 몇 리를 가자 현불암顯佛庵이 나타났다. 절이 텅 비고 승려가 없었다. 티끌 한 점 없는 담박함과 깊고 그윽한 정취가 더욱 인간 세상 같지 않았다. 잠시 앉아 쉬다가 암자에서 오른쪽으로 난 작은 길을 따라갔다. 고개를 넘어 북쪽으로 향해 가면서 삼일암三日庵과 안양암安養庵을 지났다. 삼일암은 관음봉 석굴 아래에 있는데 더욱 산뜻한 것이 기억에 남을 만했다.

조금 앞으로 나아가니 큰 못이 하나 나왔다. 울연鬱淵이라 했으나 또 명운담鳴韻潭이라 부르기도 한다. 아주 깊고 시커먼 빛을 띠고 있어서 감히 만만히 볼 수 있는 것이 아니었다. 못물은 빠르게 아래로 쏟아져 내려 마치 우레가 치고 하얀 눈가루를 마구 뿜어 대는 것만 같아 더욱 장관이었다. 또 왼쪽에는 천 길이나 될 듯한 깎아지른 절벽이 그 아래 부분을 못 속에 박고 있었다. 오른쪽에는 실낱 같은 길이 나 있는 기울어진 벼랑이 있고, 그 벼랑에 나무를 붙여 이어 놓은 것은 간신히 발만 디딜 수 있는 정도여서 지나가는 사람의 몸이 다 떨릴 지경이었다.

이 길부터는 모두 시내를 끼고 있어서 맑은 물과 하얀 돌, 높은 암벽과 기이한 절벽이 끊임없이 계속되었다. 백화암白華庵에 이르렀으나 역시 승려는 없었다. 암자 뒤에는 휴정休靜 등 여러 이름난 승려의 탑과 비석이 있었다. 비석에는 월사月沙 이정구李廷龜를 비롯한 여러 사람들의 글이 쓰여 있고, 정관재靜觀齋 이단상李端相 공이 쓴 의심 대사義諶大師의 비석도 있었다. 내가 이전에 동강에 있을 때에 이 글을 쓰고 계시던 공의 모습을 뵌 것이 마치 엊그제 일처럼 눈에 선한데 공께서 세상을 떠나신 지도 이미 두 해나 되고 말았다. 그 비문을 읽다 보니 그만 슬픈 마음을 가눌 길이 없었다.

표훈사에 이르렀다. 크고 화려하기로는 장안사와 맞먹을 만했다. 남쪽 누각에는 큰아버님이 계묘년 여름 평강의 수령으로 계실 때에 이곳으로 놀러 오셨다가 쓰신 글이 있었다. 밤에는 절 동쪽의 작은 집에서 잤다. 베갯머리에 들려오는 우레 같은 물소리가 마치 꿈속에서도 조각배를 타고 급류에 휘말려 들어가는 것처럼 느껴져 지금 내가 첩첩산중에 들어와 있다는 사실조차도 잊어버릴 정도였다.

표훈사에서 정양사까지 가다

22일, 해가 뜨자 가마를 타고 천일대에 올랐다. 정양사 바로 앞 산기슭이었다. 이때 마침 흰 구름이 피어올라 수많은 골짜기를 뒤덮었는데, 그 모양이 마치 얇은 비단 같아 이리저리 움직이면서 금세 접혔다 펴졌다 하는 것이 변화무쌍했다. 때로는 모든 봉우리에 띠를 두른 듯하고, 때로는 장막을 두른 듯 반쪽 면만 드러내기도 하고 혹은 겨우 한 터럭 정도만 보여 주기도 하면서 그 고운 자태를 제멋대로 나타내어, 눈이 어지럽고 마음이 취하는 듯했다. 이처럼 일순간에 그 전체를 바라보니 더욱 장관이었다.

절에 들어가 헐성루歇惺樓에 앉았다. 누각의 벽에는 증조부이신 청음淸陰 김상헌金尙憲 선생의 시 한 수가 걸려 있었다. 1602년 고산 찰방으로 계실 때에 장단부군을 지내신 동생 김상관金尙寬과 함께 이 산에 들어오셨다가 비에 막혀 머물러 계시던 중 지으신 것이었다. 그 글을 이어 쓴 큰아버님의 글도 걸려 있는데 그 필적들이 아직도 선명했다.

팔각전八角殿이라는 곳을 구경했다. 그 구조가 매우 기이했으며 사방의 벽이 모두 부처와 관련한 그림으로 채워져 있었다. 채색이 조금 떨어져 나가기는 했지만 아름답고 빛나는 색채만은 살아 있는 듯 생생했다. 세상에서는 전하기를 중국 당나라 때의 유명한 화가 오도현吳道玄(오도자)이 그린 것이라고 하지만 이는 사실이 아니다. 그렇지만 신라 이후의 작품도 아니다.

이 절의 승려 풍열豐悅은 의심 대사에게서 배웠는데 사람이 순박하고 시문도 잘 지었다. 나는 동생 창흡에게서 그의 이름을 익숙하게 들은 터라 처음 만났는데도 마치 구면인 것처럼 느껴져, 산속의 멋진 경치에 대해 서로 끊임없이 많은 이야기를 나누었다.

한참을 앉아 있다 보니 흰 구름이 깨끗하게 다 사라지고 세상에서 일컫던 바로 그 일만 이천 봉우리가 마치 손바닥 안에 든 것처럼 하나하나 모습을 드러내기 시작했는데, 과연 그 특이한 모양과 기이한 자태가 말로 다 표현할 길이 없었다. 전체가 백옥처럼 희고 깨끗하며 그 정교함은 손으로 새긴 듯하고 속된 기운이라고는 티끌만큼도 없었으며, 또한 어리석거나 고집스러운 빛이라고는 전혀 보이지 않았다. 옛날에 중국 명나라 사람 오정간吳廷簡은 황산黃山을 보고 나서 감탄한 나머지 자기가 반평생 보아 온 다른 산들은 모두 흙더미와 돌무더기에 지나지 않을 뿐이라고 했다는데, 내가 지금 이 금강산을 보는 것이 참으로 그러하다. 다만 단풍이 들기엔 아직 일러서 붉은 비단을 깔아 놓은 것 같다고 하신 임 부사 어른의 말씀과 같지 않다는 것이 안타까울 따름이었다.

저녁 무렵에 다시 천일대로 나가 중향성衆香城 일대를 바라보았다. 햇빛을 받아 찬란하게 빛나는 기이한 모습은 더욱 형언할 길이 없었다. 밤에 누각에 누웠다. 피곤이 심해서 잠이 들려고 하는데 갑자기 창밖이 환해지기에 벌떡 일어나 보니 달이 어느새 동쪽에서 떠오르고 있었다. 바로 앞 난간으로 나가 홀로 술을 마시기 시작했다. 여러 승려들을 돌아보니 모두 잠에 곯아떨어져 버렸다. 오직 보이는 건 뭇 봉우리들이 난간 저 밖에 우뚝 서서 마치 공손한 자세로 나와 함께 술잔을 나누려고 하는 듯한 모습뿐이었다. 이 멋진 경치와 이 밤은 아마 내 평생에 다시는 오지 않을 성싶다.

정양사에서 원통골을 거쳐 표훈사로 되돌아오다

23일, 개심대開心臺로 올라가려고 하자 승려가 말했다.

"길이 없어져서 올라갈 수가 없습니다."

그래서 보현재를 넘어 묘덕암과 천덕암을 지나갔다. 묘덕암은 폐허가 된 지 오래되어 빈터만 남아 있었다. 또 원통암을 지나 다시 방향을 돌려 동쪽으로 나아갔다. 시냇가를 따라 3리쯤 가서 외나무다리를 건넜다. 조금 비스듬한 길을 따라 서쪽으로 나아가니 평평한 바위가 나왔다. 물이 그 바위 위를 흘러서 이리저리 꺾이며 흩어지는 모양이 마치 고운 무늬를 수놓는 것 같고 소리는 무척 낭랑하여 듣기에 좋았다.

시내 남쪽에는 백 길이나 되는 깎아지른 절벽이 있고 그 위에는 소나무와 전나무가 많으며, 또 푸른 넝쿨들이 이리저리 뒤엉켜 있었다. 물은 그 넝쿨들을 헤치고 아래로 떨어져 내렸고 시냇물은 널리 퍼져 나가면서 천천히 그 발치를 지나갔다. 시내를 따라 앞으로 나아가다 보니 기암괴석이 더욱 많아지고, 특이하게 생긴 아름다운 화초는 걸음걸음 모두 기이한 정취를 불러일으켰다. 때마침 소슬한 산바람이 불어오자 나뭇잎이 우수수 떨어져 내렸다. 중국 진晉나라 사람 곽박郭璞의 "숲에는 바람 잘 날이 없고, 강에는 물결치지 않는 날이 없네"라는 시구를 읊었다. 지금 이 깊은 물과 높은 산이 쓸쓸한 것이 꼭 이 시구에 나오는 풍경인 양 느껴졌다.

7~8리를 간 후에 시내를 따라가지 않고 서쪽으로 들어가서 곧장 영랑재 아래에 당도했다. 그곳에는 진불암眞佛庵이라는 암자가 있었다. 깊고 묘하며 그윽함이 남달라 지금까지 봐 온 암자와는 비교가 되지 않았다. 암자 앞에는 작은 봉우리가 하나 있는데 가장 가까이 있으면서도 유독 그 빼어남을 자랑하며 우뚝 서 있는 것이 옥으로 박산博山*의 모양을 새겨 놓은 것 같았다. 그 이름을 물었더니 수미봉須彌峯이라고 했다. 승려가 말했다.

"내금강에서는 오직 이 암자와 영원암 그리고 선암禪庵만이 가장 깊숙한 곳에 있어서 사람들의 발자취가 드물답니다."

"영랑재 위에서는 가끔씩 생황과 피리 소리가 은은하게 들려오기도

* 중국 전설에서 바다 한가운데 있는 신선이 사는 산을 이름.

하지요."

그 말이 비록 황당하지만 그래도 너울너울 저 먼 곳으로 날아갈 듯한 생각을 불러일으켰다.

한참이나 앉아서 옛사람들의 자취를 더듬어 보다가 다시 원통골을 거쳐 향로봉 아래에 이르렀다. 시냇가에 새로 엮은 초가가 있었다. 채색을 하지 않아 청초한 느낌이 마음에 들었는데 향로암이라 하였다. 여기서부터는 자주 아름다운 맑은 연못과 높은 폭포가 나타나 일일이 기억할 수도 없을 정도다. 시냇물은 골짜기를 벗어나자 바로 만폭동 아래의 시냇물과 합해졌다. 그 시냇물 가운데에는 평평한 큰 바위가 있는데 수백 명이라도 앉을 만했다. 봉래蓬萊 양사언楊士彦이 쓴 "蓬萊楓嶽 元化洞天"(봉래풍악 원화동천)이라는 여덟 자가 큰 글씨로 바위 면에 새겨져 있었다. 그 글씨는 용이 꿈틀거리고 사자가 웅크리고 있는 듯하여 산악의 형세와 웅장함을 다투기라도 하는 것 같았다. 시냇가 왼쪽에는 푸른 절벽이 불쑥 솟아 있는데 그것이 바로 금강대金剛臺였다. 예전부터 청학이 그 꼭대기에다 집을 짓고 산다고 들었으나 지금은 보이지 않았다. 바위 위에는 앞서 왔던 사람들이 쓴 이류가 많아 이끼를 벗겨 내고 읽어 보았다. 날이 저물어 표훈사에서 잤다.

만폭동에서 마하연까지 가다

24일, 아침에 일찍 일어나 만폭동으로 들어갔다. 몇몇 연못을 거쳐 시내 왼쪽에서 오솔길을 따라가다가 보덕굴에 올랐다. 수백 걸음이나 되는 구불구불한 돌길이 이어지다 돌길이 끝나자 계단이 나타났다. 계단은 모두 40개였다. 40개의 계단이 다하자 비로소 굴이 나타났다. 굴

속에 작은 암자를 지어 놓았는데, 마치 경쇠를 매달아 놓은 것만 같았다. 앞 난간이 암벽 밖으로 튀어나와 걸릴 곳이 없어서 수십 자나 되는 구리 기둥으로 받치고 다시 두 가닥의 쇠사슬로 얼기설기 붙들어 매어 놓았다. 잠깐 그 위로 올라가 보았는데 몸이 흔들거려 마치 허공에 매어 달린 듯하고, 또 정신이 어질어질하고 두려워 감히 아래를 내려다볼 수도 없었다. 암자의 북쪽에는 석대가 있는데 굴의 이름을 그대로 따서 보덕대라고 하였다. 여기에서 아래를 내려다보니 크고 작은 향로봉이 마치 어린아이를 업고 있는 것 같았다.

잠시 쉬었다가 서쪽에서 북쪽으로 비스듬하게 아래로 내려갔다. 시내에 이르자 못이 나타나는데 진주담眞珠潭이라고 했다. 폭포가 떨어져 내리면서 벼랑에 부딪쳐 흩어지는 것이 마치 진주알 같다고 해서 붙여진 이름이다. 못 왼쪽에는 암벽이 기울어져 튀어나온 모양이 마치 지붕의 처마를 덮어 놓은 것과 같은데 겨우 대여섯 사람만이 들어갈 정도였다. 그 아래의 평평한 바위에서는 가끔씩 포말이 부서지면서 얼굴까지 튀어 오르기도 했다.

또 앞으로 나아가 수백 걸음을 갔더니 벽하담碧霞潭이었다. 진주담에 비해 더욱 기이하고 아름다웠다. 나는 듯한 폭포가 깎아지른 벼랑을 따라 곧장 떨어져 내리는데 예닐곱 길은 되어 보였고 수없는 물방울이 사방으로 흩어지면서 온 골짜기가 안개와 눈처럼 하얗게 뒤덮였다. 못의 넓이는 거의 200평 정도는 되어 보였고 물빛은 아주 푸르고 깨끗하여 수정 같았다. 또 그 곁의 바위는 모두 평평하고 넓어서 큰 잔치를 베풀어도 좋을 것 같았다. 지팡이를 꽂아 놓고 편안하게 앉아서, 가지고 온 술을 꺼내어 마시면서 폭포를 우러러보기도 하고 못을 내려다보기도 하다 보니 해가 지는 것도 모를 정도였다.

1~2리 정도 더 앞으로 나아가 여러 못을 지나니 화룡연火龍淵이었다. 화룡연은 벽하담에 비해 10분의 1~2 정도가 더 넓고, 안개가 자욱하게 낀 것이 어떤 음울한 짐승이라도 숨어 있는 듯싶었다. 물가 바위엔 소나무와 회나무가 뒤덮여 있는데 백 명 정도는 앉을 만했다. 만폭동은 여기에서 끝난다.

이 골짜기 전체에는 큰 너럭바위가 깔려 있으며 색깔이 모두 옥처럼 희고, 시냇물은 비로봉 아래 수많은 골짜기로 섞여 들어가면서 다투듯이 내리달아 이 골짜기로 다 모여든다. 바위는 험준하면서도 우뚝하고 삐죽하면서도 울퉁불퉁한 것들이 이리저리 엇갈려 흩어져서 물과 서로 다투었고, 물은 바위를 만나 내리닫다가는 뛰어오르고 격렬하게 내리치기도 하면서 온갖 변화를 다 부린 뒤에야 비로소 노여움을 가라앉히고는 천천히 흘러갔다. 그렇게 흐르던 물은 고요한 내에서는 얕은 여울이 되고 벼랑을 만나면 폭포가 되어 떨어지고 폭포 아래로 모이면 또 못이 된다. 폭포의 길이는 예닐곱에서 한두 길까지 이르고, 넓이는 100평에서 200평가량이 된다. 그 모양은 거북이가 되기도 하고 배가 되기도 하며, 청룡이 되기도 하고 흑룡이 되기도 한다. 또 응벽凝碧이 되기도 하고 진주가 되기도 하며, 청유리와 황유리가 되기도 하는데, 그중에서도 벽하담이 가장 기이하고 아름다우며 화룡연이 가장 웅대하다. 그러나 이는 대략 들은 것일 뿐, 상세한 것은 나로서는 도저히 다 찾아볼 수 없는 노릇이었다.

화룡연에서 1리를 가니 마하연이었다. 암자 뒤로는 중향성이 에워싸고 있고 그 앞에는 혈망봉과 담무갈봉 등 여러 봉우리가 병풍처럼 둘러 있어서 참으로 좋은 절이라 할 만했다. 뜰에는 삼나무와 회나무가 울창했다. 그 가운데 나무 한 그루는 가지가 곧고 껍질이 붉었으며 잎은 삼나무와 비슷하여 옛날부터 계수나무라고 부르지만 사실은 잘못된 것이다.

밥을 먹은 후에 뜰을 거닐었다. 중향성과 여러 봉우리를 쳐다보니 모두 은빛으로 반짝거리기도 하고 수정처럼 번쩍거리는 것이 똑바로 바라볼 수가 없었다. 산봉우리들의 자태가 참으로 기이했으나 저녁 햇살을 받은 모습은 더욱 기이하여 정양사에서 보던 것과는 같지 않았다.

간성 군수 권세경權世經이 순행하던 중 산에 들어왔기에 촛불을 켜고 밤늦도록 산을 유람한 일에 대해 이야기를 나누었다. 내가 이제 산에서 내려가 돌아가겠다고 했더니 그가 안타까운 듯이 말했다.

"여기까지 왔다가 어찌 동해를 보지 않을 수가 있단 말인가? 비록 팔경은 다 볼 수 없겠지만 총석정이나 삼일포 같으면 며칠이면 충분하다네. 만일 비용 때문이라면 내가 부담함세."

이에 나는 그렇게 하겠노라며 사양하지 않았다.

마하연에서 유점사까지 가다

25일, 아침을 먹고 권 군수와 함께 만회암萬灰庵에 올랐다. 암자는 백운봉 아래에 있었고 마하연과의 거리는 백 걸음도 채 되지 않았다. 경내는 그윽하고 고요했다. 부처 앞에 놓인 작은 화로에 향을 태운 흔적이 역력한 것으로 보아 승려가 잠시 자리를 비운 것처럼 보였지만 사실은 사람이 살지 않은 지 오래되었다.

잠시 쉬었다가 불지암佛知庵을 거쳐 안문점에 이르렀다. 마하연에서 이곳까지는 모두 15리이다. 지세는 더욱 험준하고 오르고 또 올라도 끝이 없었다. 괴상한 바위들이 이리저리 뒤섞인 채 널려 있어서 잘 고른 후에라야 발을 디뎠다. 시냇물은 길을 따라 끊임없이 등덩굴 아래로 구슬프게 울어대는데 올라오느라 지쳐서 아름다운 곳들을 구경할 여유도 없었다.

안문점에 오르니 내금강의 여러 봉우리들이 한눈에 다 들어와 기분이 매우 상쾌했다. 길에는 고목이 쓰러져 백룡처럼 꿈틀거리는 것만 같은데, 그 위에 걸터앉아서 멀리 바라보니 더욱 기이했다. 이 고개는 내외 금강산의 분기점이 된다. 내금강이 바위가 많고 흙이 적다면 외금강은 흙이 많고 바위가 적다. 따라서 바위가 많은 내금강은 희고 가파르며 흙이 많은 외금강은 푸르고 웅장하니, 이 점이 내외 금강산을 구분하는 특징이 된다.

외금강의 승려들이 가마를 가지고 와서 기다리고 있었다. 구불구불한 길로 10여 리를 가다 보니 비로소 평지가 나왔다. 시내를 넘어 북쪽으로 몇 리를 가서 은신대隱身臺에 이르렀다. 절벽이 험준하고 길은 기울어져 있어서 오르는 데 몹시 힘이 들었다. 올라 보니 큰 바다가 발밑에 깔렸고 대의 북쪽에는 천 길이나 될 법한 깎아지른 절벽이 마주하고 있는데 그 형세가 참으로 웅장했다. 또 절벽에는 어디서부터 흘러내리는지 알 수 없는 폭포가 쏟아지고 있었다. 물은 절벽 사이에서 떨어져 내리는데 높이가 12길이나 되고 그 아래 계곡은 아주 깊어서 내려다보아도 어두컴컴하여 물이 어디까지 떨어져 내리는지를 알 수가 없었다. 이전에 유람했던 사람들의 기록을 보면 대부분 불정대佛頂臺에 올라가 이 폭포를 구경했다고 되어 있는데, 이곳에서 바라보는 것과 비교해 보면 어떨는지 모르겠다.

안문점을 넘어 이곳까지 이르는 10여 리는 단풍이 아주 짙게 물들어 온 산에 흐드러졌는데 이 또한 멋진 구경거리였다. 내금강에서는 이런 경치를 보지 못한 것이 아쉬울 뿐이었다. 대에서 내려와 5리를 가니 대적암大寂庵이었다. 이곳은 달리 볼거리가 없었지만 새로 지은 암자가 깨끗하면서 시원했다. 주지승 나백懶白은 생김이 헌칠하고 거동이 단정했으며 수십 명의 승려들을 가르치고 있었다. 다과를 내어 우리를 맞이해 주었는데 이야기를 나누어 보니 사람이 아주 괜찮았다. 책상과 자리는 깨끗하게 정돈되어 있고 불상도 정밀하면서도 아름다웠으며, 상 위에 놓인 불경 몇 권 등 모든 것이 호젓한 느낌이 들어 마음이 즐거워졌다. 자꾸만 자고 가라고 권했으나 짐들을 이미 유점사로 보내어 버린 뒤라 쫓아가서 다시 오라고 할 수도 없기에 거듭거듭 아쉬워하며 헤어졌다.

5리를 가서 유점사에 이르렀다. 산영루山映樓에 앉아 보았다. 이 누각이 옛날에는 시냇물에 걸쳐 있어서 아주 보기 좋았다고 한다. 하지만 승려들이 그만 풍수지리설에 현혹되어 물길을 돌려 버리는 바람에 옛날의 그 멋진 정경을 다시는 볼 수 없게 되었다고 하니 안타까운 노릇이다. 불전이 아주 크고 화려하여 장안사보다도 훨씬 더 컸다. 전 안에는 53개의 금불상이 있고 또 향나무로 천축산을 본뜬 모양을 새겨서 안치해 놓았다. 뜰에는 13층 석탑이 있는데 색깔은 파랬으며 그 구조가 상당히 정교했다. 법희 거사法喜居士가 쓴 기록에 보니 53개의 불상은 월지국에서 쇠로 만든 종을 타고 바다를 건너서 왔다고 한다. 법희는 고려의 문사 민지閔漬로 그가 이 절에 대해 기록한 것들은 모두 허탄하여 믿을 수가 없다.

이 절은 내외 금강산 중에서 가장 웅장한데 불전 이외에도 승려들이 거처하는 방과 참선하는 방, 누각과 부엌, 욕실 등이 구부러져 가며 빙 둘러 있어서 도대체 몇 칸이나 되는지 다 알 수 없을 정도였다. 또 거처하는 승려들도 천 명이나 되며 물자도 아주 풍부했다. 그런데도 함께 말할 사람이 한 사람도 없고 다만 지십智什이라는 자가 있어서 산에 얽힌 옛날 일들을 상당히 많이 말해 주었다. 밤에는 원적료圓寂寮에서 잤다.

구연동을 거쳐 진견성암으로 가다

26일, 만경대萬景臺를 오르려고 절 서북쪽을 나섰다. 시내를 따라 3리를 가다 보니 선담船潭이 나왔다. 큰 바위 한가운데가 움푹 내려앉았는데 배 모양과 비슷했다. 가로가 두 길, 세로는 반 길 정도가 되었다. 거의 한 길쯤 되는 높이에서 시냇물이 그 한가운데로 쏟아져 내리면 물은 바위의 네 귀퉁이를 채우고 다시 뾰족한 바위를 따라 아래로 떨어져 내려 자은 못을 이루었다. 그 위로 몇 리에 이르기까지 시냇물은 폭포가 되기도 하고 못이 되기도 하는 것이 더욱 많아졌으며, 수석은 아주 깨끗하고 장대하여 만폭동과 거의 맞먹을 만했다. 다만 둘러서서 비치는 산봉우리와 절벽이 적을 뿐이었다.

선담을 지나면서 길이 점점 오르막길이 되었다. 가끔씩 천 길이나 되는 깎아지른 벼랑을 오를 때에는 가마가 마치 허공에 매어 달린 듯한 느낌이 들어 몸을 거의 가누지도 못할 정도였다. 자월암紫月庵에 이르자 땅의 형세가 아주 높아졌다. 내려다보니 수천만의 높고 낮은 산봉우리와 골짜기가 첩첩이 쌓인 것이 마치 바다의 파도가 일어나는 듯하여 마음과 눈을 시원하게 했다.

잠시 쉬었다가 만경대로 향했다. 막 수백 걸음을 걸어가고 있는데 갑자기 안개가 자욱하게 끼더니 앞을 분간하기조차 어려워졌다. 혹시 비가 오지는 않을까 하여 가마를 돌려 급히 자월암으로 되돌아갔다. 가는 중에 조금 방향을 틀어서 서쪽으로 가다가 돌길 사이를 따라 구불구불 몇 리를 가니 암자 두 곳이 보였다. 조금 남쪽에 있는 것은 구연암九淵庵이었고, 조금 북쪽에 있는 것은 진견성암眞見性庵이었다. 둘 다 구연동의 가장 깊숙한 곳에 위치해 있으면서 바위를 기대고 골짜기를 굽어보며 맑고 아득한 것이 속세를 벗어난 듯한 느낌이 들었다. 한 승려만이 홀로 지내고 있는데 이름은 관천貫天이라 했다. 가사가 단정했으며 얼굴 모습이 예스럽고 고요하여 한 점의 속기俗氣도 없었다. 승려가 물었다.

"소승이 이 암자에 산 지 거의 10년이 되었습니다만, 외부에서 이곳까지 온 사람을 한 번도 본 적이 없었습니다. 손님들께서는 어디에서 오시는 길입니까?"

내가 웃으며 대답했다.

"아름다운 경치를 찾다 보니 나도 모르게 이렇게 깊은 데까지 오게 되었소."

그러고는 금년에 어떤 객이 이곳에 오지 않았느냐고 물었다.

"여름쯤에 한 젊은 서생이 왔다 갔습니다만, 이외에는 아직 아무도 온 적이 없었지요."

아마 내 동생 창흡이었으리라고 짐작했다.

승려는 나를 암자 왼쪽에 있는 작은 대臺로 인도했다. 아래를 내려다보았더니 앞에 큰 바위가 있었다. 그리 심하게 가파르지는 않았지만 길이가 거의 수백 길은 되어 보였고, 바위의 갈라진 중간 부분부터 폭포가 쏟아져 내리는데 마치 한 필의 비단을 드리워 놓은 것만 같았다. 그 아래는 깊은 시냇물이었고 시냇물 한가운데는 흰 바위가 널려 있고 숲이 울창했다. 그 사이에 무언가 특이한 것이 있을 것이라는 생각은 들었지만 길이 끊어져서 가 볼 수는 없었다. 그래서 다시 돌아와 앉아 승려와 이야기를 나누었다. 내가 승려에게 물었다.

"이곳에서 산 지 오래되었다고 했는데 매일 무엇을 하고 지내시오?"

"별로 하는 일이 없습니다. 다만 아침저녁으로 향불을 사르고 예불을 올리거나 그렇지 않으면 하루 종일 가부좌를 한 채 벽을 향해 앉아 있을 뿐이지요."

또 잠자는 것과 먹는 것은 어떻게 하느냐고 물었더니, 이렇게 대답했다.

"밤에 한 번 정도만 잠깐 자고 매일 솔잎에다 물 한 그릇만을 마실 뿐입니다."

그 얼굴빛에는 달리 굶주리거나 지친 기색이 보이지 않았다. 돌아보니 방에는 다른 물건은 없고 오직 한 동이의 생수와 한 자루의 솔잎만이 있을 뿐이었다. 그의 고행은 참으로 게으름을 경계하기에는 더할 나위가 없을 것 같았다. 하지만 그렇게 애써 공부하는 것들이 다만 말라 버린 나무를 태우고 남은 죽은 재만을 성취하려고 하는 것이라 생각하니 안타까울 뿐이었다.

날이 저물어 왔던 길로 되돌아갔다. 운수암雲水菴의 옛터를 거쳐서 선담 바위 위에 앉아 잠시 쉬었다. 거의 어두워져야 유점사로 돌아왔다. 절의 승려들이 두부를 내놓아 배불리 먹었다. 임진원이 그의 친족 아저씨와 함께 내금강에서 왔기에 그들과 함께 잤다. 이날 밤에 비가 내렸는데 다음 날에는 더 심하게 내렸다. 하루 종일 문을 닫고 조용히 앉아서 향을 사르며 한가롭게 이야기를 나누었는데 이 또한 즐거운 일이었다. 고성 군수 홍우원洪宇遠이 순행차 이곳에 당도했다. 잠깐 만나 보기는 했으나 이야기는 나누지 못했다.

만경대에 올랐다가 반야봉의 여러 암자를 지나가다
28일, 비가 막 개이자 날씨가 더욱 산뜻해졌다. 동행하던 사람들이 모두 유쾌해했다. 마음을 단단히 먹고 만경대에 오르려고 했다. 하지만 승려들이 한결같이 번갈아 가며 말했다.

"하늘이 비록 맑다고는 하나 바람은 아주 거셉니다. 높은 곳에 오르기에는 마땅치 않습니다."

하지만 그 말을 들은 척도 않은 채 가마를 타고 강행하여 다시 구연동으로 들어갔다. 시냇물은 비를 만난 탓인지 급작스럽게 불어나 바퀴가 구르듯 내리흐르면서 바위 골짜기를 마구 흔들어댔다. 지난번에는 바위를 만나면 겸손하게 피해 가던 물이 오늘은 튀어 올랐고, 지난번에는 거문고와 피리 소리를 내더니 오늘은 변해서 몽땅 우레와 북 소리를 냈다. 귀로 듣고 눈으로 보는 것마다 모두 기이하고 장엄하여 마음조차 마구 흥분되는 것이 엇그제와 같지 않으니, 사람의 마음이란 이렇게 주위의 처지에 따라 달라지는 것인가 보다.

잠시 선담 가에 앉았다. 바람이 아주 거세어지자 추운 나머지 급하게 술 한 잔을 청해 마셨다. 그래도 추운 기운이 풀리지 않았다. 영원암에 이르렀지만 너무 퇴락하여 머무를 수가 없었다. 이곳을 지나자 산의 형세가 점점 더 험준해지고 길까지 미끄러워, 가마를 멘 승려들이 열 걸음에 한 번씩은 넘어졌다. 그래서 늙은 승려에게는 곁에서 돕게 하고 젊은 승려에게는 뒤에서 붙잡게 하고서야 앞으로 나아갈 수 있었다.

또 6리를 가니 길이 끊어져 버렸다. 할 수 없이 가마에서 내려 수백 걸음을 걸어가서야 비로소 만경대에 오를 수 있었다. 서쪽에서 북쪽까지는 잇달은 봉우리들이 시야를 막아 버려 제대로 바라보이지 않았고, 남쪽으로는 뭇 산들이 땅을 박차고 올라와 첩첩이 쌓여 마치 작은 언덕처럼 보였으며, 동쪽으로는 큰 바다가 하늘과 맞닿아 끝도 없이 펼쳐져 있었다. 비록 비로봉에 오르지 않았다 하더라도 이 또한 비로봉에서 바라보는 것에 못지않은 장엄한 광경이라 할 만했다.

한참을 앉아 있는데 바람이 더욱 거세어져 사람도 떨어지게 할 것만 같아 서로 붙잡고 의지하는데도 몸을 가눌 수 없을 정도였다. 이에 글을 쓸 만한 바위 하나를 택해서 같이 유람 온 사람들의 이름을 쓰고는 내려왔다. 임 군 일행은 은신대를 향했고, 나는 이미 보았기에 따라가지 않고 돌아오는 길을 택했다. 반야암, 명적암, 백련암 세 암자는 모두 유점사와는 몇 리 떨어져 있지 않았다.

절에 돌아왔는데도 해는 여전히 세 길이나 남았다. 은신대에서 돌아온 두 사람은 보고 온 경치를 크게 떠벌리면서 천하 최고의 기이한 광경이라고 했다. 아마 비가 온 뒤라 12길 높이의 폭포가 연달아 뻗어

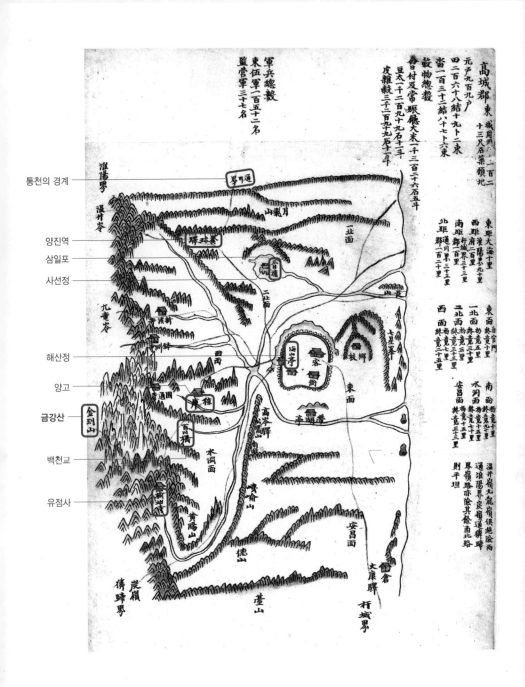

통천의 경계
양진역
삼일포
사선정
해산정
양고
금강산
백천교
유점사

금강산(고성군)

내리면서 하나가 되어 엄청난 장관을 이루었을 터이니, 그 기이함이란 충분히 상상하고도 남음이 있었다.

유점사에서 고성까지 가다

29일, 일찍 일어나 밥을 재촉해서 먹었다. 임 군 일행은 내금강으로 돌아갔고, 나는 영동을 향해 절을 나섰다. 길은 곧바로 시내를 따라 나 있었다. 구불구불 흘러가는 물이 구슬픈 소리를 내고, 때로는 낙엽이 사람을 스치고 지나가 마음이 서글퍼졌다. 호음湖陰 정사룡鄭士龍의 시와 송강松江 정철鄭澈의 가사에 나오는 풍경이 바로 이를 읊은 것이리라.

몇 리를 더 가다가 시내 길을 접어 두고 왼쪽으로 가서 산 아래를 따라갔다. 바위가 많은 길이라 높고 위태로웠으며 때로 나무다리로 지탱해 놓은 곳도 있었는데, 밟기만 해도 금방 무너져 내릴 것만 같아 불안했다. 북쪽으로 가다 보니 다시 시내가 나타났다. 시냇물은 북쪽에서 흘러내려 왔지만 그 근원은 어디인지 알 수 없었다.

구령狗嶺에 올라가 이대尼臺와 중대中臺에 이르니 시야가 아주 탁 틔었다. 동으로 바다를 바라보니 마치 몇 걸음 안에 있는 것처럼 가까워 보였다. 여기서부터는 구불구불하고 비탈진 길을 따라서 내려가야만 했기에 가마에 앉아 있어도 저절로 머리가 앞으로 쏠리고 엉덩이는 들렸으며, 뒤에 오는 사람들을 돌아보니 반대로 바로 내 머리 위에 있는 것처럼 느껴졌다. 이같이 하면서 수백 번이나 길을 꺾어 내려가서야 평지에 이르렀는데 이번에는 시냇물이 있어서 옷을 걷고서야 건널 수 있었다.

또 6~7리를 가니 길이 조금 평탄해졌다. 그제야 가마에서 내려 말을 타고 길을 갔다. 말과 마부는 모두 군수 권세경이 마련해 준 것이었다. 몇 리를 가서 백천교百川橋에 이르렀다. 돌다리가 상당히 컸다. 옛날에는 채색한 멋진 누각이 다리 위에 걸쳐 있었는데 지금은 없어져 버렸다 한다. 다리 아래의 물의 흐름은 매우 거세어 어지럽게 널린 바위들과 싸우듯이 하다가는 잔잔하게 내려갔다. 하지만 곧바로 깊고 검은 물이 되어 버려 그 바닥이 보이지 않았다.

대체로 유점사에서 이곳까지 이르는 수십 리 길은 모두 깊은 골짜기를 지나온다. 산의 형세는 삐죽삐죽하고 수목들이 울창하게 뒤덮여서 반나절을 걸어도 해가 보이지 않다가 이곳에 이르러서야 비로소 조금씩 트였고 또 몇 리를 더 가서야 아주 넓은 평지가 나왔다. 양고촌楡庫村에서 점심을 먹었다. 비로소 마을과 논밭들이 보이기 시작했다. 벼는 그런대로 익었으나 아직 추수는 하지 않았다. 이런 들판을 보고 있자니 마음이 시원해지면서 멋진 시상이 떠올랐다.

15리를 가서 고개 하나를 올라 뒤돌아보았다. 수만 겹겹의 금강산 봉우리들이 하늘까지 닿아 마치 뛰어서 날아오를 듯한 기세였다. 금강산은 안쪽에서 보았을 때는 기이하고 빼어나며 매우 가파르다는 점에서 다른 산보다 더 낫다고 말할 뿐이었지, 그 웅대한 모습은 다 알 수가 없었다. 그런데 이곳에서 보니 수많은 산봉우리들이 첩첩이 에워싸고 있는 것이 마치 만 길이나 되는 높은 성곽과 같아 사방 그 어디에도 이와 맞설 만한 것이 없었다. 그러고 보니 이제야 그 옛날 중국 송나라의 시인 소식蘇軾이 "여산廬山의 진면목을 보지 못하는 것은 내 몸이 이 산속에 있기 때문이로구나"라고 한 말이 빈말이 아님을 알게 되었다.

저녁에는 고성읍 아래에서 잤다. 한적한 것이 시골 마을 그대로였다. 해산정海山亭에 올랐다. 고을 뒤에는 작은 언덕이 있고 앞에는 남강이 띠를 두른 것처럼 흐르고 있었다. 동쪽으로는 큰 바다가 바라보이는데 10리도 채 되지 않을 만큼 가까워 보여 은빛 파도와 눈빛 같은 물결이 내가 앉은 자리까지 밀려올 것만 같았다. 바다에는 서너 개의 하얀색 바위가 옥처럼 불쑥 솟아올라 있는데 혹시 칠성석七星石이 아닌가 싶어서 옆 사람에게 물어보았지만 그 이름을 알지 못했다.

고성에서 통천까지 가다

30일, 새벽에 일어나 해가 뜨기를 기다렸다. 하늘 동쪽에서는 붉은 햇무리 기운이 희미하게 보이고 잠깐 사이에 점점 더 크게 붉어지며 구름을 물들이더니 눈에 보이는 모든 것을 오색으로 만들었다. 짙기도 하고 옅기도 하면서 제각기 다른 양태로 순식간에 온갖 변화를 다 부려 대던 빛은 이윽고 해가 되어 조금씩 바다 속에서 떠오르기 시작했다. 큰 자주색 쟁반 같은 것이 파도 속에서 솟았다 잠겼다 하기를 한참이나 하더니 드디어 허공으로 불끈 솟아올랐다. 파도가 처음에는 금빛과 비슷한 붉은색을 띠었는데 이제는 은빛 물결로 넘실대며 수만 리에 걸쳐 한 가지 색을 이루었다. 모든 사람들이 크게 환호성을 지르면서 그 기이한 광경에 입을 다물지 못하고 있었다. 지금껏 내가 본 것들을 생각해 보았지만 이런 것은 본 적이 없었다.

밥을 먹은 후에 삼일포三日浦를 보러 갔다. 둘레가 10여 리는 되어 보였고 바깥은 서른여섯 개의 봉우리가 에워싸고 있으며, 가운데에는 작은 섬이 불쑥 솟아 있고 붉은 용마루가 그 위로 돌출해 있으니 바로 사선정四仙亭이었다. 사선四仙이란 신라 때의 화랑들로, 관동의 여러 명승지를 두루 유람하다가 이곳에 이르러서는 경치가 너무나 좋은 나머지 그만 돌아가는 것도 잊어버리고 사흘 동안이나 놀았다고 한다. 삼일포와 사선정이라는 이름도 다 이런 연유로 지어진 것이다.

포구에는 탈 만한 작은 배 한 척이 놓여 있었다. 고성 군수 홍우원이 산에 있다가 내가 이 길을 가게 될 줄을 알고서 관리들에게 배를 대기시켜 놓으라고 명했으니 아마 간성 군수 권세경이 말해 준 것 같았다. 배를 저어 물 한가운데로 들어가자 아득하고도 망망하여 끝이 보이지 않을 것만 같았다. 수초 사이를 내려다보니 노니는 물고기들이 아주 또렷하게 보여 셀 수도 있을 만큼 물이 맑았다. 호수 북쪽에는 사자바위가 있는데 머리는 쳐들고 엉덩이는 내려앉은 것이 사자가 웅크리고 있는 모양과 조금 닮은 듯했다. 하지만 가까이 가서 보니 전혀 그렇지 않았다.

배를 옮겨 정자 남쪽에 있는 작은 바위 봉우리로 갔다. 봉우리에는 작은 비석이 있는데 깎이고 떨어져 나가 글자가 보이지 않았다. 세상에 전하기로는 미륵매향비彌勒埋香碑라고 한다. 서쪽으로 돌아가니 벼랑에 붉은 글씨로 "述郎徒南石行"(술랑도남석행)이라는 여섯 글자가 쓰여 있었다. 세상에서 전하기로는 사선이 쓴 것이라고 하는데 글자의 획이 아직도 마멸되지 않았다. 다만 '徒'와 '行' 두 글자만이 조금 흐릿했지만 자세히 보면 알아볼 수 있으니 기이한 일이다. 다 읽어 본 후에 나도 붓을 적셔 그 아래에다 이름을 썼다. 천년 뒤에 이것을 보는 자들이 지금의 나처럼 감탄하지 않을 줄 어찌 알겠는가?

배를 돌려 정자 아래에다 대었다. 괴이한 바위들이 섬을 에워쌌고 위에는 오래된 소나무 몇 그루가 서 있었다. 소나무는 종류가 모두 짧

정선, 〈옹천〉, 《신묘년풍악도첩》, 국립중앙박물관 소장

막하고 메말라 거침없는 기상은 없었지만, 그래도 바람이 불어오면 맑은 소리를 내는 것이 듣기에 제법 좋았다. 그 아래에 앉아 술잔을 기울이니 정신이 시원해지면서 도무지 떠나기가 싫었다. 갈 길이 바빠 사흘도 머무르지 못했으니 사선의 비웃음이나 받지 않을까 싶었다. 저녁이 다 되어서야 양진역養珍驛에 이르렀다. 여기서 묵으려고 했으나 해를 보니 아직은 이른 듯하여 말에게 꼴을 먹이고는 다시 길을 떠났다.

여기서부터 10리까지는 길이 모두 바다와 나란히 놓여 있었다. 파도가 밀려와 무너질 듯 내리달리는 것이 마치 수만 마리의 말들이 적진을 향해 다투며 마구 달리는 것 같았다. 그러고도 남은 힘은 여전히 해안의 모래톱 수십 걸음까지 밀려와 사람과 말이 피해야만 했다. 또 길옆에는 맑고 깊은 호수가 많아 몇 리 또는 10여 리까지 걸쳐 있고 물오리와 갈매기 같은 새들이 그 가운데를 가득 메운 채 떠다니고 있었다. 이러한 풍경은 고성에서 통천까지 이르는 동안 내내 그러했는데 모두 바닷물이 넘쳐 고이는 바람에 이루어진 것들이다. 저녁에는 옹천甕遷에서 5리 정도 떨어진 곳에서 잤다.

9월 1일, 옹천으로 올라가 꼭 일출을 보기로 일행과 함께 미리 약속했지만 새벽에 비가 내린 탓에 이루어지지 못했다. 일찍 출발하려고 말 위에 올랐을 때 해는 이미 바다로부터 한 길이나 떠올라 있었다. 날씨는 살짝 개었고 구름은 햇빛을 받아 광채를 발하는 것이 어제 보았던 것보다 더욱 기이했다. 잠깐 사이에 수십 길이나 되는 웅장한 무지개가 서북쪽에서 일어나 바다를 가로질러 뻗치었는데 떠오르는 해와 그 아름다운 빛을 다투는 듯하더니 한참 후에야 사라졌다.

우리나라에서는 흔히 구름다리 '잔'棧을 '천'遷이라 말하기도 한다. 이처럼 옹천은 그 이름 그대로 뚫린 바위산을 통해 수백 걸음을 겨우 말 한 필이 지나갈 정도이다. 그 아래로는 거센 파도가 찧어 대고 그 소리는 우레가 치는 것만 같아 말을 타고 가다가도 혹시 떨어지지나 않을까 두려웠다. 등로역登路驛에서 밥을 먹고 또 조진역朝珍驛에서 밥을 먹고서 몇 리를 더 가 문암門巖에 이르렀다. 두 개의 바위가 마주 섰는데 그 사이로 길이 나서 마치 문처럼 왕래했다. 바위 색은 하얗고 모양은 상당히 기이했으며 그 위에는 화초가 수를 놓은 듯 알록달록했다.

여기서부터 몇 리 사이에는 기이한 바위들이 바둑알처럼 깔렸으며 모래는 눈처럼 희었다. 또 갈매기들은 오고 가며 울어 대는데 사람과 거리가 한 길 남짓밖에 안 되는데도 놀라서 피하려고 하지 않아 한가롭기가 그지없는 기색이었다. 고삐를 말 가는 대로 내어 맡긴 채 천천히 길을 가며 이리저리 돌아보면서 시를 읊조리다 보니 말을 타고 가는 피곤도 잊어버렸다. 이렇게 60리를 가니 소나무 숲이 나왔다. 수십 리까지 뻗치어 그 푸른빛이 바다 빛과 어우러져 아름다웠다. 다만 모두 왜소하고 어린 것이 흠이었다. 저 소나무들이 더욱 오래되고 높이 솟아나 모든 가지가 용처럼 꿈틀거리며 쇠같이 단단해진다면 중국의 서호西湖 9리와 비교한들 무슨 모자람이 있겠는가?

저녁에 통천通川에 이르렀다. 군수 이제두李齊杜는 마침 서울로 가고 없었다. 그의 아들 상휴와 사행은 평소에 나와 잘 알고 지내던 사이여서 깜짝 놀라고 기뻐하며 술자리를 베풀어 주었다. 밤에 함께 청허당清虛堂에서 잤다.

총석정을 구경하고 추지령을 넘어 경성으로 돌아오다

2일, 비가 오더니 늦게야 개었다. 곧바로 말을 타고 동북쪽으로 15리를 가 바닷가에서 총석정을 구경했다. 길고도 큰 봉우리가 바다로 꺾여 들어가 둥그스름하게 솟아올랐다. 옛날에는 정자가 그 위에 있었는데 지금은 없어졌다고 한다. 그 앞에는 큰 돌기둥 네 개가 있는데 가가 떨어져서 물속에 서 있었으며 높이는 모두 열 길 이상으로 사선봉四仙峰이라고 하였다. 봉우리는 모두 수십 개의 작은 돌기둥이 합해져서 이루어졌으며 돌은 모두 모나고 곧은 정육면체가 합해진 것으로 다 가지런한 것이 참빗 같았다.

그런데 이처럼 먹줄을 놓아 자르고 다듬은 듯한 봉우리는 이 네 봉우리만 그러한 것이 아니고 정자를 에워싸고서 몇 리에 걸쳐 이곳저곳에 뒤집힌 듯 널려 있는 봉우리마다 그러했다. 그렇다면 땅속에 묻혀 있는 바위도 모두 이러할 것인데 만일 파도로 쓸어 버리고 눈비로 씻어 내려 그것들을 땅 위로 다 드러나게 한다면 도대체 몇 천 개의 총석이 나올는지 알 수가 없다. 조물주의 기교가 어찌 이러한 데까지 이를 수 있을까를 생각하면 그저 놀라울 뿐이다.

듣건대 안변安邊의 국도國島에도 이와 비슷한 것이 있는데 더욱 기이하면서 장엄하다고 한다. 조물주가 이 동해 한쪽에만 그 기량을 다 베풀어 이토록이나 경치를 호사스럽게 만들어 놓고서 다른 곳에는 전혀 소문나는 것이 없게 하였으니, 이 또한 괴이한 일이라 하겠다. 봉우리를 사선이라 이름 한 것은 삼일포와 사선정처럼 영랑永郞의 옛 자취가 남아 있기 때문이다. 동쪽 벼랑에는 작은 비석이 있었지만 글자가 마멸되어 읽을 수가 없었다. 이것을 어찌 영랑의 무리가 세웠다고 할 수 있을까?

이날은 날씨가 매우 쾌청했다. 정자에 앉아서 동쪽으로 멀리 바라보는데 시력을 다해 보아도 보이는 건 오직 바다뿐이었다. 가슴속에는 무엇 하나 막힌 것 없이 탁 트이면서 배를 타고 신선이 산다는 저 봉래산을 향해 가고 싶은 마음이 거침없이 일어났다.

날이 어두워지자 바람이 몹시 거세어졌다. 눈처럼 하얀 파도가 튀어 정자 기둥의 절반까지 솟아오르다 쏟아지며 포효하는 그 형세가 몹시 두렵고 떨려 오래 머물러 있을 수가 없었다. 지난번에 내가 금강산을 보고서 지금까지 내가 보았던 산들은 모두 흙덩어리와 돌무더기에 불과하다고 여겼지만 오늘은 또 지금까지 내가 보았던 물들이 모두 졸졸 흐르는 시냇물이나 말발굽에 고인 물 정도에 불과할 뿐이라고 말할 수 있을 것 같다. 만일 지난번에 군수 권세경이 권유하지 않았더라면 자칫 이처럼 큰 구경거리를 놓칠 뻔한 셈이다. 관아로 돌아와 밤에 사행과 함께 술을 마시며 이별을 아쉬워했다.

3일, 일찍 출발하여 추지령楸池嶺을 넘었다. 양의 창자와 같은 꾸불꾸불한 돌길을 따라 위로 올라가기를 10리나 하였다. 고개를 오르니 바로 회양 땅이었다. 여기서부터 회양부까지는 30리로 평평한 길로 갈 뿐이요 다시는 내려가는 일이 없어진다. 그래서 세상에서 '회양은 산 중턱에 위치해 있다'라는 말이 바로 이 경우를 두고 한 말이다. 임 부사 어른이 또 머물다 가라며 한사코 붙잡는 바람에 사흘을 회양부에서 머물렀다가 7일에야 비로소 출발했다. 11일, 경성에 도착하니 왕복 31일이 걸렸다.

이 글의 저자는 김창협金昌協(1651~1708)이다. 저자의 나이 불과 21세 때 금강산 및 동해를 유람하고 쓴 기행문인데, 원제는 '동유기'東游記이다. 하지만 기록의 대부분은 금강산 유람기이다. 1671년 8월 11일에 출발하여 9월 11일에 돌아오기까지 꼬박 한 달간 유람하면서 마치 일기처럼 매일 날짜를 기록하며 꼼꼼하게 썼다.

선현들이 남긴 금강산에 관한 기행문은 무척 많다. 그럼에도 굳이 여기서 김창협이 젊은 나이 때 쓴 기행문을 소개하는 까닭은 젊은이의 글이라고 믿을 수 없을 정도의 원숙한 솜씨를 보여 준다는 점과 그의 문장이 이미 당대에도 명망이 높았다는 데 있다.

저자는 정양사와 천일대만 보아도 금강산의 진면목을 다 볼 수 있다는 부사 임공규의 충고를 받아들이면서 유람한다. 실제로 천일대에 올랐을 때 그는 그 장관을 "흰 구름이 깨끗하게 다 사라지고 세상에서 일컫던 바로 그 일만 이천 봉우리가 마치 손바닥 안에 든 것처럼 하나하나 모습을 드러내기 시작했는데, 과연 그 특이한 모양과 기이한 자태가 말로 다 표현할 길이 없었다"라고 감탄했다. 가는 곳마다 보이는 풍경들을 마치 손에 잡힐 듯 아주 곡진하게 잘 묘사하고 있어서, 이 유람기만 읽어도 금강산을 직접 본 듯한 느낌이 든다.

맑고 높은 기운과 웅장한 경치

임훈, '등덕유산향적봉기'

덕유산은 내 고향을 대표하는 산으로 우리 집은 그 산 아래에 있다. 나는 아주 어릴 때부터 한순간도 절간에서 공부한 적은 없지만, 일찍이 이 산을 떠나 본 적도 없다. 이 산의 최고봉이라 불리는 것이 셋 있는데, 황봉黃峯·불영봉佛影峯·향적봉香積峯이다. 나는 젊은 시절에 영각사靈覺寺에 머물며 황봉에 올라 보았고, 삼수암三水菴에 머물며 불영봉에도 올라 보았다. 오직 향적봉만은 지금까지도 올라 보지 못했는데, 그 아래로 갈 일이 없었기 때문이다.

이 세 봉우리 가운데에서도 향적봉이 가장 높고 경치도 기가 막히다고 한다. 그래서 비록 한 번도 오르지 못했지만 나는 늘 이곳을 마음에서 잊지 못하고 있었다. 내가 세상일에 얽매어 있으면서도 황봉과 불영봉에 오른 것은 반드시 그 이유가 있었다. 그러나 최고로 멋진 곳이라고 하는 향적봉은 가 볼 이유가 생기지 않아서 결국 오르지 못한 것이 한이었다.

세월은 자꾸 흘러가고 사람의 일도 어그러졌으며 나이도 쉰을 넘어 이미 쇠잔이 느껴지니, 내 평생의 이 한을 한 번에 씻어 버릴 바람조차 없어지려니 했다. 1552년 중추절, 아우 언성과 효응이 두류산을 유람할 뜻을 품고 동지 네댓 명을 맞아들여 약속한 날에 행장을 꾸렸는데, 그 뜻이 매우 대단하고 그 기세가 아주 찌를 듯했다.

나는 내 몸의 쇠함이 이미 오래되었음을 슬퍼하고 있던 터라 그들과 함께할 수 없었다. 하지만 내 마음에 스스로 이르기를, '두류산이야 멀어서 내 이 쇠약한 다리로는 억지로 갈 수 없다고 하나, 향적봉은 가까이에 있으니 그래도 한번 올라 볼 만한 것이리라. 한번 오른다면 전날의 다하지 못한 그 한을 씻어 버릴 수 있을 것이다' 하였다. 이에 삼수암의 혜웅惠雄 스님, 성통性通 스님과 함께 오르기로 약속하고, 다른 사람에게는 비밀로 하라고 경계하며 말했다.

"일이 번거로워지면 늘 서로 맞추기가 어려운 법이오. 그러나 도징道澄은 내가 오래전부터 약속한 바가 있고, 또 그가 사는 집이 이 향적봉과도 가까우니 우리와 같이 갈 것이오."

얼마 후에 아우 언성과 함께한 자들은 제각각 일이 생겨서 사흘을 연기했다가 끝내 그 산행 약속을 깨고 말았다. 혜웅 스님이 와서 말했다.

"언성과 함께한 자들의 약속이야 이미 깨어졌지만 도징도 못 온다고 합니다. 공께서도 약속을 저버리시겠습니까?"

"내 뜻은 이미 정해졌소이다. 일이 어긋날까 걱정할 필요는 없소. 다만 내 다리 힘이 쇠약해서 도중에 그만두지나 않을까 걱정이오."

탁곡암卓谷菴에서 만나기로 약속했다. 이달 24일에 외조카 이칭李稱

264

을 데리고 탁곡암으로 가니 과연 혜웅 스님, 성통 스님이 와 있었다.

8월 25일

급히 조반을 먹었다. 암자의 옥희玉熙 스님, 일선一禪 스님에게 행장을
꾸리는 것을 도와 달라고 부탁했다. 성통 스님이 앞길을 인도하여 지
팡이를 잡고 북쪽 암자를 따라 올라가는데, 길이 꽤 가팔랐다. 5리쯤
가자 산등성이가 평평한데, 그 형세가 널찍하여 둘레가 1리는 되었다.
성통 스님이 말했다.

"여기가 해인사海印寺의 터전이던 곳입니다. 옛날에 서역의 부처가
나무로 만든 소에다 불경을 싣고 와서 그 나무 소가 멈추는 곳을 살펴
그곳에 절을 세우고 불경을 안치하려고 조선 땅을 두루 돌아다녔습니
다. 그러다 나무 소가 이곳에서 멈추자 여기에다 절을 세우려고 했는
데, 소가 다시 가더니 견암사見巖寺를 거쳐 가야산에 이르러서 멈추었
고, 그곳이 곧 지금의 해인사라고 합니다."

그 말은 몹시 황당무계하여 족히 취할 만한 것이 못 되었다.

다시 산등성을 따라 2~3리를 가서 지봉의 서쪽 허리에 당도했다.
이곳에서 올려다보니 향적봉이 서쪽과 북쪽으로 마주하고 있고 메아리
가 드높아 서로 들릴 만도 했다. 골짜기를 따라 내려가며 풀을 헤치고
길을 찾는데 가끔씩 길이 끊어졌다. 하지만 일찍부터 이 길에 익숙한
성통 스님인지라 가는 길을 잃지 않을 수 있었다. 골짜기가 끝난 곳에
노송나무의 끝 부분이 시냇물에 걸쳐져 있어서 이것을 밟고서 건넜는
데, 여기가 향적봉의 세 번째 시냇물이다. 이 시냇물을 따라 1리를 가
자 물이 백암白巖에서 만났으니, 여기가 두 번째 시냇물이다. 제각각 시

냇가 돌 하나씩을 차지하고서 앉아 쉬었다. 혜웅 스님이 밥 한 그릇을 꺼내니 서로들 손으로 시냇물을 떠서 마시듯이 밥을 먹었다.

이 시냇물을 건너서 산기슭을 따라 1리도 채 안 가서 첫 번째 시냇물을 건넜다. 이 시내가 바로 향적암香積菴 앞으로 내려가는 물이다. 시냇물을 따라 올라가니 길이 가파르고 끊어졌으며, 뾰족한 돌들이 많고 숲이 울창했다. 큰 나무가 땅에 엎어져 있는 것이 마치 달리는 말과도 같고 혹은 드러누워 있는 용과도 같았다. 그렇게 엎어진 나무들이 가는 길목마다 무수히 많았다. 어떤 때는 몸을 구푸려서 그 아래로 빠져나오기도 하고, 어떤 때는 그 위를 넘어가기도 했다. 20리쯤 가자 옛 암자의 터가 있었다. 담장은 무너지고 우물은 수풀 사이에 묻혀 있었다. 옛터에는 나무로 엮어서 지붕을 만든 집이 있었지만, 덮개도 없고 벽도 없는 이미 버려진 집이었다. 성통 스님이 말했다.

"이곳이 하향적下香積입니다. 내 스승이신 은경隱岡 선사께서 일찍이 이곳에 계셨는데, 선사가 떠나가시고 난 뒤로 오랫동안 폐허가 되고 말았습니다. 왕년에 어떤 스님이 다시 세우려다가 일이 반도 채 되기 전에 떠났다고 합니다. 앞에는 만향蔓香(순비기나무)이 우거져 있고, 뒤에는 노송나무와 잣나무가 우뚝한데, 이것은 모두 은경 선사께서 손수 심으신 것이지요. 은경 선사는 저와 정분이 두터우셨는데, 열반하신 지는 이미 오래되었지만 옛 자취는 그대로여서 예전 일을 추억하자니 마음이 사뭇 간절해집니다."

서쪽 외진 곳을 따라서 수백 보를 올라가 향적암에 이르렀다. 가운데에 쌓은 돌은 제단과 같았으니 곧 암자의 터였다. 높이는 내 몸의 절반쯤 되고 폭은 한 이랑쯤 되었다. 도끼에 찍힌 나무가 있는데, 그 가득한 뿌리가 한 아름이나 되었다. 암자가 없어진 것이 언제였는지 알 수가 없다. 남쪽에는 돌샘이 있어서 맑은 물이 나오고 서쪽에는 향나무가 즐비하게 서 있었다. 향적봉이란 이 때문에 붙여진 이름이다. 동쪽에는 판잣집이 몇 채 있는데, 창문과 벽이 아직도 온전했다. 일선 스님이 말했다.

"제가 금년에 육사六士 스님과 함께 이곳에서 하안거夏安居에 들었습니다만, 우란盂蘭*이 끝난 뒤에 스님은 열반에 들었다 합니다."

내가 판잣집을 가리키며 물었다.

"이 집은 옛터에 없던 것인데, 무엇 때문에 만들었소?"

성통 스님이 대답했다.

"옛것을 회복하자는 뜻에서 우선 사람들에게 부탁해서 만든 것이지요. 산 아래의 사람들이 여기에다 집을 세웠는데, 해마다 늘 큰 바람이 많아 스님들을 거처할 수 없도록 했으나, 이곳 선사들은 열반에 들었습니다. 대개 산의 신령한 기운이 이 절경을 아껴서 사람들이 이곳을 밟는 것을 싫어했기 때문에 이와 같았다고 합니다."

향나무는 처음에는 덩굴졌다가도 세월이 오래되면 뻗어 나가 나무가 된다. 하지만 땅바닥에 드러누운 것은 그 몸체의 절반이 비록 늙은 나무가 되어도 높이가 몇 길에 지나지 않고 큰 것도 몇 아름이 되지 않으며, 잎몸은 만년송과 아주 많이 닮았다. 은경 선사가 직접 심었다는 나무를 보니 거의 40년 정도는 된 것 같은데, 아직도 부드럽고 덩굴져 있었다. 이로 보건대 나무가 된 것은 수백 년이 지났을 것이다. 그렇지

---

* 불제자가 음력 7월 보름에 선조 및 현세 부모의 고통을 구제하기 위해 여러 가지 음식을 그릇에 담아 사방의 불승에게 베푸는 불사佛事.

않고서야 그렇게 될 수가 없다. 그 가지와 잎을 손에 잡아 보니 특별한 향은 없었다. 그 이유에 대해 묻자, "반드시 미륵불이 이 세상에 현존하기를 기다렸다가 그 향이 난다"고 하니 선가禪家의 설명은 이와 같은 것이 많다. 우스운 일이다.

향나무 숲속에는 옛 우물이 있는데, 둥근 돌로 꾸며 놓았다. 옛날 그 암자가 있을 때 팠던 것이 틀림없다. 이 암자는 서쪽으로 큰 고개를 등지고 있었으니, 곧 상봉上峯이다. 북쪽, 동쪽, 남쪽 할 것 없이 탁 틔고 막힘이 없어 뭇 산들이 눈 아래에 들어온다. 지세는 모든 것을 받아들일 듯 넉넉하고 한가로운데, 특별히 절경은 아니지만 참으로 선가에서 말하는 '복스러운 땅'이라고 할 만하다.

8월 26일

새벽에 혜웅 스님이 일어나 나를 재촉하며 말했다.

"일출을 보지 않으시렵니까?"

옷을 걸쳐 입고 나가니 뭇 봉우리들이 뻗쳐 있고 붉은 구름은 색깔을 칠해 놓은 듯했다. 북쪽부터 남쪽까지 몽땅 한 색깔을 이루었는데 수도산修道山이 가장 환했다. 갑자기 붉은빛이 화살을 쏜 것처럼 보이더니 샛별이 반짝거렸고, 다시 해 바퀴를 이루더니 산봉우리 위로 용솟음치며 떠올랐다. 참으로 장관이었다. 이날 성통 스님 등과 함께 숲 기슭 사이를 서성이며 푸성귀를 뜯고 샘에 발을 씻기도 하고 손가락으로 뭇 산들을 세다 보니 날이 다하는지도 몰랐다. 저녁이 되자 구름이 자욱하게 피어올라 남쪽에서 북쪽까지 하늘이 컴컴해졌다. 일선 스님이 말했다.

"이와 같으면 반드시 비가 내릴 것입니다."

서로들 걱정했다.

8월 27일

아침에 일어나 보니 안개가 끼어 산을 덮었고 비가 올 기세여서, 산에 올라가 구경할 길이 없었다. 성통 스님 등이 비가 오기 전에 곧바로 내려가자고 했으나 내가 말했다.

"비록 날을 헛되이 보내며 오랜 시간이 걸리더라도 반드시 정상에 올라 보리라는 것이 내 뜻이오."

저녁 무렵에 어둑했던 구름들이 다 흩어져 버리고 햇빛이 구름을 뚫고 새어 나왔다. 나는 내일 날이 깨끗하게 개일 때까지 기다리자고 했다. 성통 스님 등이 말했다.

"산에서는 날이 늘 어둡습니다. 이 정도면 괜찮을 것입니다. 내일 다시 구름과 안개가 일어날지 어떻게 알겠습니까?"

마침내 신발을 단단히 동여매고 올라갔다. 혜웅 스님이 앞장서서 길을 인도했다. 2리쯤 가서 산등성이에 이르렀다가 방향을 바꾸어 다시 북쪽으로 1리를 가서 정상에 올랐다. 암석이 무더기를 이루고 있고, 작은 돌로 그 틈새를 메워 마치 제단과도 같았다. 그 위에는 쇠로 만든 말과 소가 있었으나 신주는 없었다. 혜웅 스님이 말했다.

"이곳은 옛날의 천왕당입니다. 천왕신이 처음에는 이곳에 머물렀던지라 이 쇠로 만든 말과 소도 그때 올렸던 것이지요. 그런데 이 산봉우리가 인간 세상과 상당히 가까웠기 때문에 지리산 정상으로 옮겼다고 합니다."

이 봉우리는 평평하고 널찍하여 이리저리 걸어 보았지만 산의 정상인 줄도 모를 정도였다. 천왕당 앞에는 땅을 파서 만든 구덩이를 벽돌로 에워쌌는데, 세월이 오래되어 매몰되었다. 서쪽으로 안성소安城所를 내려다보니 들판과 시골집들이 마치 무릎 아래에 있는 것만 같았다. 혜웅 스님이 '천왕신이 이곳에 머물지 않았다'라고 한 것이 바로 이 때문이었으리라. 동쪽으로는 큰 골짜기가 있는데, 어제 건넌 세 줄기 시냇물이 합류하는 곳이다. 혜웅 스님이 말했다.

"이곳은 구천둔곡九千屯谷이라는 곳입니다. 옛날에 이 골짜기에 살면서 불공을 이룬 자들이 9천 명이었기 때문에 그렇게 이름 붙은 것이지요. 그 터가 어디였는지는 모릅니다. 세간에서는 산신령이 감추어 두어서 보이지 않는다고 합니다. 또 그 터의 동쪽에는 지봉池峯이 있고, 남쪽에는 계조굴戒祖窟이 있으며, 북쪽에는 칠불봉七佛峯이 있고, 서쪽에는 향적봉이 있습니다. 그래서 이 골짜기 안에서 나오지 않고서는 볼 수가 없으니 기괴한 일이지요."

계조굴이라는 곳은 백암의 북쪽에 있는데, 큰 집 한 채가 들어갈 만한 굴이다. 분명히 계조라는 스님이 살았기 때문에 그렇게 이름을 붙였을 것이다. 경사岡師가 하향적에 살면서 늘 말하기를, "이곳은 분명 구천둔의 터였을 것이다"라고 했다. 지금 이 골짜기를 보면 비록 깊고 아득하기는 하지만 다 사람의 발자취가 닿은 곳이라서 숨을 만한 곳이 없다. 옛날의 일설에 "사방의 자취에는 차이가 없다"고 했는데, 경사의 말 또한 옳을지도 모르겠다.

세 줄기 시냇물 위쪽으로는 적목赤木이 많아, 가면 갈수록 숲을 이루다가 봉우리 아래에 이르러서 극치를 이루었다. 이 나무는 몸체가 붉고 잎은 노송나무와 같은데, 큰 것은 몇 아름씩이나 된다. 가지와 줄기는 이상하게 구부러져 있어서 평소에는 보지 못하던 것들이었다. 이 봉우리는 이 산의 가장 높은 곳이어서 황봉과 불영봉 등은 다 상대가 되지 못한다. 지팡이를 짚고 서서 세상을 내려다보니 황홀하고도 아득하여 그 끝 간 데를 알 수가 없었다. 내가 말했다.

"산을 올라 구경하는 것은 반드시 그 요령이 있어야만 하오. 먼저 이 산을 보고 그다음으로는 동남쪽을 보고 또 그다음에는 서북쪽을 보아야만이 땅의 형세를 자세히 살필 수가 있을 것이오."

그러자 혜웅 스님이 이에 대해 꽤나 자세하게 차례차례 설명했다.

향적봉의 뿌리는 조령에서 속리를 거쳐 직지를 지나 대덕으로 갔다가 초재의 서쪽에 이르러 거창의 삼봉三峯이 되니, 곧 이 산의 제일봉이다. 여기서부터 서쪽으로 뻗어 가서 대봉이 되고, 또 서쪽으로 뻗어 가서 지봉이 되며, 또 서쪽으로 뻗어 가서 백암봉이 되고, 또 서쪽으로 뻗어 가서 불영봉이 되며, 또 서쪽으로 뻗어 가서 황봉이 되고, 백암봉에서 다시 방향을 바꾸어서 이 봉우리가 된다. 이 봉우리가 가장 높고 황봉이 그다음이며, 불영봉은 또 그다음이 된다. 이것이 이 산의 대략이다.

향적봉의 뿌리는 이 봉우리로부터 북쪽으로 달려 예현이 되고, 또 북쪽으로 가서 무주의 상성산에 가서야 끝이 난다. 상성산은 곧 도징 스님이 거처하는 곳이다. 도징 스님은 이 봉우리와는 반절도 채 되지 않는 곳에 있으면서도 속세의 굴레에 빠져 나의 초청을 사양한 것이 한스러웠다. 그가 거처하는 곳을 바라보자니 아쉬움에 찬 말이 자꾸만 나왔다.

향적봉의 뿌리는 예현으로부터 서쪽으로 내리달려 용담의 고산에 이르러서 끝이 나고, 또 예현으로부터 동쪽으로 내리달려 무주의 내에 이르러서 끝이 나고, 또 이 봉우리로부터 동쪽으로 내리달려 칠불봉이 되었다가 횡천에 이르러서 끝이 나며, 삼봉으로부터 북쪽으로 달려 내에 이르러 끝이 난다. 그 동쪽은 무풍현이고 그 서쪽은 횡천소이다. 지봉으로부터 북쪽으로 달려 횡천에 이르러서 향적봉의 뿌리는 끝이 난다. 여기까지가 산의 북쪽이다.

향적봉의 뿌리는 대봉으로부터 남쪽으로 내리달려 갈천·황산·무어리·진산이 되고, 무어리로부터 북남쪽으로 내리달려 악천과 고성봉이 되어서 그친다. 동쪽은 거창현이 되고, 서쪽은 안음 영송촌이 된다. 백암봉으로부터 남쪽으로 내리달려 갈천 사라봉에 이르러 그친다. 불영봉으로부터 남쪽으로 내리달려 월봉이 되고, 또 동쪽으로 내리달려 금원산과 황석산 등이 된다. 황석산으로부터 동남쪽으로 내리달려 함양 사근성이 되어 그친다. 또 월봉으로부터 남쪽으로 내리달려 안음의 산성이 되고, 동쪽은 심진동이 되며, 서쪽은 옥산현이 된다. 황봉으로부터 남쪽으로 내리달려 육십현이 되고, 남쪽으로 가서 함양 백운산이 된다. 여기까지가 덕유산의 남쪽이다.

삼봉의 동쪽은 거창에 속하고, 황봉의 서쪽은 장계에 속한다. 이것은 덕유산의 동서쪽이다. 그 산줄기와 봉우리와 그 자락의 골짜기가 가로세로로 뒤얽혀 일어나 봉우리를 만들고, 휘돌아 들판이 되며, 혹은 주름 속에 숨기도 하고, 혹은 두각을 나타내기도 하여 비록 오랜 시간을 두고 지루할 만큼 세어 본다고 하나 다 끝내지 못할 정도이다.

대체적으로 이 산의 남쪽은 안음에 모두 자리 잡았고, 북쪽은 안성과 횡천에 모두 자리 잡았으나 이 봉우리는 안성에 속하니 곧 금산 땅이다. 안성과 횡천이 비록 금산에 속한다고 하나 그 사이에 무주현이 하나 있어서 이를 서로 벌려 놓아 전혀 이어지지 않으니, 이 또한 괴이한 일이다. 멀리서 바라보면 선산의 냉산과 금오산, 대구의 팔공산, 성주의 가야산, 현풍의 비슬산, 의령의 도굴산, 삼가의 황산, 거창의 감악산이 그 동쪽을 둘렀고, 지례의 수도산은 가야산 안에 있다. 사천의 와룡산, 진주의 지리산, 구례의 반야봉은 그 남쪽에 뻗어 있고, 함양의 백운산은 반야봉 안에 있으며, 입괘산은 지리산 안에 있다. 순천의 대광산, 진안의 중대산, 금구의 내장산, 부안의 변산, 전주의 어이산, 임피의 오성산, 함열의 함열산, 용담의 주줄산(현재의 운장산), 임천의 보광산, 청홍의 성지산이 그 서쪽을 둘렀고 용담의 기산은 주줄산 안에 있다. 고산의 대둔산과 용계산, 공주의 계룡산, 옥천의 서대산, 보은의 속리산, 상주의 보문산, 금산의 직지산과 갑장산은 북쪽에 비껴 있고, 금산의 진약산은 계룡산 안에 있으며, 옥천의 지륵산은 서대산 안에 있고, 황간의 아산은 속리산 안에 있으며, 지례의 대덕산은 직지산 안에 있다.

　나는 이처럼 혜웅 스님과 함께 산들을 손가락으로 하나하나 가리키면서 조카 이칭에게 붓으로 적게 했다. 산의 바깥과 안에 있는 것은 이것뿐만이 아니다. 겹겹이 모여 있고 첩첩이 비껴 있어서 조금치의 틈새도 없을 정도였으나 혜웅 스님이 구별해 본 것이 이 정도에 그쳤을 뿐이고, 글로 나타낸 것도 겨우 3분의 1에 지나지 않는다. 먼 산의 저 바깥에는 또 산이 있다. 다만 보이는 것은 구름과 안개가 휘감고 있을 따름이라 오랫동안 자세히 살펴보다가 그 형태가 갑자기 바뀌면 '이것이 바로 구름이구나' 하고, 일정해서 변하지 않으면 '이것이 바로 산이구나' 한다. 이러한데 하물며 산의 이름과 땅을 분별해 낼 수가 있겠는가!

똑바로 서쪽을 바라보니 오성의 남쪽과 임피의 북쪽에 구름과 안개가 평평하게 깔려 혹은 낮고 혹은 깊고, 혹은 푸르기도 하고 혹은 희기도 했다. 혜웅 스님이 말했다.

"이것은 옥구의 바다입니다. 해가 기울면 바다색을 구분할 수 있다고 합니다."

이때 구름과 안개가 높이 걷혀 하늘 끝이 탁 트이고 땅의 중심이 드러났다. 사방의 산들이 다 숨을 수가 없었다. 하지만 유독 지리산의 천왕봉만이 구름 속에 그 몸을 반쯤 숨기고 있으니, 지리산이 뭇 산들보다 더 높이 솟아나 있음을 알 수 있겠다.

높은 곳에 있으면 멀리까지 바라볼 수 있는 법이다. 육안으로 보는 것은 한계가 있어서 더 이상 아주 명확하게 볼 수는 없었으나 유독 가야산의 맑고 빼어남과 금오산의 우뚝함만은 몇 번씩이나 멀리까지 바라보면서 옛 선인들을 오래도록 그려 보았다. 이는 대개 최치원崔致遠과 길재吉再의 절의를 마음에 늘 우러른 것이 이와 같았기 때문이다. 이렇게 배회하며 쳐다보느라 해 지는 줄도 몰랐다. 혜웅 스님이 내게 내려갈 것을 재촉했다.

"산길이 험하고 가파르니 어두워지기 전에 내려가야만 합니다."

8월 28일

어두운 구름이 다시 일더니 빗방울이 흩뿌릴 것만 같았다. 나는 풀잎에 이슬이 깊어지지 않을까 걱정이 되었다. 성통 스님이 말했다.

"산기운이 이와 같으면 오늘은 반드시 비가 내리지 않을 것입니다."

잠시 후에 지봉 쪽에서 소리가 들렸다. 성통 스님이 이를 알아채고서 말했다.

"이것은 탁곡암의 스님들이 우리가 돌아가는 길을 인도하기 위해 오는 것입니다."

어느새 인원利元 스님과 지정志定 스님이 와서 우리를 맞았다.

비는 과연 오지 않았다. 구름이 또 흩어져 버렸다. 다시 지봉의 중턱에 이르러 지봉을 쳐다보니 상당히 가팔라서 깎아지른 듯했다. 지정 스님 등에게는 먼저 돌아가게 하고, 성통 스님 등을 데리고 지봉으로 올라갔다. 앞에는 흙 계단이 한 단 만들어져 있고 뒤에는 못 구덩이가 있는 것이 상봉에 있던 것과 같았다. 다 사람의 힘으로 만든 것인데, 도대체 무슨 의도로 만든 것인지 알 수가 없다. 갈천과 감음 땅을 여기저기 내려다보노라니 또렷하여 하나도 숨김이 없었다. 우리는 서로 손가락으로 가리키며 말했다.

"저기는 언직彦直이 있는 사담이 아닌가. 중인仲仁 등이 있는 학연이 아닌가. 저기는 가길嘉吉이 있는 임정이 아닌가. 자윤子潤이 있는 월담이 아닌가. 저들이 비록 숲과 샘을 자기 것인 양 차지하고 있지만 단지 세상의 먼지 속에서 허덕거릴 뿐이라. 우리가 이곳에서 자기들을 침 뱉으며 경멸하는 줄을 알기나 알까?"

언직과 가길은 늘 우리가 유람 갈 때 맞아 주었지만 함께하지는 않았고, 중인과 자윤은 또 두류산에 간다고 약속해 놓고서는 결국 가지 않은 사람들이다.

저물녘이 되어서야 탁곡암으로 왔다. 내가 성통 스님 등에게 말했다.

"이 덕유산의 맑고 높은 기운과 웅장한 경치는 지리산에 버금가지요. 세상에 산을 유람하는 자들은 반드시 두류산과 가야산만을 일컫지만, 이 덕유산을 따라가지는 못하오. 다만 그 산들에는 선현들이 남긴 풍모와 옛 자취가 있어서 사람들로 하여금 우러러보게 함이 있어서 그런 것이라오. 이 산은 아직까지 그런 것은 없지만, 처음부터 이 산이 그리 볼만한 것이 없지는 않았소. 소위 '물건이 제 스스로 귀해지는 것이 아니라 사람을 따라 귀해진다'라는 것이 바로 이 경우를 두고 하는 말이라오. 그러나 이런 기회를 만나고 만나지 못하는 것이 산과 무슨 관계가 있겠소. 만일 산의 경치를 보고서 마음에 얻는 것이 있다면 어찌 반드시 옛사람이 남긴 자취가 있고 없음에 기대겠소. 세상의 많은 사람들이 옛사람의 자취만을 따르려고 하다가 정작 산의 경관을 놓쳐 버리는 것은 잘못된 것이라오."

성통 스님이 말했다.

"공께서는 '어찌 이 산이 한 번도 그런 기회를 만나지 못했을까'라고 말씀하시는 것 같습니다."

8월 29일

혜옹 스님과 성통 스님이 먼저 삼수암으로 되돌아갔다. 나와 조카 이칭이 함께 내려가니, 아우 효옹과 언성이 수고롭게도 중산 계암 위에서 우리를 맞이해 주었다. 저물녘에야 집으로 돌아왔다. 언성 등이 나에게 얻은 것이 무엇이냐고 물었다. 나는 말로 이야기해 주지 않고 글로 써서 보여 주었다.

1552년 중추절 보름에 덕은德恩 임중성林仲成이 갈계葛溪 자이당自怡堂에서 쓰다.

이 글의 저자는 임훈林薰(1500~1584)이다. 이 글은 저자가 53세 때인 1552년(명종 7) 중추절에 승려 혜웅·성통과 함께 덕유산의 최고봉인 향적봉에 오른 내용을 적은 기록이다. 원제는 '등덕유산향적봉기' 登德裕山香積峰記. 저자는 자신의 고향 산인 덕유산 아래에 오래 살았지만 이 향적봉만은 올라가 보지 못해 늘 잊지 못했다고 하였다. 덕유산은 전라북도 무주군·장수군과 경상남도 거창군·함양군에 걸쳐 있으며, 해발 1,614m의 향적봉을 정상으로 하여 백두대간의 한 줄기를 이루는 산이다.

옛사람들이 산을 오르는 주된 목적 중의 하나는 수양이었다. 따라서 옛사람의 자취가 많이 남아 있어 그것들을 찾아볼 수 있는 산을 좋은 산으로 보았다. 그런 점에서 저자는 덕유산이 지리산이나 가야산보다는 못하다고 솔직히 시인한다. 하지만 산의 경치를 보고서 마음에 얻는 것이 있다면 어찌 반드시 옛사람이 남긴 자취가 있고 없음에 기댈 것이 있겠느냐고 반문하면서, 세상의 많은 사람들이 옛사람의 자취만을 따르려고 하다가 정작 산의 경관은 놓쳐 버리는 것은 잘못이라고 일침을 가한다. 이는 산을 여행하는 또 하나의 올바른 자세를 보여 준다는 점에서 특징적이다.

오대산

중후하여 덕이 있는 군자와도 같으니

김창흡, '오대산기'

나는 영서嶺西 쪽의 명산은 거의 다 유람했다. 하지만 유독 오대산만
은 50년 동안이나 갚지 못한 빚이 있어서 마음속으로만 끊임없이 오가
기를 부지런히 했을 뿐이다. 금년 한가위에 강릉의 호해정湖海亭에 와
서 머물렀는데, 산이 그 경내에 있어서 더욱 가고 싶은 생각이 들었다.
그래서 서쪽으로 돌아가는 날에 반드시 올라가 보려 했으나 생각해 보
니 함께 갈 사람이 없었다. 이에 구산서원丘山書院의 원장인 신택지辛澤
之에게 함께 유람할 것을 부탁하고, 원생인 고달명高達明도 따라가기를
원해 이 서원에서 만나기로 약속했다.

(윤)8월 5일
나는 호해정에서 고달명의 집으로 와서 묵다가 다음 날 이른 아침에
출발했다. 신택지는 자기 집에서 먼저 갔다.

278

서쪽으로 몇 리를 가서 강릉을 거쳐 가해루駕海樓에 올랐다. 잠시 주위를 둘러보고는 10여 리를 갔다. 금촌을 지나다 보니 대나무가 군락을 이루고 있는데, 그 사이로 동산의 정자가 보일 듯 말 듯해 흐뭇했다. 또 가는 중에 방도교訪道橋에 이르러 내를 건너 연어대鳶魚臺에 올랐다. 세차게 소용돌이치는 물과 무성한 소나무가 그윽한 정취를 자아냈다. 이곳은 10여 년 전에도 왔는데 다시 봐도 여전했다.

택지의 막내아들 석동碩東, 그리고 김응경金應鏡은 다 같이 호해정에서 공부한 자들인데, 나와 헤어지는 것을 너무도 안타까워하여 이곳에 와서 기다리고 있었다. 이들과 같이 서원에 도착해 유생 열댓 명과 함께 줄지어 앉아서 이야기를 나누었다. 택지는 이미 그 자리에 와 있었다. 사당에 들어가 공자의 상을 우러러보며 절을 올리고서 나왔다. 서원의 유생들이 술과 밥을 내왔다.

식사가 끝난 뒤 고갯길을 찾아 나섰다. 길 왼쪽에 샘과 바위가 있는데, 영귀암詠歸巖 위쪽부터는 꽤 볼만했다. 가장 높은 곳에 올라 자리를 잡으니, 바위의 형세가 평평하고 둥근 못과 이어져 있어서 영귀암에 비해 더 나을 것 같기도 하였다. 얼마 안 가서 마염현馬厭峴에 이르렀다. 길이 꾸불꾸불해서 양의 창자 같았으며, 상당히 가파르고 급해 사람과 말이 다 같이 지쳐 버렸다. 마침내 산등성이에 이르러 말안장을 풀고 잠시 쉬었다. 신석동과 김응경 두 유생은 이곳에서 돌아갔다. 헤어지기 전에 김 군은 차고 있던 대통을 풀어 이별주를 부어 내게 권했다. 그 여리고 고운 마음에 나를 두고 떠나기가 어려웠음을 알 수 있었다.

곰이 버티고 앉아 있는 듯한 고개를 거쳐서 가는데, 가면 갈수록 더

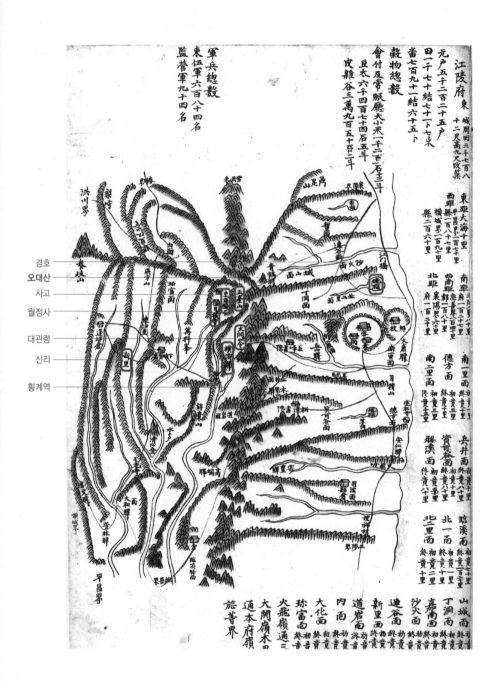

오대산(강릉부)

욱 오르막길이요 방향을 바꿔서 갈 길도 거의 없었다. 밟는 곳마다 울 퉁불퉁한 돌길이지만 길을 피해 갈 수도 없어서 그 피곤하고 지침은 이루 다 말로 할 수가 없다. 한 걸음 한 걸음 간신히 나아가 거의 5~6리를 가다 보니, 고갯길은 끝나고 바다가 보이는데, 탁 트여 끝이 없다. 경호鏡湖를 내려다보니 겨우 한 잔의 물과 같다. 어제만 해도 저 경호에서 배를 타고 다녔는데, 얼마나 작은지를 이제야 알 것 같다. 이른바 대관령大關嶺은 이곳이 꼭대기가 된다. 길이 비로소 평탄해져 돌은 없고 순전히 흙뿐이었다. 미수彌水(미시령을 말한 듯함)에 비하면 큰길과도 다를 것이 없다. 비로소 걱정이 사라지자 지나가는 것도 쉬워지는 것 같았다. 마부도 기분이 상쾌하다고 했다.

대관령을 넘어 서쪽으로 가니 땅이 두텁고 숲이 우거졌다. 적목赤木이 빽빽이 서 있고 울창한데 아주 오래되어 보이는 것으로 다른 산에서는 미처 보지 못한 것이었다. 좁은 길에는 단풍나무들이 절반은 붉게 물들어 이미 서리를 맞은 듯했다. 땅이 높아서 바람 기운이 이르다는 것을 이것을 보아 알겠다. 가끔 누런 갈대숲을 끼고 있는 물가나 못에는 은근히 호랑이가 숨어 있기도 한데, 확 트여 바람을 맞는 곳에 이르러서는 겨울에 다니다가 얼어 죽는 경우도 많다고 한다. 횡계역橫溪驛에 이르니 해는 이미 산에 걸려 있었다. 마을 북쪽의 한 집에 투숙했다. 바로 택지가 잠시 살던 곳이다. 방은 꽤 마음에 들었다. 피곤하여 졸음이 쏟아졌다. 밤이 되자 비바람이 쳤다. 꿈결에 듣자니 울타리 저 너머로 경계하듯 시끄러운 소리가 났다. 호랑이가 삽살개에 쫓겨 가는 것이라고 한다. 이날은 60리를 갔다.

(윤)8월 7일

비 때문에 일찍 출발하지 못했다. 부슬비가 그치지 않아서 비옷을 입고 길을 갔다. 산과 고개가 꾸불꾸불 이어져, 가는 것이 아득하게 느껴졌다. 높은 다리와 넓은 언덕을 지나 빽빽한 나무 사이로 길을 갔다. 숲이 깊숙하고 풀들은 물기를 머금고 있어 어떤 특별한 그윽함이 있었다. 유목정楡木亭 길 오른쪽에는 많은 논과 집이 의젓하게 위치해 있었다. 강씨 성을 가진 선비가 이 동리의 주인이다. 택지가 이 선비를 찾아간 사이에 나는 큰 나무 아래에 앉아 잠깐 쉬었다. 촌민이 호해정에서 얼굴을 익힌 자라고 우리에게 막걸리를 대접했다. 꽤 시장하던 참이었다. 이곳부터는 진부珍富로 가는 큰길을 버려 두고 북쪽의 월정사月精寺로 향했다. 가는 길은 성오평省烏坪으로 들 빛이 푸르스름했다. 승려의 무리가 길을 메우며 오기에 물으니 다 월정사의 승려로, 영동에 양식을 구하러 가는 길이라고 했다. 생각으로는 가마를 멜 사람이 없을까 봐 이들을 강제로 붙잡아 절로 돌려보내고 싶었다. 하지만 승려 중에서는 짐짓 그러겠다고 하고는 몰래 달아나 버리는 자가 그 수를 알지 못할 정도다.

들판이 끝나고 골짜기에 들어서니 오래된 노송나무 수백 수천 그루가 길을 끼고 다 끌어안듯 엉켜 있고, 단풍나무 잎은 타는 듯 붉은데, 노송나무와 얽혀 있었다. 잠시 사미대沙彌臺에서 쉬었다. 물가에서 시를 읊조리면서 택지가 뒤따라오기를 기다렸다. 또 3~4리를 나아가 금강연金剛淵에 이르렀다. 못은 넓이가 백 간 정도 될 만했다. 그 좌우에는 평평하여 앉을 만한 바위들이 줄지어 늘어서 있고, 못 가운데에는 고기떼가 우글거렸다. 봄철에는 여항어餘項魚(열목어)가 다투듯 뛰어오르는데, 마치 용문龍門으로 오르려는 것과도 같아서 아주 기이한 볼거리가 된다고 한다.

절에 들어가서 법당을 보니 매우 크고 아름다워 비할 데가 없었다. 그 앞에는 12층으로 포개진 돌탑이 있고, 곁에는 풍경이 매달려 있으며, 그 위로는 승로반承露盤(하늘의 이슬을 받는 구리 그릇)을 설치했는데, 그 만든 것이 아주 공교로웠다. 승려가 말하기를, 이 탑은 경기도 부소산의 경천사 13층 탑과 더불어 가히 우열을 논할 만한 것이라고 한다. 우리나라 사찰의 기원은 대개 신라의 두 왕자인 정신淨神과 효명孝明*에서 시작하여 세조에 이르러서 더욱 그 장엄을 더했다. 세조는 국사國師인 신미信眉에게 절을 건립하는 일을 관장하게 하고 부처에게 제사를 지내어 복을 비는 일을 받들게 했으니, 여러 사적들을 살펴보면 그러하다.

날이 저물어서 절의 삼보방三寶房에서 묵었다. 비가 흐릿하면서도 뽀얗게 내리는데, 갤 기미가 전혀 보이지 않았다. 택지가 절의 승려와 함께 이 비가 언제쯤이면 그칠까 점치면서 꽤나 이야기를 나누었다. 내가 그 승려에게 말했다.

"지금까지 산을 유람하면서 비 때문에 우리의 계획이 망쳐진 적은 없었소. 그런데 지금은 순조롭지가 못하니, 동행하는 사람에게 잘못이 있어서 그런 것인가, 아니면 이곳 기운이 점차 쇠해서 맑은 인연이 엷어져서 그런 것인가?"

그러자 모두 한바탕 껄껄 웃었다. 이날은 40~50리를 갔다.

---

* 정신은 신문왕을 말함. 정신의 두 아들이 보천寶川과 효명임. 따라서 정신과 효명을 두 왕자라고 한 것은 오기인 듯함.

(윤)8월 8일

날이 개었다. 대로 만든 가마를 갖추라고 재촉했으나 승려는 일부러
더디게 출발했다. 하지만 이것이 도리어 산행의 흥취를 더욱 깊고 길
게 만들어 주었다. 세 사람이 대가마를 나란히 하고 곧장 북쪽을 향해
시내를 따라서 나아갔다. 처음 밟는 땅의 바위와 샘은 그윽하고도 깨
끗하여 구경할 만했다. 약 10리를 가서 나무다리를 건너니, 양쪽 기슭
이 잘린 듯 마주하고 있어서 아주 자연스럽게 다리가 되었고, 맑은 여
울이 그 한가운데로 쏟아져 나와 거문고와 장구 같은 소리를 냈다. 서
쪽으로 나아가 기슭을 오르자 작은 암자가 나왔는데 금강대金剛臺라고
했다. 그윽하고 깊숙해서 숨어 살 만한 곳이었다.

또 수백 보를 나아가자 사고史庫(『조선왕조실록』을 보존한 곳)가 나왔다.
수많은 산줄기가 서로 붙들며 맞잡고 있어서 마치 온갖 신령이 에워싸
고 보전하는 듯했다. 위와 아래에 두 개의 사고가 있는데, 아래 사고에
는 금으로 만든 궤짝에다 실록을 보관했고, 위의 사고에는 왕가의 족
보를 봉안했다. 그 주위를 두른 돌담은 좀 낮고 작았다. 그리고 숲과
수십 보쯤 떨어진 곳에 산불을 막기 위해 파 둔 도랑은 너무 좁은 것
같았다.

왼쪽에는 영감사靈鑑寺가 있었다. 이곳에는 절을 지키는 승려와 능
을 관리하는 재랑齋郞이 거주한다. 이 절은 고려 때에 지었다고 한다.
벽에는 김부식이 쓴 글이 있었다. 다 읽은 후에 북쪽 고개를 넘어갔다.
고개는 아주 험하고 가팔라서 걷기에 힘들었다. 시내 길을 따라 다리
서너 개를 넘어갔다. 그 높이가 다 백 척은 되었는데, 삼나무 널판을
엮어서 만든 것이었다. 대가마에서 내려 어기적어기적 걷는데, 떨려서

건널 수가 없었다. 동쪽에는 또 다른 시냇물이 흘러내려 왔다. 언뜻 보아도 꽤 맑고 그윽했다. 이곳을 뚫고서 가면 양양의 부연동에 이른다고 한다. 신성굴神聖窟이 그 곁에 있었다. 이곳은 옛날에 이름난 승려들이 거처하던 곳이었지만 지금은 폐허가 되고 말았다.

20리를 가서 상원사上院寺에 도달했다. 승려를 남겨 두어 밥을 준비하게 하고는 곧장 중대中臺로 향했다. 바위를 부여잡고 오르며 10리쯤 길을 가는데, 대부분 험난했다. 사자암獅子菴을 거쳐서 금몽암金夢菴에 이르렀다. 이름난 샘물이라 마셨더니, 아주 차거나 시리지 않고 달고 부드러워 입에 대기가 쉬웠다. 그 맛이 마땅히 최상품에 속한다고 하겠다. 중국 당나라의 다선茶仙 육우陸羽에게 이 물로 차를 끓이게 해 보지 못함이 한스러울 뿐이다. 대개 오대산의 샘물은 각각 그 이름이 있는데, 이것은 옥계수玉溪水가 된다. 그리고 서쪽은 우통于筒, 동쪽은 청계靑溪, 북쪽은 감로甘露, 남쪽은 총명聰明이라고 한다.

암자 뒤에는 돌로 된 사다리가 층층이 올라 가히 수십 보가 되었다. 사리각舍利閣 뒤쪽에 이르니, 돌로 쌓은 축대가 성채를 이룬 것이 두 곳이나 되었는데, 바위로 이어 놓았다. 단과 계단을 교묘하게 배치한 것이 자연 그대로여서 사람이 만든 것이 아니었다. 승려가 말하기를, 여기부터 가장 높은 봉우리에 이르기까지 여러 번 요충지를 만들고, 또 그 마디마다 돌로 축대를 쌓았다고 한다. 이른바 석가의 뼈를 보관했다는 곳이 여긴지 저긴지는 정확하게 알 수 없지만 적멸보각寂滅寶閣만이 옹벽 앞에 있을 뿐이다. 다만 방은 텅 비어 있어서 보통 인가의 사당과도 같았다. 하지만 새벽과 저녁으로 향불을 피우는 일은 금몽암의 승려가 받들어 행하고 있었다.

앞마루에 앉아서 눈을 들어 보니, 구름 낀 산들이 저 수백 리에 걸쳐 끝이 없고, 멀고 가까운 산봉우리와 고개가 마치 신령처럼 금몽암을 에워싸며 보호하고 있었다. 이러한 모양은 다른 이름난 산에서 찾아보아도 비교할 만한 것이 드물 것이다. 만일 이곳을 과연 제일가는 풍수라고 한다면 그 음덕을 낳는 복은 어느 곳에서 오는지를 모르겠다. 승려들이 말하기를, 한 지역 내의 수많은 승려의 목숨 꼭지가 바로 이곳에 있어서 이곳이 아니면 불자의 씨가 다 없어지고 말 것이라 한다. 그 말이 또한 우습다.

내려가서 상원사에 이르러 불전과 행랑을 두루 둘러보았다. 구조물이 아주 많고 꾸며 놓은 것이 화려했다. 계단은 모두 작은 돌을 정밀하게 갈아서 매우 촘촘하게 놓아 마치 옥구슬을 쌓아 둔 것 같았다. 이 돌들은 경주에서 운반해 왔다고 한다. 범종은 만듦새가 교묘하고 소리도 굉장했다. 아마 세조가 이 절을 돌아보러 왔을 때에는 백관도 일제히 따라왔을 것이다. 지금 승려가 거처하는 방들은 모두 당시의 절간 건물이라고 한다. 왼쪽에는 진여각眞如閣이 있다. 전각에는 문수보살이 서른여섯 가지로 변한 모습을 그려 놓았는데, 한바탕 웃음거리로 삼을 만했다.

점심을 먹고 북대北臺로 향해 가다 방향을 틀어 빽빽한 숲 가운데로 들어갔다. 미끄러운 돌이 많아 자칫 넘어지기 십상이었다. 택지와 고달명은 대가마를 버리고 걸어서 갔다. 하지만 나는 대가마에 단단히 앉아서 내리지 않았다. 심하구나, 나의 쇠약이여! 나 혼자 편하겠다고 남을 수고롭게 하는 것이 비록 안 되는 일인 줄은 알겠으나 이 또한 어쩔 수가 없는 노릇이다. 대가마 위에 앉아 있으면서 숨도 크게 못 쉬며

괴로워하자니, 승려들의 어깨가 벌게졌음을 알겠다.

곧장 10여 리를 올라가면서도 위태위태하여 올려다보기만 하고 내려다보지는 못했다. 길은 갈수록 더욱 험난해 내 눈앞의 빛이 흐릿해지며 마구 뛰어올라 마치 혼이 뇌 속에서 나가 버릴 것만 같았다. 여기에서 비로소 꺾어 돌아가니 산의 허리였다. 하지만 여전히 바윗길의 험준함이 고달파 평탄하게 갈 수가 없었다.

또 한 산등성을 넘어가서야 북암北庵에 이르렀는데 높고 깊으며 넓고 밝아서 모든 풍광을 다 갖추고 있었다. 중대사의 크고 넓은 것에는 미치지 못했지만 툭 틔어 시원한 점에서는 훨씬 더 나았다. 북암에 들어가 먼 산을 바라보니 푸른 산 빛이 하늘에 닿아서 마치 태백산이 가까운 곳에 있는 듯했고, 첩첩 산마루와 겹겹 산봉우리에 에워싸여 있었다. 가장 가까운 것은 환희령歡喜嶺으로 일명 삼인봉三印峰인데, 다정스레 엎드려 절하는 것만 같았다. 마침 또 풍경이 밝고 멀며 온 천지가 텅 비고 드넓은데, 수많은 단풍잎이 햇살을 받으며 발갛게 물들고 있었다. 그리고 절 마당 가득 잎이 진 나무들이 삼나무 잎에 소나무 같은 몸을 하고 껍질은 연한 푸른빛을 띤 채 의젓하게 모여 서 있었다. 산중턱은 다 이러한 나무였다. 이른바 감로수가 철철 나무통으로 쏟아져 나오는데, 그 맛이 옥계수와 같았다. 굳이 역아易牙가 아니라도 치수淄水와 승수澠水의 물맛을 구분할 정도였다.* 부들방석을 깔고 앉아 잠시 쉬었다. 안개가 산을 막처럼 감싸다가 선방禪房으로 모여들어 지척을 분간할 수 없었다. 암자에 일찍 이르러 이러한 경치를 몽땅 다 차지하

---

* 역아는 중국 춘추시대 제나라 환공의 일류 요리사이다. 공자는 "치수와 승수를 섞어 놓아도 역아는 그것을 구분해 낼 수 있다"라고 말했다.

게 된 것을 다투듯 기뻐했다.

암자의 주지인 축경竺敬은 이전에 설악산에서 만난 적이 있었다. 이 산에 들어와 그의 소식을 들었지만 마침 중대사로 가 버린 후라 마치 친한 친구라도 잃은 듯 아쉬웠는데, 그가 어스름 해 질 무렵에 뒤따라 와서 말했다.

"하마터면 친구를 잃어버릴 뻔했소이다."

우리는 서로 심오한 이야기로 열을 올리느라 피곤도 잊었다. 밤이 되어 안개 기운이 문득 걷히고 초승달이 뜨자 해맑은 온갖 물상物象이 그 모습을 드러내며 홀연 들고일어나는 듯했다. 다만 가마를 메는 승려들이 방에 가득 차서 서로 머리가 닿고 발이 엇갈리는 어수선함 때문에, 방은 비록 맑았지만 좀 차분한 분위기를 느낄 수 없는 것이 아쉬울 뿐이었다.

새벽에 다시 일어나 절간을 거닐었다. 축경이 따라 나오고 달그림자까지 함께하니 '삼소'三笑와도 같은 정취가 일어날 만했다.* 내가 축경에게 늘그막에 얻은 것이 있느냐고 물었다. 그러자 그는 오직 마음을 하나로 모으는 것 외에는 다른 법이 없음을 보지만, 간혹 늙은 마귀에게 붙잡혀 순전하게 할 수는 없었다고 했다. 그리고 앞으로 3년이면 죽을 기한이 되어 이 암자에서 승려로서의 생을 마치게 될 것이니, 내가 이곳에 와서 자기와 함께 참선하며 사람의 주인공인 마음을 찾는다면 또한 좋지 않겠느냐고 했다. 나는 웃으면서 그렇게 하겠노라고 했

* 중국 진晉나라 때의 혜원 법사慧遠法師는 여산廬山 동림사東林寺에 있으면서 속세로 나오지 않으려고 호계虎溪를 건넌 적이 없었다. 그런데 친구인 도연명陶淵明과 육수정陸修靜을 배웅하면서 함께 이야기하느라 자기도 모르는 사이에 호계를 건너고 말았고, 이에 세 사람이 서로 보며 크게 웃었다는 이야기가 있다.

다. 이날은 60리를 갔다.

(윤)8월 9일

맑았다. 일찍 일어나 산을 내려갔다. 축경이 인사하고 대가마 앞에서 웃으며 말했다.

"다음에 올 때는 이런 가마 따위는 놔두고 오는 것이 좋을 것이오."

하산하는 것은 쉬워서 산을 올라올 때보다 배나 더 속도가 빨랐다. 하지만 새벽에 내린 서리 때문에 돌이 미끄러워서 가마를 쓰는 것이 이롭지 못했다. 몸은 꼭 굴러 떨어질 것만 같았고 걸음걸음 다리가 쑤셨다. 뒤를 돌아다보니 어제 묵은 절이 천상의 도솔천에 있던 것만 같은데, 이제 다시는 그곳에 오를 수 없을 듯했다.

상원사에 이르러 아침을 먹고 서대西臺를 찾아 나섰다. 중대를 가로질러 지나가는 갈림길에서 문득 등 넝쿨 속으로 들어가게 되자 마치 길이 없어진 것만 같았다. 돌부리에 차이고 시냇물을 거슬러 가며 꾸불꾸불한 등성이를 오르니 죽은 고목들이 길을 막아 자주 가마에서 내려 쉬었다. 보일 듯 말 듯한 숲 끝자락에 사리각이 멀리 보이니 정신이 다 나갈 듯했다. 오르는 수고로움은 북대에 비해 절반도 되지 않았다. 얼마 안 가서 암자에 도착했다. 암자는 두서너 해 전에 화재가 나는 바람에 새로 지었는데, 매우 단아하면서도 꼼꼼했으며, 또 위치도 편안하면서 만족스러웠다. 바람 기운도 깊숙하고 그윽하여 잠시 쉬자 정신이 드는 듯했다. 고승들의 이른바 '깨달음을 도와주는 경지'란 것이 어쩌면 이것을 두고 말한 것은 아닐까? 내가 고달명에게 말했다.

"이곳에서 3년 동안만 『주역』을 읽는다면 아마 거의 깨우침이 있을 걸세. 자네는 내 말대로 할 수 있겠는가?"

뜰 가에는 이끼 풀들이 정강이를 덮을 정도로 무성했다. 승려들을 시켜서 솔비로 쓸어 버리게 하여 그 거칠고 묵은 것들을 깨끗이 제거했다.

우통수于筒水를 찾아갔다. 외진 곳에 있어서 그런지 색깔도 깨끗해 다른 여러 샘물보다 더 나은 것 같았다. 맛은 일반적으로 달고 향기로웠다. 세상에서는 한강물이 이 우통수에서 발원한다고 일컬으니 애당초 어느 물은 취하고 어느 물은 버리려는 생각이 반드시 있기는 있는 것이다. 하지만 그렇다고 수많은 샘들이 같이 쏟아지는데 어떻게 참으로 적자와 서자의 구별이 있을 수 있단 말인가? 알 수 없는 노릇이다.

상원사로 되돌아왔다. 들으니, 두 객이 신리新里에서 왔다고 한다. 가마를 재촉하여 중대로 올라갔다. 유학자 이숙평李叔平과 종친인 군실君實이 왔음을 알았다. 저 강호에서 한 약속을 실천했으니, 가히 믿음 있는 선비들이요 또한 기묘한 만남이다. 가마를 메는 승려들의 양식을 얻는 일이 급해서 오래 지체하고 기다릴 수가 없어 처음에 왔던 길을 따라 빨리 내려갔다. 사고史庫를 지난 갈림길 중간에서 학담鶴潭의 수석을 만났다. 물이 콸콸 뿜어져 나왔다. 돌은 다른 산에 있었다면 중품中品 정도는 될 만했다. 서쪽에는 절벽이 우뚝 솟아 있고 못도 자리하고 있어서 넉넉하면서도 그윽한 자태가 있었다. 첫 번째 다리를 지나니, 그 맑고 그윽함에 빠져들 만했다. 택지와 함께 물가로 가서 밥을 물에다 말아서 같이 먹었다. 그 운치와 맛이 오래도록 느껴졌다. 들으니, 불가의 도를 깨우치기에 한번 묵어 갈 만한 곳이 있다고 하여 찾아가 보았다. 하지만 좁고 누추하여 볼만한 것이 없었다.

가마를 돌려 월정사로 내려왔다. 한 식경쯤 앉아 있는데, 이숙평과 군실 두 사람이 뒤따라와서 한바탕 웃으며 이야기를 나누었다. 그들의 말을 듣자니 비를 무릅쓰고서 고개를 넘어가다 온갖 고생을 다 겪었다고 한다. 그들이 가진 그 믿음이 우리를 더욱 부끄럽게 했다. 군실은 대광주리에서 밤을 내어 우리를 대접했고, 이숙평은 복어와 송이버섯을 꾸러미에서 꺼냈다. 이렇게 차린 음식과 또 승려들이 제공한 음식을 먹다 보니, 그 풍취와 맛이 아주 특별났다. 이날은 60리를 갔다.

(윤)8월 10일

비가 왔다. 여러 군들과 함께 선방에서 함께 머무르며 소나무와 삼나무를 적시고 있는 비를 바라다보았다. 대나무 홈통의 물이 찰찰거리며 쏟아져 나왔다. 나는 산행기를 써서 고달명에게 다시 깨끗하게 옮겨 쓰게 했다.

대체적으로 이 산의 기량은 중후해서 덕이 있는 군자와도 같다. 대략 보아도 경망하고 날래며 뾰족하고 가파른 자태가 없으니, 이것이 뛰어난 점 중 하나이다. 하늘에 닿을 듯한 숲 속의 거목 중 큰 것은 거의 백 아름이나 되어 구름까지 들어가 해를 가리기조차 하는데, 그 깊숙함은 첩첩이 쌓인 산과도 같았다. 청한자清寒子 김시습金時習이 "풀과 나무가 무성하면서도 빽빽하여 속인俗人이 드물게 온다는 점에서 본다면 오대산이 최고"라고 한 것이 또 뛰어난 점 중 하나이다. 암자가 숲 깊숙한 곳에 자리 잡고 있어서 승려들이 어느 곳이든 하안거에 들 만하니, 이것이 또 뛰어난 점 중 하나이다. 샘물 맛이 다른 산에서는 찾아볼 수 없을 정도로 기가 막히게 좋다는 것, 이것이 또 뛰어난 점 중 하나이다. 이러한 네 가지 아름다움이 있으니, 마땅히 금강산에 버금간다고 해야 할 것이다. 그러나 그 장점만을 들어 저 가파른 봉우리와 장대한 폭포를 비교한다면 어느 산이 더 나을지는 알지 못하겠다.

만일에 내가 여러 산을 두루 유람하고서 이 산을 옥진玉振*으로 삼게 된다면 더욱 기이한 행운이다. 대개 산에 올라 굽어보고 올려다보며 다시 어루만지기도 하면서 어릴 때부터 이렇게 흰머리가 되기까지 산을 찾아다녔건만 이제야 이런 산을 만나게 되었다는 탄식을 하게 되니, 이것이 하나의 행운이다. 금년은 보통의 다른 해와는 달리 살기 위해서 험준한 곳으로 도망가 있던 해였다.** 그럼에도 이렇게 이번 유람을 준비할 수 있게 된 것, 이것이 또 하나의 행운이다. 저 산 너머에서 비를 만났지만 신발 끈을 묶기만 하면 바로 날이 개어 버린 것, 이것도 하나의 행운이다. 단풍잎의 붉은 색깔이 옅어지고 짙어짐에 따라서 적절하게 맞춰 가며 구경할 수 있게 된 것, 이것도 하나의 행운이다. 혼자만의 흥취로는 두루 느끼기가 어려운데, 네 사람과 더불어 마음이 내키는 대로 함께한 것, 이것 또한 하나의 행운이다.

이 산의 네 가지 아름다움과 나의 이 다섯 가지의 행운을 합해 보면 기이하고도 또 기이한 일이다. 이 모든 일을 기록하지 않으면 안 되겠기에 마침내 나의 졸렬함을 잊어버리고 대충 써서 행낭 자루에 넣어간다. 만일에 쇠약과 질병이 지루하게 계속된 끝에 벗들도 다 떠나고

---

* 모든 음악을 연주할 때는 금金으로 시작하고 옥으로 마무리를 지으므로 모든 일의 처음과 끝이 완비된 것을 금성옥진金聲玉振이라고 함. 따라서 이 오대산을 모든 산의 처음과 끝이 완비된 것으로 보고자 한 것임.
** 저자가 오대산을 유람한 때는 1718년(숙종 44) 66세 때이다. 당시 강원도 인제 갈역(葛驛)에 머물며 은둔했던 것을 표현한 말이다.

흩어져 갈 무렵 이 글을 읽어 본다면 이 또한 시름을 날려 버리고 조급함을 풀어 버릴 만한 것이 될 수도 있으리라. 하지만 그렇다고 해서 이 산의 뛰어난 경관의 오묘함을 나의 이 글에서 다했다고 말하지는 못할 것이다.

———

이 글의 저자는 김창흡金昌翕(1653~1722)이다. 이 글은 저자가 66세 때인 1718년(숙종 44) 8월 5일부터 10일까지 5일간 오대산을 등정하고 난 후에 쓴 기행문이다. 원제는 '오대산기'五臺山記이다. 오대산은 강원도 강릉시 평창군과 홍천군에 걸쳐 있는 산으로『신증동국여지승람』에 의하면 동쪽이 만월봉滿月峯, 남쪽이 기린봉麒麟峯, 서쪽이 장령봉長嶺峯, 북쪽이 상왕봉象王峯, 가운데가 지로봉智爐峯인데, 다섯 봉우리가 고리처럼 벌려 섰고, 크기가 고른 까닭에 오대라 이름 하였다고 한다.

저자 김창흡은 호가 삼연三淵으로 좌의정을 지낸 김상헌金尙憲의 증손자요, 영의정을 지낸 김수항金壽恒의 아들이며, 형 또한 영의정을 지낸 김창집金昌集과 예조판서·지돈녕 부사 등을 지낸 김창협金昌協으로 벌열閥閱 가문 출신이다. 그는 형제 중에서도 특히 시에 뛰어난 재능을 보인 이로 평가된다.

저자는 이 유람기에서 오대산에는 네 가지 아름다움이 있다고 지적한다. 즉 산세가 중후하여 덕이 있는 군자와도 같다는 것, 풀과 나무가 무성하여 속인이 드물게 온다는 것, 암자가 절 깊숙한 곳에 자리 잡고 있어서 승려들이 어느 곳에서든 하안거에 들어갈 만하다는 것, 샘물 맛이 다른 산에서는 찾아볼 수 없을 정도로 기가 막히게 좋다는 것이다. 그리하여 저자는 그런 점에서 오대산이 마땅히 금강산에 버금가는 산이라고 평하였다.

금오산

바람 타고 훨훨 신선 되기를 엿보노라

이복, '유금오산록'

금오산은 선산 지역에서 매우 중요한 산이요, 영남에서 이름난 산이다. 이 금오산은 뭇 산들이 엎드려 있는 가운데, 그 산 아래로 300리의 땅에 네다섯 고을의 백성들을 감싸고 있다. 만일 그 뜻을 높이 세워 멋진 유람을 떠날 흥취를 가진 사람이라면 아마 이 산을 구경하고서 통쾌하게 여기지 않음이 없을 것이다.

돌아보면 이 산은 우리 집에서 겨우 30리 정도밖에 떨어져 있지 않은데도 어릴 적부터 지금까지 그저 생각만 한 채 안타까워한 것이 거의 30년이 다 되어 간다. 매번 함께 갈 짝을 찾아가고자 하였으나 그럴 때마다 일에 얽매여 혹시라도 일이 잘못될까 걱정만 하고 지냈던 것이 천고의 한이다.

1666년 가을, 큰 결단을 하고 날을 잡아 가기로 하였다. 그런데 한두 동지들이 나의 계획을 듣고서 자기들도 그렇게 하겠다고 하는 바람

에 어쩌다 약속 아닌 약속을 하게 되었다. 8월 15일, 마침내 영묘사靈
妙寺에서 모였다. 이 절은 금오산의 서쪽 기슭에 있으며, 고을과는 동
쪽으로 30리 거리에 있어서 가까웠다. 약속한 사람들이 모두 왔는데
이정보, 최기지, 설일지, 이화중, 이덕재, 이미중, 김백구, 이시보, 신
자수, 김윤술 그리고 나까지 모두 11명이었다. 이 중 김백구는 선산에
서 왔고 신자수는 상산에서 왔으며, 나머지는 모두 우리 고을 사람이
다. 우리는 승방에서 밤새도록 이야기를 나누었다.

8월 16일

설일지에게 부탁하여 북쪽 인중방引中枋(문 위에 가로 대는 나무)에다 각
자의 이름을 써넣었다. 그리고 산을 올라가려고 하는데 최기지가 일
이 생겨서 같이 가지 못하겠노라 하고는 홀로 성산으로 가 버렸다. 이
에 열 사람은 각자 타고 왔던 말을 돌려보내고는 지팡이를 잡고 나란
히 걸어 나갔다. 절 뒤쪽 산 아래 평지에서 시작하여 구불구불하게 올
라가는데 모두 위로만 향해 나아가다 보니 바위 하나만 만나도 반드시
쉬었고 언덕 하나만 넘어도 쉬어 갔다. 단지 다리가 힘들어서만이 아
니라 앉아 쉬면서 이리저리 구경도 하고 생각에도 잠기며 멋진 경치도
담아 보고자 했거니와 하루 종일 그저 시간에 쫓겨 급히 길만 가느라
대열이 다 흩어지고 마는 그런 산행을 해서는 안 된다고 생각했기 때
문이었다.

영묘사에서 산성까지는 열 걸음쯤이면 되었다. 산등성이엔 암석이
여기저기 첩첩이 쌓였고 바위 사이에는 샘물이 흘러나오는데 굴속에
서 솟아나는 물처럼 아주 맑고 차가웠다. 이에 풀을 깔고 앉아 그 물을

떠서는 밥을 말아서 먹었다. 정오가 지나서야 산성으로 들어갔다. 서문루西門樓에 올라가 추로주秋露酒 한 잔씩을 돌렸다. 그러고는 난간에 기대어 눈앞에 펼쳐지는 풍경을 바라보고 있노라니 기분이 매우 상쾌해지는 것이 이미 세속의 굴레에서 다 벗어난 것만 같았다. 문득 중국 당나라의 시인 이백이 "저 만 리 먼 곳을 바라보노라니, 가슴 활짝 열리며 내 시름 흩어지누나"라고 한 시구가 참으로 지금 나의 이 마음을 기가 막히게 잘 표현했다는 기분이 들었다.

영묘사에서 오는 길에서 방향을 돌리니 산허리가 몇 백 굽이가 되는지도 모를 정도였다. 첫 번째 굽이를 따라가다가 두 번째, 세 번째, 네 번째 굽이를 거쳐서야 이 누각에 오르게 되었는데, 이르는 곳이 높으면 높을수록 보이는 것도 더욱 멀게 보였다. 『서경』書經에서는, "높은 데 오르고자 하는 사람은 반드시 낮은 데서부터 시작해야 한다"라고 하였고, 맹자는 "공자는 동산에 올라서는 노나라를 작다고 여기셨고, 태산에 올라서는 천하를 작다고 여기셨다"라고 하였다. 이처럼 옛 글 가운데에도 산행하는 후세 사람들의 마음과 눈을 열어 주는 곳이 있으니 그 뜻이 아주 깊어서 음미할 만함을 깨닫게 된다.

술자리를 파하고 일어나서 성가퀴를 따라 서쪽 금산사金山寺 경내에 있는 장대將臺로 올라갔다. 장대는 웅장하면서도 높고 기이하여 무어라 한마디로 표현할 길이 없었다. 산은 높고 해는 저물어 가고 바람도 점차 매서워져 추워서 오래 머물러 있을 수가 없었다. 장대에서 내려와 별장관別將館을 지나 못가에 앉아 잠시 쉬었다가 진남사鎭南寺로 들어갔다. 절에 이르러서는 밥도 채 먹기도 전에 피곤한 나머지 팔을 베고는 잠이 들어 버렸다. 자고 난 후에 일행들이 운자韻字를 불러 가며 시 짓기를 재촉하기에 시 한 수를 지었다. 저녁 무렵에 베개를 베고 드러누웠다. 별장別將이 막 밖에서 돌아왔다가 내가 왔다는 말을 듣고 는 와서 만나기를 청한다고 승려가 알려 왔다. 하지만 잠이 들었다고 하니 그냥 돌아갔다.

8월 17일

일찍 일어나 보니 사방에 구름이 빽빽하게 끼어 산들이 잠겨서 그리 높아 보이지 않았다. 또 아침에 비가 살짝 내렸다. 일행들은 모두 비에 막히지나 않을까 걱정하였다. 내가 웃으면서 말했다.

"옛날에 한유가 저 형악衡嶽을 유람할 때에 지극정성을 다하자 구름 이 걷혔다고 하였네. 옛사람과 지금 사람이 같은지 다른지는 알 수 없 네만 '열 집 안 되는 마을에도 반드시 충성되고 믿음 있는 사람이 있다' 고 하였으니, 우리 열 사람 가운데에서 옛사람들처럼 지극정성을 다하 여 신령을 감동케 할 자가 있을지 어찌 알겠는가?"

이에 술을 내어 오게 하고는 바둑을 두었다. 별장이 왔기에 만나 보 았는데, 우리와 함께 유람하기를 청하기에 허락해 주었다. 별장의 이 름은 정윤립鄭潤立이라 하였다.

아침밥을 먹은 후에 절 문을 나섰다. 천지가 활짝 개이고 바람과 햇 빛이 맑고 환했다. 대장대大將臺에 올라가 온 하늘과 땅을 시야가 다하 는 데까지 바라보았다. 수없이 기기묘묘한 절경이 한 점 가리거나 막 힌 것 없이 툭 트인 채로 몽땅 드러나 보였다. 좀 전에 장난삼아 했던 말이 정말 예언처럼 된 것 같아 서로 돌아보며 한바탕 웃었다. 대에는 '제승대'制勝臺라고 쓴 편액이 걸려 있었다. 글자 모양이 마치 까마귀가 깃들여 있는 것 같고 획은 상당히 예스러운 기풍이 있었다. 누가 쓴 것이냐고 별장 정윤립에게 물어보았더니 당숙이신 상사上舍 황 공黃公이 쓴 것이라고 하였다. 승군僧軍의 장수가 이 대에 거처하고 있는데 마침 산 밖으로 나가 버려 있지 않았다. 이에 시 한 수를 읊었다.

다시 길을 가서 남문루南門樓에 이르렀다. 술 한 잔씩을 하고 각자 이름을 썼으며 또 조금 전 누대에서 읊었던 시도 한 수씩 썼다. 누대에서 다시 방향을 돌려 남쪽 성을 따라가는데 힘이 들어 열 걸음에 한 번은 쉬면서 견월봉見月峯으로 올라갔다. 봉우리는 바위로만 이루어져 있었고 흙은 없었다. 둥글면서도 뾰족하며 험하고도 높은 형세로는 비록 약사봉若思峯보다는 조금 못한 것 같았으나 뚝 끊어진 듯하면서 높디높은 형상이 결단코 아부하는 기색이라고는 없는 것 같아 공경할 만하였다. 이에 절구 두 편을 짓고 흥취가 일어 봉우리로 올라가 술 한 잔씩을 돌리고 견월봉 위에 있는 공원대控遠臺에 올랐다.

약사봉 아래에는 깨어진 기와 조각과 주춧돌이 많이 눈에 띄었다. 또 절구 한 수를 읊고서 약사봉으로 올라갔다. 봉우리의 형세는 곧장 하늘 가운데 내리꽂은 듯하면서 구름 속에서 불쑥 솟아올랐으니 바로 금오산의 최고봉이다. 산성 서쪽의 앞뒤로 거쳐 온 길을 살펴보니, 서쪽은 틔었으나 동쪽은 막히기도 하였고 북쪽은 틔었으나 남쪽은 막히기도 하였으며, 삼면은 틔었으나 한쪽 면은 막히기도 하였다. 하지만 약사봉 앞으로는 상대할 만한 적수가 없었고 그 뒤쪽으로도 마주할 만한 것이 없었다. 그 왼쪽은 조정에서 신하들이 조회하는 듯하였고 그 오른쪽은 임금을 호위하는 듯하였다. 작든 크든 먼 곳이든 가까운 곳이든 동서남북 그 어디든 이 봉우리를 향해 공손히 절하는 듯하지 않는 것이 없었는데 에워싸고 내리달리고 뛰어오르면서 그 기이한 경치를 펼치고 있는 것이 한눈에 들어왔다. 옛날에 중국 송나라 시인 소식이 "위대하구나, 조물주의 이 종횡무진이여! 흙과 모래를 가지고 이토록 장난하였구나"라고 한 시구가 이런 경치를 두고 읊은 것이리라.

소나무에 기대어 서 보기도 하고 바위에 걸터앉아 보기도 하며 낭랑하게 시를 읊조리기도 하고 크게 한번 휘파람을 불어 보기도 하였다. 몸이 상쾌해지고 정신이 맑아져 가슴속의 응어리들이 깨끗이 씻겨 내려가는 것이 신선이 따로 없다. 이른바 "신선이 되어 훨훨 날아오른다"라는 말이 이 경우를 두고 한 말일 것이다. 이에 시 한 편을 지었다.

바람 타고 훨훨 신선 되기를 엿보노라니
세상의 인연이 다한 줄도 모르겠구나.

이 시구는 정말 흥취가 무르익어서 나온 것이다.

곧장 봉우리 아래로 내려가면 약사봉과 같은 이름을 가진 암자가 있다고 하였다. 암자를 찾아 아래로 내려가는데 길이 아주 위태롭고 험하여 아무도 선뜻 앞장을 서려고 하지 않았다. 나와 화중이 과감하게 먼저 내려가니 그제야 모두 따라왔다. 하지만 정보와 별장만은 봉우리에서 그냥 머물러 쉬었다. 나는 웃으면서 이 두 사람이 '우리를 따라올 수 없는 사람들'이라고 하는 시구를 읊었다.

마침내 암자에 이르렀다. 하지만 암자는 폐허가 된 지 이미 오래되었고 돌부처 하나만 이슬을 맞으며 벼랑 아래에 앉아 있을 뿐이었다. 이것이 약사암인가? 그 곁에는 기와와 썩은 재목이 쌓여 있었으며 암자의 삼면은 석벽이었는데 깎아지른 듯 높이 솟아 서 있는 것이 약사봉과 나란할 정도였다. 오직 한 면만 터져 있어서 마치 문과 같이 보였다. 숲은 깊고 길은 험하였으며, 햇빛도 가려진 울퉁불퉁한 돌밭 길은 그윽하고도 고요하며 막혀 있어서 종일토록 사람의 그림자도 보이지 않았다. 전체를 다 바라다볼 수 있는 봉우리에서 느끼는 그 통쾌 같은 것은 없었지만 깊고 그윽하며 조용한 점에서는 기이한 볼거리 중 하나임이 분명했다. 중국 당나라의 유종원柳宗元이 "유람하는 길은 대략 두 가지가 있다"라고 한 것이 증명된 셈이다. 이에 적암適庵 조신曺伸의 시를 차운하고 화중에게 내가 지은 시를 암벽에다 쓰게 하고는 그 아래에 이름도 썼다. 그러고는 술을 내어 실컷 마셨다.

앞면에 있는 바위 구멍으로 나 있는 길을 따라서 숲을 헤치고 봉우리를 넘어 보봉사寶峯寺로 들어갔다. 정보와 별장은 약사봉 꼭대기에서 곧장 지름길을 통해 먼저 절에 와서 기다리고 있었다. 별장이 걸미첩乞米帖(쌀을 구걸하는 글)을 승려에게 주고 밥을 짓게 하여 모두 점심을 먹었다.

이 절은 산허리에 있었는데 지형이 매우 기이하였다. 긴 강이 절을 두르고 있었고 왼쪽에 첩첩한 산들이 솟아 있었으며, 뒤에는 산뜻하면서도 맑고 깊은 골짜기가 있었다. 앞에는 높이가 백 척이나 될 법한 오래된 전나무들이 있었고, 숲에는 단풍이요 바위엔 국화들이 때론 짙기도 하고 때론 옅기도 한 희고 붉은빛을 띠고 있어서 보기에 참 좋았다. 암벽 사이에는 이광숙李光叔의 시가 있기에 그 시에 차운하고 그 아래에다 썼다. 새참을 먹고 나니 날은 이미 저녁이 되었다.

다시 방향을 돌려 산 북쪽을 향해 가다가 북문루北門樓에 올랐다. 각자의 이름을 쓰고 술 한 잔씩을 마시고는 위태로운 난간으로 가서 몸을 기댄 채 멀리 바라다보았다. 구름과 안개가 뒤덮인 사이로 섬과 산이 둥근 기와를 가로로 뚝 잘라 놓은 듯한 것이 마치 병풍을 쳐서 가려 놓은 것만 같아 그 가운데서부터는 월악산 이상을 볼 수 없었다. 손가락으로 가리키는 지점은 비슷했지만 백악산과 목멱산이 있는 위치는 기억할 만했다. "북쪽 끝에서 어진 임금님 그리워, 높은 누대에 올라 북두성을 바라보네"라는 시구를 읊어 보았다. 얼마나 그 속마음이 응어리져 있는지 충분히 상상이 되었다. 저물녘이 되어서야 성으로 들어와서 또 진남사에서 묵었다.

8월 18일

북문을 나서서 곧장 용택사龍澤寺에 도착했다. 절 앞에는 흘송대屹松臺가 있었다. 그 대에 올라가 한참이나 편안하게 쉬다가 절로 들어갔다. 절 곁에는 폭포수가 있는데 바위 골짜기에서 맑고 깨끗한 물이 쏟아져 나와 반석에 못을 이루었다. 그 모양이 주흘산主屹山의 용추龍湫와 같았다. 절 이름을 '용택'이라 한 것도 이 때문이었다. 백사白沙 이항복李恒福의 「박연」朴淵 시에 차운하여 시를 지었다.

점심을 먹은 후에 별장과 헤어져서 화암사華嚴寺로 향했다. 화암사는 용택사와 지척 간에 있는데 조촐하면서도 상쾌하여 노닐 만했다. 일지에게 우리의 이름과 온 날짜를 적게 하였다. 지금까지 진남사, 보봉사, 북성루, 용택사 그리고 이곳에 각자의 이름과 날짜를 쓴 것은 모두 일지 한 사람의 손에서 나온 것이다.

잠시 쉬었다가 다시 길을 가서 도선굴道詵窟 아래에 이르렀다. 굴은 천 길이나 되는 절벽 위에 있었는데 사람의 발자취가 이르기 어려운 곳이었다. 내가 노승에게 물었다.

"도선 선사가 이 굴을 출입하였는가?"

노승이 대답했다.

"선사는 이 굴 속에다 집을 짓고서 거처하였다고 합니다."

아주 황당한 말이었다.

굴 문에서 아래로 내려가니 절벽에 가로로 띠처럼 가느다란 길이 나 있었다. 이곳을 유람하러 오는 사람 중에는 이 길을 부여잡고 올라가 굴속으로 들어가는 자도 있다고 한다. 이는 제 목숨이 어떻게 되는지도 알지 못하는 자일 것이니 마치 담 앞에 서서 아무것도 볼 줄 모르는 답답한 사람보다도 더 심하다고 해야 할 것이다. 참으로 안타까운 일이다.

굴 곁에는 실오라기처럼 가느다란 물줄기가 절벽 꼭대기부터 똑똑 방울져서 떨어져 내렸다. 물방울은 아래로 내려와서는 절벽을 타지 않고 공중에 매어 달린 채 처음에는 방울져 있다가 마치 흩어지는 눈처럼 땅으로 떨어져 내리는데 그제야 그것이 물인 줄을 알게 되니 참으로 기이한 광경이었다. 이에 시 한 수를 읊었다. 그리고 화중에게 등나무를 헤치고 바위에다 쓰게 하고는 다시 등나무로 덮어 버렸다. 우리 각자의 이름을 쓴 것도 역시 그렇게 하였다. 남들이 알지 못하도록 하기 위해서였다.

도선굴 남쪽으로 수십 걸음을 가니 폭포가 나왔다. 이 또한 기이하고 장엄하여서 볼만하였다. 폭포를 따라 아래로 내려가 바깥 성문루로 올라가서 각자의 이름을 썼다. 그러고는 곧바로 한벽루寒碧樓를 찾아갔다. 이 한벽루는 바로 야은冶隱 길재吉再 선생이 만년에 은둔하면서 스스로 즐거워하던 곳이다. 연대가 이미 너무 멀고 터는 황폐되어 비록 그 자취들은 알 수 없지만 선생을 사모하는 마음에 이리저리 배회하다 보니 갑자기 숙연해지면서 맑은 바람에 해맑은 운치가 사람을 엄습해 오는 것만 같았다. 참대 몇 무더기가 풀이 우거진 가운데에서도 여전히 잘 견디어 내며 생존하고 있었다. 이 모든 경물을 보고 일어나는 감회를 어떻게 글로 다 표현해 낼 수 있을 것인가! 일행들이 내게 말했다.

"자네가 이곳에 와서 한마디의 말도 없어서야 되겠는가?"

이에 여헌旅軒 장현광張顯光 선생이 예전에 이곳을 찾았다가 지었다는 시를 외워 보았다.

> 대나무는 당시의 푸르름 그대로요
> 산은 옛날과 다름없이 높아라.
> 청풍에 아직도 머리털 쭈뼛해지나니
> 누가 옛사람을 멀다 말하는가?

사람들은 나더러 이 시에 차운하여 시를 짓게 하고는, 마침내 노래를 부르게 하였다. 모두 세 편이었다.

어두워서야 옥림사玉林寺로 들어갔다. 절에는 사람과 말이 와서 기다리고 있었다. 이 절의 옛 이름은 대혈사大穴寺였는데, 원래는 한벽루 곁에 있다가 동남쪽 5리 정도 떨어진 곳으로 옮기고 나서 지금의 이름으로 고친 것이다.

8월 19일

새벽에 비가 내렸다. 이에 시 한 수를 써서 일행에게 보여 주었다.

꽉 끼었던 구름 안개도 산두*에겐 활짝 열렸고
소나기 내릴까 하던 걱정은 신재**도 막았다네.
금오산 위아래를 모두 돌아다녀 보았으니
온 산 가득한 가을 흥취 내 눈 속에 다 담겼네.

비가 그치지 않아 계속 절에 머물렀다. 가지고 왔던 양식도 다 떨어져서 승려들을 여기저기로 나누어 보내어 쌀을 구해 오도록 하여 밥을 지어 먹었다. 이 또한 산을 유람하는 하나의 재미인지라 한바탕 재미있게 웃을 수 있는 거리가 되었다. 이에 운자를 부르게 하여 근체시 한 수씩을 지어 이별의 마음을 담아 여러 친구들에게 나누어 주었다.

8월 20일

이른 아침에 비를 무릅쓰고 모두 흩어져서 돌아갔다. 돌아갈 무렵에 일행들이 내게 산을 유람했던 내용들을 글로 쓸 것을 부탁하면서 이어서 말하였다.

"이 산에 들어온 이후로 조금도 막힘이 없이 모든 경치를 두루 구경할 수 있어 참으로 좋았네. 하지만 오직 동양사東陽寺 한 곳만은 결국 가 보지 못하였으니, 이것만이 마음에 걸릴 뿐이라네."

* 신재新齋 최산두崔山斗(1483~1536)를 말함.
** 신재愼齋 주세붕周世鵬(1495~1554)을 말함.

304

내가 말하였다.

"그대들의 말은 너무 심하군. 예전에 신재 주세붕 선생이 소백산을 유람할 때에도 다만 한 골짜기만을 보았을 뿐이지 다른 두 골짜기는 보지 못하였고, 퇴계 이황 선생도 주세붕 선생을 이어 소백산을 유람했지만 역시 두 골짜기만을 보았을 뿐이지 한 골짜기는 남겨 놓았다네. 그러면서 '다음 유람할 때를 기다려 보세나'라고 하였네. 저 두 선생이 모든 좋은 경치들을 구석구석 다 찾아보아 한 터럭이라도 남겨 두지 않는 것이 통쾌한 일이 된다는 것을 왜 몰랐겠나. 그것도 좋은 것이지만 많이 취하는 것은 조물주가 시기하는 것이요, 경물을 분류하는 일은 높은 경지에 오른 사람만이 할 수 있는 일이며, 또 하늘이 아껴 두고 귀신이 숨겨 둔 비경秘境을 한꺼번에 다 밟아 보아서는 안 된다는 이유에서 나온 것이 아니겠는가?

오늘 우리들은 하루도 막힘없이 사흘 동안 아주 맑고 밝은 날씨 가운데에서 천만 길이나 되는 높은 산봉우리들을 다 밟아 보고 수많은 경치들을 다 보았네. 그런데 그중에서 동양사라는 절 하나만 빠졌다는 것은 아홉 마리 소에 털 한 가닥이 빠진 정도에 불과할 뿐인데도 그것만을 보지 못하고 돌아간다고 하여 그리 애달파할 것까지야 있겠는가? 이 또한 뒷날을 기약하자는 우리 선배들의 훌륭한 생각을 따르고 배우는 일이 되지 않겠는가? 하물며 산을 유람하는 법이 단지 눈만 크게 뜨고 산봉우리들의 밝고 빼어남, 바위와 골짜기의 기이하고 오래됨, 사찰의 크고도 화려함만을 보는 것이 아니라는 점에서도 그러하지 않은가?

산을 유람하는 방법 중 가장 중요한 것이 세 가지가 있네. 그 첫째는 산의 큰 맥락을 보는 것이요, 둘째는 산의 큰 형체를 보는 것이며, 셋째는 산의 큰 효용을 보는 것이라네. 그런데 이 세 가지 요점을 이해하는 데는 힘쓰지 않고 오직 승려가 거처하는 절 하나를 보지 못한 것에 그렇게 연연해하며 마음을 쓴다면 이는 맹자가 '삼년상은 제대로 못하면서도 밥숟갈을 크게 뜨고 국을 흘려 마시며 마른 고기를 이빨로 끊지 말라는 것 같은 시시콜콜한 예禮만을 따지는 것'과 무엇이 다르겠는가? 오늘 나는 그대들에게 바로 이런 말을 해 주고 싶다네.

이른바 큰 맥락이라는 것은 우리나라의 산들이 모두 장백산에서 뻗어 나오고 물도 이 장백산에서 흘러나와, 일어섰다 엎드리기도 하고 구불구불하다가 곧게 뻗기도 하면서 질서가 있고 또 얽히고설키면서 이어졌다가 끊어지기도 하지만 하나같이 또렷하여 다 손가락으로 가리킬 만하다네. 이러한 산줄기와 땅의 형세에 대해 비록 예전의 최산두가 아주 널리 알았지만 그래도 잘 몰라서 산과 서로 교감하지 못했다는 탄식이 있었다네. 그런데 내가 이러한 최산두의 뒤를 따른 지가 이제 겨우 10여 년이 되어 가는 마당에 어떻게 감히 얼굴을 내어 밀고 변변찮은 저술을 내어 이전 사람들이 내지 못했던 생각을 함부로 낼 수가 있겠는가? 아예 말도 하지 않는 것이 옳을 걸세.

만일 큰 형체라는 측면에서 산을 논한다면 약사봉 한 봉우리가 이 금오산 가운데에서 가장 으뜸이 되어 두 눈을 문지르고 다시 보아도 바로 눈앞에 들어오지. 그리고 동쪽으로 바라보면 마치 밥상을 놓은 것처럼 보이는 것은 인동의 유학산이요, 하늘이 낸 것은 칠곡의 가산, 대구의 팔공산이며, 멀리 구름 속에서 언뜻언뜻 머리를 묶어 올린 것처럼 보이는 것은 청송의 보현산, 경주의 함월산이라네. 그 남쪽은 가깝게는 가야산이 신안과 야로 지역을 에워싸고 있고 멀리로는 두류산이 호수와 바다와 구름 낀 저 하늘 밖에 은은히 비치고 있다네. 그 가운데서도 두류산의 천왕봉은 높고 웅장한 면에서는 최고여서 손가락으로 가리켜 보아도 식별이 가능하다네. 하지만 그 진면목은 너무 멀어서 분명하게 알기 어렵지. 그 서쪽은 금릉의 황악산, 무주의 덕유산, 보은의 속리산이 혹 가깝기도 하고 혹 멀기도 하면서 모두 금오산을 빙 둘러 에워싸고 있고, 그 북쪽으로는 상주의 갑장산이 마치 아전이나 관노로 조직한 군대가 면전에 있는 것처럼 보이며, 문경의 희양산과 주흘산은 마치 사방으로 울타리를 친 것처럼 보인다네. 그리고 북동쪽에서 멀게는 태백산, 소백산, 청량산, 학가산, 가깝게는 화산, 냉산, 조계산, 비봉산, 서북쪽으로는 보문산, 황령산, 남서쪽으로는 수도산, 걸수산, 동남쪽으로는 비슬산, 운문산, 재악산, 원적산이 보인다네.

이 산들은 혹 반쯤만 그 몸을 드러내기도 하고 혹 구름 끝에서 한 면만 드러내기도 하며 혹 그 옛날 중국 주나라 주공周公이 도읍을 정하고 왕실을 높이며 제후들을 분봉하고 사방 천 리에 이르기까지 나라를 튼튼히 한 것과도 같고, 혹은 중국 한漢나라 때 숙손통叔孫通이 예법을 제정하고서 여러 선비들을 데리고 야외로 나가 공손하게 그 예를 연습했던 것과도 같으며, 혹은 천병만마를 몰아서 내리달리게 하는 것과도 같고, 혹은 노한 호랑이와 숨어 있는 용이 뛰어오르며 꿈틀거리는 것 같기도 하며, 혹은 땅에다 선을 긋고 막 먹물로 뿌려 놓은 것 같기도 하고, 혹은 거울처럼 맑은 물이 처음으로 열려 온갖 만물들을 두루 살펴볼 수 있는 것과도 같네.

낙동강은 동북쪽을 따라 발원하여 사방의 산과 들을 에워싸는데 도대체 몇 번이나 꺾이면서 동쪽으로 흘러 바다와 호수로 들어가는지를 알 수가 없고, 또 서남쪽에서 발원하여 산과 들을 에워싸며 도대체 몇 번이나 꺾이면서 북쪽으로 흘러 강으로 들어가는지를 알 수가 없다네. 여기까지가 이 금오산의 큰 형체를 말한 것이라네.

그리고 이른바 산의 효용이라는 면에서 본다면 모든 사물에는 체體(근본)가 있어서 비록 아무리 작은 것이라 하더라도 그 쓰임새가 있게 마련이라네. 그래서 공자는 '태산의 신령이 예의 근본을 물은 임방林放보다도 못하단 말이냐?'*라는 말을 했고, 『주역』에서는 '험준한 곳에 요새를 설치한다'라고 하였으며, 맹자는 지형의 유리가 나라를 지킬 수 있다고 하여 효용 면에서 험준한 지형에 위치한 성과 깊은 연못만한 것이 어디에 있겠는가를 논하였네. 이 금오산은 아주 높고 험준하여 마치 깎은 듯이 사방을 에워쌌으니 참으로 이른바 '한 사람이 관문을 지키고 있을 뿐이건만 만 명이라도 그 관문을 열지 못한다'라는 말이 곧 이 산을 두고서 하는 말이라고 할 수 있을 걸세.

그러기에 높은 곳에 성벽이 있고 골짜기는 깊으며 석회를 바른 성가퀴가 구름처럼 이어지면서 우뚝 솟았지. 내성은 모두 4,082걸음이요, 외성은 4,235걸음이며, 큰 못이 네 개, 중간 치 되는 못이 세 개이고, 여섯 고을이 속해 있으며, 창고는 열 군데가 넘고, 술을 마시며 놀만한 곳이 일곱 군데가 된다네. 또 별장과 승장僧將을 두었으며, 병사

---

* 『논어』「팔일」八佾에 나오는 말로, 계씨季氏가 대부로서 태산에 여제旅祭를 지내는 예에 벗어난 행동을 하였다. 이에 공자가 제자인 염유冉有에게 "네가 그것을 바로잡을 수 있겠느냐?"라고 하자 염유가 "불가능합니다" 하고 대답하니 공자가 이 말로써 예가 어지럽혀지는 것을 탄식하였다. 임방은 공자의 제자로 예의 근본에 대해 물었다고 하여 공자의 칭찬을 받은 인물. 여기서는 산이 이러한 예와 관련지을 수 있는 효용이 있음을 말한 듯함.

들과 무기들을 배치하였고, 아주 잘 지은 사찰들이 있으며, 큰 성 안에는 살고 있는 사람만 해도 적지 않다네. 전쟁이 나서 적들이 쳐들어온다 하여도 오르지도 못할 험준함이 천연의 방비가 되어 주어 호랑이와 표범이 산에 있는 것과 같은 위용이 있으니, 이 모든 것이 어찌 이 금오산의 효용이 아니겠는가?

하지만 이것들은 모두 한때의 효용일 뿐이요, 만세에 이르는 효용은 이러한 것들보다 훨씬 더 크다네. 이는 사람마다 다 알고 있는 것이 아니기에 내가 자네들에게 한마디 말하기를 청하고 싶네.

아! 야은 길재 선생은 사람이면 누구나 지켜야만 할 영원한 윤리를 지키는 것에다 그 한 몸을 바쳐 살아서는 이 산속에 은거하였고 죽어서도 이 산 아래에 묻혔기에 사람들은 이 산의 기슭에다 사당을 세워 그분을 제사 지냈다네. 선생의 절개는 이 산의 높음으로도 부족할 것이요, 이 산의 명성은 선생 덕에 더욱 높아져 참으로 백이와 숙제가 주려 죽은 저 수양산과도 견줄 수 있을 것이니 저 하늘과 땅의 시작과 끝이 될 것이라네. 이것이 이 산이 선산에서 가장 중요한 산이 되고 영남에서 그 이름이 나며 주위의 모든 산들이 이 산 앞에서 엎드리게 되는 까닭이 되는 것이네.

수많은 세월이 흐른 지금에도 나와 그대들이 삼강오륜의 법도를 듣고 저 오랑캐와 짐승이 하는 짓을 면할 수 있게 된 것이 어찌 선생에게서 비롯되었다는 것을 모를 수가 있겠는가? 이것이야말로 만세토록 이어져 갈 산의 효용일 터이니, 어찌 다만 한때의 폭압을 막아 내고 근심을 방비하는 효용으로만 생각하는 데 그칠 수 있겠는가? 그렇다면 이 산을 유람한 내용을 기록할 때에는 무엇이 더 중요하고 덜 중요한지,

또 어떤 것은 버리고 어떤 것은 취해야만 하는지가 저절로 명백해진다네. 지난번에도 말했듯이 멀고 가까운 경치들을 바라볼 때에 많이 보든 적게 보든 그것은 단지 보는 눈의 흥취만을 돋워 줄 뿐이라네. 이런 점에서 따져 본다면 동양사라는 절을 보았느냐 못 보았느냐 하는 문제가 우리의 이번 유람에서 특별히 무슨 손해될 것이라도 있으며 또 무슨 이득이 될 것이라도 있단 말인가?"

그러자 모두가 말하였다.

"자네의 말이 확실하고도 옳네."

이에 그 말들을 기록하여 유산록으로 남긴다.

1666년 9월, 양계산인陽溪山人이 양계정사陽溪精舍에서 쓴다.

이 글의 저자는 이복李馥(1626~1688)이다. 이 글은 저자의 나이 41세 때인 1666년(현종 7) 가을에 5일 동안 금오산을 유람하고서 쓴 기행문이다. 원제는 '유금오산록遊金烏山錄'이다. 이복은 퇴계 이황의 학통을 이었으며, 자가 면여勉餘, 호는 양계陽溪이다. 숙종 때 형조참의를 지냈다. 금오산은 경상북도 구미시, 칠곡군 북삼면, 김천시 남면 경계에 있는 산으로 소백산맥의 지맥에 솟아 있으며 기암괴석이 조화를 이룬 급경사의 바위산이다. 본래는 대본산大本山이었는데, 외국의 사신들이 중국의 오악五岳 가운데 하나인 숭산崇山에 비해 손색이 없다 하여 남숭산南崇山이라 불렸다가 당나라의 대각 국사가 금오산으로 부르면서 그렇게 불리게 되었다. 산 전체가 급경사를 이루며, 좁고 긴 계곡이 굽이굽이 형성되어 예로부터 명산으로 알려졌으며, 또 유서 깊은 유적도 많다.

이 기행문은 저자가 가는 곳마다 시를 짓거나 다른 이의 시를 인용하기도 하여 유람의 흥취를 더해 준다는 점과 뒷부분에 이르러 산을 유람하는 방법을 크게 맥락, 형체, 효용으로 나누고는 이를 자세하게 논증하고 있다는 점이 특징이다.

신선이 산다고 할 만큼 빼어난 곳

정구, '유가야산록'

1579년 늦가을, 나는 백유伯愉 이인개李仁愷, 공숙恭叔 이인제李仁悌 형제와 함께 사촌沙村의 시냇가 글방에 있었다. 이때 양정養靜 곽준郭䞭도 와서 같이 이야기를 나누고 책도 읽으면서 함께 즐거움을 누렸다. 그렇게 여러 날을 보내던 중에 내가 말했다.

"가야산이 우리 고을 안에 있는데 신선이 산다고 할 만큼 빼이난 곳이라네. 나는 이전에 겨우 한 번만 구경했을 뿐이네만 자네들은 아직한 번도 가 보지 못했으니, 어찌 섭섭한 일이 아니겠는가? 지금 국화와 단풍이 참으로 아름다울 터이니, 맑은 날에 한번 정상에 올라가 눈길 닿는 대로 실컷 바라보며 답답한 가슴을 시원하게 씻어 버리는 것도 좋은 일이 아니겠는가? 하물며 덕원 정인홍도 지금 막 영양의 수령을 그만두고 돌아왔으니, 이 친구를 만나 보지 않을 수 있겠는가?"

그러자 모두 그렇게 하자고 했다. 이에 쌀 한 자루, 술 한 통, 반찬

한 소쿠리, 과일 한 바구니로 행장을 꾸리고, 책으로는 『근사록』近思錄 한 권과 『남악창수』南嶽唱酬만을 챙겼다. 이렇게 하고 보니 중국 송나라의 심괄沈括이 유람할 때 갖추었던 것에 비교해 보아도 더 간단했다. 이날은 9월 10일이었다.

9월 11일

날은 맑았다. 백유(이인개)는 내일 송씨 어른을 만나 뵙기로 약속이 되어 있다고 해서 먼저 갔다. 지해志海 김면金沔의 편지를 받았다. 그가 보름날 성에 있는 절에서 만나자고 하기에 이번 유람에 우리와 함께 했으면 좋겠다는 답장을 보냈다. 나는 남은 두 사람과 함께 저물녘에야 출발했는데, 여우고개를 넘어가려고 하자 날이 이미 어두워지고 말았다. 하지만 마침 무인武人들과 만나 동행한 덕분에 아무런 걱정 없이 고개를 넘어갈 수 있었다. 송추松楸를 지나 말에서 내려 절을 하고 한강寒岡으로 나가 어시헌於是軒에 올랐다. 그리고 옷을 풀어 헤치고서 잠시 쉬었다가 뒷산으로 올라갔다. 달빛은 해맑게 비치고 소나무 그림자는 어른거렸으며, 흰 바위는 더욱 하얗고 푸른 물은 찬 소리를 내며 흘렀다. 아래위를 바라보며 마음 내키는 대로 휘파람을 한번 불어 젖히자 어느새 가슴속이 후련해지면서 아무런 거리낌이 없어지는 듯했다. 촛불을 켜고 집에서 보관하고 있던 『주자연보』朱子年譜 가운데에서 「운곡기」雲谷記를 꺼냈다. 하지만 한 번 보고는 그만둔 채 행장 속에다 넣어 버렸다. 이날 밤에는 피곤하여 아주 깊은 잠을 잤다.

9월 12일

아침에 다시 뒷산에 오르려고 조반을 재촉해서 먹고 나갔다. 선산에 이르러 성묘를 하고 나니 무상한 세월에 대한 슬픈 감회를 가눌 길이 없었다. 송씨 어른을 찾아가 뵙고 대충 안부를 여쭈었다. 송씨 어른은 우리 고을에서 본이 되시는 분인데 청빈과 곧은 절개로 매우 공경할 만한 분이다. 나는 타고 다니던 말이 넘어지는 바람에 넓적다리를 다 쳤다. 술을 데우게 하고는 소합원 한 알을 먹었다.

백유가 와서 함께 갔다. 어린아이 배협이 밤고개에서 왔다. 심원에 이르렀다. 앞길에 수석이 꽤 맑고 깨끗하여 말에서 내려 잠시 쉬면서 각기 홍시 한 개와 술 반 잔씩 마셨다. 홍류동에 이르러 시냇가 바위에 앉았다. 승려가 말했다.

"올해의 단풍은 지난해보다 못합니다. 하지만 푸르고 누른 잎 사이로 고운 붉은빛이 짙기도 하고 옅기도 한 것이 그런대로 홍취를 자아내어 울적한 기분을 충분히 씻어 낼 만은 하지요."

구름 낀 산과 수석이 멋진 홍취를 절로 일어나게 함이 많은데 단풍잎의 좋고 나쁨이야 굳이 따질 필요는 없으리라. 어떤 사람은 제대로 된 가을을 보려면 아직 좀 이르다고 하고, 또 어떤 사람은 지금이 바로 제때라고 하기도 한다. 만일 이르다고 한다면 그 옛날 중국 송나라의 소옹邵雍이 "아직 망울져 있을 때에 꽃을 보네"라고 한 시의 뜻에 맞추면 될 것이고, 지금이 제때라고 한다면 더욱 좋은 일일 것이다. 우리가 바쁜 세상일 가운데에서 이렇게 틈을 내어 구경하러 온 것만 해도 다행스러운 일이거늘 때가 이르고 늦음이야 무슨 상관이 있을 것인가!

물이 이리저리 흩어진 바위 사이로 우레 치는 듯한 소리를 내면서 마구 쏟아져 내리는데 대낮에 비가 흩날리는 것처럼 숲 속 외나무다리까지 물방울이 튀었다. 또 그 물이 혹 넓은 연못에 쌓이니 연못의 깊이가 얼마나 되는지 가히 헤아릴 수도 없었다. 산봉우리들은 우뚝 솟았고 골짜기들은 깊고도 그윽했으며 소나무와 전나무는 울창한 숲을 이루었고 절벽들은 가팔랐다. 시내를 따라 8~9리를 걷고 또 걸어가는데 곳곳마다 맑고도 기이하여 보는 눈을 놀라게 하지 않는 것이 없으니, 참으로 아름다운 곳이다.

절벽의 널찍한 바위에는 호사가들이 이름을 깊이 새겨 놓아 글자의 획이 선명하게 남아 있었다. 홍류동, 자필암, 취적봉, 광풍뢰, 제월담, 분옥폭, 완재암 등에 모두 이름이 새겨져 있는데, 오랜 세월이 지났음에도 마멸이 되지 않아 유람하는 사람들에게는 좋은 구경거리가 되었다. 또 고운 최치원의 시 한 수도 폭포 옆 바위 면에 새겨져 있었다. 하지만 오랜 세월 동안 비바람과 거센 물결에 씻기고 깎여 지금은 거의 알아보기가 힘들었다. 한참을 닦고서 보니 희미하게 겨우 한두 글자만 식별이 되었다. 그 시는 이러하다.

겹겹 바위에 쏟아지는 물 뭇 산봉우리 울려 대니
지척 간인데도 사람의 말소리가 들리지 않는다네.
아마도 세상 시비 따지는 소리가 들릴까 하여
일부러 물을 흘려 온 산을 다 가두려고 하나 보다.

점심을 먹고 조금 있다가 술 한 잔씩 마셨다. 또 아이 배협이 미숫가루를 올리기에 이것도 맛보았다. 아이는 먼저 절 안으로 들어가게 했다. 그리고 나와 여러 사람은 천천히 걸어서 시냇가 언덕을 따라 몇 리쯤을 가다가 말을 타고 홍하문紅霞門에 이르렀다. 승려들이 마중을 나와 주었다. 승려 중에 신열이라는 자는 이전부터 알고 지내던 사이여서 그를 앞세워 길을 안내하게 했다. 작기는 하나 아주 깨끗한 방에다 행장을 풀었다.

얼마 후에 피리 소리가 나면서 누군가가 문 안으로 들어서는 것 같았는데, 김 박사와 이충의 일행이라고 하였다. 그들이 만나기를 청했지만 몸이 아프다고 사양했다. 저녁에 학사대學士臺에 올랐다. 밤은 깊어 가는데 너무 차가운 돌 평상 탓에 잠을 이룰 수가 없어 뜰로 나갔다. 달빛이 해맑은 빛을 흘리고 있었다. 각자 술 반잔씩을 마시고는 얼마 되지 않아서 잠자리에 들었다.

9월 13일

날이 맑았다. 일찍 일어나 『근사록』 몇 장과 『남악창수』의 서문을 읽었다. 김 박사가 또 만나기를 청하기에 잠시 학사대에서 만났다가 이어 절간과 뜰 사이를 이리저리 거닐었다. 절은 신라 애장왕 때에 창건한 것으로 여러 차례 보수를 거치긴 했지만 그 웅장하고 화려함으로 보건대 백성의 힘이 여기에 얼마나 많이 쏟아부어졌을까 싶다. 덕원(정인홍)에게 편지를 보내어 함께 유람할 것을 권유했더니, 부모님의 병환 때문에 올 수 없다고 답해 왔다. 하지만 이번 보름날에는 지해(김면)와 함께 이 절에서 만나기로 약속했다.

출발을 서둘러 산에 올랐다. 돌길이 험하여 말을 타기도 하고 걷기도 하면서 내원사內院寺에 이르렀다. 절 문밖에는 작은 비석이 있고 또 비석 앞에는 입 구口 자 모양의 작은 우물이 있었다. 그곳 승려가 말했다.

"이곳은 득검지得劍池의 옛터입니다."

비석 옆에는 점필재 김종직, 한훤당 김굉필, 탁영 김일손 등 여러 선생의 시가 새겨져 있었으나 마멸되어 읽을 수가 없었다. 절은 화재를 당해 새로 지어져 최근에야 완공이 되었다. 그러나 구름 낀 산이 무르녹듯 아름답고 절벽과 골짜기가 그윽하면서도 고요하며, 기상이 높아 날 듯하고 시야도 탁 틔어 해인사에 견줄 바가 아니었다. 한훤당 선생이 일찍이 이 절에서 글을 읽으며 학문과 덕을 닦고 쌓으셨으니 이 사이에 터득하신 것이 많았으리라고 생각이 되었다. 하지만 우리는 여태껏 하루도 이런 곳에서 책을 읽어 보지 못했으니 어찌 개탄하지 않을 수 있으랴.

승려에게 "저 하늘 끝에 한 조각 희미하게 보이는 것이 무엇이냐?" 하고 물었더니 두류산이라고 했다. 한밤중에 뜰 가로 걸어 나와 보았다. 달빛은 밝아 대낮과 같고 산은 고요하며 맑은 바람은 천천히 불어 오고 찬 시냇물 소리는 졸졸거리며 들려오는데, 너무도 황홀하여 마치 내 몸이 어느새 저 세상 밖으로 나가 버린 것만 같았다.

9월 14일

날은 맑았다. 새벽에 일어나 앞마루에 앉아 『근사록』 몇 장을 읽었다. 눈을 들어 구름 낀 산을 바라보노라니 나의 온갖 상념을 텅 비게 하는 것 같다. 옛사람들의 가르침을 곰곰이 새겨 보지만 그 깊은 맛은 깨달을 수가 없었다. 아침을 먹은 후에 지팡이를 잡고서 몇 리쯤을 가다 보니 정각암淨覺菴이라는 곳이 있었다. 위치가 더욱 높아서 경치가 내원사보다 한층 더 좋은 것 같았다. 어제만 해도 양정(곽준)은 내원사의 그윽한 고요가 좋다고 하여 훗날에 그곳에 가서 꼭 글을 읽겠노라고 다짐했다. 그런데 이곳을 보더니 그만 여기가 더 좋다고 하며 즐거워하였다. 이에 공숙이 말했다.

"양정은 또 이곳에서 글을 읽겠다고 다짐해야겠군."

어린아이 하나가 안방 쪽에서 나오더니 절을 했다. 모습이 촌스럽긴 했지만 아주 추하지는 않았으며, 말이 어눌하기는 했으나 자기의 마을과 가문에 대해서는 분명하게 말했다. 자세히 알아보았더니 바로 나의 내외종 아우 송씨 집의 아이였다. 어머니를 잃고 게다가 배운 것도 없어서 중을 따라온 것이라고 했다. 책을 펼쳐 놓고 시험 삼아 읽혀 보았더니 글의 뜻을 알지 못했을 뿐만 아니라 문장을 어디서 끊어 읽어야 하는지조차도 헛갈려했다. 이같이 공부하다가는 비록 십 년을 배운다 한들 글자라도 깨우친 사람이 되기는 끝내 어려울 것 같았다. 아! 우리 한훤당 선생의 후손이 어떻게 이 지경까지 이르게 되었단 말인가! 한참 동안 탄식만 나올 뿐이었다.

조금 쉬면서 피로를 풀려고 하는데 승려가 갑자기 와서 해는 저물고 갈 길은 아직 멀다고 하기에, 놀라서 채찍을 잡고 일어났다. 우리에게 날은 저물고 갈 길이 멀다고 하지만 그것이 어찌 이 산을 오르는 경우뿐이겠는가?

1리 쯤 가서 성불암成佛菴에 이르렀다. 백유가 먼저 앞에 있는 대臺에 올랐다. 나는 곧바로 암자 안으로 들어갔다. 암자가 위치한 곳은 정각암과 비슷했지만 아주 오래되지는 않았으며 승려가 없었다. 먼지가 마루와 방에 쌓여 있어서 잠시도 머물러 있을 수가 없었다. 어제 심원암에서도 승려가 없어서 들어가지 않았는데, 지금 또 이러한 것을 보니 흉년에다 부역하는 번거로움 때문에 산의 중들조차도 견디어 내지 못하는 것이 아니겠는가? 어찌 곳곳마다 이렇게 그 거처를 텅텅 비도록 한단 말인가? 산의 중들도 이와 같은데 시골 백성들이야 말해 무엇하랴. 궁벽한 시골 곳곳마다 집은 있지만 살고 있는 자가 없는 곳이 또 얼마나 될 것인가?

원명사圓明寺에 이르렀다. 절은 산봉우리가 둘러싼 곳을 차지하고 단청으로 산뜻하게 단장한 채 세워져 있어서 또한 내원사와 같지 않았다. 양정이 글을 읽겠다는 다짐이 여기에서도 없어서는 안 될 것 같다. 이곳이 너무 좋아서 차마 발길이 떨어지지 않았다. 또 중소리사中蘇利寺, 총지사叢持寺 등의 사찰이 모두 절벽 모퉁이에 있었지만 다 승려는 살지 않았다.

상소리사上蘇利寺에 들어가 잠시 쉬었다. 이른바 봉천대奉天臺는 위치가 더욱 맑고 높은 데 있어서 시야가 더 시원하게 틔어 보였다. 수많은 골짜기와 뭇 봉우리들은 작은 언덕처럼 빙 둘러 서 있고 인간 세상은 마치 개미와 누에가 모여 있는 것처럼 아득한데, 곳곳의 촌락들은 하나하나 손가락으로 셀 수 있을 것만 같다. 그 가운데에서도 옥산玉山 이기춘李起春이 살고 있는 송천은 아주 선명하게 보여 한번 허리를 구푸리면 꼭 내 손안에 움켜잡을 수 있을 것만 같다. 그는 아마도 지금 복건을 쓰고 조용하게 지내며 자신의 주관을 지키고 터득한 것들을 즐기고 있을 것이다. 하지만 오늘 내가 대략 본 것들을 그가 지닌 기상과 비교해 본다면 또한 어떠할는지 모르겠다.

안타까운 것은 내 손으로 그를 이끌고 와서 이런 경치를 함께 보지 못한 것이다. 지해의 경우는 비록 같이 가기를 간곡히 권하여 약속까지 했지만 이 산까지 오지 못했다. 이 또한 제각각의 분수가 있는 것이어서 친구의 힘으로도 억지로 할 수가 없는 모양이다. 그러니 『논어』에서 "인仁을 행하는 것이 자기에게서 나오는 것이지 남에게서 나오는 것이겠는가?"라고 한 말이 바로 이런 경우를 두고 한 말임을 알겠다. 오늘 우리 모두가 각자 서로 노력하여 게을리하지 않는다면 훗날엔 시야가 넓어져서 지금 이 봉천대에서 바라보는 정도에만 국한되지 않을 것이다. 그래서 양정이 말하였다.

　"이곳은 위치가 다 높기는 하지만 또 더 높은 봉우리가 있으니 이는 이른바 '마음의 지위가 높아져야만 한다'는 말이 아니겠는가? 그러니 우리는 서로 이곳에만 한정되어 그만두어서는 안 될 것이네."

　또 주자의 「운곡기」를 읽었다. 가슴이 더욱 툭 틔어짐이 느껴지면서 내 몸이 그 옛날에 주자가 노닐었던 노봉蘆峯이나 회암晦菴 가운데에 있는 것만 같았다. 점심으로 흰죽을 쑤어서 먹고 길을 떠났다. 이곳부터는 산길이 더욱 험하여 걸음걸이가 아주 힘들어졌다. 벼랑을 부여잡기도 하고 험악한 곳을 오르기도 하면서 마치 고기 꿰미처럼 한 줄로 서서 나아갔다. 앞사람은 뒷사람의 머리꼭지에 붙고 뒷사람은 앞사람의 발꿈치를 올려다보면서 거의 6~7리 쯤 가서야 비로소 제일 높은 봉우리라 하는 곳에 올랐다. 사방을 둘러보아도 막힌 데가 없고 다만 저 하늘의 구름만이 먼 산과 아스라한 안개 끝에 서로 붙어 있을 뿐이다. 앞서의 원명사나 봉천대의 경치는 이곳에 비한다면 다 말할 거리조차 못 되었다.

산의 안팎으로 푸르고 붉으며 누렇고 하얀색이 마치 흩어져 떨어진 듯 무늬를 이루고 있었다. 다 제각기 조물주가 시킨 대로 생성하는 이치를 따른 것이다. 처음에는 누가 그렇게 시킨 것이었는지를 몰랐지만 화려한 각종의 색조가 서로 뒤섞이고 비치어 유람하는 사람들의 구경거리로는 아주 만족스러운 것이었다. 이와 같은 경치를 본다는 것은 어진 이가 자신의 잘못을 반성할 자료로 삼는 것, 중국 송나라의 주돈이周敦頤가 뜰의 풀을 베지 않고 감상한 것, 맹자가 우산牛山의 나무가 마구 베이는 것을 보고 탄식한 것과는 비록 크고 작으며 성대하고 미약하다는 차이는 있지만 군자가 사물을 보고 그 생각을 일으키게 되는 이유가 된다는 점에서는 마찬가지일 것이다.

승려가 "저 남쪽 하늘에 보일 듯 말 듯 한 줄기 아스라하게 보이는 것이 지리산입니다"라고 말했다.

일두—蠹 정여창鄭汝昌 선생은 이른 나이에 지리산에 살면서 덕을 쌓았고, 남명南冥 조식曺植 선생도 만년에 지리산에 은둔하여 고고하게 사시면서부터 이 지리산은 남쪽 최고의 명산이 되었다. 또 저 산이 이 두 분 선생의 이름을 빌려 앞으로 저 천지와 함께 길이 전하게 될 것이니 이 또한 저 산의 큰 행운이라고 말하지 않을 수 없을 것이다.

또 저 멀리 사람이 있다 해도 보이지 않을 것 같으면서 아주 희미하게 북쪽 모퉁이에 봉우리를 내민 것은 금오산이다. 고려가 오백 년간 지켜 온 바른 정신을 이 산에 숨어 살았던 길재 선생에게 의탁한 것이 이 산 가운데에만 있는 것은 아니라고 말하지만, 중국의 수양산首陽山이 백이伯夷와 숙제叔齊로 인해 만세토록 그 이름이 드높아지게 된 것이 오늘 이 산을 보아 또한 우연이 아님을 알겠다. 비슬산 아래에 쌍계사가 있고, 팔공산 아래에는 임고 서원臨皐書院*이 있어서 선현의 아름다운 행적을 후세 사람들이 본보기로 삼았다. 하지만 이런 일이 어찌 처음부터 그렇게 되었겠는가! 그저 하늘이 본디부터 내려 준 인간의 도리를 떳떳이 지키어 높은 산을 우러러 보는 것을 막을 수가 없는 것처럼 이 산에 올라서 이렇게 바라보는 자들 또한 이러한 생각을 아니할 수가 없게 되는 것이니 이에 계속하여 감탄사만 나올 뿐이다.

한편 갈천葛川의 주인 임훈林薰은 효성이 지극하고 그 행실이 순전하여 그분을 생각할 때면 늘 나 자신이 부끄럽게 여겨졌으나 아직 한 번도 찾아가 뵙지 못했다. 그리고 운문雲門 선생이신 삼족당三足堂 김대유金大有는 기상이 드높아서 어디에도 얽매이지 않는 분이라고 조식 선생에게서 들은 바 있어 지금까지도 감히 잊지 못하고 있다.

흰 구름이 저 화왕산火王山과 대니산戴尼山 위에 유유히 떠다니고 있었다. 백유, 공숙 형제와 양정은 그쪽으로 계속 시선을 보내고 있었으니, 그곳에 바로 어버이가 계시기 때문이었다. 하지만 나는 이미 돌아가신 어버이 생각으로 슬퍼져서 자꾸만 눈물이 흘러 바라볼 수가 없었다. 친구들은 각기 술 한 잔씩을 나누어 마셨다. 하지만 나는 집안 친척의 제삿날이라 마시지 않았다. 경치를 실컷 보고 나니 아주 피곤해져서 바위를 베개 삼아 각각 한숨씩 잤다. 자고 나서는 다시 이리저리 돌아다니며 이곳저곳을 구경했다.

다시 『주자연보』를 펼쳐놓고 주자의 「무이산기」武夷山記와 『남악창수』 서문 및 주자와 장식 두 선생의 시를 읽었다. 읽은 내용 가운데에

---

* 경북 영천에 있으며 포은 정몽주를 배향하고 있음.

는 오늘 내가 본 것과 아주 흡사한 것도 많았다. 이를테면 "이 마음이 원대한 도를 바랄 뿐이요, 눈앞의 광경만을 탐내는 것은 아니라네"와 같은 구절은 오늘 높은 산에 오른 우리만 법으로 삼는 데 그칠 것이 아니라 산을 오르고자 하는 사람은 누구든지 다 알아야만 하리라. 평소에 이 시문들을 늘 읽어 왔지만 특히 오늘 이 가야산 제일봉 꼭대기에서 음미해 보니 그 정취와 맛이 한층 더 특별하면서 가슴에 와 닿았다.

승려들이 무릎을 꿇고 앉아 청했다.

"오늘 이렇게 고명하신 어르신들을 모시고 이 산에 올랐으니, 시 한 수라도 써 주신다면 보배로 알고 간직하도록 하겠습니다."

우리는 서로 쳐다보고 웃으며 시를 잘 짓지 못한다고 사양했다.

나는 예전에 고종형인 여약 이인박, 그리고 경범 유중엄, 태수 김담수, 이경 이정우를 따라서 이 산에 올라왔던 적이 있었다. 그때 우물가에 둘러앉아 술을 실컷 마시면서 취흥에 겨워 시를 읊으며 서로 주고받은 것이 수십 편이나 되었다. 하지만 그런 가운데에서도 나만 홀로 종일토록 한 수도 짓지 못해 여러 사람들에게 웃음을 샀다. 그러다 자리기 끝나갈 무렵에아 한 수를 지었는데, 그 마지막 시구가 "천년 전 처사의 마음 말없이 느낀다네"였다. 그러자 여러 사람들이 나의 이 시에 농담조로 화답하며 서로 실컷 웃다가 자리를 파했다. 이제 그 후로 18년이나 지나 고종형과 경범(유중엄)은 이미 다 세상을 떠났고 우물도 다 폐해지고 말라 버렸다. 지나간 일들을 돌아보자니 슬픈 마음이 일어나는 것을 억누를 길이 없다.

저물녘에 소리암으로 내려오는데 험한 바윗길을 지나오느라 몹시 힘이 들었다. 하지만 올라갈 때의 어려움에 비교한다면야 구분의 일밖에는 되지 않을 것이다. 남명 조식 선생이 "선을 따르는 것은 산을 오르는 것과 같고, 악을 따르는 것은 산을 내려오는 것과도 같다"라고 하신 말씀이 실로 오늘 이 상황에 아주 잘 들어맞는 것이라 여겨졌다.

처음 계획은 상봉上峯에서 백운대白雲臺를 거쳐 해인사로 돌아가는 것이었다. 내가 여러 사람에게 권했다.

"우리가 여기에 온 것이 어찌 산만을 유람하는 사람처럼 여기저기 나다니며 구경하는 데만 빠져서 경치에 끌려 다니려고 한 것이겠는가? 오늘은 산에 올라와 얻은 것도 이미 넉넉하니 이제 한가로이 몸을 쉬어 가며 정신과 기운도 좀 차린 뒤에 천천히 해도 되지 않겠는가?"

이에 모두 그러자고 하였다.

이날 밤 봉천대에 올라갔다. 하지만 달빛이 밝지 않고 구름 낀 산들은 희미하며 바람도 세차게 불어서 오래 있을 수가 없었다. 산속의 집은 흔히 나무판으로 바깥벽을 막고 안쪽은 다시 흙으로 담을 쌓는다. 그렇게 하지 않으면 안개가 스며들고 눈이 몰아쳐서 견뎌 내지를 못한다. 한밤중에 갑자기 종소리가 들렸다. 산중에서 한밤에 이런 맑은 소리를 들으니 나도 모르게 깊은 생각에 빠져 나 자신을 돌아보게 되었다.

9월 15일

새벽에 일어나 편지를 써서 덕원에게 보냈다. 그런데 바로 이때 지해의 편지를 받고 나서야 친구들이 어제 이미 이 산에 왔다는 사실을 알고 답장을 써서 보냈다. 같은 산인데도 위와 아래의 정취와 기상이 같지 않은 것처럼 답장을 쓰는 것도 약간의 장난기가 들어갔으니, 이 역시 내가 처해 있는 곳이 그래서 그런 모양이다. 그러니 높은 자리에 있으면서도 교만하지 않을 수 있다는 것은 정말 어려운 일인 듯싶다.

또 봉천대에 올라갔다. 떠돌던 안개는 이리저리 흩어지고 햇빛은 비쳤다가는 또 들어가 버리곤 하는데 울긋불긋한 온 산은 수만 가지 자태를 드러내고 있었다. 저 멀리 학사대 앞을 바라보니 어렴풋하게 사람들 모습이 보였다. 지해를 비롯한 여러 사람들이 숲속 정자에서 걸어 나오고 있음을 알 수 있었다.

다시 서쪽에 있는 두 바위 봉우리로 올라갔다. 경관은 봉천대와 대략 비슷했으나 너무 가팔라서 현기증이 나고 겁이 나는 것은 더 심했다. 양정이 약재로 쓰이는 마삭줄 덩굴을 캐서 자루에 담았는데 그 향기가 진동했다. 공숙이 습한 안개에 지친 나머지, "저 속세 인간에게 술을 좀 빌려 오자"라고 했다. 나와 양정이 그게 무슨 말이냐고 추궁하자, 저도 어쩌다 보니 잘못 나온 말이라고 한다. 이는 아마 가져온 술한 병이 바닥이 난 데다가 마침 지해가 저 속세에서 이 산으로 새로 들어왔기 때문에 그를 지목해서 '속세 인간'이라고 한 모양이었다.

방으로 들어가니 아이가 홍시를 내어 왔다. 아림娥林의 외가에서 가지고 온 것이었다. 홍시를 먹으면서 오늘 우리가 본 것들에 대해 대략 평해 보았다. 오후가 되자 해는 중천에 떴고 짙은 안개도 말끔히 걷혔다. 산봉우리들이 제 모습을 드러내면서 환하게 펼쳐지자 눈에 닿는 모든 것들이 한눈에 들어왔다. 어떤 것은 사람이 서 있는 듯, 어떤 것은 짐승이 엎드려 있는 듯, 어떤 것은 칼을 꽂아 놓은 듯, 어떤 것은 붓을 세워 놓은 듯 뭇 봉우리들과 수많은 골짜기들이 각양각색의 모양을 하고 있어서 어떤 말로도 다 표현할 수 없을 정도였다.

이날 저녁에는 봉천대에서 다시 둥근 달을 기분 좋게 보자고 약속했다. 그런데 지해가 편지를 보내와 읽어 보았더니 덕원과 지족암知足菴에서 만나기로 했다고 하면서 우리들도 빨리 내려오라고 하였다. 덕원은 현재 부모님의 병환을 돌보다가 잠시 틈을 내어 나왔다고 하니 한 번 만날 수 있는 기회를 또 놓칠 수 없다는 생각에 걸음을 재촉하여 내려갔다. 하지만 이미 봉천대의 달은 보지 못하게 되었다는 섭섭한 마음에 발걸음을 옮길 때마다 뒤돌아보게 되어 마치 무슨 물건을 빠뜨리고 온 것만 같았다. 그렇지만 앞으로 중소리대의 암헌巖軒에 오른다면 그곳의 밝은 달을 구경하는 것 또한 봉천대에 못지않으리라.

승려가 "해가 저물어 가니 길을 재촉해야만 하겠습니다"라고 말하기에 우리들은 이렇게 대답했다.

"이처럼 쫓기듯 급히 서두르면 마치 어디로 내어 몰리는 듯한 기분이 든다네. 이는 산길을 가는 자의 기상이 아니라네. 날이 저물면 원명암에 들어가서 자고, 내일 만나는 것도 괜찮을 걸세."

이에 함께 쉬면서 지해에게 우리의 생각을 편지로 써서 보냈다.

처음 내원사에서 이곳으로 오를 때는 산봉우리들이 빙 둘러 에워싸면서 경치가 그윽하고 아름다운 것이 오르면 오를수록 더욱 신기하여 신선한 기분이 계속해서 일어났다. 하지만 봉천대를 내려가면서부터는 주위의 경관이 갈수록 얕고 좁아 가슴이 답답해져, 마치 높은 나무에서 내려와 깊은 골짜기에 들어가 버린 것만 같은 아쉬움에 자꾸만 뒤돌아보게 되면서 마음을 제대로 가눌 수가 없었다. 이것 역시 내 몸을 어디에 두어야 하는지에 대해 조심해야만 한다는 것, 그리고 내 눈이 보는 것도 혹이라도 낮은 수준의 것이 되어서는 아니 됨을 말해 주는 것이라 하겠다.

짙은 구름이 잠깐 심술을 부리더니 환한 달빛을 가려 버렸다. 이미 봉천대의 달밤 경치를 보지 못해 마음도 그리 좋지 않았던 터라, 차라리 지금 달이 보이지 않는 것이 좋다는 기분이 들어 달빛이 가려진 것도 그다지 유감스럽게 생각되지 않았다. 몸의 기운이 고르지 못한 탓인지 밤이 깊어도 잠이 들지 않았다. 율무죽을 끓여 먹고는 한밤중에 문을 밀치고 나와 뜰에서 서성댔다. 동남쪽 하늘에는 엄숙한 기상이 감돌고 떠돌던 안개는 서북쪽으로부터 피어오르며 빠르게 날아가더니, 저 하늘 끝에 이르러서는 흩어지고 말았다. 달빛은 구름 사이로 슬쩍 내보였는데도 그 환한 빛이 이 세상을 더 밝게 비추는 듯했다. 산은 고요하고 밤은 적막해져 가는데 선뜻 불어오는 바람 소리가 마음을 스산케 하여 잠을 이루지 못했다.

9월 16일

맑았다. 아침 일찍 일어나 세수하고 머리를 빗고는 앉았다. 가만히 어제 봉천대에서 내려오던 일을 생각해 보았다. 내 몸이 처한 곳이 점점 낮아질수록 불만스러워져 마음이 편지 않았던 것은 또한 나의 수양이 아직 부족하여 어떤 처지에서든 마음을 안정시키지 못한 잘못이다. 잡념을 없애는 힘이 견고하지 못하여 번번이 흔들리고 만 것은 참으로 부끄러운 일이다. 요 며칠간의 산행으로 마음가짐과 세밀한 성찰의 힘이 혹시라도 해이해져서 그런 것은 아닐까? 이에 내 마음의 향방을 철저히 잘 살펴야겠다는 생각이 더욱 간절해지면서 앞으로 한층 더 힘써야겠다고 다짐했다.

밥을 재촉해 먹고 길을 떠났다. 오늘 아침은 쏘는 듯한 밝은 햇살에 숲이 아름답게 빛나고 있어서 보기에 아주 좋았다. 간밤의 안개는 막 걷혔지만 남은 습기는 여전했다. 하지만 짚신을 신고 가는 돌길인데도 그렇게 미끄럽지는 않았으니 이것 또한 산행을 돕는 일이라 하겠다.

정각암에 들렀다. 지난번에 만났던 송씨 집 아이를 만나 볼까 했는데 그의 스승을 따라 법회에 갔다고 한다. 이루 말할 없는 안타까움이 들었다. 길옆에는 대나무가 빽빽하게 숲을 이루고 있고 단풍나무는 무성했다. 사이사이에 노송나무와 잣나무가 있기는 하지만 그래도 산 아래처럼 무성하지는 않았다. 바위 밑에서는 때때로 고요한 시냇물이 맑은 소리를 울렸는데 이 또한 들을 만했다. 길가에는 오미자가 열매를 맺고 있었다. 처음에는 몇 개를 따서 손에 넣고 만지작거리다가 조금 더 따자 한 주먹이나 되어 배협의 자루에 넣게 하였다. 저 인간 세상으로 돌아가게 되면 그나마 산중에서 얻은 소득이라고 해야 할 것 같아서였다.

양정이 구릿대를 캐었다. 그리고 가지 하나를 꺾어 씻은 후 아주 애지중지하기에 내가 좀 보자고 했더니 아까워하는 기색이 있는 것 같았다. 내가 웃으며 말했다.

"자네는 어찌 인색할 '인'吝 자를 쳐 없애지 못하는 것인가?"

"이것은 그저 구릿대일 뿐이네. 이것 좀 아낀다고 해서 안 될 것이 뭐가 있겠나?"

"물건이란 좋든지 나쁘든지 간에 유별나게 좋아하는 것은 옳지 못한 일이라네."

그제야 양정이 승복했다. 그런데 몇 리쯤 길을 가다 양정이 또 말했다.

"아까 승복한 것은 당초 내 본심이 아니네. 그것을 바꿔야겠네."

"이미 승복해 놓고서 후회하려고 하는 것인가?"

"애초에 승복할 생각은 없었네. 그저 말을 좀 부드럽게 한 것일 뿐이라네. 그러니 내 말을 바꾸지 않으면 아마도 억울하다는 생각이 들 것만 같아서 그러네."

그는 오직 구릿대를 아까워하는 정도야 괜찮다고 생각했을 뿐이니, 결국 내 말은 그의 귀에 들어가지 않았던 것이다. 이렇게 갑작스레 겪게 되는 일은 그 진정한 속뜻을 글로써 제대로 다 나타낼 수 없으니, 기록의 어려움이 이런 것임을 알게 하였다.

득검지에 들러서 한참을 이리저리 돌아다녔다. 비석을 닦게 하고 보았지만 겨우 몇 편의 시만을 알아볼 수 있을 뿐, 글 전체는 읽을 수가 없었다. 또 비석에 새겨진 글의 내용도 사실임을 입증할 만한 충분한 근거가 되지 못했다. 이런 비석도 이러한데 더욱이 당시의 언론과 기풍이 전해질 만한 것이었음에도 묻혀 버리고 만 것이 얼마나 많겠는가?

학사대를 지나고 해인사를 거쳐 지족암에 이르렀다. 덕원, 이계욱, 지해, 김혼원이 같이 모여 우리를 기다리고 있었다. 각자 헤어진 지 멀게는 3~4년이요, 가깝게는 1년인데 오직 이계욱만은 한 달밖에 되지 않았다. 이런 산속에서 서로 만나니 반갑기가 그지없었다. 서로들 재미있게 이야기를 나누는 사이에 눈을 들어 보니 오직 보이는 건 구름 낀 산과 단풍나무와 노송나무뿐 그 외에 다른 것들은 눈에 들어오지 않았다.

박숙빈이 왔기에 부모님의 병환이 좀 어떠시냐고 물었더니 아직은 잘 모르겠다고 하며 답을 피했다. 이선술이 편지로 제례祭禮에 대해 물어 왔기에 여러 사람들과 함께 의논하여 답해 주었다. 저물녘에 문면, 주국신, 문홍도, 조응인과 같은 여러 명의 수재가 같이 와서 그 스승에게 인사를 드렸다. 김혼원과 지해가 각기 가지고 왔던 술을 꺼내 밤늦도록 마셨다. 잠자리에 들자 시간은 이미 자정이 다 되어 가고 있었다.

9월 17일

맑았다. 아침에 『주자행장』을 함께 읽었다. 문면 등은 암자가 비좁다고 해인사에 가서 자고 바로 먼저 집으로 돌아갔다. 여러 사람들이 백운대를 구경하러 가겠다고 하기에 내가 말했다.

"벗들이 다 함께 모여 누리는 즐거움은 쉬운 일이 아니지. 오늘은 우선 이곳에 머무르며 서로 이야기를 나누는 기쁨을 가지는 것이 더 좋을 것 같네."

내 말에 다들 그러자고 하여 백운대 구경은 그만두었다. 저녁에 지해가 또 술을 꺼냈다. 덕원은 천식 증세가 있어서 사양하고 백유, 이계욱, 공숙, 양정은 술을 잘 먹지 못해 겨우 한 잔만 들고는 다 쓰러져 버렸다. 나도 몹시 취하고 말았다.

9월 18일

맑았다. 여러 사람들은 이미 백운대 유람을 떠났으나, 덕원은 천식으로 가지 못하고 나와 함께 제월담霽月潭으로 갔다. 맑게 울리는 샘물 소리를 따라 걷노라니 단풍나무와 노송나무가 함께 어우러져 해맑은 그늘을 드리우기도 하고 햇빛에 반짝거리기도 하여 그 정취가 끝이 없다. 못가의 바위에 앉으니 내리쏟아지는 폭포 소리에 서로의 말소리가 들리지 않아 상대방 귀에다 입을 바짝 대고 말해야만 겨우 알아들을 수 있을 정도였다. 술 몇 잔씩을 들고는 일어섰다.

하성원과 문군변이 와서 그 스승인 덕원에게 문안을 드렸다. 덕원과 그의 문하생들은 따로 한 무리를 지어 입암立巖을 구경하러 가기로 약속하고는 내일 청휘정晴暉亭에서 만나기로 했다. 오후에 서로 헤어져서 1리쯤을 가다 덕원의 동생인 덕현을 만났는데 입암으로 가는 중이라고 했다. 심원사를 지나갔다. 오래된 절이라 거의 다 허물어져 있었다. 예전에 여러 차례 이곳에서 묵었던 적이 있어서 그런지 감회가 깊었다.

절문 밖 길에 이르러 말에서 내려 풀과 나무를 헤치며 가다가 잠깐 사이에 길을 잃어버리고 말았다. 한참을 헤맨 끝에 우연히 양식을 구하러 다니던 승려를 만나 길을 안내하게 하여 거의 7리쯤을 가자 비로소 도은사道恩寺가 보였다. 하지만 돌길이 울퉁불퉁하여 걸음을 옮기기가 갈수록 힘들어져 조금만 가다가도 쉬어야 했다. 피곤과 갈증이 한꺼번에 몰려왔다. 깎아지른 듯한 벼랑 아래에 작은 샘이 솟아나고 있기에 그 곁에 둘러앉았다.

막 물을 떠서 점심을 먹으려고 하는데 지해가 아이를 부르더니 작은 대나무통을 내게 올리게 했다. 내가 그 뚜껑을 열면서 이게 무어냐고 물었다. 하지만 그는 일부러 바로 대답하지 않고 자신만만한 미소만을 지은 채 뭔가 특별한 것이 들어 있을 것이라는 듯한 인상만을 보였다. 우리 일행은 그 안에 반드시 아주 맛있는 것이 들어 있어서 나의 떨어진 기운을 되살릴 수 있을 것이라고 믿고 그 통에 시선을 모았다.

그런데 꺼내 놓고 보니 밤을 쪄서 가루로 만들고 거기에 꿀을 버무려서 만든 환약 같은 것이었다. 그러나 여러 날 동안 싸매어 두어서 그런지 얇게 깔린 곰팡이가 통에 가득했고 쉰 냄새가 코를 찔러 가까이 하기조차 어려웠다.

그가 산에 들어오는 날에 집사람을 시켜 특별히 만들게 하여 산중의 별미로 삼아 먹으려고 한 모양인데 막상 꺼내 놓고 보니 냄새와 색깔이 다 변해 버린 것이어서 한순간 어쩔 줄을 몰라 하며 안타까워했다. 사람들이 다 크게 웃음을 터뜨렸다. 보관을 제대로 못해서 먹을 수도 없는 것임에도 미리 자신만만한 기색을 나타내 겨우 웃음거리밖에 안 되었으니 말이다.

도은사에 채 닿기도 전에 이미 초저녁이 되었다. 한밤에 문을 열고 나왔다. 밝은 달은 중천에 떠 하얀빛은 아스라한데 산은 적막하고 밤은 고요하여 그 청량함이 더할 나위가 없다. 다 같이 앞뜰에 앉았노라니 찬 기운이 엄습해 왔다. 지해가 율무죽을 끓여 내왔다.

9월 19일

맑았다. 새벽에 일어나 동문을 나서서 바위 모퉁이를 따라 걷다가 작은 누대에 올랐다. 김혼원과 양정은 이미 먼저 와 있었다. 멀고 가까운 산봉우리들은 절로 높낮이를 이루며 눈앞에 펼쳐졌다. 내는 들판을 휘감아 돌고 안개는 희미하게 깔려 가슴을 아주 시원케 했다. 봉천대와 버금갈 만한 경치로 평온하면서도 아득한 맛은 이곳이 더 나은 것 같기도 했다. 잠깐 사이에 해가 저 아득히 먼 산봉우리 끝에서 떠올랐다. 상서로운 기운과 영롱하고 찬란한 빛이 마구 흩어져 번쩍거리면서 어

질어질하게 하여 똑바로 바라볼 수가 없었으니 참으로 기이한 광경이
었다.

공숙(이인제)이 서쪽 바위 아래에 가면 볼만한 곳이 있다고 하기에
지팡이를 짚고 갔더니 깊고 좁은 것이 절간의 앞뜰에서 보던 것만도
못했다. 승려에게 앞길을 인도하게 하여 백운대를 찾아갔다. 비탈진
돌길을 오르며 가파른 바위를 부여잡으면서 간신히 백운대 아래에 이
르렀다. 끊어질 것처럼 깎아지른 듯한 절벽은 지난번에 올랐던 상봉과
별 차이가 없었다. 한참을 애쓴 뒤에야 가까스로 백운대에 올랐다. 사
방이 탁 트여 아스라하게 먼 곳까지도 한눈에 들어오는 정경은 봉천대
에 버금갈 만했고, 평온한 면에서는 도은사에서 바라보던 경관과 비슷
했다. 백운대의 북쪽과 동서쪽의 양편에는 칼 같은 모양의 바위가 우
뚝 솟았고 기이한 바위들이 서로 그 빼어남을 다투고 있었다. 또 그 바
위틈에는 오래된 소나무와 잣나무가 구부러지고 기울어진 채 자라고
있어서 시원스러우면서도 기이한 느낌이 소리사의 경관과 서로 맞먹
을 만했다.

일행과 함께 눈 닿는 대로 마음껏 구경하고 거닐기도 하면서 간간
이 우스운 이야기로 웃음꽃을 피우기도 했다. 그러기를 한참이나 하다
가 돌길을 따라 단풍 숲을 헤치며 내려왔다. 내려오다 보니 이르는 곳
마다 신이 났고 또 신이 나는 경치를 만날 때마다 그곳에 머물러 있느
라 언제 그렇게 시간이 지났는지도 몰랐는데 어느새 해는 이미 서쪽으
로 기울어 가고 있었다.

덕원에게서 소식이 왔는데, 오른쪽 다리가 시큰거려서 걷기가 힘들
어 입암 구경을 하지도 못했다고 한다. 도중에 나를 찾아서 왔다는 정

주신과 빅경실을 만났다. 우리는 이들과 함께 이선술의 계정溪亭에 이르렀다. 하지만 주인은 없고 어린아이만이 문을 열고 맞을 뿐이다. 이곳은 옛날에 도은陶隱 이숭인李崇仁이 살던 곳인데 지금은 이선술이 다시 세우고서 학문을 닦는 중이다. 집은 크고 넓었으며 골짜기도 깊고 그윽하여 아주 아름다운 정경을 이루고 있었다. 우리 일행은 이곳에서 하룻밤을 잤다.

9월 20일

맑았다. 닭 울음소리에 일어났다. 차가운 달빛은 시내를 비추고 있고 맑은 바람은 얼굴을 스쳐 갔다. 율무죽을 끓여 먹고는 곧바로 행장을 꾸리고서 출발했다. 공숙은 창산昌山으로 갔다. 그의 부모님이 간절히 기다리고 있기 때문이었다. 나는 다시 선산 곁을 지날 때에 말에서 내려 걸어갔다. 정주신과 박경실 두 사람은 서원으로 갔고 배협 동자도 부모님의 병환 때문에 하직하고 돌아갔다. 호평虎坪 냇가에 이르러 나는 또 말에서 내려 지나갔다. 그곳이 내 외가의 선산이기 때문이다.

재암齋菴에서 밥을 먹었다. 그리고 연석암軟石巖을 거쳐서 주암舟巖을 지나고 또 보천步川을 건너 입암에 이르렀다. 해는 아직 정오도 되지 않았다. 평평한 흰 바위가 마치 옥을 갈아 놓은 것처럼 아름답고 잔잔하게 흐르는 푸른 물은 투명하기가 거울과 같았다. 그 가운데 큰 바위가 우뚝 솟아 있는데 높이가 50길은 될 만했고 또 그 바위틈에는 비틀린 소나무가 자라고 있었다. 하지만 오래되어서 제대로 자라지를 못한 것이었다. 백옥 같은 널찍한 바위가 수면 위로 드러나 있는데 30~40명은 앉을 만했다. 맑고 기이하며 그윽하고 고요한 정취로 보아서는 지난번 홍류동의 것과 비교도 안 되게 좋았다. 지해는 처음 이 골짜기에 들어서자 차마 신을 신고서 갈 수 없다며 그냥 맨발로 걸어갈 정도였다. 서로 기뻐서 웃고 즐기다 보니 정신과 눈이 맑고 시원해져서 한참이나 들뜬 기분을 식히지 못했다.

자루에서 밥을 꺼내어 물에 말아 대충 점심을 때우고 시내를 거슬러 올라가 고반곡叩盤谷이라는 곳에 이르렀다. 기이한 봉우리가 줄지어 솟아 있고 흰 바위가 층층이 깔려 있어서 조용하고 아득한 것이 아주 좋았다. 이전에 숙부, 경청, 선술 등 여러 친구들이 이곳 언덕 위에 초가 한 칸을 얽어 놓은 것이 있었는데 잠잘 정도는 되었다. 사람을 시켜서 이 집을 지키게 하였으니 실로 우리가 조용하게 지내기에 딱 맞는 곳이었다. 바위 위에서 밥을 먹고 해가 지자 초가로 들어가 잠을 잤다. 여러 날 동안 험한 길을 다녔고 날씨마저 우중충하여 모두 지쳐서 쓰러져 눕더니 아예 일어나지를 못했다. 구름이 모여들고 해가 지자 칠흑같이 어두워지면서 아무것도 볼 수 있는 게 없어졌다.

9월 21일

흐렸다. 새벽에 일어나 책을 보았다. 아침밥을 먹은 뒤 시냇가로 걸어나가 바위에 앉았다. 시간이 지나도 어둑한 구름이 걷히지 않더니 가랑비가 조금 뿌리기 시작했다. 말을 타고 사인암舍人巖을 찾아갔다. 수석이 맑고 산봉우리는 가파르게 솟아 있었다. 옛날에 사인舍人 벼슬을 지낸 어떤 사람이 그만 이곳 수석의 아름다움에 반해 버린 나머지 이 바위 아래에다 집을 짓고 살았기 때문에 사인암이라 한다고 한다. 그런데 어떤 사람은 이렇게 말했다.

"이곳은 바로 '몸을 놓아 버린다'는 뜻을 지닌 사신암捨身巖이다. 이곳에 오는 사람은 자신의 몸과 마음조차 다 잊어버리고 인간 세상의 육신을 다 놓아 버린 채 이곳에서 영원히 살고 싶어 한다."

하지만 이는 모두 시골 사람들이 그냥 하는 말이라 믿을 만한 것이 못 된다.

시내를 따라 거슬러 올라가 끝 간 데까지 다 찾아가 보기로 하자고 했더니 모두들 기뻐하면서 비가 오는 것도 아랑곳하지 않았다. 듣자니 증산甑山은 산세가 낮고 평원이 한적하면서도 확 트였다고 해서 가 보려고 했으나, 골짜기 입구에 이르면 해가 질 것 같았다. 또 가 봐도 특별히 신기한 구경거리가 없을 것이라는 생각에 말을 세우고 망설이다가 말 머리를 돌려 방곡防谷으로 들어갔다. 이곳은 상류에 폭포가 있는데 경치가 정말 좋다고 소문이 나서 한번 구경하지 않을 수가 없었기 때문이다.

시내를 따라 풀을 헤치며 말을 재촉해 달렸다. 길이 아주 희미해지더니 지경이 험하고 골짜기가 깊어지며 인가도 보이지 않았다. 10여 리를 가서야 비로소 황폐해진 묵은 밭 귀퉁이에 이르렀으나 개암나무와 잡초만 무성할 뿐이었다. 그 안쪽으로 들어가자 깊은 골짜기에 절벽이 나타나더니 그 위로 허연 물이 쏟아져 내려왔으며 높이는 4~5길 정도가 되었다. 그 좌우에도 층층이 쌓인 바위가 빙 둘러싸고 있는데, 그 형세가 마치 흰 비단을 길게 드리운 듯 바위 위로 어지럽게 떨어져 내리고 있었으며, 그 소리는 마치 우레가 치는 듯하여 상당히 볼만했다. 그러나 그 주위에 우거진 풀밭과 거름 더미며 가시덤불이 있어서 분위기가 좋지 않았고 맑은 정취라곤 조금도 없었다. 이계욱이 손을 내저으며 가 버리더니 아예 돌아보려고 하지도 않으면서 말했다.

"내가 이런 폭포를 보려고 왔단 말인가? 내 눈이나 씻어 버려야겠네."

그러자 백유가 말했다.

"이름이란 그냥 얻어지는 것이 아니라네. 이런 경치도 어찌 쉽게 볼 수 있는 것이란 말인가?"

나와 지해는 백유가 이름이 그냥 얻어지는 것은 아니라고 한 말은 좀 지나치다고 생각했지만, 이계욱이 손을 내저어 가며 눈을 씻어 버리겠다고 한 것 또한 너무 심했다고 여겼다. 다만 지해는 비록 드러내 말하지 않았으나 그래도 약간은 백유가 한 말에 동조하는 것 같았다. 반면에 나는 비록 분명하게 백유의 말을 배척하지는 않았지만 이곳으로 온 일이 헛수고였다는 유감스러움을 벗어 버리지 못했다.

이름과 실제 사이에서 본 것과 들은 것이 서로 같지 않고, 또 좋아함과 싫어함이 서로 다른 것이 어찌 이 산중에서만 있는 일이겠는가? 적막한 이런 골짜기 가운데에서 저 폭포가 남들이 알아주기를 바라는 것도 아니건만 사람들이 스스로 소문을 듣고 찾아와서는 제 마음대로 보고 헐뜯어 대니 저 폭포야 무슨 상관이 있단 말인가? 지해와 양정이 서로 말했다.

"처해 있는 곳을 조심하지 않을 수가 없는 것이지. 만일 이 폭포가 사인암이나 고반곡에 있었다면 멋진 경치를 감상하는 데 어찌 도움이 되지 않았겠는가? 구슬 같은 맑은 물이 수직으로 쏟아져 내려 세상의 묵은 때를 시원하게 씻어 내 버릴 만했으니 계욱이 감히 손을 내저어서는 안 되었을 것이요, 따라서 눈 또한 감히 씻지도 못했을 것이네. 그런데 이 폭포가 자리 잡고 있는 위치가 좀 지저분한 곳이어서 이에 그 품격도 추해져 버린 것이지. 그러니 비록 이런저런 인간의 비평이 있다 하더라도 이 또한 폭포가 잘못을 자초한 것이라 할 수 있을 걸세."

발길을 돌려 몇 리쯤 가다가 같이 가던 계집종 하나가 도망치는 바람에 즉시 어른 몇 명을 보내어 뒤따라가 잡아 왔다. 사인암에 도달하기 전에 말에서 내렸고, 또 사인암에 도달해서 말에서 내렸으며, 그리고 사인암을 지나가면서도 말에서 내렸으니, 이는 모두 수석이 너무도 맑고 기이하여 그것을 구경하는 즐거움에 돌아가는 것도 잊어버릴 정도였기 때문이다. 우뚝 솟은 산봉우리들은 푸른 병풍을 두른 듯하고 울창하게 우거진 소나무들은 꼿꼿하게 우뚝 뻗어 있다. 또 어떤 나무는 바위틈에서 말라 죽은 것도 있고 벼랑 위에 거꾸로 걸린 듯한 것도 있다. 단풍나무도 이미 붉은 것과 아직 그렇지 못한 것, 이미 말라 버린 것과 반쯤만 말라 버린 것 등 모두 볼만한 것들이어서 이 또한 우리의 발걸음을 더디게 했다.

고반곡의 초가로 돌아오니 날은 이미 어두워졌다. 일행은 오늘 비에 젖지 않은 것을 다행으로 생각했다. 저녁밥을 먹은 뒤에 시냇가 바위에 올라가 앉아 산수에 대한 이야기를 나누다가 밤이 늦어서야 잠자리에 들었다.

9월 22일

아침부터 비가 내리기 시작하더니 하루 종일 그치지 않았다. 조용히 앉아서 이야기를 나누다 보니 산중의 흥취가 비 내리는 가운데에서도 오히려 더 깊어짐을 알겠다. 지해가 술과 고기를 내어 왔다. 함께 열댓 잔씩을 마시고 나니 나도 모르게 취기가 돌면서 몸이 나른해졌다. 한밤중이 되어서야 잠이 들었다가 금세 다시 깨고 말았다. 해맑은 달이 솟아올라 은은히 소나무 가지들을 비추자 듬성한 그림자가 잠자리에도 어른거렸다. 그 맑은 빛이 너무도 깨끗하여 우리의 정신까지 맑아지게 하니 잠이 오지 않았다. 흰죽을 끓여 먹은 뒤에 함께 시냇가로 나와 거닐었다.

바위 사이로 밟히는 땅은 달빛으로 아주 희었고, 불어난 시냇물 위의 달빛은 더욱 빛났다. 일렁이는 물결은 금빛으로 영롱했고 고운 옥이라도 잠긴 듯 어여뻤다. 물결이 치는 물이나 고요하게 흐르는 물이나 움직임과 고요는 다소 달랐지만, 맑고 깨끗한 기상이라는 면에서는 다 같이 넓게 보였다. 이리저리 배회하며 사방을 둘러보기도 하고 혹은 조용히 앉아 어느 한 곳만을 뚫어질 듯 바라보기도 하였다. 밤기운은 가라앉고 산들은 잠긴 듯 적막한데, 엷은 안개는 바위에 끼어 있기도 하고 맑은 구름은 군데군데 하늘에 떠 있기도 하였으며, 서릿발은 하늘에 가득 차고 폭포수는 구슬 같은 소리를 울려 댔다. 이런 가운데 흥취가 일어나니 도무지 무어라 표현할 길이 없었다.

김혼원은 처음에 머리와 배가 아프다고 하면서도 억지로 시냇가로 따라 나왔었다. 하지만 구역질이 나자 곧장 돌아가 버리고 말았다. 지해가 혀를 차며 말했다.

"우리 혼원 형은 산중의 가장 아름다운 정취를 맛보지도 못하였으니 그 불행이 심하다 하겠소. 저 차가운 물과 맑은 달을 구경하는 것도 다 제 분수가 있는 모양이니, 어찌 사람의 힘으로 되는 일이라 하겠소?"

한참을 있다가 돌아오니 닭이 새벽을 알렸다. 각자 이불을 뒤집어 쓰고는 찬 기운을 녹였다.

9월 23일

맑았다. 막 떠오른 해가 빛을 쏟아내자 산골 움막이 환해지고 물빛과 산빛도 찬란하게 반짝인다. 잠시 책을 본 후에 밥을 재촉해 먹고 산을 나섰다. 돌 위를 걷기도 하고 냇물에 들어가 장난을 쳐 보기도 했다. 밝은 햇빛이 그림자를 거꾸로 드리우고 하늘빛은 맑고도 곱다. 때로는 물고기가 눈앞에서 오가며 노니는데, 이 또한 제 천성대로의 즐거움을 누리고 있다고 하겠다. 저 멀리 푸른빛의 뾰족한 산봉우리를 바라보니 해가 막 떠오르고 있는데, 그 끝없이 퍼져 가는 빛은 말로 다 형용할 수가 없었다. 나는 이계욱의 손을 잡고 그곳을 가리켜 보이며 말했다.

"이렇게까지 기이하고 아름다운 광경이 그 어디에 또 있겠는가? 인간 세상에 또다시 이런 것이 있을 수 있겠는가?"

입암에 이르렀다. 시냇물 가운데에 있는 넓은 바위에 둘러앉아서 부싯돌로 불을 피우고 술을 데워 마셨다. 나는 경청과 숙부를 그리워하며 시 두 수를 지었다. 저마다 약간씩 술기운이 돌았는데 이계욱만은 아주 곯아떨어져 물가에서 잠이 들고 말았다. 내가 물을 한 움큼 떠서는 그의 얼굴에다 뿌려 주었더니 아주 좋아하면서 깨어났다. 지해와 양정은 종에게 업혀 물을 건너가 저쪽 바위 아래 소나무 아래에서 한가롭게 놀았다. 얼마 후에 해가 이미 저물었다고 종이 말하기에 걸어서 골짜기 어귀를 나와 말을 타고 떠났다.

석양 무렵이 되어서야 한강寒岡 집에 도착했다. 뒷개울을 이미 다 건너왔는데도 날이 아주 어둡지는 않았다. 어렴풋하게 저 멀리 어떤 사람이 어시헌於是軒에 있는 것이 보였으나 누구인지 잘 분간이 되지 않았다. 그러다 크게 헛기침하는 소리를 듣고서야 그 사람이 경청인 줄 알았다. 그래서 우리 모두는 기쁜 나머지 발걸음을 재촉하여 나아가면서 소리쳐 알렸다. 우리는 소나무 사이에서 서로 인사를 나눈 후 앉아서 이야기를 하다가 함께 혁림재赫臨齋로 들어갔다. 경청이 홍시와 밤을 가지고 와서 먹게 했다. 그걸 먹으면서 서로 이야기를 나누니 이 또한 산중에서 느낄 수 있는 재미였다. 매우 피곤하여 잠이 들었는데 다들 끙끙거리는 소리를 내었다. 하지만 그중에서도 지해는 천식으로 가장 힘들어했다. 그 때문에 소나무 숲에 나가 산속의 달을 구경하자던 약속은 결국 이루어지지 못했다.

9월 24일

맑았다. 서로 의논한 결과 아침밥을 먹은 후에 다 같이 경청의 집에 가서 헤어지자고 하였다. 그래서 서로 손을 잡고 줄을 지어 시냇가를 따라 길을 가다가 다시 말을 탔다. 송씨 어른을 찾아 인사를 드리고 그동안의 유람에 대해 대강 말씀드렸다. 경청의 집에 이르렀을 때는 거의 정오에 이르고 있었다. 정을 흡족하게 다 나누지도 못한 채 제각각 남북으로 헤어지자니 이별의 아쉬움이 뭉클 일어나 말 위에서 서로를 바라보면서 다들 마음을 가누지 못했다. 이날 나는 백유와 함께 시냇가 글방으로 돌아왔다.

이 글의 저자는 정구鄭逑(1543~1620)이다. 정구가 37세 때인 1579년(선조 12) 9월 10일부터 9월 24일까지 총 14일 동안 가야산을 유람하고서 쓴 기행문으로, 원제는 '유가야산록'遊伽倻山錄이다. 가야산은 경남 합천군에 있으며 산세가 오묘하고 빼어나 예로부터 우리나라의 12대 명산 또는 8경에 속했다. 정구는 호가 한강寒岡이며 김굉필金宏弼의 외증손이기도 하다. 그는 경학을 비롯해 산수·병진兵陣·의약·풍수·역사·천문에 이르기까지 여러 방면에 정통했는데, 특히 예학에 뛰어났다. 당대의 명문장가였으며 글씨도 잘 썼다.

이 유람기는 정통 도학자로서의 저자의 면면을 그대로 잘 드러내 보여 준다는 점이 특징이다. 즉 산수유람을 철저하게 인격 수양의 한 방편으로 본 것이다. 그래서 그는 주자가 쓴 『근사록』과 『남악창수』를 챙겨 가 산행 중에도 이 책들을 틈틈이 읽는 열성을 보여 주기도 한다. 그리고 무슨 사물과 풍경을 만나든 간에 늘 자신을 성찰하고 또 사람이 지키고 살아가야 할 올바른 도리에 대해 말한다. 그런 점에서 이 유람기는 조선 정통 도학자가 쓴 산수유람기의 전범으로 손꼽을 만한 작품이다.

흥겨운 피리 소리는 바람을 타고

이정구, '유삼각산기'

금강산에서 돌아온 뒤로 나는 마음이 쓸쓸해지는 것이 즐겁지가 않았으니, 참으로 저 당나라 때의 시인 전기錢起가 "현산峴山을 머리 돌려 바라보자니, 고향 사람을 이별한 것만 같구려"라고 읊었던 바로 그러한 심정이었다. 1년 이상이나 예부禮部에서 의례적인 문장을 써 대는 일은 더욱 내 뜻에 맞지 않았다. 그래서 연달아 세 번씩이나 상소를 올려 관직에서 물러나게 해 주실 것을 청했다.

하루는 외롭게 서실 가운데 앉아 있노라니, 갑자기 밖에서 문 두드리는 소리가 들렸다. 누구냐고 물었더니 중흥사의 노승 성민性敏의 어린 중 천민天敏이었다. 성민은 나와는 불문佛門의 벗으로, 평소에 늘 삼각산을 유람하기로 약속이 되어 있었다. 천민이 가지고 온 성민의 편지에는 이렇게 적혀 있었다.

"지금 산중엔 늦서리가 내려 단풍이 한창입니다. 하지만 며칠만 지나고 나면 시들고 말 것입니다. 만일 뜻이 있으시다면 지금 이때를 놓치지 마시기 바랍니다."

나는 그러지 않아도 아득히 저 금강산을 그리워하면서 바람 따라 홀쩍 떠나 버리고 싶다고 바라던 차에 이 편지를 보고 나니 그만 마음을 억누를 길이 없었다. 곧바로 행장을 꾸리고 떠날 채비를 하였다. 하지만 나 홀로 가야 한다고 생각하니 몹시 쓸쓸한 마음이 들었다. 그러던 중에 마침 자방子方 신응구申應矩 형이 보낸 편지가 왔다. 내가 답장을 썼다.

"산승이 날더러 단풍 구경을 오라고 하기에 지금 가려고 하오. 형도 갈 마음이 있으면 홍제동 다리에서 기다리면 될 것이오. 또 산중에서 피리가 없을 수 없으니 형 집의 피리 부는 종을 데리고 가는 것이 좋겠소."

피리 부는 종이란 억량億良을 두고 한 말로 그의 피리 부는 솜씨는 한양에서 이름이 나 있고, 나 또한 그와 예전부터 잘 아는 사이였다. 나는 자방 형에게 편지를 보내고 난 후에, '자방 형이 내게 편지를 보냈고 나는 그에게 함께 가자고 했지만 이는 평소에 한 약속은 아니다. 그렇다면 그가 반드시 갈 수 있는 것은 아닐 거야'라는 생각이 들었다.

이웃에 왕족인 계성군桂城君의 후손으로 도정 벼슬을 하는 이자제李子齊가 살고 있는데 아주 헌칠하고 멋진 사람이다. 그에게 사람을 보내어 함께 가자고 했더니 곧바로 좋다고 했다. 나는 말고삐를 잡고 그와 함께 출발하였다. 조카 박대건도 따라갔다. 때는 1603년 9월 15일이었다.

천민이 길을 인도했다. 나와 자제는 각기 술 두 통을 가지고 갔다.

한 필의 말에 어린 중 하나를 앞세우고 얼굴을 가린 채 가니 우리를 알 아보는 자가 없었다. 길을 가다 종을 시켜 피리 부는 솜씨가 뛰어난 이 산수李山守를 불러오게 했더니 종이 돌아와서 말하였다.

"악사 이용수李龍壽에게 물었더니 이산수가 없다고 합니다."

나와 자제는 서운했지만 그냥 갈 수밖에 없었다. 홍제동 다리에 이 르렀다. 하지만 자방 형이 오지 않아 또 서운했다. 그런데 중흥사 석문 에 이르자 자방 형이 바위 위에 앉아서 우리를 맞으며 말했다.

"왜 이리도 늦었는가? 한참을 기다렸다네. 그런데 피리 부는 종은 이미 남의 잔치에 가 버렸다고 하네. 자네 편지가 늦게 온 것이 한스럽 구먼."

나는 뜻밖에도 자방 형이 와 준 것이 다행스러워 잠시 서운했던 마 음조차 까맣게 잊어버리고 말았다.

민지암閔漬巖 골짜기 입구에 이르렀다. 시냇물 사이에서 피리 부는 소리가 났다. 자세히 들어 보니 억량이 부는 피리 소리와 비슷했다. 종 을 시켜서 살펴보게 했더니 과연 억량이었다. 지금 막 평천 군수 신 공 申公 등을 모시고서 잔치를 벌이던 중이라고 했다. 나는 종을 시켜서 억량에게 우리가 가는 곳을 일러 준 후에 길을 떠났다. 절 문에 이르 자 해가 막 지고 있었다. 성민을 비롯한 여러 승려들이 엎어질 듯 달려 나와 우리를 맞이해 주며 월대月臺에 앉게 했다. 자제는 갈증이 심한 지 술통을 풀러 시원한 술 한 사발을 벌컥벌컥 마셔 대고는 이어 우리 에게도 권했다. 갑자기 저 먼 데서 피리 부는 소리가 들려오더니 점점 가까이 다가왔다. 잠시 후에 한 사람이 와서 절하기에 보니 억량이었 다. 어떻게 빠져나왔느냐고 물었더니 억량이 대답했다.

"종의 말을 전해 듣고서 감히 뒤처져서는 안 되겠다 여겨, 설사가 난다고 둘러대고는 곧바로 지름길로 달려왔습지요."

우리는 박수를 치며 기뻐하였다. 이에 즉시 피리 한 곡조를 불게 하고는 그에 대한 상급으로 큰 사발에다 술 한 잔을 부어 주었다.

조금 있자니 달이 어느새 앞 산봉우리 위로 떠올랐다. 가을 하늘은 맑고도 넓었으며 한 점의 구름도 없었다. 산은 텅 비고 골짜기는 고요한데 온갖 소리도 다 차분히 가라앉았다. 피리 소리가 맑게 울려 퍼지자 마치 저 구령緱嶺*에서 들려오는 듯하였다. 밤이 깊어 승방에서 등불을 켠 채 이불을 덮고 나란히 누워 이야기를 나누다 보니 소년 시절 책보따리를 짊어지고 와서 공부하던 때의 모습이 아련하게 떠올랐다.

아침에 일찍 일어나 산영루山映樓의 옛터로 걸어서 내려갔다. 그리고 이어 향옥탄響玉灘을 찾아갔다. 무서리가 며칠 밤 살짝 지나간 때라 그런지 단풍잎이 물감을 칠해 놓은 것처럼 다홍빛으로 짙게 물들어 있었고, 푸른 소나무와 노란 국화는 시냇가와 골짜기에서 서로 그 고움을 다툼질하는 듯했다. 참으로 고운 비단을 펼쳐 놓은 것만 같은 세상이었다. 내가 자방 형에게 말했다.

"성민이 나를 속이지는 않았습니다그려."

자방 형이 웃으면서 말하였다.

"자네도 나를 속이지 않았네."

내가 또 말했다.

"형도 나와의 약속을 저버리지 않았소."

* 중국 주나라 영왕靈王의 태자 왕자진王子晉이 피리를 잘 불어 구령에서 신선이 되어 학을 타고 하늘로 올라갔다 한다.

이에 우리는 서로 한바탕 껄껄대고 웃었다.

삼각산을 올려다보니 푸른빛을 띤 채 불쑥 솟아올라 있었다. 승려를 불러 백운대로 가는 길을 물어보았다. 승려가 말했다.

"전쟁이 난 후로는 사람들이 전혀 다니지를 않아 길이 끊어진 지가 오래되었습니다. 비록 이곳에 사는 승려들이라 할지라도 아직 한 번도 가 보지 못했지요. 다만 노적봉露積峯으로는 작으나마 나무꾼들이 다니는 길이 있기는 합니다만 꼭대기까지 오르기는 어려울 것입니다."

내가 자방 형에게 말했다.

"우리는 이미 다 머리가 허옇게 세었소. 이번 행차도 우연히 이루어진 일인데 만일 오늘 이 산꼭대기에 올라가 보지 못한다면 훗날 반드시 가 보리라는 기약이 없지 않겠소?"

자방 형이 말했다.

"내가 자네보다 열 살이나 더 많네. 그러니 지금이 아니면 어찌 저 위태로운 산봉우리에 오르기를 다시 바랄 수 있겠나?"

일찍 밥을 먹은 후 절 뒤편의 작은 암자로 올라갔다. 조카 박대건이 오솔길을 찾아 노적봉으로 오르려고 했다. 나도 지팡이를 짚고 따라나섰다. 자방 형이 자제에게 말했다.

"우리 두 사람만이 어찌 뒤처져서 저 월사月沙(이정구의 호)에게 놀림을 받겠는가?"

그러고는 앞서거니 뒤서거니 하면서 부여잡고 올라갔다. 괴상하게 생긴 바위들이 길에 이리저리 널려 있어 열 걸음에 아홉 번은 넘어지면서 노적봉 아래에 이르렀다. 암벽은 가파르고 길은 경사가 심해 발붙일 곳이라곤 전혀 없었다. 천민과 두 승려가 먼저 올라갔다. 그리고 바위 틈새에 나무를 끼워 사다리를 만들고 허리띠를 풀어 드리워 주어 이것으로 몸을 묶고서야 비로소 가장 높은 정상에 오를 수가 있었다. 정상은 좁아서 겨우 열 명 정도의 사람만이 앉을 수 있었다. 까마득하여 내려다볼 수도 없어, 눈을 감고 정신을 안정시키면서 서로를 붙들어 주었다.

잠시 쉬면서 바라다보니 서남쪽의 큰 바다는 멀리 푸른빛을 띠면서 구름 속의 석양빛에 온통 은빛 세계를 이루며 끝이 없다. 내 시력을 한껏 다 뻗쳐 보지만 너무도 아득하여 도무지 끝이 보이질 않는다. 그래도 수락산, 아차산, 관악산, 청계산, 천마산, 송악산, 성거산 등의 여러 산이 마치 개미집처럼 첩첩이 포개져 있는 것은 알아볼 수 있었다. 또 양평 월계협月溪峽의 물길이 터져 그 놀란 듯한 물결이 서쪽으로 흘러들어가 한강 일대를 하얀 얼음과 비단으로 뒤덮은 것처럼 흐르면서 굽이굽이 도성을 에워싼 모습이 보였고, 먼 산봉우리들과 이리저리 흩어져 있는 섬들이 구름 사이로 희미하게 보였다.

노승이 손가락으로 가리키면서 저것은 무슨 산이고 또 이것은 무슨 강이라며 내게 말해 주었다. 하지만 나는 그만 황홀한 나머지 잘 알아보지도 못하면서 그저 다만 "그렇군, 그렇군" 할 뿐이었다. 도성의 백만이나 되는 집들도 바로 코앞에 있는 것 같았지만 잘 보이질 않았다. 다만 내 발 아래로 밥 짓는 연기가 피어오르는 생생한 한 폭의 그림이 펼쳐져 있는 것처럼 보일 뿐이었다. 한편 구름 틈으로 상투처럼 드러나 보이는 것이 있는데, 바로 그것이 남산임을 알 수 있었다.

목에 먼지가 난 것처럼 갈증이 일었다. 급하게 술통을 풀러 한잔 들이켰다. 그러다 보니 흥이 무르익기 시작하여 몇 병씩이나 먹고 말았다. 내가 취해서 노래를 부르자 자제가 일어나 춤을 추었다. 피리 소리가 바람을 타고 저 하늘 높이 흩어졌다. 마치 한漢나라 때의 신선 유안劉安으로 인해 유행한 "흰 구름 속에서 닭소리와 개 짖는 소리가 들리니, 바로 신선이 산다는 진일眞一과 삼청三淸의 세계에서 꿈처럼 노니는 듯하구나"라는 시구처럼 황홀해졌다.* 앉아 있는 중에 간혹 저 멀리 석문石門 위를 바라보았는데 어떤 사람이 고개를 쳐들고 흰옷을 휘날리면서 마치 누군가를 부르고 있는 것만 같았다. 하지만 우리는 의아한 생각만 들었을 뿐 잘 이해가 되지 않았다.

흥이 다하면 산을 내려가는 법이다. 술병의 술도 다 떨어지고 말았다. 돌아가는 길은 지름길이었던지 잠깐 사이에 절에 도착했다. 지팡이를 짚고 신발을 끌며 지나왔던 곳을 되돌아보니 아득하여 마치 딴 세상 같았다. 여러 승려들이 두부를 준비하고서 밥도 권했다. 돗자리에 드러누워 잠시 쉬고 있는데 갑자기 어떤 사람이 와서 문을 두드리며 말하였다.

"소인은 노악사 이용수의 제자인 이산수라고 합니다. 어제 보내신 종을 통하여 제 스승이 대감께서 소인의 피리 부는 소리를 듣고자 하신다는 말씀을 듣고서 이에 대감께서 이번에 행차가 있으시다는 것을 알았습니다. 그래서 오늘 아침 거문고를 잘 타는 박 아무개와 함께 술을 싣고 민지암에서 대감을 맞으려고 기다리고 있었습니다. 그런데 멀리 바라보니 여러분들께서 저 허공 위에 떠 계신 듯한 모습이 보였지

---

* 유안은 중국 한나라 무제 때의 사람으로 신선술을 익혀 신선이 되었는데, 그의 집에서 기르던 닭과 개도 남아 있던 단약丹藥 찌꺼기를 먹고 그만 승천했다고 한다. 그 후 하늘 위에서 닭 울음소리가 들리고 개 짖는 소리가 들린다고 하는 이야기가 전해지면서 후세의 많은 시인들이 이를 소재로 시를 읊었다.

만 오랫동안 내려오시지 않을 것 같았습니다. 그래서 조금 전에 그쪽을 보고 옷을 휘저으며 불렀는데, 그것이 바로 소인들이었습니다. 제 스승이 여러분께서 돌아오시는 길에 무릉도원과 같은 가을빛을 다 감상하고 오시라고 감히 청한다 하셨습니다."

나와 자방 형은 놀랍고 기뻐, 서로 돌아보며 말했다.

"이 악사는 오늘날의 이구년李龜年(중국 당나라의 이름난 악사)일세. 풍류가 이 같으니 말이야."

승려들과 헤어진 후 시냇물을 따라 발 가는 대로 길을 갔다. 흐르는 시냇물이 다투듯 그 빼어남을 자랑했다. 이 좋은 경치들을 제대로 볼 겨를도 없이 막 골짜기를 나서는데 악사 이용수가 어느새 거문고를 안고 와서 절하며 우리를 맞는다. 때는 가을 물이 불어나서 줄지 않은지라 물소리가 콸콸 울렸고 기이한 바위들은 영롱하여 보기에 참 좋았으며 높이 솟은 소나무의 어른거리는 푸른빛은 사람에게 성큼 다가섰다.

나와 여러 사람들은 맨발로 흐르는 물속에 들어가 옷을 벗고 바위에 앉았다. 임시로 얹은 솥에서 만들어진 맛있는 음식들이 연신 올라오고 안주도 즐비했다. 때로는 흐르는 물에 술잔을 띄워 가며 서로 마시기를 다투고, 때로는 그물을 들고 물고기를 잡기도 했다. 자제는 단풍 가지를 꺾어 머리에 꽂았고 나는 국화를 따서 술잔에다 띄웠다. 취기가 오르자 너무 즐거워서 박수를 치고 춤을 추었다. 거문고의 묘한 곡조는 너무도 공교롭고 기묘하여 다 세상에서 듣기 어려운 소리였다. 자방 형이 말했다.

"용수와 산수, 그리고 억량 저 세 사람은 참으로 훌륭한 악공으로, 이 나라의 명장들이오. 그런데 오늘은 저들의 연주가 더욱 맑고 뛰어난 것 같소. 이는 이곳의 경치가 멋져서 그런 것이 아니겠소?"

그러자 세 악공이 말했다.

"어찌 이곳의 경치가 좋아서뿐이겠습니까? 오늘 다행히도 어르신들과 같은 여러 신선들의 모임에 참여하게 되었으니 소인들로서도 정과 흥이 다 함께 일어나 가락이 절로 좋아지게 된 것입니다. 이는 마치 하늘의 도움이 있었던 것 같습니다."

해가 저물어 가자 모두들 일어나 휘청휘청 어지럽게 춤을 추었다. 여전히 취한 채로 말을 나란히 하여 돌아가는 길에서도 피리 소리는 그치지 않았으며 거문고 소리도 가끔씩 울렸다. 지나가는 사람들이 우리를 마치 신선인 양 바라보았다. 조금 있으니 달이 동쪽 위로 떠올랐다. 나는 다시 흥이 일어나 말 위에서 큰 잔에다 술을 한 잔 가득 부어 마셨다.

황혼 무렵에 모래내 고개에 올랐다. 뜀박질 잘하는 놈을 시켜 먼저 가서 성문을 조금만 열어 놓게 하였다. 성문 밖에 이르니 사람이라곤 없었다. 달빛은 그림과도 같았다. 술동이에 술이 얼마나 남았느냐고 물으니 아직도 많다고 하기에 수문장을 불러 데려오게 하고 함께 앉아서 다시 술을 따라 마셨다. 흐드러지도록 몇 곡조를 연주했으나 취해서 돌아갈 줄을 몰랐다. 집에 도착했더니 어느새 자정이 되어 있었다.

———

이 글의 저자는 이정구李廷龜(1564~1635)이다. 이 글은 저자의 나이 40세 때인 1603년(선조 36) 9월 15일에 삼각산, 즉 북한산을 유람하고서 쓴 기행문이다. 원제는 '유삼각산기'遊三角山記이다. 이 기행문은 다른 기행문과는 달리 산을 유람하는 데 목적을 두었다기

350

보다는 오히려 온갖 흥취에 잔뜩 취해 한껏 멋을 부린 아름다운 글이다. 장유張維·이식李植·신흠申欽과 더불어 이른바 한문사대가로 불린 저자의 글솜씨가 유감없이 드러난 작품이라 할 수 있다.

이 기행문은 애초 노적봉露積峯을 오르는 것이 목적이었으나 결국은 음악과 술과 늦가을 풍경이 함께 어우러진 질펀한 흥취를 보여 준다. 그래서 저자는 "흥이 다하면 산을 내려가는 법"이라고까지 말한다. 특히 당대 피리의 대가라고 불리던 이용수, 억량, 이산수와 같은 이들을 대동하고 흥에 취해 유람하는 저자의 모습은 산수를 유람하는 또 다른 전형을 보여 준다는 점에서 특기할 만하다.

기이하고도 빼어나다 일컬어지니

이동항, '유속리산기'

태백산의 한 줄기가 천 리를 내리달려서 영남과 호남의 허리에 걸터
앉아, 초목이 무성하며 크고도 이름난 산이 셋이다. 이 세 산(태백산, 소
백산, 속리산) 중에서도 속리산이 가장 기이하고도 빼어나다고 일컬어지
니, 변방에서 가장 높다고 하는 산이 바로 이 산이다.

　1787년 9월, 나는 지음芝陰, 노징盧徵, 사세士蹄가 제례를 지내는 것
을 돕기 위해 상산商山(지금의 경북 상주)의 화령化寧 땅으로 갔다. 마침 산
이 그리 멀지 않은 거리에 있어서 하인에게 며칠간 여행을 할 수 있도
록 준비하라고 명해 놓았다. 때는 가을에서 겨울로 넘어가려는 계절인
지라 찬 서리가 내려 춥고 떨렸다.

　26일 휴암休庵 정 처사鄭處士와 친구 노광복盧光復과 같이 출발하였
다. 북쪽으로 가다가 밤고개를 넘어 관음사에서 쉬었으며, 저녁에는
삼가촌三街村에서 잤다. 갈현에서 한 굽이를 돌아 동쪽을 바라보니 눈

덮인 산과 옥을 깎아 세운 듯한 산봉우리가 구름을 뚫고 하늘 높이 치솟아 있다. 괘연송掛輦松*을 지나서 법주사法住寺로 들어갔다. 절의 오른쪽에는 수정봉水晶峯이 있다. 고고하고 단정하며 무게가 있어 보이는 것이 마치 금강산의 천일대와 같았다. 또 그 위에는 거북바위가 있는데 활 모양처럼 불룩 솟았고 머리는 서쪽을 향해 쳐들고 있었다. 1592년과 1593년 사이에 명나라의 점술쟁이들이 이 바위를 살펴보고는 중국 재물의 기운이 바로 이것 때문에 점점 없어진다 하여 그 머리를 잘라 버렸다고 한다. 그래서 후세 사람들이 석회와 진흙으로 머리를 붙이고 탑을 세워서 이 거북이를 위로해 주었다고 한다.

한낮에 복천사福泉寺로 올라갔는데 산의 가장 깊은 곳에 있었다. 옛날에 세조가 비빈과 여러 왕자들 그리고 종실과 문무백관을 거느리고 이 절로 찾아와 신미 장로信眉長老(세종과 세조 때 불경 국역에 공이 많던 승려)를 만나 보고는 그에게 토지와 농장과 부릴 사람들을 넉넉하게 하사해 주었으며, 또 태학사 김수온金守溫을 시켜서 이 속리산과 관련된 옛이야기들을 기록하게 하였다고 한다. 이 복천사의 동쪽에는 대臺가 있었다. 천왕봉에서 모자성에 이르기까지 기이한 봉우리들과 괴이한 바위들이 마치 창을 줄지어 세워 놓은 듯하기도 하고, 병풍이나 휘장을 둘러치기나 한 것처럼 무성하게 펼쳐져 있었는데 저녁 햇살이 비치자 옥이나 눈처럼 환해졌다.

복천사에서 북쪽으로 꺾어 보현재를 넘었다. 때는 가을이 한창이어

---

* 일설에 세조가 말티재를 넘어 법주사로 갈 때 이 소나무가 스스로 가지를 들어 올려서 어가가 걸리지 않고 지나갔고, 귀경할 때 갑자기 소나기가 쏟아졌는데 그 밑에서 비를 피할 수 있게 했다 하여 정2품 벼슬을 받았다.

서 낙엽이 온 골짜기에 가득히 떨어지며 우수수 소리를 내었다. 중사암中獅庵으로 올라갔다. 암자는 이 산의 끄트머리에 있어서 높이가 이미 이 산 높이의 절반을 넘어서고 있었다. 여기부터 산의 형세가 가파르고 바위들이 험준하였다. 산마루에 올라서자 백석정白石亭이 눈에 들어왔다. 정자가 하늘을 찌를 듯 우뚝하게 서 있었으니 참으로 문장대文藏臺의 진면목이었다.

이에 갓과 옷을 벗어 젖히고는 구부러지고 잘린 바위틈을 밟고서 위로 올라갔다. 다 올라가자 바위 면이 둥글고 평평하여 마치 큰 왕골자리를 깔아 놓은 듯하였으니 바로 중대中臺였다. 중대 위에는 또 창처럼 뾰족하게 깎인 큰 바위 하나가 있었으니 이것이 상대上臺였다. 이 상대 위에는 천연적으로 이루어진 큰 웅덩이가 있는데, 여름에 장마가 지면 이 구덩이에 물이 넘쳐흘러서 세 물줄기로 나뉘어 흐른다. 즉 북쪽 모서리로 넘쳐흐르는 것은 용화龍華로 들어가서 괴강槐江의 근원이 되고, 동쪽 모서리로 넘쳐흐르는 것은 용유龍遊로 들어가서 낙강洛江의 근원이 되며, 서쪽 모서리로 넘쳐흐르는 것은 석문동石門洞으로 들어가서 금강錦江의 근원이 된다.

중대에서 북쪽으로 나와 가로로 놓인 사다리를 밟고 아래로 내려오면서 몸을 기울여 동쪽을 엿보니 흡사 상대의 터에 있는 큰 마루 같은 것이 비스듬하게 돌출해 나온 것처럼 보였다. 그 아래로는 맑고 깊은 물이 있었다. 잔잔하게 고인 물이 아주 맑고 깨끗하여 사람들이 감로甘露라고 불렀다. 실오라기 같은 가느다란 돌길이 그 곁에 이어져 있어 이 물을 마시기 위해 오갈 수 있도록 해 주었다. 그 길 앞에는 만 길이나 되는 절벽이 있는데 사방 그 어디에도 막힘이 없이 탁 틔어 나라 전체를 다 바라볼 수 있을 정도였다. 그러기에 한번 저 천 리를 바라다보면서 가슴속에 뭉쳐 있는 것들을 시원하게 씻어 낼 만했으니, 내가 이 대에 오른 것도 이 뜻을 이루고 싶었던 까닭이다.

밤에 비가 내리자 풍경이 약간 씻은 듯했다. 구름이 잔뜩 뭉쳐 있어서 눈앞의 광경들이 드러날 듯 말 듯 흐릿하다가 잠시 후에 북풍이 그 음울한 구름을 몰아내자 청소라도 크게 한 듯 온 천지가 차례대로 그 모습을 드러내기 시작했다. 이에 영남과 호남의 전 지역과 전남의 반쪽 면, 치악산의 동쪽과 한강 이북 지역이 한눈에 들어오면서 시야가 넓게 열렸다. 마치 장수가 손을 들어 흔들면서 천왕봉, 비로봉, 관음봉, 보현봉, 향로봉, 모자성 등 여러 봉우리들을 굽어보는 듯했다. 또한 용화, 송면, 용유, 청화, 청계 등의 여러 골짜기들이 차곡차곡 쌓여 몽땅 내 발 아래에 놓여 있었다. 내가 감탄하여 손가락으로 가리키며 말했다.

"아! 엄청난 것을 보는구나. 참으로 장대하도다!"

휴암 처사가 말했다.

"삼한 땅이 바로 내 눈앞에 있습니다."

친구 노광복이 붓에 먹물을 적셔 이곳의 이름 쓰기를 청하기에 내가 말했다.

"그만두시게. 저 대석臺石을 쪼아 화려하게 붉은 글씨를 남겨 그 이름을 만세토록 전하고 싶은 생각이 없는 것은 아니네. 하지만 저 바위가 닳아 없어지는 날에는 이곳에 쓴 이름도 따라서 사라져 버릴 것이니, 먹으로 쓰는 것이 무슨 소용이 있겠는가?

옛날에 충암沖庵 김정金淨과 대곡大谷 성운成運 두 선생도 이 문장대를 아껴 자주 유람하셨지만 한 글자도 남기신 것이 없다네. 그것은 아마도 달갑지 않게 여기셨기 때문이겠지. 하지만 저들의 빛나고 아름다운 자취는 아직도 이 대에 남아 있다네. 나는 나의 후배들이 저 구름을 바라보고 이 바위의 이끼를 쓰다듬고 감상하면서 사모하는 마음을 일으키게 하여, 그 이름이 백대에 이르기까지 이 우주에서 닳아 없어지지 않게 하고 싶네. 자네는 이름 짓지 않는 이름이 참으로 큰 이름인 것을 모른단 말인가?"

한참을 앉아 있자니 바람이 점점 더 거세어졌고 차가운 기운이 뼛속까지 스며들었다. 마침내 대에서 내려와 오던 길을 가다가 중사암에 이르렀다. 암자의 승려가 맞이해 주면서 우리의 노고를 위로하며, 다행히도 날씨가 맑아 유쾌하게 구경할 수 있게 되었던 것을 축하해 주었다. 시냇물을 따라 서쪽으로 내려와 두 바위 문을 지나서 법주사에서 잤다. 생각해 보니 마치 열자列子가 바람을 타고 돌아다니다 돌아온 것만 같았다.*

* 『장자』「소요유」逍遙遊에 "열사는 바람을 타고 돌아다니면서 시원하게 잘 지내다가 보름 만에야 돌아오곤 한다"라는 말이 있다.

이 글의 저자는 이동항李東沆(1736~1804)이다. 이 글은 저자가 52세 때인 1787년(정조 11) 9월 26일 하루 동안 속리산을 유람하고서 쓴 기행문이다. 원제는 '유속리산기'遊俗離山記이다. 이동항의 자는 성재聖哉, 호는 지암遲庵으로 지금의 경북 칠곡에서 살았다. 채제공과 교유했고 시문에 뛰어났다. 역사와 전고에 해박했으며 글씨에도 능했다.

저자는 소위 '삼산'三山으로 일컬어지는 태백산, 소백산, 속리산 중에서 속리산이 가장 기이하고 빼어나며 변방에서 가장 높은 산이리고 하였다. 여정은 법주사, 복천사, 중사암을 거쳐 문장대에 오르는 것이었다. 저자는 문장대에 올라 친구가 이름을 새길 것을 청했으나 거절한다. 그 이유로, 선현들이 이곳에 오르고 한 글자도 남기지 않았지만 그들의 아름다운 자취는 그대로 남아 있다고 하면서 '이름 짓지 않는 이름'이야말로 참으로 큰 이름이라고 하였다. 말하자면 바위에 새기는 이름 같은 것은 결국엔 사라지고 말겠지만 그 사람이 진실하게 살았던 삶의 자취는 진정한 이름이 되어 영원히 사라지지 않는다고 한 것이다. 이 유람기는 비록 아주 짧게 쓰였으나 산을 찾는 자의 정신이 어떠해야 함을 잘 가르쳐 준다.

태백산

산이 깊고 신비하여 세상에서 보기 힘든 곳

이인상, '유태백산기'

나는 퇴어退漁 김진상金鎭商 공을 따라 태백산을 구경하러 갔다. 안동과 순흥 등 여러 고을을 거쳐서 꾸불꾸불 100여 리를 간 끝에 봉화에 이르렀는데 그곳이 다 태백산 기슭이었다. 산에 들어서서 각화사覺華寺에서 묵었다. 절은 봉화에서 50리 떨어진 곳에 있다.

새벽에 일어나 두 대의 가마를 정돈시키고 승려 90명을 선발하였다. 사람들은 다 겹옷 한 벌씩을 껴입고도 얼어 죽지나 않을까 하고 걱정했다. 하지만 이날 산 아래는 그래도 따뜻했다. 5리를 올라가서 사고史庫를 구경했다. 하늘이 비로소 밝아져 그제야 상대산上帶山의 가운데 봉우리로 향했다.

고개를 돌아가니 위태로운 길이 갈수록 희미해지고 축 늘어진 회나무와 우뚝 솟은 떡갈나무가 마치 귀신처럼 서 있었다. 비바람과 벼락을 맞아 꺼꾸러진 나무들이 언덕에 가로놓여 길을 끊어 놓았고, 그 위에는 눈이 쌓여 잘 보이지도 않았다. 서 있는 나무들도 억센 바람과 맞아 싸우느라 그 소리가 허공에 가득 찼는데, 동쪽에서 뒤흔들리면 그것이 마구 일어나 서쪽에서 메아리쳤다. 어두컴컴해졌다가도 갑자기 번쩍하며 환해지는 것이 그치지 않았다. 따라오는 사람들이 다 추위에 얼어붙은 채로 서 있기에 썩은 나무를 줍고 불을 피워서 몸을 덥히도록 했다.

다시 눈을 밟으면서 산등성 길을 열어 나갔다. 때로는 끈으로 가마의 앞뒤를 묶고 골짜기에 줄을 매어서 매달리듯이 나아가기도 했다. 바라다보이는 곳이 멀어질수록 눈은 점점 더 깊어지고 바람도 점점 더 매서웠으며, 나무들도 갈수록 더 짤막해졌다.

상대산에 오르자 키 작은 나무조차 없고 바람만 불어 댈 뿐이었다. 사방 100리를 돌아보니 산들이 온통 눈으로 빛나고 있는 것이 마치 뭇 용들이 피를 흘리며 싸우는 듯, 수많은 말들이 내리달리며 돌진하는 듯했다. 그 빛의 기운이 안개 속에서 희미하게 보였다가 사라지고 어두컴컴하다가 활짝 열리기도 하며, 아주 밝게 빛났다가 또 아주 하얗게 되기도 하면서 허공에 가득 찼다. 따라오던 사람들 또한 미친 듯이 소리 지르며 발을 굴러 댔다.

동쪽으로 바라보니 바다 빛이 구름과 같았고 하늘과도 한 빛이 되어 있다. 그 가운데 세 봉우리가 마치 안개 속의 돛배처럼 일렁거리며 구름 속으로 흐르다가 다시 바다와 뒤섞인 것처럼 보이는 것이 울릉도였다. 올망졸망하고 또렷하면서 머리를 숙인 채 빙 둘러 늘어서서 함부로 나대지 않는 것처럼 보이는 것은 일흔 고을의 산들이었다. 우뚝 솟아서 앞을 가로막으며 마치 제후의 우두머리인 사악四岳이 뭇 제후

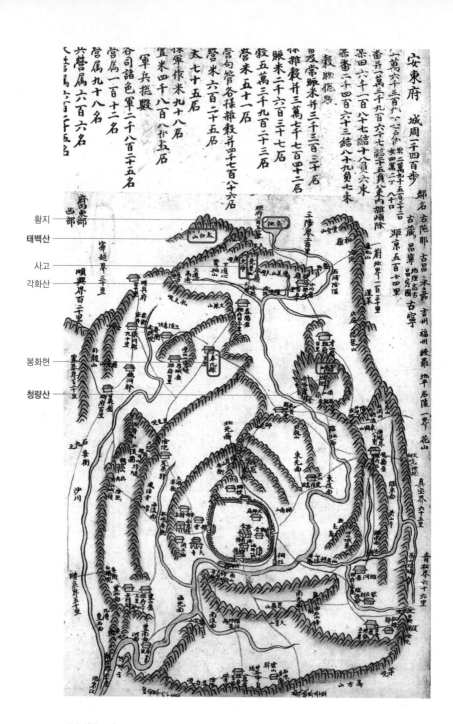

황지
태백산
사고
각화산
봉화현
청량산

태백산(안동부)

들을 거느리고 천자에게 조회하는 듯한 것은 청량산이었다. 서북쪽은 구름과 안개가 잔뜩 끼어 아무리 보려고 해도 잘 보이지 않았다. 오직 순전히 바위로 이루어진 산 하나만이 마치 칼과 도끼가 묶인 듯 서 있을 뿐이었다.

동북쪽으로 난 길을 따라 천왕당으로 향했다. 해가 지고 달이 뜨자 보이는 건 산마루의 나무들뿐이었다. 높이는 고작 몇 자에 지나지 않으나 수만 고비를 겪어 내면서도 유연하게 붙어서 생존하고 있는 것들이었다. 그 울퉁불퉁함은 기괴스럽고, 너울거리며 아래옷을 잡아당기고 소매를 찢는 것은 마치 강철처럼 단단하여 사람이 등을 꼭 숙여야만 지나가게 했다. 나무의 밑동까지 뒤덮은 눈은 사람의 무릎까지 빠지게 만들면서 바람을 만나 마구 휘날렸다. 저 북쪽에서 불어오는 바람은 하늘을 어둡게 하고 땅을 뒤흔들면서 우르릉하는 우레 같은 소리를 내 바다까지도 쓸어 버릴 듯한 기세다. 큰 나무들은 울부짖으며 분노하는 듯했고 작은 나무들은 슬피 우는 듯했다.

승려들이 넘어졌다가 다시 일어나기만 해도 어느새 눈이 그 등을 내리 눌렀다. 그러니 가마를 짊어지고 가는 어려움이야 마치 배를 타고 급한 여울을 거슬러 올라가는 것과도 같을 것이었다. 승려가 말하였다.

"이곳의 나무들은 천년을 살아가지만 만고토록 눈이 쌓여 있지요. 대체적으로 산등성은 북쪽과 더 가까워 상대사와는 기후가 다릅니다. 그 때문에 바람이 아주 거세고 나무들도 아주 괴이하며 눈은 더욱 녹지 않습니다."

천왕당에 이르니 밤 10시쯤 되었다. 하지만 지금까지 온 길은 고작 60리밖에 되지 않았다. 서쪽 법당에는 석불이 있었고 동쪽 법당에는 나무로 만든 인형이 있었으니 바로 천왕이었다. 다시 나무를 태워서 한기를 덜었다. 그리고 앞으로 나아가 주막을 찾아갔다. 달빛은 어둠침침하였다. 하지만 마침 북두칠성이 나와 구름 사이로 비치기도 하고 나뭇가지에 걸려 있기도 하였다. 몇 리를 가다 보니 달빛이 다시 밝아지기 시작했다. 사방의 산들이 아늑하게 느껴지고 하늘빛은 씻은 듯했다. 나는 한참이나 시를 읊조렸는데 구름을 넘고 바람을 타고 가는 듯한 상상 속에 잠겨 들었다. 소도리점素道里店에 이르자 밤은 이미 삼경이었다. 모두 20리 길을 갔다.

주막의 주인 남후영南後榮을 만나보니 모습이 순박하고 말이 진실하였다. 그가 이 산의 지형과 경관에 대해 자세하게 말하였다.

"이 태백산은 세 개의 길과 열두 고을 가운데 들어앉아 있습니다. 동북쪽에서 관동 지역까지는 강릉·삼척·울진·평해·영월·정선이 있습니다. 이 중 삼척의 소나무는 널을 짜기에 알맞고 인삼의 품질도 아주 좋습니다. 남쪽으로 넘어가면 영남의 여러 고을로 안동·봉화·순흥·영천·풍기가 있습니다. 이 중 봉화는 왕조 실록을 보관하는 사고가 있어서 중요한 곳으로 여겨지며, 순흥(지금의 경북 영주)은 부석사로 유명합니다. 호서 지역으로는 네 고을이 있습니다만 이 중 영춘(지금의 충북 단양)이 가장 빼어납니다. 영춘은 이 산의 서쪽 줄기에 위치하고 있지요. 그리고 산봉우리 중 높은 것으로는 천의봉·상대봉·장산봉·함박봉이 있고, 이름난 물로는 황지·공연·오십천이 있습니다. 또 신령으로는 천왕이 있는데 이는 황지의 신령이지요. 세속에서는 모란을 함박이라고도 하는데 이 함박산은 아주 아름다워 소뢰현에서 바라보아야민 딱 좋습니다. 장산은 그 북쪽은 온통 흙이요, 남쪽은 온통 바위로 덮여 있어서 보배와 같은 곳으로 여겨집니다. 노 곳의 틀은 더하거나 줄어들지도 않으니 못에 용이 살아서 그런 것이지요. 하천은 한 줄기밖에 없지만 오십 굽이를 거쳐 나갑니다. 이외에도 이 산이 깊고 신비하며 세상에서 보기 힘든 곳이라는 점은 더 이상 말할 필요조차 느끼지 못합니다."

다음 날 아침, 남후영과 함께 주막 문을 나섰다. 바람이 맹렬하게 불어대고 눈이 내렸다. 들판에 쌓인 눈이 바람에 불려 일어나 구름과 안개 속에서 마구 떠돌아다녀 온 세상이 다 아득해지는 듯했다. 단 몇 걸음을 걷는 사이에도 서로 말조차 할 수 없을 정도였다.

20리를 가서 황지黃池에 도달하자 그제야 날이 개이기 시작했다. 사방을 둘러보았다. 10리에 걸쳐 넓게 펼쳐진 평야에 못이 그 한가운데를 차지하고 있었으니 실로 온 산의 한가운데라 하겠다. 함박산은 서쪽에 솟아 있었다. 못의 넓이는 고작 밭 반 마지기 정도에 불과했고, 그 모양은 바가지에 구멍을 뚫은 것 같았다. 가운데는 널찍하고 그 바깥은 쪼그라든 듯했으며, 땅을 세 길 정도 파 놓은 것 같아서 옛날의 주지周池(성城 둘레에 도랑처럼 파서 물이 괴게 한 곳)를 연상시켰다. 겨울이 아니고서는 감히 그 가까이에 가 볼 수도 없으니, 그것은 못의 물이 중심으로부터 마구 솟구쳐 올라 넘치기 때문이다. 못 빛은 옻처럼 시커멓고 차갑기는 얼음과 같아 아마 용이 살지 않을 것 같은데도, 옛날부터 그 신비스러움은 헤아릴 수조차 없었다고 한다. 만일 이 못의 물을 흔들어 대는 것이라도 있다면 일 년 내내 궂은 바람이 불어 사람도 편안하지 못할 것이다.

또 이 못은 겨울에도 얼음이 얼지 않고 가물어도 물이 줄어들지 않으며 장맛비에도 물이 더 이상 불어나지 않는 일정한 성질과 한도를 지녔다. 이 물이 남쪽으로 흘러내려 공연孔淵에서 물결치고 또 겹겹의 산을 뚫고 백 리를 흐르며 바다로는 천 리를 가니 그 물의 혜택이 또한 길다.

남후영과 헤어져서 지름길로 소뢰현을 따라 공연으로 갔다. 모란봉을 돌아보니 현란하게 아로새긴 것이 꽃과 같았다. 웅장하지는 않지만 곱고 오묘하여 이 산의 면목을 일순간에 바꾸어 놓은 것 같아 기묘하였다.

20리 길을 가다 보니 작은 바위 봉우리가 나왔다. 외롭게 수십 길을 우뚝 솟아 있는 것이 마치 투구 모양과 같았는데 철암이라고 한다. 또 10리를 더 가서 방허촌에서 묵었다. 길가의 나무는 모두 오렵송五鬣松(잣나무)으로 꼿꼿하기가 대나무와 같았으며 윗가지들이 빽빽하게 뒤덮인 채로 물을 끼고 양 언덕에 서 있었다.

잠시 후 곱게 물든 구름이 서쪽에서 피어올랐다. 그 구름이 솔숲에 은은히 비쳐 들며 아름답게 빛나는 것이 패옥이나 무지개와 같아 한참이나 지났는데도 그대로다. 산이 아주 높고 험준한지라 석양빛이 저 아래에 머물러 있었고, 그 거꾸로 비치는 빛이 산 위에서는 엷어져서 아주 기묘한 광채가 되었다. 양쪽 언덕의 바위들은 마치 용의 등에 돋아난 비늘처럼 줄지어 불쑥불쑥 일어나 서로가 서로를 견제하는 듯했다.

다음 날, 시내를 따라가 공연 아래에 이르렀다. 열 길도 더 되는 푸른 바위벽이 깎아지른 듯 서 있는데 간혹 붉은빛이 감돌았고 가운데는 큰 구멍이 뚫려 있어서 성문과두 같았다. 황지의 물은 빠르게 수십 리를 흘러간다. 하지만 공연의 물은 세차게 분출하면서 입구를 잘 떠나지 않았으며 깊기로는 황지와 같았다. 그러나 물이 입구를 나오기 시작하면 왼쪽의 물과 합해져 큰 물결을 이루면서 힘차게 남으로 내리달려 낙동강이 되었다가 바다로 들어간다. 태백산의 볼거리로는 이 공연에 이르러서 기묘함의 극치를 이룬다.

우리 일행은 이 공연의 입구에 들어서서 얼음을 밟으며 위를 쳐다보았다. 서쪽에서는 하늘빛을 받았고 동쪽에서는 햇살이 비쳐 들었다. 바람은 거세고 얼음은 단단했으며 위태로운 바위는 무너져 내릴 것만 같았다. 갑자기 산비둘기 수십 마리가 푸드득하며 날았다. 휙휙거리는 날개짓 소리가 몸이 떨리는 듯한 두려움이 들게 하여 오래 머물러 있을 수가 없었다. 한 선비가 말하였다.

"세상에서 전하는 이야기로는 황지의 물이 옛날에는 산에서 시작하여 남쪽으로 흘러 내려갔는데, 용이 이곳에다 구멍을 뚫자 그만 물길이 바뀌게 되었고 그 후로 이 연못 바닥에 용이 숨었다고 합니다."

이치로는 혹 그럴듯하였다.

50리를 가서 홍제암洪濟菴에서 묵었고, 또 60리를 가서 봉화에 이르렀다. 길이 모두 첩첩 산이라 아주 험했다. 태백산은 수많은 흙이 쌓여서 장대함을 이루어 그 깊이를 헤아릴 수조차 없고 갈수록 높아져서 100리를 뻗어 간다. 하지만 그 공덕을 자랑하지 않음은 마치 대인大人이 가슴속에 큰 덕을 품은 것과도 같다. 겨우 3일간의 유람이었지만 돌아서 산을 나오니 문득 딴 세상에 갔다 온 것처럼 아득하게 느껴졌다.

—

이 글의 저자는 이인상李麟祥(1710~1760)이다. 이 글은 저자가 3일 동안 태백산을 유람하고서 쓴 기행문이다. 원제는 '유태백산기'遊太白山記이다. 대개 산수유람은 좋은 계절과 좋은 날씨에 하기 마련인데, 이유는 알 수 없지만 이 유람은 바람이 심하게 불고 눈이 내리는 한겨울에 한 것으로 나온다. 그로 인해 이 글은 다른 산수기와 다른 특별한 분위기를 자아낸다는 점에서 독특한 기행문이라 할 수 있다. 저자 이인상은 영조 무렵의 이름난 문인화가인데 그의 그림 중 가장 이름난 작품으로는 〈설송도〉雪松圖를 손꼽는다. 〈설송도〉는 눈에 덮인 두 그루의 노송을 그려 소나무의 늠름한 기상을 엿보게 하는 작품으로, 이 기행문의 첫 부분에서 눈 속에 보인 나무들과 풍경을 강렬하게 묘사한 것을 연상케 한다는 점에서 주목된다. 즉 그의 글을 통해서 그의 그림을 보는 듯한 재미를 느껴 볼 수도 있다는 것이다. 저자는 각화사覺華寺, 상대산上帶山, 천왕당天王堂, 황지黃池, 공연孔淵 등을 차례로 유람하고, 이 중 태백산의 볼거리로는 공연에 이르러 그 기묘함의 극치를 이룬다고 하였다. 그는 태백산을 주막 주인의 말을 빌려 "산이 깊고 신비하며 세상에서 보기 힘든 곳"이라 하였고, 또 "수많은 흙이 쌓여 장대함을 이루어 그 깊이를 헤아릴 수조차 없고 갈수록 높아져서 백 리를 뻗어 가지만, 그 공덕을 자랑하지 않음은 마치 대인의 가슴속에 큰 덕을 품은 것과도 같다"라고 평했다.

366

찾아보기

368